国家社科基金项目《中国乐府诗批评史》子项目成果

乐府诗通论

王辉斌 著

武汉大学出版社

图书在版编目(CIP)数据

乐府诗通论/王辉斌著. —武汉:武汉大学出版社,2018.11
ISBN 978-7-307-20583-3

Ⅰ.乐… Ⅱ.王… Ⅲ.乐府诗—诗歌研究—中国—古代
Ⅳ.I207.226

中国版本图书馆 CIP 数据核字(2018)第 229879 号

责任编辑:白绍华　　　责任校对:汪欣怡　　　整体设计:汪冰滢

出版发行:**武汉大学出版社**　　(430072　武昌　珞珈山)
　　　　（电子邮件:cbs22@whu.edu.cn　网址:www.wdp.com.cn）
印刷:北京虎彩文化传播有限公司
开本:720×1000　1/16　　印张:20　　字数:278 千字　　插页:1
版次:2018 年 11 月第 1 版　　2018 年 11 月第 1 次印刷
ISBN 978-7-307-20583-3　　定价:89.00 元

版权所有,不得翻印;凡购我社的图书,如有质量问题,请与当地图书销售部门联系调换。

自　　序

2010年11月，黄山书社出版了我的四十一万字的《唐后乐府诗史》，这是我研究乐府诗的第一部专门之作，也是迄今为止学界仅有的一部研究唐后乐府诗的著作。2012年8月，黄山书社又出版了我的三十八万字的《商周逸诗辑考》，这是一部专门搜集、整理、考订"前乐府"的著作，即其以确凿的材料证实，汉武帝"乃立乐府"之前的商、周时期，已存在着数量相当可观的乐府诗。2017年10月，我又在武汉大学出版社出版了四十七万字的《中国乐府诗批评史》，这也是迄今为止学界唯一的一部此类之作。此书之所以在"乐府诗批评史"前加上"中国"二字，其意在表明，本书是一部乐府诗批评的"通史"，而非断代史。在完成了《中国乐府诗批评史》书稿的2014年上半年，我又开始了对《乐府诗通论》的材料收集与撰写，四年后的2018年6月，全书完稿，付梓在即。

这就是我近十年来，集中精力研究乐府诗之实况。在这近十年中，我共撰写了上述四部约一百六十万字的乐府诗研究著作，所研究的时间跨度由商、周而二十世纪七十年代，其间凡三千余年，内容则包括"前乐府"（前1562—前125年）、汉唐乐府（前124—959年）、唐后乐府（960—1911年）三大部分。而本书中的"乐府分期论"，即采用了一种"全景式"的描述方法，首次将这三个时期的乐府诗进行了"打通关"的观照，从而使得乐府诗在其历史长河中的发展脉络更为清晰，也更具认识价值与文学价值。

这部《乐府诗通论》，主要是相对于《唐后乐府诗史》《中国乐府诗批评史》二书而言，即后者侧重于乐府诗的纵向研究，而此书则重在对乐府诗之横向论析，尽管其中也有部分"纵论"，如论乐府诗的发生、发展与分期等，但"横论"则为其重点所在。二者的互为交融，即构成了本书对三千年乐府诗的"通论"。本书之"通论"，主要表现在六个方面，即"乐府源流论""乐府分期论""乐府演变论""乐府专书论""乐府批评论""乐府研究论"。其中，"乐府专书论"之"专书"，与"乐府研究论"中之"专著"，乃存在着较大的区别，即前者之所指，为历代乐府诗总集或选集，如郭茂倩《乐府诗集》、左克明《古乐府》、徐献忠《乐府原》等，而后者之所指，则为百年以来研究乐府诗的一些专门之作，如罗根泽《乐府文学史》、萧涤非《汉魏六朝乐府文学史》、王运熙《乐府诗论丛》等。二者之不同，乃甚为清楚。而且，本书此次之论"乐府专书"，为避免与《中国乐府诗批评史》各章节所论之"专书"相重，乃特地选取了扬雄《琴清英》、宗泽元《四家咏史乐府》，以及《文苑英华》之"乐府"与"歌行"为代表。就这三部专书的内容而言，其实际上属于"前乐府"专书、汉唐乐府专书、唐后乐府专书。之所以如此，是意在通过对这三种专书内容的剖析，更进一步地把握各自时期乐府诗的发展与变化。

"乐府源流论"中的"源"与"流"，为历代诗话家、乐府诗总集或选集之题解作者最为关注者，而百年以来的乐府诗研究专著，亦多有关注者。然则二者论乐府诗之"源"，却均存在着一个问题，即出于研究者不谙"前乐府"之存在，致使所论多有不明确处，或者含糊其辞，更有甚者，则是由汉初而先秦，再由先秦绕回汉初，使得乐府诗之"源"，既似在上古，又不似在上古；或者虽在上古，又难以与汉武帝"乃立乐府"相关联；或者虽相关联，却又显得甚为牵强，如此等等。本书论乐府诗之"源"，由于是建立在"前乐府"这一基点之上的，因而既具纲举目张之特点，又兼明晰"源"的本原之优长。"流"与"源"虽关系密切，但实则是各有其特点的。对于"流"的探讨，本书则重在两个方面，一是乐府诗究竟始于何时，一为乐府诗与歌诗的关系。以前者论，本书以唐宋人对"乐府始于汉魏"之论争为切入点，并用若干确切可靠之材料证实，"乐府始于汉魏"实际上就是一个伪命题。就后者言，乐府诗与歌诗之关系，历来仁者见仁，智者见智，本书则以周、汉歌诗为例，重新对歌诗进行了定义，并厘清了乐府诗与歌诗的种种关系。

"演变"是推动乐府诗发展与繁荣的一股内驱力。三千年乐府诗的演变实况如何？其又具有怎样的特点？对此，古今乐府诗研究者均无涉及。本书中的"乐府演变论"，则从三个方面对此进行了观照：一是管窥"从汉乐府到明清拟乐府"的变化之况；二为对由中唐而清代新乐府之兴盛与消歇的勾勒；三即对乐府诗题由正格而变格的探讨。而本书中的"乐府批评论"，则对三千年乐府诗批评现象与特点，首次进行了总结和归纳。首先，对乐府诗批评所呈现出的三大主潮进行了具体讨论；其次，于乐府诗题解与"四本"（即"本事""本义""本题""本文"）的关系做了较为详细之考察；再次，重点论析了"艺术论"在乐府诗批评中欠缺之实况与原因。凡此等等，即为本书"通论"之大端。

但最后需加指出的是，在二十世纪三十年代初期，当时执教于中央大学的王易，亦曾撰著了一种具有"通论"特点的乐府诗研究著作，此即其出版于1933年的《乐府通论》。全书凡五章，以文言写成，章目则仿刘勰《文心雕龙》而为：《述原第一》《明流第二》《辨体第三》《征词第四》《斠律第五》。书中所"通论"之"源流""体制""文辞""声律"四端（作者余论所言），除"源流"外，其余均与拙著《乐府诗通论》迥不相及。而本书之论乐府"源流"，则又与王易《乐府通论》之论"源流"大有区别。对于王易《乐府通论》之得失，本书《乐府研究论》第二节已曾论及，读者自可参看，此不具述。

竟陵居士王辉斌

2018年6月30日于古隆中求是斋

目 录

第一章　乐府源流论 …………………………………………… (001)

　第一节　乐府与上古音乐的关系 ………………………… (001)

　　一、音乐生成与诗歌舞 …………………………………… (002)

　　二、上古歌谣诗与音乐 …………………………………… (005)

　　三、乐府诗与上古音乐 …………………………………… (009)

　第二节　乐府起源在唐宋的论争 ………………………… (012)

　　一、谁是"乐府始于西汉"的作俑者 …………………… (013)

　　二、唐人对"乐府始于西汉"的辩驳 …………………… (015)

　　三、宋人对"乐府始于上古"的支持 …………………… (020)

　　四、乐府诗起源于"虞舜时"的余论 …………………… (023)

　第三节　乐府与歌诗之间的关系 ………………………… (025)

　　一、对歌诗的认识与界定 ………………………………… (026)

　　二、歌诗的诞生及其发展 ………………………………… (029)

　　三、乐府与歌诗同异比观 ………………………………… (035)

第二章　乐府分期论 …………………………………………… (039)

　第一节　"前乐府"概观 …………………………………… (039)

　　一、"前乐府"问世与初期概貌 ………………………… (040)

　　二、"前乐府"中期的发展特点 ………………………… (044)

　　三、"前乐府"晚期之梗概一瞥 ………………………… (048)

  四、"前乐府"的有关伪作问题 …………………………（051）

 第二节 汉唐乐府鸟瞰 …………………………………（055）

  一、汉魏乐府与民歌乐府 …………………………………（056）

  二、晋郊庙与舞歌乐府等 …………………………………（059）

  三、南北朝乐府的新趋势 …………………………………（061）

  四、隋唐旧题乐府之概貌 …………………………………（065）

  五、唐代的新题乐府扫描 …………………………………（069）

 第三节 唐后乐府述论 …………………………………（071）

  一、宋辽金乐府诗一瞥 ……………………………………（072）

  二、蒙元之新变古乐府 ……………………………………（076）

  三、明乐府的创作实况 ……………………………………（080）

  四、清乐府的三大高标 ……………………………………（084）

第三章 乐府演变论 ……………………………………（088）

 第一节 从汉乐府到拟古乐府 …………………………（088）

  一、乐府旧题的历史成因 …………………………………（088）

  二、唐人所认识的古乐府 …………………………………（092）

  三、拟古乐府与乐府旧题 …………………………………（094）

  四、拟古乐府得失之种种 …………………………………（098）

 第二节 新乐府的兴盛与消歇 …………………………（103）

  一、乐府诗史上的新题乐府 ………………………………（103）

  二、新题与旧题之互为关联 ………………………………（107）

  三、两类新乐府的异军突起 ………………………………（111）

  四、消歇殆尽的即事类乐府 ………………………………（115）

 第三节 乐府题的正格与变格 …………………………（116）

  一、汉唐乐府题的正格与变格 ……………………………（117）

  二、宋及其后乐府诗题的变格 ……………………………（121）

三、正格与变格的乐府学意义 …………………………………（126）

第四章　乐府专书论 ……………………………………………（131）
第一节　扬雄《琴清英》的乐府学价值 …………………………（131）
　　一、《琴清英》三种刊本与辑佚 …………………………………（132）
　　二、《琴清英》文本与文本辨识 …………………………………（134）
　　三、《琴清英》的乐府史料价值 …………………………………（139）
第二节　《文苑英华》中的乐府与歌行 …………………………（143）
　　一、《文苑英华》所收歌行与乐府 ………………………………（144）
　　二、《文苑英华》歌行与乐府比较 ………………………………（147）
　　三、《文苑英华》之歌行乐府关系 ………………………………（152）
第三节　宋泽元与《四家咏史乐府》 ……………………………（156）
　　一、咏史乐府诗创作一瞥 ………………………………………（157）
　　二、《四家咏史乐府》论略 ………………………………………（160）
　　三、宋泽元的乐府认识观 ………………………………………（165）

第五章　乐府批评论 ……………………………………………（171）
第一节　乐府诗批评的三大主潮 …………………………………（171）
　　一、整理选编乐府诗新著 ………………………………………（172）
　　二、不遗余力的故实探求 ………………………………………（176）
　　三、方法多种的原其本意 ………………………………………（180）
第二节　乐府题解与四本的关系 …………………………………（186）
　　一、乐府题解与本事 ……………………………………………（186）
　　二、乐府题解与本题 ……………………………………………（190）
　　三、乐府题解与本文 ……………………………………………（194）
　　四、乐府题解与本义 ……………………………………………（197）
第三节　乐府专书艺术论的欠缺 …………………………………（201）
　　一、历代艺术论之批评举隅 ……………………………………（201）

二、题解类批评的重点所在 …………………………… (206)

　　三、艺术论欠缺的原因 ………………………………… (209)

第六章　乐府研究论 …………………………………… (214)

第一节　乐府诗研究的开拓者 ………………………… (214)

　　一、梁启超论汉魏乐府 ………………………………… (214)

　　二、胡适与乐府诗研究 ………………………………… (219)

　　三、梁胡乐府研究比观 ………………………………… (224)

第二节　乐府文学之专著述论 ………………………… (228)

　　一、罗根泽《乐府文学史》 …………………………… (229)

　　二、王易及其《乐府通论》 …………………………… (234)

　　三、萧涤非乐府文学研究 ……………………………… (239)

第三节　乐府诗之文献学研究 ………………………… (243)

　　一、闻一多与《乐府诗笺》 …………………………… (244)

　　二、王运熙与三种乐府书 ……………………………… (248)

　　三、《乐府诗集》点校例说 …………………………… (253)

本书主要引用书目 ……………………………………… (257)

附录一

敢为人先的探索
　　——我与乐府诗研究 ………………………………… (262)

乐府本自三千年
　　——我与乐府诗再研究 ……………………………… (275)

附录二

乐府诗研究著作索引(1923—2018) …………………… (288)

材料功夫与乐府诗批评的理论构建
　　——评王辉斌《中国乐府诗批评史》……………………（292）

后记 ………………………………………………………（309）

第一章 乐府源流论

第一节 乐府与上古音乐的关系

中国是一个重音乐的国度，这从二十四史中之《乐书》或《乐志》或《音乐志》等，皆安排在靠前的位置上，即可准确获知。正因此，前人即多有论音乐之功能、作用者，如《荀子·乐论》即为其例。其中有云："夫乐者，乐也，人情之所必不免也，故人不能无乐。乐则必发于声音，形于动静，而人之道，声音动静，性术之变尽是也。故人不能不乐，乐则不能无形，形而不为道，则不能无乱。先王恶其乱也，故制《雅》《颂》之声以道之。"[1]这是对音乐之于"人情"与"人"的关系的阐述。其中，"发于声音"与"形于动静"，是颇可注意的，因为前者所言为乐，后者则为舞，也即此八字之所指，主要是就乐与舞的关系而言。而从《乐论》行文的次序考察，则此八字之所云，显然是说因乐而产生舞，即此八字所证实的是，在上古时期乃乐先而舞后。由于乐与舞的这种先后关系，也就有了乐与歌、乐与诗的衍变，以及乐、舞、歌、诗之间的互动与关联，所谓乐辞、乐歌、乐舞、歌诗、舞诗、舞词（参见

---

[1] 荀况：《荀子·乐论》，章诗同《荀子简注》，上海人民出版社1974年版，第221页。

《宋书·乐志》)等,即皆因此而产生。而《文心雕龙·乐府第七》所言之"乐府者,声依永,律和声"云云,又表明"乐府"之所以有别于诗者,乐乃为其关键所在。这样看来,则知乐在上古时期之于歌、舞、诗等,乃是相当重要的。有鉴于此,本节拟从音与乐,乐与诗、舞、歌等为切入点,就乐府起源与上古音乐的关系,作一具体考察与阐述。

一、音乐生成与诗歌舞

上引《文心雕龙·乐府第七》之"乐府者,声依永,律和声"云云,其实是刘勰据《尚书》之所载而为,其所反映的,虽然是"乐府"与音乐的关系,但从年代的角度考察,其已是后于《尚书》近千年了。即是说,在《文心雕龙·乐府第七》之前,《尚书》中之相关篇章所言者,已曾就乐与诗、歌等之关系进行了揭示,而其中之诗与歌,即为《文心雕龙·乐府第七》所言之"乐府",也就是汉武帝"乃立乐府"之前的乐府诗,即"前乐府"①。《尚书·舜典第二》有云:

> 帝曰:"夔,命汝典乐,教胄子,直而温,宽而栗,刚而无虐,简而无傲。诗言志,歌永言,声依永,律和声。八音克谐,无相夺伦,神人以和。"夔曰:"於,予击石拊石,百兽率舞。"②

这一记载表明,中国历史上最早的帝王之一——舜,于现存最早的散文著作《尚书》中,已曾以具有命令式特点的"帝曰",将诗与歌联系在一起了,而夔则又将舞与之相连,于是,乐与诗、乐与歌、乐与舞之间的关系,也就因此而互为关联。又如《山海经》卷二《西山经》中的一段文

---

① 关于"前乐府",具体参见拙著《中国乐府诗批评史》第一章各节,武汉大学出版社2017年版,第1—39页。
② 孔安国传、孔颖达等正义:《尚书正义》卷三,《十三经注疏》本,上海古籍出版社1997年影印,第131页。

字，乃如是写道：

> 又西三百五十里，曰天山，多金玉，有青、雄黄。英水出焉，而西南流注于汤谷。有神焉，其状如黄囊，赤如丹火，六足四翼，浑敦无面目，是识歌舞，实唯帝江也。①

从《史记》卷一二三《大宛列传第六十三》提及《山海经》，《汉书》卷三十《艺文志第十》著录"《山海经》十三篇"之史况言，《山海经》问世于战国前后，乃可肯定。而此段引文中的"是识歌舞"之"歌舞"，则表明了至迟在战国之初，歌与舞已构成了一个具有整体性特点的双音节词。由歌、舞到"歌"的演进与衍变，标志着先秦时期的乐舞文化与语言的发展，已进入了一个相当成熟的阶段。

而据《尚书·舜典第二》之所载，又可知诗、歌、舞的问世，显然是皆后于乐的，即其历史的真实性，是先有乐而后有诗、歌、舞，然则诗、歌、舞三者孰先孰后，则难以具体考知，但乐之产生，因音而始然者，则是可以肯定的，如《礼记·乐记第十九》之所载，即为其例。其中有云：

> 凡音之起，由人心生也。人心之动，物使之然也。感于物而动，故形于声。声相应，故行变，变成方，谓之音。比音而乐之，及干戚羽旄，谓之乐。乐者，音之所由生也，其本在人心之感物也。②

这段引文之所述，主要点在于乐的起源，以及乐与音的关系。《乐记第十九》认为，在上古时期，由声而音，再由音而乐，之后则由乐而诗、

---

① 袁柯：《山海经校译》卷二，上海古籍出版社1985年版，第32页。
② 郑玄注、孔颖达等正义：《礼记正义》卷三十八，《十三经注疏》本，上海古籍出版社1997年影印，第1536页。

而歌、而舞，如此，便成为了上引《尚书·舜典第二》所载之内容。二者之载，孰先孰后，亦难以考知，但其之所载，为乐问世后所产生之一系列作用，则是甚为明显的。《乐记第十九》于此段文字之后，接着又说："乐者，德之华也；金石丝竹，乐之器也。诗，言其志也；歌，咏其声也；舞，动其容也。三者本于心，然后乐气从之。是故情深而文明，气盛而化神。"在这里，《乐记》已实际涉及乐与诗、歌、舞三者之间的关系了，而为后人所经常引用的"诗言志""歌咏声""舞动容"，即皆自此而始。由于有了音，并由音而产生了乐，所以，后人所说的音乐、歌诗、诗乐、乐舞等名目，也就相继诞生。

而《吕氏春秋》卷五《古乐》之所载，则又表明乐、歌、舞在上古时期之互动，已成为当时先民们的一种艺术活动，且极具综合性之特点。其有云：

> 昔葛天氏之乐，三人操牛尾投足以歌八阕：一曰《载民》，二曰《玄鸟》，三曰《遂草木》，四曰《奋五谷》，五曰《敬天常》，六曰《敬帝功》，七曰《依地德》，八曰《总禽兽之极》。①

既然是"三人操牛尾投足以歌八阕"，则乐舞、乐歌在"葛天氏"时代已问世，当已无疑。而《史记》卷一一七《司马相如列传》引《子虚赋》之"听葛天氏之歌"云云，又可为之佐证。《子虚赋》中"葛天氏之歌"的"歌"之所指，显然为《吕氏春秋·古乐》所载"歌八阕"之"八阕歌"。如此，即可表明，在上古时期的"葛天氏"时代，也即为梁启超所言之"有史以前，半开化时代"（《中国之美文及其历史》），配乐以歌之"歌"，如"八阕"，不仅已存在，而且还可与"操牛尾投足"者一同表演。乐、歌、舞三者的这种同时存在并互为关联的现象，是音乐、乐歌、乐舞在

---

① 许维遹撰、梁运华整理：《吕氏春秋集释》卷五《古乐》，《新编诸子集成》本，中华书局 2009 年版，第 118 页。

上古时期已走向社会、走向先民们生活的一种最好证实，但遗憾的是，为"三人操牛尾投足以歌"的"八阕歌"即八篇歌辞，皆未能流传下来，因而也就无以对其进行具体讨论了。

虽然如此，"八阕歌"这一"歌题"，却已透露出了其内容的些许信息。以"二曰《玄鸟》，三曰《遂草木》，四曰《奋五谷》"与"八曰《总禽兽之极》"四阕之题而言，可知其之所写，大抵是指上古先民们在"玄鸟"（燕子）到来的春天，开始了"遂草木""奋五谷"的劳作，且直至于岁底的狩猎。这实际上是对先民们一年劳作的歌咏与述写。而"五曰《敬天常》，六曰《敬帝功》，七曰《依地德》"三阕之题所揭示者，则为"敬天""敬帝""依地"的三种祭祀活动，即先民们在一年之中，除了辛勤的劳作外，还要参加一些祭祀之类的活动。如此，则《诗经·豳风·七月》所写豳人之劳作者，应与"歌八阕"之"八阕歌"在内容上具有一定的关系。或许，后者就是对前者的一种再创作。

二、上古歌谣诗与音乐

据拙著《商周逸诗辑考》之所辑考，现所存见的上古时期之歌谣，其数量既可观，内容亦甚丰富，且形式也相当多样，如二言、三言、四言、五言、六言、杂言，以及一曲多解（阕）、一题多首等，乃应有尽有。从文学发生史的角度考察，歌谣之在上古时期的产生，显然是与音乐关系密切的。对此，《吕氏春秋》卷五《古乐》、卷六《音初》等，均有所记载，而刘勰《文心雕龙·乐府第七》则将其综之为：

> 钧天九奏，既其上帝；葛天八阕，爰乃皇时。自《咸》《英》以降，亦无得而论矣。至于涂山歌于候人，始为南音；有娀谣乎飞燕，始为北声；夏甲叹于东阳，东音以发；殷整思于西河，西音以兴①。

---

① 陆侃如、牟世金：《文心雕龙译注》，齐鲁书社2009年版，第152页。

此之所言，虽皆为"音"之始，但却无不与上古歌谣相关，所谓"涂山歌于侯人""有娀谣于飞燕""夏甲叹于东阳"等，即为其例。而"涂山歌于侯人"的《涂山歌》、"有娀谣于飞燕"的《有娀谣》，即均为上古歌谣之属，其不仅与音乐密切，而且一为"南音"之始，一为"北声"之谣。此则表明，"侯人"所唱之《涂山歌》与"飞燕"所唱之《有娀谣》，在先秦文学史与音乐史上，是占有相当重要的双重地位的。

从文体学的角度审视，歌与谣之于"有史以前"的"半开化时代"，乃是大有区别的，对此，《毛诗正义》已曾言之。该书卷五之三《诗·魏风·园有桃》有云："心之忧矣，我歌且谣。"郑玄注曰："曲合乐曰歌，徒歌曰谣。"①所谓"徒歌"，是指无乐器伴奏而歌唱（犹似今天之清唱），如颜延年《答郑尚书》诗云："跂予旅东馆，徒歌属南墉。"又，郭茂倩《乐府诗集》引薛君《韩诗章句》云："有章曲曰歌，无章曲曰谣。"②郑玄之注与薛君之言，都是指配乐而唱者为"歌"，无乐徒说者为"谣"。所谓"无乐徒说"，即程大昌《考古编》所言"声不入乐者"（《诗论一》）。又《尔雅·释乐第七》云："徒歌谓之谣。"郑玄注云："诗云：我歌且谣。"③其意相同。简言之，可入乐而传唱者为歌，不能入乐而传唱者为谣，这就是二者的区别所在。

但实际的情况也有例外，如《穆天子传》所载之《白云谣》《黄泽谣》，即属如此。该书卷三有云："乙丑，天子觞西王母于瑶池之上，西王母为天子谣曰：'白云在天，山陵自出。道里悠远，山川间之。将子无死，尚复能来。'"又卷五有云："天子东游于黄泽，宿于曲洛。发□使宫乐谣，曰：'黄之池，其马歕沙，皇人威仪。皇之泽，其马歕

---

① 郑玄笺、孔颖达等正义：《毛诗正义》卷五之三，《十三经注疏》本，上海古籍出版社1997年影印，第357页。
② 郭茂倩：《乐府诗集》卷八十三《杂歌谣辞序》，中华书局1979年版，第1164—1165页。
③ 郭璞注、邢昺疏：《尔雅注疏》卷五，《十三经注疏》本，上海古籍出版社1997年影印，第2602页。

玉，皇人寿谷。'"①这两例中的"谣"，都属于可入乐者。从语法学的角度言，第一例中的"为天子谣曰"，是一个紧缩句，即其实际上应为"为天子作谣歌曰"；而第二例中的"使宫乐谣"，其"乐谣"二字联用，已将问题说得相当清楚了。故而，这两例中的"谣"，均非徒歌之属。而且，这两例还可表明，上古时期的"谣"，并非只问世于民间。类此者，郭茂倩《乐府诗集》卷八十七还有《穆天子谣》等，兹不具举。

作如此理解，就涉及了一个带有根本性的问题，即《穆天子传》的真与伪：如其为真，上述结论自然可以成立；若其为伪，则只可作空谈待。对于《穆天子传》的真伪，梁启超《中国之美文及其历史》在第一章第一节《秦以前之歌谣及其真伪》中，曾如是写道：

> 这首谣见《穆天子传》（指《白云谣》——引者注），说是周穆王上昆仑山见西王母，临归，王母觞之于瑶池，唱这谣送他，穆王还有和章（即《黄泽谣》——引者注）。《穆天子传》这部书，乃晋太康三年在汲县魏安釐王冢中，与《竹书纪年》同时出土，书之真伪，问题很杂，若认为全伪，那么便是晋人手笔，若认为真，便是战国人所记，可算中国最古的小说。若谓西周时的穆王真有此事真有此诗，未免痴人前说不得梦了②。

引文之所言，反映出了作者两个方面的认识：（1）《穆天子传》或者为真，或者为伪（皆为假设）；（2）穆王不曾"真有此事真有此诗"。综而言之，则为：无论《穆天子传》真伪如何，《白云谣》及其"和章"《黄泽谣》都属伪作。这实际上是较《穆天子传》更为伪作的一种伪作说。虽然如此，但梁文却没有举出任何理由，更谈不上"有一分材料说一分话"了。既如是，则梁文的伪作说，就很难令人相信了。而欧阳询等《艺文

---

① 转引自拙著《商周逸诗辑考》，黄山书社2012年版，第76—77页。
② 梁启超：《中国之美文及其历史》，东方出版社2012年版，第8页。

类聚》卷四十三、郭茂倩《乐府诗集》卷八十七、左克明《古乐府》卷一、杨慎《古今风谣》《风雅逸篇》卷二、冯惟讷《古诗纪》前集卷三、钟惺等《古诗归》卷一、梅鼎祚《古乐苑》卷四十二、沈德潜《古诗源》卷一、马国翰《目耕帖》卷二十二、杜文澜《古谣谚》卷十五等，皆著录此二诗（谣）的实况，又可为之佐证。而且，这些著述在录载这两首谣（诗）时，无一认为其乃伪作。所以，在没有确切材料的情况下，宁可信其真，而不能断其为伪，或者说，怀疑可以，但却不能将怀疑作结论以待。

现在再回到歌与谣的问题上来。上古时期的谣，既然并非全部出自民间，且又可为"乐谣"，则其与音乐之关系密切，也就自不待言。而与谣相关联的歌，亦更属如此，原因是"曲合乐曰歌"（详上引郑玄注），所以，在先秦文献中，其行文凡属有"××歌曰"者，即皆可"歌"之，如《左传》卷八《成公十七年》有云："国子相灵公以会……从而歌之曰：'济洹之水，赠我以琼瑰。归乎归乎，琼瑰盈吾怀乎？'"[1]其中"济洹之水"等四句，梅鼎祚《古乐苑》卷首、杨慎《风雅逸篇》卷六、冯惟讷《古诗纪》前集卷一等，均作《梦歌》，《左传》则明言"从而歌之"，故《梦歌》之可入乐而唱者，即乃无疑。但值得注意的是，作为名词而非动词的歌，在上古时期有时是等同于诗的，也即是为诗之代名词的，如《史记》卷三十八所载《麦秀歌》即为其例。其《宋微子世家第八》有云：

> 于是，武王乃封箕子于朝鲜而不臣也。其后箕子朝周，过故殷虚，感宫室毁坏，生禾黍，箕子伤之，欲哭则不可，欲泣为其近妇人，乃作麦秀之诗以歌咏之。其诗曰："麦秀渐渐兮，禾黍油油。彼狡僮兮，不与我好兮。"[2]

其中的"其诗曰"三字，便属确证。这一实况所反映的是，西周初期的

---

[1] 转引自拙著《商周逸诗辑考》，黄山书社2012年版，第171—172页。
[2] 司马迁：《史记》卷三十八《宋微子世家第八》，岳麓书社1988年版，第296页。

歌与诗，都是与音乐的关系甚为密切的，即诗在当时也是可入乐而唱的。而事实也正是如此。上引刘勰《文心雕龙·乐府第七》有云："凡乐辞曰诗，诗声曰歌。"所谓"乐辞"，即配乐之辞，也就是可以唱的诗；而"诗声"云云，则是指"诗句配上声律就变成歌"的"歌"（陆侃如等《文心雕龙译注》）。但班固《汉书》卷三十《艺文志第十》却认为："诵其言谓之诗，咏其声谓之歌。"①《周礼·春官宗伯第二·大司乐》则又云："以乐语教国子，兴道讽诵言语。"郑玄注云："倍文曰讽，以声节之曰诵。"②郑玄与班固，均为东汉人，故二人对"诗"的解释，大体上是相同的。而实际上，"以声节之曰诵""诵其言谓之诗"，均只说对了一半，即诗既可诵，也可配乐而唱，刘勰所言"凡乐辞曰诗"者，所指即此。

其实，诗可配乐而传唱，或者说诗为"乐辞"者，一部《诗三百》即为最好的例证。关于《诗三百》与音乐的关系，《墨子·公孟篇》《史记》卷二十四《乐书二》引师乙之语，均有专载，这里就不作具体论述了。

三、乐府诗与上古音乐

以上的考察表明，上古时期自"乐者，音之所由生也"后，作为"德之华也"的乐，即先后与歌、谣、舞、诗产生联系，因而也就有了乐歌、乐谣、乐舞与乐辞（诗）。从文体学的角度言，歌、谣、辞三者，都属于诗歌的范畴，即乐与此三者的关系，实际上就是乐与诗的关系，且为朝廷的音乐机构所管理。在上古时期，专事乐、歌、谣（民间里谣除外）、辞等管理的音乐机构，主要有"瞽宗""大司乐""乐府"等，对此，《周礼》《礼记》《吕氏春秋》诸书，已多所记载。如《周礼·春官宗伯第二·大司乐》有云："凡有道者，有德者，使教焉，死则以为乐祖，祭于瞽宗。"《礼记·明堂位第十四》则谓："瞽宗，殷学也。"郑玄注云：

---

① 班固：《汉书》卷三十《艺文志第十》，岳麓书社1993年版，第760页。
② 郑玄注、贾公彦疏：《周礼注疏》卷二十二，《十三经注疏》本，上海古籍出版社1997年影印，第787页。

"瞽宗,乐师瞽矇之所宗也。"①所谓"殷学",即"瞽宗",也即殷商时期用以管理乐舞、传授技艺的音乐机构。李孝光《乐府诗集序》云:"乐府者,教乐之官也。于殷曰瞽宗。周因殷,《周官》又有大司乐之属。"②此则表明,周朝的"大司乐",就是商朝的"瞽宗"。而《汉书》卷十九上《百官公卿表第七上》则云:

> 秦官,掌宗庙礼仪,有丞。景帝中六年更名太常。属官有太乐、太祝、太宰、太史、太卜、太医六令丞。……少府,秦官,掌山海地泽之税,以给共养,有六丞。属官有尚书、符节、太医、太官、汤官、导官、乐府、若卢、考工室、左弋、居室、甘泉居室、左右司空、东织、西织、东园匠十六官令丞。③

其中的"少府,秦官",以及"少府"所辖之官有"乐府"者,则为秦朝曾置"乐府"的一条确证。由"瞽宗"而"大司乐",再由"大司乐"而"乐府",此即商、周、秦三朝所置音乐机构的基本概况。

而在商朝之前的夏朝,甚至是更前,也是有类似的音乐机构或者"教乐之官"的,如《吕氏春秋》卷五《古乐》,即对此有所记载。其云:

> 帝喾命咸黑作为声,歌《九招》《六列》《六英》;有倕作为鼙鼓钟磬吹苓管埙篪鞀椎钟,帝喾乃令人抃,或鼓鼙,击钟磬,吹苓,展管篪;因令凤鸟、天翟舞之。帝喾大喜,乃以康帝德。……帝舜乃令质修《九招》《六列》《六英》,以明帝德。……殷汤即位,夏为

---

① 郑玄注、孔颖达等正义:《礼记正义》卷三十一《明堂位》,《十三经注疏》本,上海古籍出版社1997年影印,第1491页。
② 李孝光:《乐府诗集序》,《李孝光集校注》卷二,上海社会科学院出版社2005年版,第65页。
③ 班固:《汉书》卷十九《百官公卿表第七上》,岳麓书社1993年版,第323—325页。

> 无道……汤于是率六州以讨桀罪，功名大成，黔首安宁。汤乃命伊尹作为《大护》，歌《晨露》，修《九招》《六列》，以见其善。①

其中的"帝喾命咸黑作声歌"之咸黑，"帝舜乃令质修《六列》《六英》"之质，汤乃命伊尹作为《大护》，歌《晨露》，修《九招》《六列》"之伊尹，就都属于上古时期"教乐之官"的范畴，或者说都兼有乐官之职能，其中"作""修"等动词的运用，即足可证实之。而据王国维《商先公先王考》之所考，又知帝喾乃先夏时期人，则"帝喾命咸黑作声歌"发生于夏朝以前，也就甚为清楚。凡此，即皆为上古时期乐与歌、谣、舞、辞等互为组合的具体反映，而乐为其之最主要、最核心者，则乃不言而喻。

有了管理乐舞、技艺的音乐机构与"教乐之官"，自然也就有了乐府诗。但据现所存见之文献而言，上古时期所流传下来的乐府诗，主要有两大类，即"古歌类"与"古琴类"。对于上古时期的这两类乐府诗，宋人郭茂倩在编撰《乐府诗集》时，均对其进行了程度不同之录载。以"古歌类"为例，《乐府诗集》卷八十三所著录者有：《击壤歌》《卿云歌》三首、《涂山歌》《夏人歌》二首、《商歌》二首、《师乙歌》《获麟歌》《河激歌》《越人歌》《徐人歌》《渔父歌》《采葛妇歌》《紫玉歌》《邺民歌》《郑白渠歌》。凡十五题十九首。《乐府诗集》卷五十七至卷六十，共有《琴曲歌辞》四卷，其中属于"古琴类"者则为：《神人畅》《思亲操》《南风歌》二首、《襄陵操》《箕子操》《拘幽操》《文王操》《克商操》《伤殷操》《越裳操》《神凤操》《采薇操》《履霜操》《士失志操》四首、《雉朝飞操》《将归操》《处女吟》《别鹤操》《渡易水》《力拔山操》《项王歌》《大风起》《采芝操》《琴歌》三首。凡二十四题整三十首。二者合计为三十九题四十九首。这些"古歌类"与"古琴类"乐府诗的作年，因均在汉武帝"乃立乐府"（《汉书·礼乐志第二》）之前，故拙著《商周逸诗辑考·凡例》《中

---

① 许维遹撰、梁运华整理：《吕氏春秋集释》卷五《古乐》，《新编诸子集成》本，中华书局 2009 年版，第 124—126 页。

国乐府诗批评史》第一章,乃均将其称之为"前乐府",也就是汉武帝"乃立乐府"前的乐府诗。

着眼于乐府诗的发展史审视,"前乐府"大致可分为三个阶段,即夏朝(含先夏)、商周、秦朝(含汉武帝"乃立乐府"之前的西汉初期),且每一个阶段的"前乐府",既特点各具而又风采各异。其中,最值得注意的是第一阶段的"前乐府"(如部分"古歌类"),因为其与在这一时期由音而生成之乐,乃具有鱼之于水的关系。即是说,乐之因音而问世后,所衍生之乐歌、乐谣、乐舞与乐辞(诗),即成为了孕育"前乐府"的一架最好温床。所以,乐在"有史以前,半开化时代"的上古时期,实乃为一切艺术形式、艺术活动之母,而先民们的情性与心灵,也因之而得以开启,论者所谓"乐之生也,殆与生民俱矣,夫乐者,乐也"云云①,所言即此。

除上述外,乐与"诗三百"的关系也甚为密切。对此,《左传·襄公九年》所载"季札观乐于鲁"与《史记》卷一二一《儒林列传》载孔子"自卫返鲁,然后乐正,《雅》《颂》各得其所"者,即为其例。尽管吴公子季札观乐于鲁时,"诗三百"的数量与次序排列还未能最后确定,但其之与乐的关系密切,则已为不争之事实。同样的情况,孔子之于《雅》《颂》等的"乐正",也属如此。这是诗在上古时期能入乐而唱的确证。正因此,胡应麟《诗薮·内篇》卷一即作出了如此之认识:"诗即乐府,乐府即诗,犹兵寓于农,未尝二也。"②寥寥数语,既揭示了诗与音乐的关系,又揭示了诗与乐府的关系,堪称的论。

第二节 乐府起源在唐宋的论争

在《中国乐府诗批评史》的第一章中,我曾如是写道:"长期以来,

---

① 王易:《乐府通论·述原第一》,上海中国文化服务社1948年版,第1页。
② 胡应麟:《诗薮·内编》卷一,上海古籍出版社1958年版,第13页。

人们对于乐府诗的认识与研究，几乎都是以班固《汉书·礼乐志》之所载为依据的，即大都认为乐府诗诞生于汉武帝'乃立乐府'之后，因之，'乐府始于西汉'说，即成为了各种文学史著作的一种共识。而一些专门研究乐府诗或音乐史的著作，如罗根泽《乐府文学史》、王易《乐府通论》、萧涤非《汉魏六朝乐府文学史》、增田清秀《乐府の历史的研究》、杨生枝《乐府诗史》，以及杨荫浏《中国古代音乐史稿》等，亦更是如此。"①拙著在这段文字之后，从传世文献与出土文物的双重角度，对"乐府始于西汉"说进行了辨正，认为在上古时期的夏、商、周确有乐府诗存在，同时也确实存在着乐府诗批评。但前人如刘勰《文心雕龙·乐府第七》等，对于这一问题的认识，却是甚为矛盾的，即其既认为上古时期存在着乐府诗，又认为乐府诗始于汉武帝"乃立乐府"之后。而在由六朝而清末的乐府诗史上，类似于刘勰《文心雕龙·乐府第七》这样的认识，也并非少许。这实际上涉及的是"乐府起源"的问题。而值得注意的是，在乐府诗高度繁荣发达的唐、宋时期，人们因此而产生了一场旷日持久的论争。这场论争，所反映的其实是介入者的一次文学思想的交锋与碰撞。所以，本节旨在对这场前后长达数百年的论争，进行一次梳理式的考述与论析，以还"乐府起源"之本来面目。

而要弄清楚这场论争的原委与始末，以及乐府诗究竟起源于何时，问题还要从汉武帝之"乃立乐府"说起。

一、谁是"乐府始于西汉"的作俑者

在现所存见的材料中，最早记载汉武帝"乃立乐府"者，是史学家班固的《汉书》。该书卷二十二《礼乐志第二》这样写道：

---

① 王辉斌：《中国乐府诗批评史》第一章第一节，武汉大学出版社2017年版，第1页。

> 至武帝定郊祀之礼，祠太一于甘泉，就乾位也；祭后土于汾阳，泽中方丘也。乃立乐府，采诗夜诵，有赵、代、秦、楚之讴。以李延年为协律都尉，多举司马相如等数十人造为诗赋，略论律吕，以合八音之调，作十九章之歌①。

这段文字表明，汉武帝刘彻即位之初，对于当时的礼乐文化建设，乃是相当重视的，但其中却并没有记载"乐府始于西汉"，或者表达出有关这方面的某种认识。待至数百年后的唐代初期，颜师古在读了班固《汉书》卷二十二《礼乐志第二》中的这一段文字后，乃作注云："乐府之名，盖始于此。"为文学史撰写者所称道的"乐府始于西汉"说，即因此而诞生。颜师古，《旧唐书》卷七十三、《新唐书》卷一九八有传，以字行，今陕西西安人，唐代著名的史学家，曾注班固《汉书》，因"解释详明，深为学者所重"(《旧唐书》卷七十三《颜师古传》)。《新唐书》卷五十八《艺文志二》著录颜师古"注《汉书》一百二十卷"。颜师古"乐府之名，盖始于此"的依据是什么，其于"《汉书》注"中并没有作任何说明。虽然如此，但颜师古之为"乐府始于西汉"说的始作俑者，则乃毫无疑义。

或有认为《汉书》"乃立乐府"之"乃立"，是颜师古持说的关键所在，即认为此二字之所指，是谓汉武帝即位后创立了"乐府"云云，实则为误。这是因为，"乃"在此与《史记》卷八十四《屈原贾生列传》之"乃令张仪佯去秦"的用法一样，即"乃"为副词，为"于是"之意；而"立"则为动词，为"置""建""设立"之意，与《周礼·天官冢宰第一》之"建其牧，立其监"相同。所以，"乃立乐府"四字，实际上是说汉武帝在"定郊祀之礼，祠太一于甘泉""祭后土于汾阳"的同时，还设置（或恢复）了"乐府"机构。但作如此理解，有一个问题尚需弄清楚，即据《汉书》卷十九上《百官公卿表第七上》所载，秦朝已有"太乐"与"乐府"机

---

① 班固：《汉书》卷二十二《礼乐志第二》，岳麓书社1993年版，第474页。

构,且西汉于立国之初,在典章制度等方面,是"大抵皆袭秦故"(《史记》卷二十三《礼书一》),如此,"袭秦故"之西汉政府,当时是否还需要"乃立乐府"呢?答案是肯定的。其原因在于,据《百官公卿表第七上》之所载,秦始皇统一六国后的秦朝,是确曾设置了"太乐"与"乐府"的,但秦汉之际因战争等原因,使得包括"乐府"在内的许多国家机构,早已或"废"或"坏"了。对此,《史记》卷二十三《礼书第一》之"周丧,礼废乐坏",卷二十四《乐书第二》之"凌迟以至六国,流沔沉佚,遂往不返,卒于丧身灭宗,并国于秦"等,已多少透出了此中的一些消息。所以,面对着或"废"或"坏"的礼乐现实,即皇帝位后的汉武帝"乃立乐府",也就在情理之中。总之,班固《汉书》所言之"乃立乐府",不是指汉武帝首次创立了"乐府",而是指重新设置或恢复了与秦朝"乐府"完全等同的一个音乐机构。

颜师古"乐府之名,盖始于此"的认识,尽管没有任何材料依据,但在当时及其后却产生了相当大的影响,这大约是颜师古也不曾想到的。其中,最具典型性与代表性者,首推唐人吴兢的《乐府古题要解》一书。

二、唐人对"乐府始于西汉"的辩驳

在乐府诗批评史上,吴兢《乐府古题要解》为颜师古"乐府之名,盖始于此"的积极支持者,乃众所皆知。吴兢,《旧唐书》卷一〇二、《新唐书》卷一三二有传,今河南开封人。武周时入史馆,编修国史,撰有著名的《贞观政要》十卷。《乐府古题要解》凡上下两卷①,是继扬雄《琴清英》、蔡邕《琴操》、智匠《古今乐录》等之后的又一部乐府诗专书。而

---

① 关于吴兢《乐府古题要解》的内容与卷次,晁公武《郡斋读书志》、马端临《文献通考》,均认为其于《要解》之外,另有《古乐府》十卷者,乃皆误。具体参见拙著《中国乐府诗批评史》第五章第一节,武汉大学出版社2017年版,第149—153页。

据《旧唐书·经籍志》《新唐书·艺文志》之所载,吴兢的《乐府古题要解》,实则为唐代第一部批评乐府诗的专书,所以,此书之于时人与后人的影响很大,也就自不待言。

而需指出的是,在唐人著述中,《乐府古题要解》虽然是一部乐府诗批评的专书,但"初唐四杰"之一的卢照邻(636?—695后),已在其之前撰写了一篇《乐府杂诗序》,并于"乐府起源"有所涉及。是《序》有云:

> 闻夫歌以咏言,庭坚(皋陶)有歌虞之曲;颂以纪德,奚斯(鲁公子)有颂鲁之篇。四始六义,存亡播矣;八音九阕,哀乐生焉。是以叔誉(叔向)闻诗,验同盟之成败。延陵(季札)听乐,知列国之典彝。王泽竭而颂声寝,伯功衰而诗道缺。秦皇灭学,星瑁千年;汉武崇文,市朝八变。通儒作相,征博士于诸侯;中使驱车,访遗编于四海①。

这段文字有两点颇值得注意:一是卢照邻序"乐府杂诗",而溯源于上古时期的"庭坚有歌虞之曲"以论;二是专言"乐府杂诗"之种种,而独不及汉武帝的"乃立乐府"。合而观之,可知在卢照邻看来,乐府诗的发生、发展,是与上古时期之"歌""诗""曲"(音乐)密切相关的。正因此,其才于文中只字不提汉武帝的"乃立乐府"。这一实况所反映的,其实就是卢照邻的"乐府起源"认识观。据任国绪《卢照邻集编年笺注》所考,卢照邻《乐府杂诗序》写于武则天仪凤四年(679年)②,斯时距颜师古注《汉书》已有数十年之隔,则其不为颜师古"乐府之名,盖始于此"所影响者,即乃甚明。换言之,卢照邻为《乐府杂诗》写序,而将笔触直指"庭坚有歌虞之曲"者,表明其认为乐府诗之起源,乃是在"庭

---

① 卢照邻:《乐府杂诗序》,《卢照邻集》卷六,中华书局1980年版,第73页。

② 任国绪:《卢照邻集编年笺注》,黑龙江人民出版社1989年版,第382页。

坚"所生活的上古时代的。

大约在卢照邻《乐府杂诗序》问世四十年后,吴兢撰著了《乐府古题要解》一书①。附于卷首的《序》表明,吴兢撰著此书之目的,主要是"欲令后生"以之"取正",即欲为"后生"创作乐府诗提供一种"规范"。吴兢"乐府始于西汉"的认识,亦自然寓于其中。为便于考察,兹抄引是《序》之全文如次:

> 乐府之兴,肇于汉魏。历代之士,篇咏其繁。或不睹于本章,便断题取义。赠夫利涉,则述《公无渡河》;庆彼载诞,乃引《乌生八九子》;赋雉斑者,但美绣颈锦臆;歌天马者,唯叙骄驰乱蹋。类皆若兹,不可胜载。递相祖习,积用为常,欲令后生,何以取正?余顷因涉阅传记,用诸家文集,每有所得,辄疏记之。岁月积深,以成卷轴,向编次之,目为《古题要解》云尔。②

在这里,吴兢开门见山地提出了自己的看法:"乐府之兴,肇于汉魏。"这八个字表明,作为史学家的吴兢,受颜师古"《汉书》注"中"乐府之名,盖始于此"的影响,乃是相当直接的。颜师古与吴兢对"乐府起源"的这种认识,其所代表的实际上是唐代史学家的一种乐府认识观,并给时人与后人以很大影响,如中唐诗人刘猛,即为其一。

刘猛,两《唐书》无传,生卒年不详,中唐时期重要的乐府诗人,与元稹、李馀等人颇具交谊,先后写《梦上天》等乐府诗数十首,元稹曾与之唱和一时。对此,元稹《乐府古题序》有明确记载,其云:"昨梁

---

① 吴兢《乐府古题要解》成书于何时,两《唐书·吴兢传》无载,然据《序》文中"余顷因涉阅传记,用诸家文集,第有所得,辄疏记之。岁月积深,以成卷轴"推之,似当为其晚年所撰,故此处乃有"大约在卢照邻《乐府杂诗序》问世四十年后"之谓,其虽不够准确,但可资参考,特此说明。

② 吴兢:《乐府古题要解序》,《乐府古题要解》卷首,《历代诗话续编》本,中华书局1983年版,第24页。

州见进士刘猛、李馀,各赋古乐府诗数十首,其中一二十章,咸有新意,余因选而和之。其有虽用古题,全无古义者,若《出门行》不言离别,《将进酒》特书列女之类是也。其或颇同古义,全创新词者,则《田家》止述军输、《捉捕》词先蝼蚁之类是也。"刘猛虽然是一位乐府诗人,且以写"虽用古题,全无古义"的乐府诗见长,但却是一位坚定的"乐府之兴,肇于汉魏"的支持者。对此,元稹《乐府古题序》亦有记载,云:

> 刘补阙云:乐府肇于汉魏。按仲尼学《文王操》、伯牙作《流波》《水仙》等操,齐犊沐作《雉朝飞》,卫女作《思归引》,则不于汉魏而后始,亦以明矣。况自《风》《雅》,至于乐流,莫非讽兴当时之事,以贻后代之人,沿袭古题,唱和重复。于文或有短长,于义咸为赘赘,尚不如寓意古题,刺美见事,犹有诗人引古以讽之义焉①。

所谓"乐府肇于汉魏",便是刘猛对"乐府起源"的认识,其与吴兢"乐府之兴,肇于汉魏"、颜师古"乐府之名,盖始于此"者,乃一脉相承。针对刘猛的这种认识,元稹在《乐府古题序》中,则以孔子"学《文王操》、伯牙作《流波》《水仙》等操",以及"齐犊沐作《雉朝飞》,卫女作《思归引》"为例,对其进行了有力辩驳,认为这些上古时期的"琴类乐府",均证明了乐府不是"肇于汉魏",而是皆产生于汉魏之前。所以,元稹最后作结论说:这些乐府诗"皆不于汉魏以后始,亦甚明矣"。这就是元稹著名的"乐府不于汉魏以后始"说。元稹的这一"乐府起源"认识,是对卢照邻所持乐府诗起源于上古的最直接肯定。元稹与刘猛,同为"新乐府运动"的成员,且关系甚为密切,但在关于"乐府起源"问题上

---

① 元稹:《乐府古题序》,《元稹集》卷二十三,中华书局1980年版,第255页。

的认识，不仅是寸步不让，而且还与之针锋相对，并予以坚决还击，元稹之于"乐府起源"历史真实的维护，仅此可见一斑。

元稹对于"乐府起源"的这种认识，曾获得了诸多唐宋诗人的支持与响应，以唐代诗人言，皮日休就是其中的一位较典型者。虽然，对于元稹的这种认识，皮日休并不曾撰专文予以称颂与首肯，但其却于《正乐府十篇》的"并序"中，就乐府诗的起源问题，提出了与卢照邻、元稹完全相同的看法。"并序"云：

> 乐府，盖古圣王采天下之诗，欲以知国之利病，民之休戚者也。得之者，命司乐氏入之于埙篪，和之以管籥，诗之美也，闻之足以劝乎功；诗之刺也，闻之足以戒乎政。故《周礼》太师之职，掌教六诗，小师之职，掌讽诵诗。由是观之，乐府之道大矣。今之所谓乐府者，唯以魏、晋之侈丽，陈、梁之浮艳，谓之乐府诗，真不然矣。故尝有可悲可惧者，时宣于咏歌，总十篇，故命曰《正乐府诗》①。

这篇"并序"的重点，所言虽然为有关乐府诗之功能问题，但皮日休于开首乃明确指出："乐府，盖古圣王采天下之诗，欲以知国之利病，民之休戚者也。"此则表明，在皮日休的"乐府起源"认识观中，上古时期"王"所采"天下之诗"的"诗"，就是"乐府"。并说，诸如《周礼》太师之职，掌教六诗"之"六诗"，"小师之职，掌讽诵诗"之"讽诵诗"等作，亦皆属于"乐府"，故而认为："由是观之，乐府之道大矣。"所谓"乐府之道大矣"，是说上古时期的"乐府"非止一途，而是谓那些"古歌""古谣"等，都是可称为乐府诗的。皮日休又有属于"新乐府辞"的《补九夏歌九首》(《乐府诗集》卷九十六)，《全唐诗》卷六〇八作《补周礼九夏系

---

① 皮日休：《正乐府十篇》，《全唐诗》卷六〇八，中华书局1960年版，第7018页。

文·九夏歌九篇》,且有《补周礼九夏系文》之"并序"以述载其原委。其"并序"云:

>　　《周礼》:"钟师掌金奏,凡乐事以钟鼓奏《九夏》。"案郑康成注云:"夏者,大也。乐之大者,歌有九也。《九夏》者,皆诗篇名也,颂之类也。"此歌之大者,载在乐章,乐崩亦从而亡,是以颂不能具也。呜呼!吾观之鲁颂,其古也亦久矣。《九夏》亡者,吾能颂乎?夫大乐既去,至音不嗣,颂于古不足以补亡,颂于今不足以入用,庸可颂乎?颂之亡者,俾千古之下,郑卫之内,窈窈冥冥,不独有大卷之音者乎?①

"并序"所引《周礼》之"《九夏》",既为西周之乐曲名,亦为当时歌诗之题②,其与《正乐府十篇并序》之"乐府,盖古对王采天下之诗"云云,正互为扣合,表明皮日休认为《九夏》等上古时期之诗之歌,都是可目为乐府诗的。

三、宋人对"乐府始于上古"的支持

　　赵宋立国之初,表现在文化方面的盛事之一,就是大力编辑整理前人著作,且官方与私人均有成果,属于官方所编者,主要有《文苑英华》《太平广记》《太平御览》等,属于私人编辑者,则可以姚铉《唐文粹》为代表。其中,与"乐府起源"颇具关联者,是郭茂倩的《乐府诗集》一百卷。现所存见之各种版本的《乐府诗集》,虽然均无郭茂倩之序或跋,但从是书所收录之乐府诗实况言,则是可管窥郭茂倩对"乐府起

---

① 皮日休:《补周礼九夏系文》,《全唐诗》卷六〇八,中华书1960年版,第7012页。
② 参见拙著《商周逸诗辑考》之《西周逸诗》,黄山书社2013年版,第157页。

源"认识之一斑的。

按《乐府诗集》卷五十七至卷六十,共收"琴曲歌辞"四卷,其中属于汉武帝"乃立乐府"之前的"琴曲歌辞",计为二十题二十九首。其具体为:(1)卷五十七:殷箕子《箕子操》、周文王《拘幽操》、周文王《文王操》、周武王《克商操》、宋微子《伤殷操》、周公旦《越裳操》、周成王《神龙操》、伯夷《采薇操》、尹伯奇《履霜操》、介子推《士失志操》(四首)、齐犊子《雉朝飞操》;(2)卷五十八:孔子《猗兰操》、孔子《将归操》、鲁处女《处女吟》、商陵牧子《别鹤操》、燕荆轲《渡易水》(二首)、楚项籍《力拔山操》、刘邦《大风起》、四皓《采芝操》;(3)卷六十:百里奚妻《琴歌》(五首)。这些"琴曲歌辞"的作年,据拙著《商周逸诗辑考》之所考,均在夏、商、周时期,甚至更前。郭茂倩将这些夏、商、周时期的"琴曲歌辞"收入《乐府诗集》,表明其认为这些"琴曲歌辞"均为乐府诗也即"前乐府"者,即可肯定。如此,则郭茂倩认为在汉武帝"乃立乐府"之前,已有乐府诗者,即不言而喻。郭茂倩的这种"前乐府"认识观,对后世之研治乐府诗者,影响亦甚大,如元季左克明《古乐府》、明人梅鼎祚《古乐苑》等,就都收录了数以十计的夏、商、周"琴曲歌辞"与上古时期之"古歌",而且,二人所著录"前乐府"之数量,乃数倍于郭茂倩《乐府诗集》。所以从这一方面讲,郭茂倩之于《乐府诗集》中收录夏、商、周乐府诗的的举措,无疑是对元稹"乐府不于汉魏以后始"说的有力支持。

在由北宋而南宋的历史进程中,对元稹"乐府不于汉魏以后始"说予以肯定与支持者,乃首推诗人周紫芝。周紫芝,字少隐,自号竹坡居士,今安徽宣城人,工诗擅词,《四库全书简明目录》认为其"足以继眉山之后尘",而"伯仲于石湖、剑南之间"。有《太仓稊米集》七十卷行世。曾编《古今诸家乐府》三十卷,并于《古今诸家乐府序》一文中,明确指出乐府诗起源于先夏时期,如《序》有云:

世之言乐府者,知起于汉魏,盛于晋宋,成于唐,而不知其渊源实肇于虞舜之时①。

《古今诸家乐府》已佚亡,其于古乐府方面,是否选收了夏、商、周时期的乐府诗,虽不得而知,但《序》文"不知其渊源实肇于虞舜之时"的结论,却已是将"乐府起源"的问题说得相当清楚了。所以,仅从《序》文中的这三十一字而言,周紫芝之于元稹"乐府不于汉魏以后始"的认识予以支持者,乃毫无疑问。而还值得注意的是,周紫芝的这一认识,是建立在对吴兢《乐府古题要解》相当熟悉的基础上的,对此,《古今诸家乐府序》之"至于事之本源,时之废兴,有不同者,吴兢言之详矣,此不复考焉",又可为之佐证。所谓"吴兢言之甚详",实际上是指"吴兢《乐府古题要解》言之甚详",既称其"言之甚详",当然也就是读得甚为精熟了,所以,从这一方面而言,周紫芝的"而不知其渊源实肇于虞舜之时"云云,又有可能是针对吴兢《乐府古题要解序》之"乐府之兴,肇于汉魏"而发的。然则或彼或此,周紫芝认为乐府诗不始于汉武帝"乃立乐府"之时之后者,即可肯定。

周紫芝之后,对元稹"乐府不于汉魏以后始"说予以支持者,是官至左丞相而被污为"伪学罪首"的周必大。周必大字子充,一字洪道,晚年自号平园老叟,今江西吉安人,有《文忠集》二百卷行世。周必大是一位文学家,更是一位著名学者,其不仅主持刊刻了大型文学总集《文苑英华》,而且还刊印了《欧阳文忠公集》,并使之成为定本。周必大之于元稹"乐府不于汉魏以后始"说的支持,主要表现在《书谭该乐府后》一文中。其有云:

世谓乐府起于汉魏,盖由惠帝有乐府令,武帝立乐府采诗夜诵也。唐元稹则以为仲尼《文王操》、伯牙《水仙》、齐楱沐《雉朝

---

① 周紫芝:《古今诸家乐府序》,《太仓稊米集》卷五十一,《四库全书》本,中华书局1987年影印,第1141册,第360页。

飞》、卫女《思归引》为乐府之始。予考之"乃赓载歌""熏兮解愠"，在虞舜时，此体固已萌芽，岂止三代遗韵而已①。

在这里，周必大既对"武帝立乐府采诗夜诵"说进行了辨识，又着眼于实证的角度，将乐府诗的起源上推至"虞舜时"，认为"乃赓载歌""熏兮解愠"等古歌(参见拙著《商周逸诗辑考》)，皆为乐府诗之属，因而对元稹认为"仲尼《文王操》"等"为乐府之始"的认识，乃进行了较全面之肯定与支持。而其"岂止三代遗韵"，即认为乐府起源于上古的观点，在南宋及其后的乐府诗史上，显然是具有不可低估的乐府学意义的。

四、乐府诗起源于"虞舜时"的余论

唐宋诗人、学者对于"乐府起源"的认识与论争，所代表的虽然是介入者各自的一种乐府学史观，但事实证明，作为史学家的颜师古与吴兢，所提出并坚持的"乐府始于西汉"说，其实是与"乐府起源"的历史真实相去甚远的。这是因为，若干传世文献与出土文物已经表明：(1)作为音乐机构的"乐府"，早在夏、商、周时代就已存在。(2)为"乐府"所整理、修改或新创的乐府辞，即包括在"虞舜时"已经"萌芽"之"前乐府"，如《九招》《六英》等，在已成为学术通行读物的《诸子集成》等著作中，乃均有录载，如《吕氏春秋》卷五《古乐》即为其例。(3)这一时期的乐府诗批评，不仅应运而生，而且在"整理类批评"与"选择类批评"两个方面，皆卓有实效。对于此三者之实况，拙著《商周逸诗辑考》《中国乐府诗批评史》第一章诸节，均已进行了极翔实、具体之考察，此不具述。

从乐府诗史的角度审视，唐、宋诗人之于"乐府起源"的论争，所

---

① 周必大：《书谭该乐府后》，《文忠集》卷四十八，《四库全书》本，上海古籍出版社1987年影印，第1147册，第518页。

涉及的其实是关于乐府诗的定义问题，也即什么是乐府诗的问题。对于什么是乐府诗这一命题，司马迁《史记》与先秦诸书均未涉及，唯上引班固《汉书》卷二十二《礼乐志第二》有"采诗夜诵，有赵、代、秦、楚之讴"之载，所谓"采诗夜诵"，指的是"乐府"作为音乐机构的功能之一，而"有赵、代、秦、楚之讴"，则属"采诗"者所"采诗"的内容，即多以民间歌辞为主。正因此，有研究者便认为，凡属"乐府所采诗并经整理配乐传唱"者，即为乐府诗。此种认识乍看起来，似不无道理，但细加咀嚼，可知其与诸多事实相违背。这具体表现为：（1）"乐府"的采诗制度，由西汉而东汉而曹魏，因战争等方面的原因，早已停止（参见萧涤非《汉魏六朝乐府文学史》第三编第一章《概论》）。（2）据郭茂倩《乐府诗集》、左克明《古乐府》、梅鼎祚《古乐苑》三书可知，在上古时期有许多"古歌辞"类乐府诗，如琴歌等，皆为作者"鼓琴而歌"所产生，即其既不属朝廷的"采诗"之列，亦未为"乐府"所整理与删削（修改）。（3）自两宋而元、明、清，大量与"采诗"无关而又不配乐以唱的乐府诗，乃应有尽有（具体参见拙著《唐后乐府诗史》），且多有称之为"古乐府"者，如杨维桢《铁崖古乐府》、李东阳《古乐府》（又称《拟古乐府》，凡整百首）等，即皆为其例。综合此三者，可知"乐府所采诗并经整理配乐传唱"之说，显然是不能成为检验一首诗是否为乐府诗之条件的，也即这样的"乐府诗定义"，是并不符合乐府诗发生、发展之实况的。

　　就乐府诗的属性而言，乐府诗之所以成为乐府诗，关键就在于"音乐"二字，而此，也是"前乐府"与汉魏乐府都可配乐以唱的原因所在。明人胡应麟《诗薮·内篇》卷一"古体上·杂言"之"诗即乐府，乐府即诗，犹兵寓于农，未尝二也"①的认识，所反映的即是乐府诗与音乐的关系，因为胡氏所言之"诗"为《诗经》，其都可配乐而唱，故而胡氏才认为"诗即乐府，乐府即诗"。而据拙著《中国乐府诗批评史》第一章第二节，现可确知的"前乐府"凡一百三十二题一百六十七首，主要由琴

---

① 胡应麟：《诗薮·内篇》卷一，上海古籍出版社1958年版，第13页。

曲类、古歌类、综合类所组成，但无论哪一类，不仅都可配乐而唱，而且都已配乐而唱(具体参见《商周逸诗辑考》之于各诗的"辑考")，但这些"乐"之所配，却并非全为"乐府"所为。所以，"乐府配乐"之说，其实是持说者对"前乐府"作者自行配乐功能的一种抹杀，是有违于乐府诗发生、发展之实况的。

上引周必大《书谭该乐府后》之"唐元稹则以为仲尼《文王操》、伯牙《水仙》、齐椟沐《雉朝飞》、卫女《思归引》为乐府之始"云云，以及周必大本人所持"在虞舜时，此体固已萌芽，岂止三代遗韵而已"之认识，其中所涉及的《雉朝飞》《思归引》等作，即皆为配乐而唱的产物，如此，则其之"乐"皆为作者本人所自为者，也就不言而喻。由是而观，可知检验一首诗是否为乐府诗，是否为"乐府"所配之乐等，是不能成为其之必要条件的。更何况，持"乐府始于西汉"的颜师古、吴兢、刘猛诸人，也不曾作如此认识。所以，从乐府诗发展史的角度而言，唐以前的乐府诗是可配乐而唱的，但其所配之乐，既有"乐府"所为，也有作者自为。而唐以后的乐府诗，则基本上与音乐、特别是"古乐府"之音乐，不存在任何关系，对此，本书第三章第一节已论之甚详，可参看，此兹罢论。

第三节　乐府与歌诗之间的关系

歌与诗，在中国古代的夏、商时期，本为两个独立的文体学概念，且基本不相涉及，而使之互为关联，成为与诗歌相对应的歌诗者，则大约在西周初期前后。从文学发生学的角度言，歌诗在西周初期(或之前)的出现，是当时音乐文学繁荣的一种标志，且与受"前乐府"的影响不无关系。而与之相关联的还有声诗等。所以，在古代诗歌的大家庭中，即历史地存在乐府诗、歌诗、声诗、徒诗等门类。而乐府诗与歌诗的关系又更为亲近，这是因为，二者不仅皆与音乐相关，并且还曾合而为一，成为乐府诗史上的"乐府歌诗"。所谓"乐府歌诗"，其实就是乐府诗。但歌诗之有部分成为乐府诗者,主要是其发展演变之结果,而非自始至终如此。所以,本节特着眼于渊源与流变的角度,就歌诗在由上古而李唐的演变之况,以及乐府诗(主要为"前乐府",下同)与歌诗的关系等,作一具体考察。

一、对歌诗的认识与界定

论及乐府诗与歌诗的关系,首先所要解决的问题,就是什么样的诗才可称之为歌诗。这是一个看似简单,实则颇为复杂的问题。正因此,在文学研究的历代长河中,讨论诗歌者无数,论说歌诗者却鲜有,论歌诗的发展史则更是根本没有。虽然,前人也曾于其诗文中涉及"歌诗"一词,但涉及者却并未对其作任何解释,如白居易即为其例。其著名的《与元九书》一文中,既有"皆所以陈古今歌诗之意""粗论歌诗大端"云云,又有"文章合为时而著,歌诗合为事而作"这样的名句,但白居易却未能对这三处"歌诗"作只字之注。所以,对于歌诗之认识,既有人认为,凡可入乐者,即为歌诗;也有人认为,诗题末有"歌"或"诗"且能配乐传唱者,便属歌诗;更有人认为,既入乐又入舞者,就是歌诗。如此等等,不一而足。其实这些认识,都是大有问题的。

首先,持第一种认识者,其认识实则太笼统、太宽泛,原因是先秦之古歌、古辞、古琴曲,以及唐及其后的近体诗、词、散曲、剧曲等,都属于可入乐者,但其却并非歌诗。其次,持第二种认识者之认识,也是难以成立的,因为诗题末有"歌"或"诗"者,几乎均为乐府诗,如唐山夫人《安世房中歌》、傅玄《晋郊祀歌》、张华《王公上寿诗》等,即皆为其例①。至若认为"既入乐又入舞者,即为歌诗"的认识,也属不的,

---

① 关于《安世房中歌》的作者,众说纷纭,此作唐山夫人者,从萧涤非说,萧说见人民文学出版社 1984 年版《汉魏六朝乐府文学史》,第 34 页。又,傅玄《晋郊祀歌》、张华《王公上寿诗》,依序为郭茂倩《乐府诗集》卷一、卷十三所著录,则其为乐府诗乃无疑。

盖因郭茂倩《乐府诗集》之"郊庙歌辞""舞曲歌辞"等，乃皆具"既入乐又入舞"之特点。要而言之，这三种认识，其实是将歌诗与乐府诗混为一谈所致。而更为重要的是，持说者对于歌诗的定义、发生、发展、演变等特点，以及其与先秦乐府机构、"前乐府"等之关系，皆未作只字之涉及，只是围绕着汉武帝"乃立乐府"的传统说法转圈子。但传世典籍与地下出土文物的双重史料表明，秦朝及其前有乐府机构、存在着数以百计的"前乐府"，已为不争之事实①，若漠视这一史实的存在，显然是于乐府诗与歌诗之研究极为不利的。

从音乐的角度审视，乐府诗与歌诗都属于可入乐传唱者，但二者也并非是没有区别的。如汉武帝"乃立乐府"之前的乐府诗，也即拙著《商周逸诗辑考》《中国乐府诗批评史》所言之"前乐府"，上古时期的"古歌类"则为其之最重要者。但这些"古歌类"乐府，与歌诗却是迥然有别的。为便于对汉及其前之歌诗的认识，下面兹举班固《汉书》卷三十《艺文志第十》之所著录以为例说。其著录者为：

> 《高祖歌诗》二篇、《泰一杂甘泉寿宫歌诗》十四篇、《宗庙歌诗》五篇、《汉兴以来兵所诛灭》十四篇、《出行巡狩及游歌诗》十篇、《临江王及愁思节士歌诗》四篇、《李夫人及幸贵人歌诗》三篇、《诏赐中山靖王子哙及儒子妾冰未央才子歌诗》四篇、《吴楚汝南歌诗》十五篇、《燕代讴雁门云中陇西歌诗》九篇、《邯郸河间歌诗》四篇、《齐郑歌诗》四篇、《淮南歌诗》四篇、《左冯翊秦歌诗》三篇、《京兆尹秦歌诗》五篇、《河东蒲反歌诗》一篇、《黄门倡车忠等歌诗》十五篇、《杂歌有主名歌诗》十篇、《杂歌诗》九篇、《洛阳歌诗》四篇、《河南周歌诗》七篇、《河南周歌声曲折》七篇、《周谣歌诗》七十五篇、《周谣歌诗声曲折》七十五篇、《诸神歌诗》三篇、

---

① 关于传世典籍与地下出土文物可证秦以前有"乐府"者，具体参见拙著《中国乐府诗批评史》第一章第二、第三节，武汉大学出版社2017年版，第5—12页。

《送迎灵颂歌诗》三篇、《周歌诗》二篇、《南郡歌诗》五篇。右歌诗二十八家，三百一十四篇①。

其中所言之"歌诗二十八家"，实际是指《汉书》共辑录了"歌诗二十八"种，也即28种歌诗篇名（从音乐的角度言，其皆为曲名）。而这二十八种歌诗篇名，又大致可分为两种类型，即一为"歌诗"类，一为"曲折"类。对于"曲折"，《隋书》卷十五《音乐志下》引牛弘"奏曰"乃有载，其云："今人犹唤《大观》为《前舞》，故知乐名虽随代而改，声韵曲折，理应相同。"②此则表明，"曲折"主要是指歌诗的"声韵"而言。所以，章太炎认为："汉世所谓歌诗者，有声音曲折可以弦歌。如《河南周歌声曲折》七篇，《周谣歌诗声曲折》七十五篇是也。"（《诗辨》）所言甚是。

这两类共"二十八家，三百一十四篇"歌诗，为我们提供了如下几点值得重视的信息：

（一）据《周歌诗》《河南周歌声曲折》等篇名可知，歌诗作为一个具有音乐特点的文学概念，至迟应产生于周朝，而《左传·襄公十六年》之所载（具体详下），又可为之佐证。"襄公十六年"，为周灵王十五年，也即公元前557年，是时为东周中期前后，据此推之，西周初期或者其前，歌诗就当已问世。而从接受史的角度言，歌诗问世后，还要经过一段时间的传唱与流行，方可定型并为编集者录载，所以，《周歌诗》《河南周歌声曲折》等"歌诗集"即使为汉人所编，其之问世也应是在周朝或其前的。

（二）由周而汉的这些歌诗，主要与朝廷祭祀（如《宗庙歌诗》）、庆贺（如《诏赐中山靖王子哙及儒子妾冰未央才子歌诗》）、颂德（如《李夫人及幸贵人歌诗》）、歌功（如《汉兴来兵所诛灭》）等密切关联，则其所配之乐为雅乐，乃可肯定。至于《吴楚汝南歌诗》《邯郸河间歌诗》等，

---

① 班固：《汉书》卷三十《艺文志第十》，岳麓书社1993年版，第776—777页。
② 魏徵等：《隋书》卷十五《音乐志下》，中华书局1973年版，第377页。

应是一些地方曲调经整理改编后流传于宫中的曲名，也即以此曲调予以传唱的歌诗。若此种认识不误，则歌诗在东汉以前的中国古代，所适用或适应之范围，应是以宫廷及贵族阶层为重点的。此则表明，歌诗在周、汉之际，主要是供当时朝廷举行大型活动及权贵一类人物专用的。

（三）其中的《周谣歌诗》七十五篇、《周谣歌诗声曲折》七十五篇等作表明，至少在周朝或者周朝初期前后，朝廷曾设置有专门负责搜集、改编并为之配乐的歌诗机构，或者径直由"太乐""乐府"之类的具体机关负责实施，否则，流传于宫廷或者贵族阶层的这类歌诗，就没有理由称之为"周谣歌诗"了。换言之，谣在周朝之所以能成为歌诗，并为当时的权贵阶层所接受，是因为朝廷所设置之专门音乐机关曾对其进行过整理、改编与配乐，应乃无疑。这样看来，为班固《汉书·艺文志》所录载之"二十八家，三百一十四篇"歌诗，均为朝廷诏令有关乐官或与此相关之官员所编辑者，也就甚为清楚。

综此三者可知：（1）歌诗约问世于西周前后；（2）其篇名一般标有"歌诗"二字，特殊者则标有"曲折"二字；（3）其所配乐为朝廷雅乐；（4）祭祀、颂德、庆贺、歌功等，为其主要功能与作用；（5）为朝廷与贵族阶层的专享之物。其中，后四者，即为本节对歌诗之定义，凡与此四者不相关联者，乃不属于歌诗，且不得以歌诗目之。

二、歌诗的诞生及其发展

所谓"歌诗"，其本义是指咏唱某诗（参见杜佑《通典》卷一四五《乐五》），即"歌"为动词。徐师曾《文体明辨序说》引《广雅》云："声比于琴瑟曰歌。"[①]所以，"歌"诗实际上就是"唱诗"。如《墨子·公孟篇》云："或以不丧之间，诵诗三百，弦诗三百，歌诗三百，舞诗三百。若用子之言，则君子何日以听治。"这段文字是说，在为死者服丧时，有

---

① 徐师曾：《文章辨体序说》，人民文学出版社1962年版，第99页。

人认为在"不丧之间",是可以诵《诗三百》,弦《诗三百》,歌《诗三百》,舞《诗三百》的,墨子则认为不可。所以,孙诒让注其中的"歌诗三百"云:"《周礼·小师》注云:'歌依咏诗也。'"①又如《左传·襄公十六年》云:"晋侯与诸侯宴于温,使诸大夫舞,曰:'歌诗必矣。'齐高侯之诗不类。"孔颖达疏曰:"正义曰:'歌古诗,各从其恩。'"②所谓"歌古诗",即与"歌诗三百"完全相同,也就是"歌唱古诗"与"歌唱《诗三百》"之谓③。"古诗"与"诗三百"既然均可"歌",则其皆可入乐者,即可肯定。但是,《诗三百》作为上古时期的一种诗歌总集,并非是全部都可以配乐而唱的,对此,程大昌《考古编》卷一已言之甚详④,可参看,此不具述。

由于"古诗"与"诗三百"在上古时期是可"歌"的,故后人乃多所仿效,久而久之,"歌"与"诗"便合而为一,组成了"歌诗"一词,使得动词之"歌",因此变为名词⑤。也正因此,"歌诗"便成了"可入乐之诗"的代名词,并以一种诗体形式流传后世,因而也就有了徒诗、徒歌、声

---

① 孙诒让:《墨子间诂》卷十二《公孟第四十八》,《诸子集成》本,中华书局2002年影印,第275页。

② 杜预注、孔颖达等正义:《春秋左传正义》卷三十三《襄公十六年》,《十三经注疏》本,上海古籍出版社1997年影印,第1963页。

③ 《诗三百》之可歌,中华书局点校本《史记》卷二十四《乐书二》引师乙之语有载云:"宽而静,柔而正者,宜歌《颂》;广大而静,疏达而信者,宜歌《大雅》;恭俭而好礼者,宜歌《小雅》;正直清廉而谦者,宜歌《风》;肆直而慈爱者,宜歌《商》;温良而能断者,宜歌《齐》;夫歌者,直己而陈德,动己而天地应焉。"兹录以供参考。

④ 《诗三百》之部分不可歌者,《四库全书》本程大昌《考古编》卷一《诗论一》有云:"若夫邶、鄘、卫、王、郑、齐、魏、唐、秦、桧、曹、豳,此十三国者,诗皆可采,而声不入乐,则直以徒诗者(著)之本土。故季札所见,与夫周工所歌,单举国名,更无附语,知本无国风也。"兹录以供参考。

⑤ 至于作为名词的"歌",如《紫玉歌》《安世房中歌》等,因其皆为"前乐府"之属,且皆为郭茂倩《乐府诗集》、左克明《古乐府》、梅鼎祚《古乐苑》等乐府诗总集所收录,故其均不在本节的讨论范围之列。又,问世于汉武帝"乃立乐府"之后的"歌",如傅玄《晋郊祀歌》等,因其亦皆为郭茂倩《乐府诗集》、左克明《古乐府》、梅鼎祚《古乐苑》等所收录,为历代公认的乐府诗,故本文亦不予讨论。

诗、乐府诗("前乐府")等名目。但随着时间的推移,"可入乐之诗"在题材内容、功能作用等方面,都发生了很大之变化,如"诗三百"就少有"歌"者了,这从上引《汉书》卷三十《艺文志第十》的著录中无《小雅歌诗》"《鲁颂歌诗》"等篇名,即可准确获知。这一实况所反映的是,"诗三百"虽然可"歌",但在班固《汉书》问世前,还未能成为真正的歌诗。此则表明,并非所有可"歌"之诗,都是可称为歌诗的。虽然如此,但上引《艺文志第十》所著录的那些篇名及其数量,所充分反映的则是歌诗在汉代及其前,乃是相当繁荣发达的。而遗憾的是,这"二十八家,三百一十四篇"歌诗,与其所配音乐(乐曲)一样,均未能流传下来,因而也就无以窥其内容之所在了。

在由汉而晋而六朝的历史进程中,歌诗从上古时期的"歌依咏诗也",又一变而为"舞歌诗",也即成为了舞者所唱之诗,且专为朝廷祭祀、庆典时所用,如张华《正德舞歌诗》《大豫舞歌诗》,即皆为其例。张华为西晋人,既累"官右光禄大夫、开府仪同三司、侍中、中书监"(《晋书》卷三十六《张华传》),又为当时的一位重要诗人,其参与"舞歌诗"创作的实况,表明西晋朝廷对于歌诗是相当重视的。张华的这两首歌诗,为沈约《宋书》卷二十《乐二》所完整保存,各二十四句,且均为四言。为便于认识,兹抄引《正德舞歌诗》全文如次:

曰皇上天,玄鉴惟光。神器周回,五德代章。祚命于晋,世有哲王。弘济区夏,甄陶万方。大明垂曜,旁烛无疆。茧茧庶类,风德永康。皇道惟清,礼乐斯经。金石在县,万舞在庭。象容表庆,协律被声。轶武超濩,取节六英。同进退让,化渐无形。太和宣洽,通于幽冥①。

这是舞者边舞边唱的一首歌诗。全篇文字庄重而典雅,其意旨与上古时

---

① 沈约:《宋书》卷二十《乐二》,中华书局1974年版,第590页。

期(指帝喾、舜、商汤三代)的《九招》《六列》《六英》完全等同,即为一首典型的颂德之作,正因此,篇末乃有"轶武超濩,取节六英"之谓,而"六英",即为上古颂德之乐曲《六英》(参见《吕氏春秋》卷五《仲夏纪·五曰古乐》)。歌诗与舞的关联,实际上是乐、诗、舞的有机结合,并使之成为一种具有综合性特点的艺术形式。

由晋而南朝之刘宋,虽然战争频仍,但据《宋书·乐志》《隋书·音乐志》《旧唐书·音乐志》《新唐书·礼乐志》等之录载可知,歌诗在这一时期,也是颇受朝廷重视的。如《宋书》卷二十《乐二》就载有谢庄《迎神歌诗》一首,凡三十二句,且于《迎神歌诗》后有注云:"依汉郊祀迎神,三言,四句一转韵。"诗题既名"迎神歌诗",则其乃为一首祭祀歌诗,已甚为清楚。又,《宋书》卷二十二《乐四》有载云:

《铎舞歌诗》二篇……《拂舞歌诗》五篇……《杯柈舞歌诗》一篇……《巾舞歌诗》一篇……《白纻舞歌诗》三篇……①

与张华的两首"舞诗歌"一样,这五题十二首"舞歌诗"之辞亦完整保存。但值得注意的是,包括张华两首在内的十四首"舞歌诗"之七种篇名,由于其与"舞"(乐舞)的关系,而皆演变成了乐府诗,故其分别为《乐府诗集》卷五十二(《正德舞》歌诗、《大豫舞》歌诗)、卷五十四(《铎舞》歌诗、《巾舞》歌诗)、卷五十五(《拂舞》歌诗、《白纻舞》歌诗)、卷五十六(《杯柈舞》歌诗)所录载。其中,《宋书》卷二十二《乐四》于《白纻舞》歌诗三篇之末,有"《白纻》旧新合三篇"的简略说明。所谓"旧新",据《乐府诗集》卷五十五之录载可知,"旧"是指晋之"双袂齐举鸾凤翔""阳春白日风花香"两篇《白纻舞》,"新"则为《宋白纻舞歌诗》一篇。郭茂倩并为之撰写"题解"云:"《宋书·乐志》曰:'《白纻舞歌诗》,旧新

---

① 沈约:《宋书》卷二十二《乐四》,中华书局1974年版,第632—637页。

合三篇，二篇与晋辞同，其一篇异。'"①这一题解所反映的是，在南朝初期，"舞歌诗"之于刘宋朝廷也是深受欢迎的。"舞歌诗"与歌诗相比，所突出的重点是"舞"者，即"舞"者在这时已兼有"歌"者的身份了，所以，"舞歌诗"较之单纯的歌诗而言，显然是更有利于歌诗的接受与传播的。

由于"舞歌诗"在西晋的问世，为舞者所"歌"之诗（辞），于其所配曲调，又渐变为一种"乐府歌诗"，因之，其篇名亦衍变为"乐府+歌诗"的制题形式了。这既是一种新型的歌诗样貌，又反映了歌诗在其发展的路途中，已与乐府诗合而为一了。所以，这种新型的歌诗样貌，在当时乃颇受观赏者的雅好，而观赏者的雅好，又促进了"乐府歌诗"的繁荣，对此，《隋书》卷三十五《经籍志四》之所载，即有助于窥此一斑。其为：

秦伯文撰《乐府歌诗》二十卷；张永记（编）《乐府歌辞》十二卷、《乐府三校歌诗》十卷、《乐府歌辞》九卷、《太乐歌诗》八卷；荀勗撰《晋歌诗》十八卷；张湛撰《古今九代歌诗》七卷②。

其中的秦伯文《乐府歌诗》二十卷、张永《乐府歌诗》十二卷、《乐府三校歌诗》十卷、《乐府歌辞》九卷，即皆为"乐府歌诗"。秦伯文生平不详。张永其人，《宋书》卷五十三、《南史》卷三十一有传，今江苏吴县人，刘宋时著名文学家，曾撰《元嘉正声技录》一书，较详细地记录了宋文帝元嘉年间（424—453年）有关宫中乐人、乐舞、乐调、乐辞、乐工、乐器、乐事等之实况③，则其所编（记）之《乐府歌诗》等三种，自是可以信实的。而正是由于在晋、宋之际与乐府诗的结合，歌诗即成为了一种新的演唱歌辞，且在宫中亦颇流行，张永所"记"《乐府歌诗》等三书，

---

① 郭茂倩：《乐府诗集》卷五十五，中华书局1979年版，第799页。
② 魏徵等：《隋书》卷三十五《经籍志四》，中华书局1973年版，第1085页。
③ 关于张永生平与《元嘉正声技录》等，具体参见拙著《中国乐府诗批评史》第四章第二节，武汉大学出版社2017年版，第120—125页。

即为此之最有力佐证。

由上古而南朝而隋,歌诗在其约一千五百年的历史长河中,先后经历了"诗"→"歌诗"→"舞歌诗"→"乐府歌诗"之后,于隋初又由"乐府歌诗"再变为"乐府新歌",如《隋书》卷三十五《经籍志四》即著录了两种"乐府新歌",一为秦王记室崔子发《乐府新歌》十卷,一为秦王司马殷僧首《乐府新歌》二卷。"秦王"为隋文帝杨坚第三子杨俊,《隋书》卷四十五"文四子"有其传,开皇二年(582年),十二岁时被封为秦王,开皇二十年(600年)卒,享年三十岁。据此,则崔子发《乐府新歌》十卷与殷僧首《乐府新歌》十卷,皆编撰于开皇二十年前之秦王府者,即可肯定。

由隋而唐,歌诗已基本上处于衰歇状态了,而此,也是《旧唐书·礼乐志》《经籍志》《新唐书·音乐志》《艺文志》等,无歌诗类专书著录的原因所在。此外,通过对光盘版《全唐诗》的检索还可知,在收诗近五万首的《全唐诗》中,所涉"歌诗"一词者仅二十三例,且这些歌诗之所指,几乎均为乐府诗。如柳宗元《鼓吹铙歌·东蛮》一诗有云:"广轮抚四海,浩浩知皇风。歌诗铙鼓间,以壮我元戎。"①《全唐诗》卷十七将柳宗元此诗编入《乐府杂曲·鼓吹曲辞》内,既为"乐府杂曲"与"鼓吹曲辞",而诗题又作《鼓吹铙歌》,则《东蛮》不仅为乐府诗之属,而且乃为一首旧题乐府,如此,诗中之"歌诗"所指为乐府诗者,也就不言而喻。

歌诗在唐代之所以渐行衰歇,很大程度上应与盛行于当时的新乐有关。据《隋书》卷十一《音乐志下》所载,隋朝初期"定令"的是《七部乐》,最后则确定为《九部乐》,即"《清乐》《西凉》《龟兹》《天竺》《唐国》《疏勒》《安国》《高丽》《礼毕》"②,其中,除《清乐》与《礼毕》外,余七部皆为西域乐,又别称为"胡乐"。唐朝颁定的则为《十部乐》。对

---

① 柳宗元:《乐府杂诗·鼓吹铙歌·东蛮》,《全唐诗》卷十七,中华书局1960年版,第179页。

② 魏徵等:《隋书》卷十五《音乐志下》,中华书局1973年版,第377页。

此,《旧唐书》卷二十九《音乐志二》有载,云:"西魏与高昌通,始有高昌伎。太宗平高昌,尽收其乐,又造燕乐,而去《礼毕曲》。今著令者,唯此十部。"此《十部乐》即:《燕乐》《清乐》《西凉》《龟兹》《天竺》《唐国》《疏勒》《安国》《高丽》《高昌》。每部皆设伎,曰《十部伎》,具体为:"一曰《燕乐伎》……二曰《清乐伎》;三曰《西凉伎》;四曰《天竺伎》;五曰《高丽伎》;六曰《龟兹伎》;七曰《安国伎》;八曰《疏勒伎》;九曰《高昌伎》;十曰《康国伎》。"①其中的"燕乐",又称"宴乐",实际上是"清乐"与"胡乐"结合的结果,对此,沈括《梦溪笔谈》已言之甚详,可参看。所以,《十部乐》与隋《九部乐》一样,仍是以"胡乐"为主。而唐朝的历代皇帝,也善造新乐,如太宗造《破阵乐》《庆善乐》《大定乐》,高宗造《上元乐》,武则天造《圣寿乐》《长寿乐》《天授乐》《鸟歌万寿乐》,玄宗造《光圣乐》《龙池乐》(《旧唐书》卷二十九《音乐志二》)等,即皆为其例。这些由皇帝所造之新乐,对于当时的王公贵人与社会各阶层而言,显然是更具有吸引力的,因之,借新乐以制词、填词,也就成为了一时之风气,并因此而出现了许多文坛佳话,如"旗亭画壁"、李白"授笔三章"②等。而其直接的后果,自然是导致具有古乐特点的歌诗,日渐一日地被弱化与消歇。

三、乐府与歌诗同异比观

乐府诗与歌诗,作为音乐文学的两大品类,其既具相同之特性,又有着不同之差异,弄清楚二者的相同与不同,对于认识与把握各自之特点,了解各自内外部之规律,以及各自在文学史上所起到的应有

---

① 杜佑:《通典》卷一四四《乐四》,中华书局1986年版,第3688页。
② "旗亭画壁"的故事,见薛用弱《集异记》,陶宗仪《说郛三种》本,上海古籍出版社1988年版,第445页。李白"授笔三章"的故事,首载韦睿《松窗录》,已佚亡,此转自王琦笺注《李太白全集》之附录《李太白年谱》,中华书局1977年版,第1588—1589页。

作用等,显然是颇具助益的。下面从四个方面对此略作讨论。其具体为:

(一)音乐关系之同异。乐府诗与歌诗的最大特点,就是都能配乐而唱,较之徒诗更易于为人们所接受,所以,与"乐"之关系的密切,即成为了二者的相同点之一。而且,二者所配之乐,都与音乐机关如"太乐"或"乐府"关系密切。但二者就"乐"的属性而言,其不同点也是甚为明显的。据以上之考察可知,歌诗所配之乐全为朝廷雅乐,即使如《周谣歌诗》《周谣歌诗声曲折》这样的"谣"类歌诗,也无不如此。但乐府诗则不然。以"前乐府"为例,其所配既有朝廷雅乐,如《神人畅》《克商操》《西伯思士》《伯姬引》《凤凰歌》《伊尹歌》《帝载歌》等,又有非朝廷之乐,也即地方之乐,如《雉朝飞》《箜篌引》《去鲁歌》《苦何歌》《饭牛歌》等。由是而观,可知乐府诗所配之乐更为宽泛多样,且其非朝廷之乐的造乐者,即大多为诗作者本人(具体参见《商周逸诗辑考》对各逸诗之辑考)。由于乐的品类与来源不同,因而"歌"的形式也就自是有别。对于专配朝廷雅乐的歌诗而言,其歌者应属于《周礼·春官宗伯·大司乐》所言之"歌人"等,其程式亦有相应之规定,而乐府诗之"歌",既有按朝廷所规定之程式进行者,如《郊庙歌》《鼓吹曲》等,亦有诗作者"抚琴而歌"(具体参见蔡邕《琴操》卷上)者,更有徒歌者。所以,二者或乐或歌,其区别都是较为明显的。

(二)发生发展之同异。乐府诗与歌诗的发生发展,都与上古时期的"诗"相关,这是二者的又一个相同点。但二者孰先孰后,即何种"诗"问世于何种"诗"之前者,因材料所限,尚难确考。从上引《墨子·公孟篇》之所载与《汉书》卷三十《艺文志第十》所著录之《河南周歌诗》《周谣歌诗》等而言,歌诗理所当然应后于乐府诗(此专指"前乐府")。这是因为,据现所存见之材料可知:一则"前乐府"可溯源到"舜尧时"[①];二则就

---

① 周必大:《书谭该乐府后》,《文忠集》卷四十八,《四库全书》本,上海古籍出版社1987年影印,第1147册,第518页。

"歌诗"二字以论,其所表明的乃是诗在歌之前,即只有诗问世后才可配乐而歌,如此,歌诗问世于西周前后,当是可以据信的(说详上)。要而言之,乐府诗先于歌诗,乃可肯定。二者自诞生之日始,在各自发展与繁荣的路途中,虽然有先后之别,但却是相向而行,待至隋、唐之际时,歌诗则为一些"新歌""新词"所替代,唐以后诸朝史书之《音乐志》《经籍志》《艺文志》无歌诗或歌诗专书之载者,其原因即在于此。而乐府诗则不然。乐府诗至唐五代后,于宋、金、元、明、清诸朝,虽然多所变化,如"铁崖古乐府"、拟乐府、拟古乐府、咏史乐府、竹枝类乐府、宫词类乐府等,但其始终不离"乐府"二字,并在元、明、清三代蔚为大观①。而此,即为二者于发生发展中所存在之最大不同。

(三)题材内容之同异。一般而言,在题材内容方面,乐府诗与歌诗都是对现实生活的一种客观反映,即使有以"古"而为者,也多为以古喻今、鉴今之属,这是二者表现在这一方面的相同之点。比如,歌诗中有《宗庙歌诗》《诸神歌诗》《送迎灵颂歌诗》等,乐府诗则有数以百计的郊庙歌辞,二者虽皆与祭祀关系密切,但其意旨皆在"今"者,则乃毫无疑义。乐府诗与歌诗的不同点,主要在于歌诗的内容较为传统与单一,而乐府诗则几乎是古今上下,无所不包含。以歌诗的内容言,如上所述,其主要是服务于朝廷祭祀、颂德、歌功与宫廷歌舞、宴饮的,因之,其适用范围既较为狭窄,且与民间无任何关联,则其之为朝廷与贵族阶层的专享之物,也就自不待言。而乐府诗则不然。乐府诗主要由文人乐府与民间乐府所组成,因之,其作者众多,题材广泛,故所反映的内容,既宽广而又丰富,举凡征讨、兵役、劳作、抒怀、离别、纪行、思念、隐逸、父子、爱情("前乐府"无涉爱情者)等,乃应有尽有。即以"前乐府"(不包含"诗三百")为例,其中之"古琴类"与"古歌类"除爱情外,余则基本上全予涉及。所以,仅就题材内容而言,乐府诗之丰富

---

① 关于唐以后乐府诗的发展繁荣之况,以及各种乐府诗之类别、名目等,具体参见拙著《唐后乐府诗史》之各章,该书由黄山书社2010年出版。

性与多样性，乃是数倍于歌诗的。

(四)传播接受之同异。乐府诗与歌诗的传播和接受，在上古时期，主要源自于两条渠道，即一为乐，一为舞，而自从有了乐与舞之后，乐府歌辞与歌诗才更便于流传与接受。这是二者最重要的相同点。但由于歌诗的特殊性，以及其所配乐为雅乐的实况，歌诗的传播与接受，多停留于宫廷内外，或者说得宽泛一点，主要是以都城为中心的，故而，其传播之地域与接受之对象，都是相当有限的。此则表明，歌诗之传播与接受，范围既小，观者亦甚微。乐府诗之传播与接受，上至朝廷，下到民间，由北而南，由东而西，地域广博，受众万千，其影响之大，显非歌诗可比。仅以"前乐府"的地域言，据拙著《中国乐府诗批评史》第一章第三节之所考，其"作地及作者所在地，已涵盖了今陕西、山西、河北、河南、山东、江苏、浙江、湖北等省份，以及遥远的朝鲜半岛"①。其传播与接受所及，也自然是包括这些"作地及作者所在地"的。而此，即为歌诗根本无法与之相比的。

以上四个方面的简略比观，已较为清楚地表明了乐府诗与歌诗之相同与相异，而各自之风采与特点，亦即因此而得以具体展现，这对于加深时人与后人对二者的认识与了解，应是不无裨益的。

---

① 王辉斌:《中国乐府诗批评史》第一章第三节，武汉大学出版社2017年版，第26页。

第二章 乐府分期论

第一节 "前乐府"概观

乐府诗的发展，相对于中国文学史而言，主要经历了"前乐府""汉唐乐府""唐后乐府"三个大的历史时期，且每一时期的乐府诗，都取得了非同凡响的成就，而可与任何一种文学品类媲美。虽然，乐府诗只是中国古代诗歌中的一个方面，但其在三千年的历史长河中，对歌诗、声诗、徒诗与词、曲、绝句、律诗等，均产生了相当大的影响，并因作者众多，名家辈出，佳作如林，而成为文学史上的一方重镇。

所谓"前乐府"，是指汉武帝"乃立乐府"之前的乐府诗，据现所存见之文献言，其上限大抵在公元前1562年前后，下限则在西汉初期之际，也即公元前125年①，其间约有一千四百五十年的历史跨度，而这

---

① 汉武帝"乃立乐府"的具体时间，班固《汉书》卷二十二《礼乐志第二》并无明载，仅有"至武帝定郊庙之礼，祠太一于甘泉，就乾位也；祭后土于汾阳，泽中方丘也。乃立乐府，采诗夜诵"云云。考同书卷六《武帝纪第六》于元朔五年六月引"诏曰"云："盖闻导民以礼，风之以乐。今礼坏乐崩，朕甚闵焉。故详延天下方闻之士，咸荐诸朝。其令礼官劝学，讲议洽闻，举遗兴礼，以为天下先。"则"乃立乐府"，或在是年（元朔五年，公元前124年），姑暂定之，它日若有文献可证者，即罢之。如此，则从高祖元年（前206年）到元朔四年（前125年），也即汉武帝"乃立乐府"前的八十一年，为西汉之"前乐府"时期，则乃可论断。又，关于"前乐府"的上限为"公元前1562年"者，可具体参见以下之"注释[5]"。

一千四百五十年,即为"前乐府"的发生发展期。"前乐府"在此期间,又先后经历了三个大的发展阶段,即初期、中期、晚期,且各具成就与特点。

一、"前乐府"问世与初期概貌

现所存见录载"前乐府"的专书,主要有扬雄《琴清英》、蔡邕《琴操》、崔豹《古今注》、智匠《古今乐录》、郭茂倩《乐府诗集》、左克明《古乐府》、梅鼎祚《古乐苑》,以及拙著《商周逸诗辑考》等。拙著《中国乐府诗批评史》第一章第二节《"前乐府"的创作实况》,即依据这些专书所录载之"前乐府",进行了具体辑录与统计,并将其分为"琴曲类""古歌类""综合类"三种类型。其统计具体为:琴曲类,二十六题二十七首;古歌类,九十五题一百二十六首;综合类,十一题十四首。合计为一百三十二题一百六十七首。又,明人胡应麟《诗薮·内编》卷一"古体上·杂言"有云:"诗即乐府,乐府即诗,犹兵寓于农,未尝二也。"①其中所言之"诗",即《诗经》,《诗经》既"即乐府",其所指自然就是"前乐府"了,如此,则现所存见之"前乐府",就有近五百首之多了。这一数量,相对于郭茂倩《乐府诗集》的收诗之况而言②,虽然只有其十分之一,但已经是相当可观了。

上述三类"前乐府",其作年之最早者,主要有"古琴类"之《神人畅》《思亲操》《襄陵操》,"古歌类"之《皇娥歌》《白帝子答歌》《康衢歌》《帝庸作歌》《赓歌》(三首),"综合类"之《白云谣》《黄泽谣》等。因为据有关文献之录载与《商周逸诗辑考》之附录可知,这些"前乐府"乃皆问世于先夏及夏朝。此则表明,先夏及夏朝时期的音乐,已是发展到了相当成熟之阶段的。而事实也正是如此。如《吕氏春秋》卷五《古乐》云:

---

① 胡应麟:《诗薮·内编》卷一,上海古籍出版社1958年版,第13页。
② 关于郭茂倩《乐府诗集》的收诗之况,可具体参见拙著《中国乐府诗批评史》第六章第三节,武汉大学出版社2017年版,第257页。

帝喾命咸黑作为《声歌》《九招》《六列》《六英》；有倕作为鼙鼓钟磬吹苓管埙篪鞀椎钟，帝喾乃令人抃，或鼓鼙，击钟磬，吹苓展管篪；因令凤鸟、天翟舞之。帝喾大喜，乃以康帝德。……帝舜乃令质修《九招》《六列》《六英》，以明帝德。……殷汤即位，夏为无道……汤于是率六州以讨桀罪，功名大成，黔首安宁。汤乃命伊尹作为《大护》，修《九招》《六列》，以见其善。①

其中所载《九招》《六列》《六英》《大护》，乃皆为"《声歌》"之属，所谓"声歌"，即可配乐而唱之歌。《九招》等"歌"既可唱，又经过了"咸黑作""质修""伊尹作"的三次修改，待到商汤时已定型，当可肯定。又，其中的"帝喾""帝舜"，皆"三皇五帝"中人物，历史上是否确有此二人，尚不得而知，兹不论。而"汤乃命伊尹"中之汤、伊尹二人，则乃有史可查(参见范文澜《中国通史简编》修订本第一册)，如"汤"即商朝始祖商汤，其既"乃命伊尹作为《大护》，修《九招》《六列》，以见其善"，则《大护》与《九招》《六列》，皆为现所存见最早之"前乐府"，当可论断。而其时，即为公元前1562年前后②。

从公元前1562年始，下溯至汉武帝"乃立乐府"前一年的元朔四

---

① 许维遹撰，梁运华整理：《吕氏春秋集释》卷五《古乐》，《新编诸子集成》本，中华书局2009年版，第124—126页。
② 据人民出版社1965年版范文澜《中国通史简编》修订本第一册所言，商朝的历史年代，大致在"公元前1562(?)—公元前1066年(?)"期间，而伊尹所作《大护》与所修之《九招》《六列》，当皆在是时初期，而此，也是拙著《中国乐府诗批评史·几点说明》言该书上限"所指为公元前1562年"的原因所在。又，《中国乐府诗批评史》第一章第二节之所以将"公元前1562年"前的《神人畅》等作一并录载者，主要是考虑到这些"前乐府"皆为蔡邕《琴操》、智匠《古今乐录》、郭茂倩《乐府诗集》、梅鼎祚《古乐苑》等所收录之故，但如此，即与本书《几点说明》中之上限"为公元前1562年"相冲突，因而乃特地于《自序》中进行了"(部分内容含夏朝及先夏时期)"之注明(第4页)，并于《神人畅》等篇后也进行了"(以上均先夏及夏朝)"之注明(第21页、22页)，以供读者参考。特此说明。

年,即公元前125年,其间约一千四百五十年,此即"前乐府"大致存在之时代。就"前乐府"发展的步伐言,其依序经历了商、周、战国末、秦、西汉初期五个时期①,而这五个时期,又可划分为三大阶段,即初期(商)、中期(周)、晚期(战国末、秦、西汉初)。据人民出版社1965年版范文澜《中国通史简编》修订本第一册之所载可知,公元前1562年(?)至公元前1066年(?)为商朝,约五百年左右。公元前1065年(?)至公元前771年为西周,公元前770至公元前403年为东周,二者合计约六百七十年。但东周王室实际灭亡于周赧王五十九年,即公元前256年,若加上此一百四十六年,则有周一代共约八百二十年。由公元前255年(战国末)至汉武帝"乃立乐府"前一年即元朔四年(前125年),凡一百三十年,为晚期。综之则为:初期约五百年,中期约八百二十年,晚期为一百三十年,合计一千四百五十二年。

其中,初期即商朝的"前乐府",据拙著《中国乐府诗批评史》每一章第二节《"前乐府"的创作实况》所统计,共有两种类别(无"综合类")十题十首(不含《诗经》中的"商诗"在内)。其具体为:

(一)"琴曲类"六题六首。即《岐山操》《克商操》《别鹤操》《拘幽操》《箕子操》《西伯思士》。

(二)"古歌类"四题四首。即《凤凰歌》《伊尹歌》《哀慕歌》《被衣歌》。

在这十题十首"前乐府"中,《西伯思士》一作《文王思士》,仅存篇目,为姬昌在未为文王时写于殷商,故其作年非在西周初期。其余的九题九首"前乐府",其作者依序为姬昌、牧子(一作陵牧子)、姬发、箕子、季历(姬昌父)、伊尹、姬亶(即周太王)、被衣(王倪之师,与

---

① 其中周朝,又有西周与东周之分,且春秋、战国时代亦包含其间,为便于述论,故本节此处乃将其统称为周朝,若有特殊情况,则以西周或东周称之,特此说明。此处将西汉初期列入者,是指汉高祖元年(前206年)到汉武帝"乃立乐府"之前的元朔四年(前125年)的一段时期,其间凡八十一年。在这八十一年中,已问世了不少"前乐府",如唐山夫人的《安世房中歌》十七章,即为其例。

庄子同时），这些人皆属贵族与士人阶层，均具有相当高的文学与音乐素养。此则表明，现所存见之商朝的"前乐府"，皆非民间无名氏所为，因之，其既不是谚谣之类的民歌，也不是"诗三百"中的风诗之属，而是皆可"歌曰"的乐府诗，且与其后的"汉唐乐府"并无大的区别。

商朝的九首"前乐府"，除《别鹤操》《伊尹操》《被衣歌》外，余六首均与商、周之际的姬氏家族相关，成为当时上层社会生活的一个缩影。所以，从总的方面讲，存在于商朝的这些"前乐府"，实际上属于当时贵族文学的一个方面，其中，也不乏忧国忧民之作，如《岐山操》即为其例。其云：

> 狄戎侵兮土地迁移，邦邑兮适于岐。烝民不忧兮谁者知，嗟嗟奈何予命遭斯①。

蔡邕《琴操》卷上载："《岐山操》，周太王所作也。太王居幽，狄人攻之。仁恩恻隐，不忍流血，选练珍宝……束帛与之，狄侵不止。问其所欲，得土地也。……不能化夷狄为之所侵，喟然叹息，鼓琴而歌之云。"②周太王其人，即古公亶父，本名姬亶，司马迁《史记》卷四《周本纪第四》略载其生平事迹。合勘此二者，知《岐山操》为姬亶忧"狄侵不止"而作。全诗虽然只有四句，但作者于"狄戎侵"之忧已和盘托出，因而充满了爱国情怀，而三个"兮"字之用与"嗟嗟"一词的重叠，则更为这种爱国情怀增添了几许抒情色彩。其他各篇，亦颇具特点，兹不具述。

---

① 具体参见拙著《商周逸诗辑考·上编：殷商逸诗》于是诗之"辑考"与"斌案"，黄山书社2012年版，第26页。
② 王辉斌：《商周逸诗辑考·上编：殷商逸诗》，黄山书社2012年版，第9页。

二、"前乐府"中期的发展特点

由商而周，"前乐府"随着历史前进的步伐，也进入了其发展史上的中期阶段。"前乐府"发展的中期阶段，如上所言，主要为有周一代，这是其三期中最长的一个发展时段。从历史学的角度言，周王朝既有西周、东周之分，又有春秋、战国之别，但其总的历史时期，则约八百二十年左右。在这八百二十年中，由于文学、音乐等方面的繁荣与发展，"前乐府"也得到了相当程度之发展，并成为三期中蔚为壮观的一个最好历史时期。

据拙著《中国乐府诗批评史》第一章第二节的辑录与统计，这一时期"古琴类"与"古歌类"之"乐府诗"，共有九十五题一百二十首，其中，古琴类为十八首，古歌类为一百零二首。其具体为：

（一）"古琴类"十七题十八首。即《水仙操》《越裳操》《履霜操》《箜篌引》《盘操》《陬操》《归耕操》《龟山操》《将归操》二首、《猗兰操》《贞女引》《列女引》、《伯姬引》《思归引》《辟历引》《雉朝飞操》《浑良夫噪》。

（二）"古歌类"七十八题一百零二首。即《答歌》《八伯歌》《麦秀歌》三首、《采薇歌》二首、《帝载歌》《仪凤歌》二首、《卿云歌》《乞食公歌》《采薪者歌》《梦歌》《琴歌》三首、《穗歌》《引声歌》《子桑歌》《乌鹊歌》二首、《乌鸢歌》二首、《龙蛇歌》八首、《去鲁歌》《丘陵歌》《成人歌》《齐人歌》《齐民歌》《优孟歌》《曳杖歌》《岁莫歌》《冻水歌》《慷慨歌》《饭牛歌》三首、《沧浪歌》二首、《杨朱歌》《即墨歌》《采苢歌》《苦何歌》《拥楫歌》《河上歌》《河内歌》《河梁歌》《河激歌》《松柏歌》《孤鹔歌》《庚癸歌》《南蒯歌》《退怨歌》《临河歌》《相和歌》《祝牧歌》《获麟歌》《莱人歌》《原壤歌》《鸤鸠歌》《徐人歌》《野人歌》《越人歌》《越谣歌》《梦奠歌》《偕隐歌》《黄鹄歌》《渔父歌》三首、《弹铗歌》三首、《接舆歌》二首、《筑者歌》《答夫歌》《紫玉歌》《鼓琴歌》《楚女歌》二首、《楚聘歌》《暇豫歌》《蟪蛄歌》《无亏琴歌》《亢仓子歌》《申包胥歌》《芑梁妻歌》《齐庄公歌》《周秦民歌》《段干木歌》《诸御己歌》《答庚癸歌》《楚人诵子文歌》。

（三）"综合类"十一题十四首。即《支》《骊驹》《狸首》四首、《白云谣》《黄泽谣》《徂彼西士》《峤》《无射》《穷劫曲》《乐师畅辞》《祝越王辞》。

三者合计，共为一百零六题一百三十四首。这就是现所存见之周朝的"前乐府"总数。在这三类"前乐府"中，"古歌类"的七十八题一百零二首之量，较之本期"古琴类"、"综合类"（二十八题三十二首）与初期（十题十首）三者的总数（计三十八题四十二首）而言，还要各多出两倍有余，仅此，即可窥知此期"前乐府"的创作概貌之一斑。在这七十八题一百零二首"前乐府"中，其作者上至帝王（如《答歌》《仪凤歌》）、公卿（《琴歌》三首），下至隐者（如《野人歌》《偕隐歌》）、商人（《饭牛歌》）等，乃应有尽有。虽然如此，但前者的数量（有六十余首）却仍然占据着绝对优势，所以，周朝的"前乐府"也是属于贵族文学的范畴的。但这些"贵族乐府诗"有一个共同点，即大多以抒发作者的情怀与感慨为主，如箕子《麦秀歌》、伯夷与叔齐《采薇歌》、冯延寿《乞食公歌》、长桑公子《采薛者歌》、百里奚《琴歌》三首、晏子《穗歌》、庄子《引声歌》等，即无不如此。如孔子《丘陵歌》一诗：

> 登彼丘陵，峛崺其陂。仁道在迩，求之若远。遂迷不返，自婴屯蹇。喟然回虑，题彼泰山。郁确其高，梁甫回连。枳棘充路，陟之无缘。将伐无柯，患兹蔓延。惟以永叹，涕霣潺湲①。

诗中"喟然回虑""惟以永叹"云云，已使孔子的"登彼丘陵"之叹，得以

---

① 蔡邕：《琴操》卷上，《续修四库全书》"子部·艺术类"，齐鲁书社1992年影印，第148页。

充分反映，而其中"仁道在迩，求之若远""枳棘充路，陟之无缘"诸句，则为孔子"登彼丘陵"而叹的原因所在。所以，着眼于全诗的格调言，颇有点"汉唐乐府"中《行路难》的韵味。又如《杨朱歌》亦如是：

  天其弗识，人胡能觉。匪佑自天，弗孽由人。我乎汝乎，其弗知乎。医乎巫乎，其知之乎①。

此诗音节急促，感情强烈，是本期"前乐府"中较优秀之作。据张湛《列子注》卷六《力命第六》之所载，知此诗主要写杨朱因友人季梁病危而歌，故诗之后四句，乃连用六个"乎"字，以加强对感情之抒发，而作者与友人真挚之情谊，亦寓于其中。

值得注意的是，在本期的"前乐府"中，还有一些"劳动者歌"，即作者大都为普通民众，其所"歌"者，则皆与劳作相关，如《箜篌引》《齐民歌》《冻水歌》《渔父歌》《芑梁妻歌》《松柏歌》《筑者歌》《答夫歌》《苦何歌》《拥楫歌》等，即皆属此类。这些"劳动者歌"的作者，由于大都生活在社会的底层，因之，其对社会的认识也就更加真实。如《筑者歌》一诗之所写：

  泽门之晳，实兴我役。邑中之黔，实慰我心②。

诗题中的"筑者"，是一位地地道道的劳动者。诗中所言之事，为《左传》卷九《襄公十七年》所载，其云："宋皇国父为大宰，为平公筑台，妨于农功。子罕请俟农功之毕，公弗许。筑者讴曰：'泽门之晳，实兴

---

① 王辉斌：《商周逸诗辑考·下编：东周逸诗》，黄山书社 2012 年版，第 185—186 页。

② 王辉斌：《商周逸诗辑考·下编：东周逸诗》，黄山书社 2012 年版，第 197 页。

我役。邑中之黔，实慰我心。"杜预注曰："皇国父白皙而居近泽门。子罕黑色而居邑中。"①据此，知"泽门之皙"所指为皇国父，"邑中之黔"所指为子罕。全诗采用对比的手法，托"筑者"之口，于"泽门之皙"予以讥讽的同时，对"邑中之黔"大加称赞，故而乃说"实慰我心"。此则表明，"子罕请俟农功之毕"的建议，是深得"筑者"们肯定的。又如《苦何歌》云：

> 葛不连蔓菜台台，我君心苦命更之。尝胆不苦甘如饴，令我采葛以作丝。饥不遑食四体疲，女工织兮不敢迟。弱于罗兮轻霏霏，号绪素兮将献之。越王悦兮忘罪除，吴王欢兮飞尺书。增封益地赐羽奇，机杖茵蓐诸侯仪。群臣拜舞天颜舒，我王何忧能不移②。

据《吴越春秋》卷八《勾践归国外传第八》所载，此诗为越王勾践"卧薪尝胆"故事中的一个小插曲。作者为一位"采葛之妇"。当时的情况是：勾践"念复吴仇"，乃"苦身劳心，夜以接日"，除"悬胆于户，出入尝之"外，还"乃使国中男女入山采葛，以作黄丝之布"，"采葛之妇伤越王用心之苦"，乃作此诗。所谓"伤越王用心之苦"，其实是对勾践卧薪尝胆举措的一种赞赏，表明了其之"念复吴仇"，是深得"国中男女"所支持的。

总体而言，贵族阶层与普通民众两大作者群体的互为关联，作品众多，内容丰富而广博，是本期"前乐府"所表现出之最大特点。而正是因为这一特点，本期"前乐府"即成为了前乐府史上的一座高峰。

---

① 王辉斌：《商周逸诗辑考·下编：东周逸诗》，黄山书社2012年版，第225页。
② 杜预注、孔颖达等正义：《春秋左传正义》卷三十三，《十三经注疏》本，上海古籍出版1997年影印，第1964页。

三、"前乐府"晚期之梗概一瞥

"前乐府"的晚期，由于战争频仍，而成为中国历史上的一个多事之秋，所以，这一时期的"前乐府"，主要集中反映在秦、汉交替之际（止于汉武帝"乃立乐府"的元朔五年）。据司马迁《史记》卷二十四《乐书第二》、班固《汉书》卷三十《艺文志第十》、欧阳询等《艺文类聚》、宋李昉等《太平御览》等之记载可知，秦、汉交替之际的"前乐府"，其主要者有：

1. 荆轲《渡易水歌》（又名《荆轲歌》）；
2. 刘邦《三侯之章》（又名《大风歌》，《乐府诗集》卷五十八作《大风起》）；
3. 项羽《力拔山操》（又名《歌》，此从《乐府诗集》卷五十八）；
4. 四皓《歌》（《乐府诗集》卷五十作崔鸿《四皓歌》，误，具体参见《太平御览》卷五七三引崔琦《四皓颂》）；
5. 四皓《采芝操》（又作《四皓歌》，见《乐府诗集》卷五十八引《琴集》）；
6. 戚夫人《永巷歌》（又名《春歌》，《乐府诗集》卷八十四作《戚夫人歌》）；
7. 刘安《八公操》（《乐府诗集》卷五十八引谢希逸《琴论》）；
8. 刘章《耕田歌》（一名《种田歌》，此从《史记》卷五十二《齐悼惠王世家第二十二》）；
9. 唐山夫人《安世房中歌》十七章。

以上共九题二十五首诗（《安世房中歌》十七章，以一章一诗计①，凡十七首，特此说明），皆为本期"前乐府"之代表作，与前两期之"前

---

① 王辉斌：《商周逸诗辑考·下编：东周逸诗》，黄山书社2012年版，第200页。

乐府"相比,其最大的特点是皆署有作者姓名。这一特点的存在,是"前乐府"在本期进入成熟阶段的一个重要标志。在这九题二十五首"前乐府"中,最具代表性与文学性者,乃首推《安世房中歌》十七章。对于这一组诗,班固《汉书》卷二十二《礼乐志第二》录载时虽未署作者姓名,但其于《安世房中歌》十七章之前,却进行了如是之述写:

> 又有《房中祠乐》,高祖唐山夫人所作也。周有《房中乐》,至秦名曰《寿人》。凡乐,乐其所生,礼不忘本。高祖乐楚声,故房中乐楚声也。孝惠二年,使乐府令夏侯宽备其箫管,更曰《安世乐》》①。

据此,知《安世房中歌》(即《房中祠乐》)为唐山夫人所作。或有认为其为叔孙通作者,当不的②。这段引文主要交待了《安世房中歌》与"周有《房中乐》"的渊源关系,以及其多次被更名的原委,此于世人对《安世房中歌》之认识,乃不无助益。所谓"房中乐",即燕乐。《周礼·春官宗伯第二·磬师》有云:"磬师掌教击磬,击编钟,教缦乐、燕乐之钟磬。"郑玄注云:"云燕乐,房中之乐者。此《关雎》《二南》也,谓之房中者。房中,谓夫人后妃以风喻君子之诗,故谓房中之乐也。"③据此,则《房中乐》乃为后妃等人在房中演唱以讽劝君王之乐歌,其所配者则为燕乐。上引班固《礼乐志第二》有"高祖乐楚声,故房中乐楚声也"云

---

① 参见逯钦立《先秦汉魏晋南北朝诗》卷四对其之笺注。
② 班固:《汉书》卷二十二《礼乐志第二》,岳麓书社1993年版,第483页。
③ 认为《安世房中乐》十七章为叔孙通作者,主要有陈旸《乐书》、房玄龄等《隋书》卷七十五《何妥传》等。如《何妥传》载何妥上表朝廷之书有云:"汉高祖之初,叔孙通因秦乐人制宗庙之乐,迎神于庙门,奏《嘉至》之乐,犹古降神之乐也。皇帝入庙门,奏《永安》之乐,以为步行之节……登歌再终,奏《休成》之乐,美神飨也。皇帝就东厢坐定,奏《永至》之乐,美礼成也。其《休成》《永至》二曲,叔孙通所制也。"兹录以备考。又,中华书局1983年版逯钦立《先秦汉魏晋南北朝诗》卷四(第147页),认为《房中乐》之曲为唐山夫人作,辞(即诗)则非唐山夫人所作。

云,则唐山夫人《安世房中歌》为"中乐"之"楚声"者,当乃无疑。又,今人多持《房中乐》为祭祀之乐,即与郑玄所注为异①。从诗意的角度审视,应以祭祀为是,如第十三首之"嘉荐芳矣,告灵飨矣。告灵既飨,德音孔臧",第十七首之"承容之常,承帝之明。下民安乐,受福无疆"云云,即皆祭祀语之属,故郑玄之注当误。

以内容言,《安世房中歌》十七章的最大特点,就是对"孝""德"的重点突出,这是与前两个时期之"前乐府"大相区别的,与上举本期之另八首"前乐府"相比,也是特点独具的。"孝"与"德",皆乃儒家学说之核心者。如《孟子正义》卷七有云:"孟子曰:不孝有三,无后为大。"焦循注云:"于礼有不孝者三事,谓阿意曲从,陷亲不义,一不孝也。家贫亲老,不为仕禄,二不孝也。不娶无子,绝先祖祀,三不孝也。三者之中,无后为大。"②又如《周易正义》卷一《乾》有云:"子曰:君子进德修业。"正义云:"德谓德行,业谓功业。"③即皆为明证。正因此,《安世房中歌》第一首便如是写道:

> 大孝备矣,休德昭清。高张四县,乐充官庭。芬树羽林,云景杳冥。金支秀华,庶旄翠旌④。

以"大孝备矣"开篇,表明"大孝"在汉初确是相当重要的,故其后即依次出现了"大矣孝熙"(第三首)、"皇帝孝德"(第四首)、"孝奏天仪"

---

① 郑玄注疏:《周礼注疏》卷二十四,《十三经注疏》本,上海古籍出版社1992年影印,第800页。

② 今人持《房中乐》为祭祀之乐者,主要有梁启超《中国之美文及其历史》,萧涤非《汉魏六朝乐府文学史》,张永鑫《汉乐府研究》,三书依序为东方出版社2012年出版,人民文学出版社1984年出版,江苏古籍出版社1992年出版。又逯钦立《先秦汉魏晋南北朝诗》卷四将《安世房中歌》十七章编入《郊庙歌辞》,亦祭祀之谓也。

③ 班固:《汉书》卷二十二《礼乐志第二》,岳麓书社1993年版,第484页。

④ 焦循:《孟子正义》卷七《离娄章句上》,《诸子集成》本,岳麓书社1996年版,第353页。

"孝道随世"(第十首)、"呜乎孝哉"(第十二首)等。而"德"则有"修德昭明"(第一首)、"王侯秉德""皇帝孝德"(第四首)、"武臣承德"(第五首)、"贵有德"(第六首)、"成教德"(第八首)、"施德大"(第九首)、"美若休德"(第十一首)、"德音孔臧""唯德之臧"(第十三首)、"荡侯休德"(第十四首)、"浚则施德"(第十五首)、"承帝明德"(第十七首),凡十三例。"孝"与"德"在《安世房中歌》中的互为融合,为儒家思想在汉初所占地位的一种充分反映。

这十七首作为一个整体,其文学性至少有三个方面值得注意:一是作为"前乐府"中的大型组诗之一,其形式以每首八句为主(十首),其次依序为十句(三首)、六句(二首)、七句(一首)、四句(一首),且三言、四言、杂言(第六首为七言与三言的结合体)均有,极富于变化。二是格韵高古,语词华泽,音节徐缓,在用韵上既有一平到底者(如第一首),也有平仄互为者(如第七首),甚为灵活。三是虽为"楚声"(详上),却无"楚辞体"的"兮"字之用,此则表明,作为歌辞的《安世房中歌》,在当时并未受"楚辞体"的影响,而是自有其特点。

四、"前乐府"的有关伪作问题

所谓"前乐府"的伪作,是指现所存见之商、周诗歌中的部分不可相信者,原因是录载这些诗歌的文献,大多为商、周以后人撰著,或者该文献本身就可疑,因而其录载之诗歌自然就不可相信。如梁启超《中国之美文及其历史》,在涉及对汉以前诗特别是"上古歌谣"时,所持认识基本如此。但也有认为现所存见之商、周诗歌,多系汉人之作者,如逯钦立《先秦汉魏晋南北朝诗·汉诗》,即属如此。但事情的真实性究竟如何呢?下面对此略作考察与讨论,以期对正确认识"前乐府"有所裨益。

先看梁启超《中国之美文及其历史》。梁氏此书本为一部讲义,故其言所涉者均较简略,且多有错误,对此,拙著《中国乐府诗批评史》

第十一章第三节已曾例举，此不具述。全书共四章，第一章《古歌谣及乐府》之第一节为《秦以前之歌谣及其真伪》（以下简称"《真伪》一文"），专门就殷商以前之"前乐府"的真伪进行了讨论，其辨伪之方法主要有二：一是认为录载某诗之某书伪，其诗必伪；二是全由主观猜测而为。为便于认识，下面兹各举数例以窥其一斑。

（一）关于以第一种方法之辨伪。以此种方法辨伪者，《真伪》一文中甚多，如认为《尚书大传》中的"卿云烂兮"三首歌，"显是依傍《皋陶谟》那三首造出来的无疑"；认为"帝尧时代的《击壤歌》""帝舜时代的《南风歌》"也都是有问题的，原因是其一出自晋人皇甫谧《帝王世纪》，一出自"晋王肃的伪《家语》"，因而作结论说："娘家的来历先自靠不住，更无考证之余地了。"

梁氏之所言，其实是认为《尚书大传》《帝王世纪》《孔子家语》均不可靠，故其所录载之"卿云烂兮"三首（《乐府诗集》卷八十四作《卿云歌》三首）、《击壤歌》《南风歌》，亦皆不可靠，即其皆为伪作之属。其实，梁氏之说并非正确。这具体表现为：

其一，据《四库全书总目》卷十二《经部·书类二》所撰《尚书大传》（纪昀家藏本）"提要"可知，此书自汉而清，代有公私家藏书志一类著作录载，且以"扬州四卷本"为优，其"兼有郑康成注，校以宋仁宗《洪范政鉴》所引郑注，一一符合，知非伪托"。并说，其虽"零章断句，偶然附记于传中，亦事理所有，固不足以为异矣"①。依此而论，《尚书大传》所载之《卿云歌》三首，自当为可靠。

其二，现所存见之《帝王世纪》，为清人辑佚本，以宋凤翔本为最佳。宋本卷首所载《帝王世纪集校序》有云："宣圣之成典，复内史之遗则，远追绳契，附会恒滋，揆于载笔，足资多识。"而齐鲁书社2010年版《帝王世纪》所附《校点后记》则谓："所纪三代以前事，出入诸子候

---

① 王弼注、孔颖达等正义：《周易正义》卷一《上经·乾》，《十三经注疏》本，上海古籍出版社1997年影印，第15页。

纬，间涉恢奇，往往出《史记》之外，足资考证。"①这一《序》一《记》，均言《帝王世纪》"足资多识"与"足资考证"，而未及《帝王世纪》为伪书之只字，则其所载《击壤歌》非伪作者，应无可疑。

其三，据1973年河北定县八角廊西汉墓出土的竹简《儒家者言》，1977年安徽阜阳双古堆出土的西汉墓之与《儒家者言》相应的篇题简牍，皆可证实《孔子家语》非伪作，则其所录载《南风歌》非伪作者，即可论断。由是而观，《真伪》一文所断《击壤歌》等三题五诗为伪作者，都是难以接受材料之检验的。

（二）关于以第二种方法之辨伪。以此种方法辨"秦以前之歌谣"为伪作者，《真伪》一文所涉数量甚多，如《白云谣》即为其具有代表性者。《真伪》一文在抄引了《白云谣》全文后，认为"这首谣见《穆天子传》，说是周穆王上昆仑山见西王母，临归，王母觞之于瑶池，唱这谣送他，穆王还有和章。《穆天子传》这部书，乃晋太康三年在汲县魏安釐王家中，与《竹书纪年》同时出土，书之真伪，问题很杂，若认定全伪，那么便是晋人手笔，若认为真，便是战国人所记，可算中国人最古的小说。若谓西周时的穆王真有此事此诗，未免痴人前说不得梦了。"梁氏此之所言，已完全跳出了"娘家的来历先自靠不住，更无考证之余地了"的辨伪圈子，故而指出，无论《穆天子传》是真是伪，其所录载之《白云谣》与周穆王之"和章"，都是不可相信的。结论虽然斩钉截铁，但理由却无只字相及，纯属作者之自说自话。此则表明，作者虽然曾经大谈"中国历史研究法"，但于此二诗之辨伪，却完全未能按照"史料的收集与鉴别"（《中国历史研究法》第五章章目）而为，而是以主观猜测而"辨"之。所以，这样的结论自然是难以令人相信的。至于对《饭牛歌》的辨伪，则更是不能自圆其说了。《真伪》一文在对此诗进行了一番"辨伪"后，既认为"要之，三首皆不可信"，又认为"其实宁戚饭牛事根本不可信。布衣立谈取卿相，乃战国风气，春秋初期，决无此事，本是战

---

① 永瑢等：《四库全书总目》卷十二，中华书局1963年影印，第105页。

国游说之士造出来的。诗则东汉末伪中生伪"(第9页),结论也是斩钉截铁。但该书第三章第二节《汉魏乐府及其类似之作品》却又如此认为:《饭牛歌》"是否出宁戚,虽不敢断言,大约不失为战国前作品"(第184页)。前者说"三首皆不可信",此则认为"不敢断言"其真伪;前者说其为"东汉末伪中生伪"所致,此则认为"大约不失为战国前作品",二者之抵牾竟然如斯。

再看逯钦立《先秦汉魏晋南北朝诗·汉诗》之辨伪。对于《先秦汉魏晋南北朝诗》之于"前乐府"也即先秦诗的辨伪,拙著《商周逸诗辑考》于其所认为伪作(即汉诗)者,在各诗之"斌案"中均进行了考辨,以证其"伪作"说乃非。为便于认识,兹抄录《岐山操》之"斌案"如下,以供参考:

> 据《琴操》卷上《哀慕歌》(参见本书此篇之"辑录")所载,"周太王古公"乃周文王姬昌祖父,其"居幽"之时乃在殷商时期,则此篇为殷商"古逸"甚明。又,《先秦汉魏晋南北朝诗·汉诗》卷十一"逯案"认为,"《乐府诗集》卷五十七载韩愈《岐山操》而不著此歌"者,"是知唐宋期间此《操》尚弦无歌",故其"必为后世所托无疑"。按,以《乐府诗集》是否载《岐山操》之歌而认为其"必为后世所托无疑"者,实则毫无道理。若藉此而推之,为《乐府诗集》所载《神凤操》《将归操》《龟山操》等篇,皆被《先秦汉魏晋南北朝诗·汉诗》卷十一之"逯案"认为是后人依托而编入汉诗者,又当作何解释呢?而且,今存平津馆本《琴操》《续修四库全书》本《琴操》皆载《岐山操》序、辞之事实,又可对《琴操》非为"后世所托"予以佐证。对于《琴操》所载《岐山操》等之可信,清人马瑞辰《琴操校本序》早已进行过专门之辨证,故其不为"后世所托"之作乃甚明。"逯案"作者不曾读马瑞辰《琴操校本序》,而擅作斯说者,实误①。

---

① 陆吉:《点校后记》,附《帝王世纪》书末,齐鲁书社2010年版,第90页。

还应指出的是，逯著虽然在论《琴操》所著录之诗的真伪，但却不知道有三种《琴操》传世，而是将甲《琴操》当作乙《琴操》，则其之所辨不可相信者，也就甚为清楚。

总体而言，现所存见之"前乐府"，虽然有可能会存在着这样或那样的伪作，但就目前已问世的一些辨伪成果言，其几乎无一是以确凿材料而为的，以上所例举梁启超《中国之美文及其历史》、逯钦立《先秦汉魏晋南北朝诗》之所辨者，即有助于窥此一斑。

第二节 汉唐乐府鸟瞰

所谓"汉唐乐府"，指的是由西汉初至五代末之间的乐府诗。具体而言，其始于"前乐府"下限的最后一年，即元朔五年（前124年），也就是汉武帝"乃立乐府"之当年①，止于宋太祖赵匡胤登基的建隆元年的前一年（959年），其间凡一千零八十四年。这一时期，其实就是郭茂倩《乐府诗集》所收录之乐府诗的主要年代②，所以，其一般被称为汉唐时期，而存在于这一时期的乐府诗，也就被称为"汉唐乐府"。在中国乐府诗史上，"汉唐乐府"是最为"正宗"的一个发展阶段，原因是这一时期的乐府诗，特别是汉、魏时期的乐府诗，其乐调（曲名）与部分曲辞（即乐府诗），几乎皆出自朝廷"乐府"机关，故其"正统性"之权威、之纯正，是"前乐府"与"唐后乐府"所无法相比的。而此，也是自东汉以来，研究者多在"汉唐乐府"中耕耘的原因。

---

① 关于汉武帝"乃立乐府"为元朔五年（公元前124年）者，具体参见拙作《"前乐府"概观》一文之注释①，该文载《宁夏师范学院学报》2018年第6期。

② 此处之所以称"这一时期，其实就是《乐府诗集》所收录乐府诗之主要时期"者，因为《乐府诗集》所收录之乐府诗，除了"汉唐乐府"外，还有部分"前乐府"。关于《乐府诗集》中的"前乐府"，可参见拙著《中国乐府诗批评史》第一章第四节，武汉大学出版社2017年版，第7—11页。

一、汉魏乐府与民歌乐府

汉魏乐府的问世，汉武帝之"乃立乐府"，为其最关键也是最直接的原因。据班固《汉书》卷十九上《百官公卿表第七上》所载，秦始皇统一六国后，即设置了属于国家集权范畴的"乐府"机构，汉初则"因循而不革"，但由于战争等方面的原因，直至汉武帝元朔五年才"乃立乐府"，所以，汉魏乐府即因此而始。所谓"汉魏乐府"，实为汉、魏时期的文人乐府。对此，《汉书》卷二十二《礼乐志第二》已有载，云："至武帝定郊祀之礼，祠太一于甘泉……以李延年为协律都尉，多举司马相如等数十人造为诗赋，略论吕律，以合八音之调，作十九章之歌。"①其中的"司马相如等数十人造为诗赋"，即为明证。而所谓"十九章之歌"，即《礼乐志第二》所载之《郊祀歌》十九章，也就是《乐府诗集》卷一所著录之《汉郊祀歌》十九首，从创作年代的角度审视，这组诗应是汉武帝"乃立乐府"后的第一件"乐府"作品。这十九首《汉郊祀歌》，皆为汉魏乐府中的"祭祀文学"之属，故其文学价值并不如这一时期的其他乐府诗。

据沈约《宋书》卷二十二、郭茂倩《乐府诗集》卷二十一可知，自"《郊祀歌》十九章"之后，则有《汉鼓吹铙歌》十八曲《汉郊祀歌》古辞、《汉横吹曲》二十八解等先后问世。其中，《汉鼓吹铙歌》十八曲，《乐府诗集》卷十六作《汉铙歌》，沈约《宋书》卷二十二、《乐府诗集》卷十六皆载其辞，其"十八曲"（即乐府诗题）依序为：《朱鹭》《思悲翁》《艾如张》《上之回》《拥离》《战城南》《巫山高》《上陵》《将进酒》《君马黄》《芳树》《有所思》《雉子斑》《圣人出》《上邪》《临高台》《远如期》《石留》②。这十八首《汉鼓吹铙歌》的作者为谁，因材料所限，现已不可考，故一

---

① 班固：《汉书》卷二十二《礼乐志第二》，岳麓书社1993年版，第484页。
② 此据郭茂倩《乐府诗集》卷十六，沈约《宋书》卷二十二录载之《汉鼓吹铙歌》十八曲名，在文字上与此小异，特此说明。

般以"古辞"称之。

又据《乐府诗集》卷二十一"汉横吹曲"题解引智匠《古今乐录》所载，为李延年所造之"《汉横吹曲》二十八解"，至魏、晋之际"唯传十曲"，后又有人增加了八曲，"合为十八曲"，即尚缺整十曲。留传至今之十八曲，与《汉鼓吹铙歌》十八曲一样，即其实际上都是十八首文人乐府诗①。其乐府题（即曲名）依序为：《黄鹄》《陇头》《出关》《入关》《出塞》《入塞》《折杨柳》《黄覃子》《赤之扬》《望行人》《关山月》《洛阳道》《长安道》《梅花落》《紫骝马》《骢马》《雨雪》《刘生》②。其后，"魏武帝使缪袭造鼓吹十二曲以代汉曲"，名《魏鼓吹曲》，《乐府诗集》亦予著录，其依次即：《楚之平》《战荥阳》《获吕布》《克官渡》《旧邦》《定武功》《屠柳城》《平南荆》《平关中》《应帝期》《邕熙》《太和》（此题从《乐府诗集》卷十八）。其时又有韦照所"制"《吴鼓吹曲》十二首，与《魏鼓吹曲》十二首一样，均为对本国"先帝"征讨战功的歌颂之辞，故从总的方面而言，其文学价值均不足取。

李延年（？—公元前90）在汉武帝"乃立乐府"之初，所造"《汉横吹曲》二十八解"，其之曲辞，实际上就是二十八首乐府诗（以一解为一首乐府诗计），且当为司马相如等人所为。班固《汉书》卷九十三《佞幸传第六十三·李延年》有云："延年善歌，为新变声。是时，上方兴天地祠，欲造乐，令司马相如等作诗颂。延年辄承意弦歌所造诗，为之新声曲。"③其中所言"诗颂"，与《汉书》卷二十二《礼乐志第二》所言之"诗赋"相同，即所指皆为《汉横吹曲》二十八解之曲辞。而所谓"新变声""新声曲"者，则是指有别于周、秦时期的新乐曲，也即《汉鼓吹铙歌》

---

① 关于《汉鼓吹曲》由二十八解衍变为十八曲之始末，具体参见郭茂倩《乐府诗集》卷二十一"汉横吹曲一"之题解，中华书局1979年版，第311页。
② 此据郭茂倩《乐府诗集》卷十六，沈约《宋书》卷二十二录载之《汉鼓吹铙歌》十八曲名，在文字上与此小异，特此说明。
③ 关于《汉鼓吹曲》由二十八解衍变为十八曲之始末，具体参见郭茂倩《乐府诗集》卷二十一"汉横吹曲一"之题解，中华书局1979年版，第311页。

十八曲、《汉横吹曲》二十八解等所配之新乐。此则表明，相对于周、秦乐府（曲名）而言，两汉乐府均属于一种"新乐府"范畴。其后的《晋鼓吹铙歌》《齐鼓吹铙歌》等，即皆与此不无关系。

但作为文学作品的乐府诗，无论是《郊祀歌》十九章，抑或"汉郊祀歌"之古辞，乃皆属于"祭祀文学"的范畴，而与"感于哀乐，缘事而发，亦可以观风俗"（《汉书》卷三十《艺文志第十》）的汉乐府精神，相去甚远。而《汉鼓吹铙歌》十八曲中的《思悲翁》《战城南》《将进酒》《上邪》等篇，还是颇值得一读的。但从乐府诗史的角度言，真正能成为这一时期乐府诗之代表者，则是曹操父子的文人乐府与民间乐府。

曹操父子的乐府诗，是汉魏时期文人乐府的精华。据统计，曹操父子现所存见之乐府诗，共有八十六题一百三十首，其具体为：曹操二十一题二十七首，曹丕十九题二十四首，曹植四十六题七十九首①。三曹的乐府诗全属"仿作"②，即所谓"依前曲"而"作新歌"者，其中最具代表性者，则为曹操的二十七首。曹丕乐府诗数量虽与乃父大致相等，然其在即帝位前，因常年于池苑酣宴中享受生活，故为时人与后人所称道者，实际上只有《燕歌行》等少许几篇。曹植的乐府诗，以后期最值得称道，其日愈一日的"恋阙情结"，成为本期最重要的述写内容，所以，从总的方面言，"远魏曲"而"近杂曲"，成为曹植乐府诗的一种本质内核。曹操乐府诗以四言为主，曹植乐府诗几乎全为五言，而曹丕的乐府诗，则是三言、四言、五言、六言、七言，应有尽有。这一实况所共同表明的是，三曹乐府诗确是成就各具而特点各异的。

汉代的民间乐府，又称民歌乐府、乐府民歌、"民歌类乐府"等，现所存见者，几乎皆为郭茂倩《乐府诗集》中的十八卷《相和歌辞》（卷二十六至卷四十三）与十八卷《杂曲歌辞》（卷六十一至卷七十八）所收录。

---

① 以上关于曹操父子三人现所存见乐府诗之数量，具体参见拙著《先唐诗人考论》第三章第三节，第93—95页，该书由吉林文史出版社2007年出版。

② 此处所谓"仿作"，是指三曹乐府诗之题无自创者，乃全以汉乐府题而为，对此，罗根泽《乐府文学史》、萧涤非《汉魏六朝乐府文学史》等均有所涉，可参看。

其中主要者有：《病妇行》《孤儿行》《东门行》《陌上桑》《董逃行》《箜篌引》《雁门太守行》《白头吟》《东光》《鸡鸣》《长歌行》《孔雀东南飞》《君子行》《豫章行》《折杨柳行》《西门行》《陇西行》《善哉行》《长安有狭斜行》《相逢行》《长歌行》《王子乔》《平陵东》《江南》《艳歌行》《满歌行》等。这些"民歌类乐府"，在流传的过程中，虽不乏为文人所加工，但其"赵、代、秦、楚之讴"（《汉书》卷二十二《礼乐志第二》）的本色特质，与"感于哀乐，缘事而发"的乐府精神，则还是相当鲜明的。如《病妇行》《孤儿行》对平民疾苦的真实描述，《东门行》主人公对不平等社会的反抗，《陌上桑》对地方官吏丑恶嘴脸的勾勒，《董逃行》对董卓在京洛暴行的谴责，《孔雀东南飞》对导致婚姻悲剧因由的抨击，以及《相逢行》对富贵之家奢华生活的展示等，不仅皆属"缘事而发"的佳构，并且极具"观风俗"之功能与作用，因而成为了这一时期民歌乐府的一批优秀之作。所以，后人凡言及汉代之民歌乐府者，几乎无不以此为代表。

二、晋郊庙与舞歌乐府等

有晋一代，因政治、军事等多方面的原因，而被一分为二，其前者为西晋，后者则称东晋。西晋紧承曹魏，以中原乐府为正宗，东晋因寓居江南，故以民歌乐府为主体，这是二者的区别所在。西晋的乐府诗，要而言之，大致可分为三类，即：一为郊庙乐府，二是舞歌乐府，三即文人乐府。前二者均属于"皇家乐府"，也即其主要是为朝廷的各种活动服务的；后者的文人乐府，指的是作家个人的乐府诗，如傅玄、张华的乐府诗等，但晋代的这类乐府，却是较汉魏之际的"三曹乐府"逊色许多的（具体详下）。从音乐的角度言，这三类乐府诗，除了"晋武帝初，郊庙明堂礼乐权用魏仪"外，其余则皆为傅玄、荀勖等人所"但改乐章"之新乐①，也即"晋乐"。因之，以"晋乐"配唱的郊庙歌辞，即成

---

① 杜佑：《通典》卷一四一《乐典一》，中华书局1988年版，第3598页。

为了东、西两晋郊庙乐府的主体，对此，沈约《宋书·乐志》与郭茂倩《乐府诗集·郊庙歌辞》所收录之"晋郊庙"乐府诗，即足以证实。以郭茂倩《乐府诗集》为例，其十二卷（卷一至卷十二）"郊庙歌辞"，即收录了《晋郊祀歌》《晋天地郊明堂歌》《晋宗庙歌》《晋江左宗庙歌》等数十首之多，则其所配之乐皆为晋代新乐者，乃可肯定。

与郊庙乐府相比，晋代的舞歌乐府尤为发达。这是因为，"舞歌"作为一种艺术样式，不仅在朝廷所举行的各种祭祀活动中占有相当地位，而更为重要的是，其于皇宫与贵族阶层也多所流行，且随着时间的推移，还衍变成了"皇宫文化"的主体部分。比如，沈约《宋书》卷二十二《乐四》所著录之《鼙舞歌》（一作《鼙舞歌行》）五篇、《铎舞》歌诗（一作《铎舞歌行》）二篇、《拂舞》歌诗（一作《拂舞行》）五篇、《杯槃舞》歌诗（一作《杯槃舞歌行》）一篇、《巾舞》歌诗（一作《公莫巾舞歌行》）一篇、《白纻舞》歌诗（一作《白纻》）三篇等①，即几乎皆为"舞"者"歌"于皇宫与贵族阶层。对此，《鼙舞歌》五篇（《乐府诗集》卷五十三作《晋鼙舞歌》五首）之篇目，已甚为清楚：《洪业篇》《天命篇》《景皇帝》（《乐府诗集》作《景皇篇》）《大晋篇》《明君篇》。曰"洪业"、曰"天命"、曰"景皇帝"等，正是典型的"皇宫文化"产物②。与舞歌乐府诗相呼应的，是一组"四厢乐歌"。所谓"四厢乐歌"，为朝会燕飨所用乐歌之统称，《乐府诗集》将其编在"燕射歌辞"类。晋代的"四厢乐歌"，据郭茂倩《乐府诗集》三卷（卷十三至十五）"燕射歌辞"所载，主要有傅玄《晋四厢乐

---

① 其中的《白纻舞》歌诗三篇，郭茂倩《乐府诗集》卷五十四著录，并有简要说明云："《白纻》旧新合三篇。"所谓"旧新"，据《乐府诗集》卷五十五之录载可知，"旧"是指晋之"双袂齐举鸾凤翔""阳春白日风花香"两篇《白纻舞》，"新"则为《宋白纻舞歌诗》一篇。郭茂倩并为之撰写"题解"云："《宋书·乐志》曰：'《白纻舞歌诗》，旧新合三篇，二篇与晋辞同，其一篇异。'"此则表明，《白纻舞》歌诗三篇，实则只有二篇为晋之"舞歌"乐府。关于晋宋时期之舞歌乐府，可具体参见拙作《乐府诗与歌诗的关系》一文，载《长安学术》总第十二辑，2018年版。

② 关于晋代的"舞歌"等乐府诗之概况，可具体参见拙作《乐府诗与歌诗的关系》一文，载《长安学术》第十二辑，2018年版。

歌》三首、荀勖《晋四厢乐歌》十七首、张华《晋四厢乐歌》十六首(沈约《宋书》卷二十《乐二》无此组诗)、成公绥《晋四厢乐歌》十六首,又张华《晋冬至初岁小传以歌》《晋宴会歌》《晋中宫所歌》《晋宗亲会歌》各一首,以及无名氏《晋朝飨乐章》七首。总共为六十三首(其他如荀勖《王公上寿酒歌》等,未计在内,特此说明)。这些"四厢乐歌"与"舞歌",其内容虽多无可取,但其所具体反映的,则是乐府诗在这一时期发展的一种态势,而司马氏政权对于音乐文化的重视,亦寓于其中。

晋代的文人乐府,除了拙著《中国乐府诗批评史》第三章第三节所论及之曹毗、张骏、杨方、陶渊明等人的乐府诗外,这里主要指的是傅玄、张华等于上述两大类乐府之外的乐府诗。其中,又以傅玄的乐府诗最为引人注目。据郭茂倩《乐府诗集》可知,傅玄现所存见之乐府诗,共有三十五题八十五首,若除去其奉命所"造"之《晋四厢乐歌》等九题五十九首,实则为二十六题二十六首。一般而言,傅玄的这类乐府诗,几乎皆属对汉魏乐府的模拟,如《美女篇》《长歌行》《秋胡行》《前有一樽酒》《秦女休行》等,即皆为其例。但也不乏较优秀者,如《惟汉行》之咏史,《秋胡行》之述"秋胡子妻"事,《秦女休行》对"烈妇"之赞颂,《董逃行历九秋篇》之代女子鸣不平,《明月篇》之伤女子命运,《饮马长城窟行》之对"参"和"商"的感慨与人物的心理描写等,即均颇具特点。其他则有陆机《猛虎行》、张华《壮士篇》、石崇《王明君辞》等。但从总的方面讲,晋代的这些文人乐府,虽各有可取之处,但在思想性与艺术审美方面,都是无法与汉魏之文人乐府媲美的。

三、南北朝乐府的新趋势

南北朝时期的乐府诗,由于南朝与北朝的文化背景等方面之原因,其既成就各具,而又特点各异,且均十分繁荣与发达。南朝(420—588)的乐府诗,与汉、魏时期之乐府诗颇相似,即亦由文人乐府与民歌乐府所构成,但二者所不同者,是汉、魏时期的文人乐府成就高于民歌乐府，而南朝则是民歌乐府的成就高于文人乐府。这一实况的存在，是民歌乐府在当时为社会各阶层所雅好的一种充分反映。南朝民歌乐府的最大特点，是以"新声""艳曲"为主体，且多由五言四句结构而成，极便于配乐传唱。所谓"新声"、所谓"艳曲"，郭茂倩《乐府诗集》卷六十一《杂曲歌辞序》乃有载，云："自晋迁江左，下逮隋、唐，德泽浸微，风化不竞，去圣逾远，繁音日滋。艳曲兴于南朝，胡音生于北俗。哀淫靡曼之辞，迭作并起，流而忘反，以至陵夷。原其所由，盖不能制雅乐以相变，大抵多溺于郑、卫，由是新声炽而雅音废矣。……所谓烦手淫声，争新怨衰，此又新声之弊也。"①南朝乐府的"新声"与"艳曲"之说，即因此而始。

从总的方面言，郭茂倩虽然对"新声"与"艳曲"乐府持排斥态度②，但其将这些"新声""艳曲"之作，皆归类于"清商曲辞"（卷四十四至卷五十一，共八卷）的举措，则是颇值得称道的。郭茂倩并撰《清商曲辞序》云："清商乐，一曰清乐。清乐者，九代之遗声。……后魏孝文讨淮汉，宣武定寿春，收其声伎，得江左所传中原旧曲，《明君》《圣主》《公莫》《白鸠》之属，及江南吴歌、荆楚西声，总谓之清商曲。至于殿庭飨宴，则兼奏之。"③《乐府诗集》中的"清商曲辞"，以《吴声歌曲》最值得注意。其中如"晋宋齐辞"之《子夜歌》四十二首、《子夜四时歌》七十五首（又具体分为《春歌》二十首、《夏歌》二十首、《秋歌》十八首《冬歌》十七首），以及《懊侬歌》十四首、《读曲歌》八十九首、《团扇郎》六首、《七日夜女歌》九首等，即皆为《吴声歌曲》之佳构。而其作者，则基本上都是一些民间诗人或者"歌人"。这类"民歌类乐府"，既清新自

---

① 郭茂倩：《乐府诗集》卷六十一"杂曲歌辞一"，中华书局1979年版，第884页。

② 关于郭茂倩对南朝乐府之"新声"与"艳曲"持排斥态度者，具体参见萧涤非《汉魏六朝乐府文学史》第五章第二章、第三章，人民文学出版社1984年版，第205—259页。

③ 郭茂倩：《乐府诗集》卷四十四"清商曲辞一"，中华书局1979年版，第638页。

然，充满活力，又皆以"绝句体"而为，因而极便于吟唱与传播。而其于艺术上所表现出的最大特点，即是多用"双关语"（即修辞学之所谓"谐音"），如"环"之于"还"，"莲"之于"怜"等，从而加强了诗的语意性，并给读者以深刻印象。

"清商曲辞"中的《西曲歌》与《江南弄》，亦属于"新声乐府"中的佼佼者，但二者所不同的是，《西曲歌》既有民歌乐府，亦有文人乐府。《江南弄》肇始于梁武帝天监十一年（512年），且由梁武帝改制西曲而成①，为南朝后期典型的文人乐府，且这些文人乐府，又几乎全是向民歌乐府仿学的结果。《西曲歌》中之具有代表性者，主要有《石城乐》五首、《莫愁乐》二首、《襄阳乐》九首、《采桑度》七首、《江陵乐》四首、《寿阳乐》九首、《杨叛儿》八首、《西乌夜飞曲》五首、《月节折杨柳歌》十三首、《女儿子》二首、《孟珠》十首等。《江南弄》中的文人乐府，则以梁武帝《江南弄》七首、梁简文帝《江南弄》三首、沈约《江南弄》四首、刘孝威《采莲曲》一首、鲍照《采莲歌》七首等，多为时人与后人所称道。若仅从"艳曲"的角度审视，《乐府诗集》卷七十二"杂曲歌辞十二"所录载之古辞《西洲曲》，则为此期"民歌类乐府"的一首精品之作。其全文为：

> 忆梅下西洲，折梅寄江北。单衫杏子红，双鬓鸦雏色。西洲在何处，两桨桥头渡。日暮伯劳飞，风吹乌臼树。树下即门前，门中露翠钿。开门郎不至，出门采红莲。采莲南塘秋，莲花过人头。低头弄莲子，莲子青如水。置莲怀袖中，莲心彻底红。忆郎郎不至，仰首望飞鸿。鸿飞满西洲，望郎上青楼。楼高望不见，尽日栏杆头。栏杆十二曲，垂手明如玉。卷帘天自高，海水摇空绿。海水梦

---

① 关于《江南弄》之始末，参见郭茂倩《乐府诗集》卷五十"清商曲辞七"对《江南弄》所撰之题解，中华书局1979年版，第726页。

悠悠，君愁我亦愁。南风知我意，吹梦到西洲①。

全诗通过季节的转换，由春而秋，将"单衫女"对"郎"的相思之情，进行了极为细腻而又含蓄委婉之抒发，深情摇曳，余味无穷。清人沈德潜《古诗源》卷十二评此诗云："续续相生，连跗接萼，摇曳无穷，情味愈出。似绝句数首，攒簇而成，乐府中又生一体。初唐张若虚、刘希夷七言古，发源于此。"②所言甚是。

南朝的文人乐府诗，除了以"新声""艳曲"为代表的沈约、梁武帝萧衍、梁简文帝萧纲等人之作外，还有一些专事模仿汉魏乐府以进行创作的诗人，其中，以鲍照的作品最多，影响也最大。作为乐府诗人，鲍照现存乐府诗三十七题，属于连章体组诗者则有八题五十一首(《中兴歌》八首、《白纻歌》六首、《行路难》十八首、《吴歌》三首、《幽》五首、《采菱歌》七首、《淮南王》二首、《煌煌京洛行》二首)，二者共计八十八首。其中，最具代表性者，是以七言为主体的《拟行路难》十八首，钟嵘《诗品》所言"总四家而擅美，跨两代而孤出"者，胡应麟《诗薮》所言"上挽曹刘之逸步，下开李杜之先鞭"者，即皆与此组乐府诗关系密切。鲍照乐府诗的成就与影响，藉此则可窥其一斑。

北朝(318—581年)③的乐府诗，虽然亦由文人乐府与民歌乐府两部分组成，但其文人乐府无论就哪方面言，都是无以与民歌乐府相提并论的。这一时期创作过乐府诗的诗人，主要有高昂、温子升、邢邵、魏收等。北朝的民歌乐府，现所存见者大约有七十首，除《木兰诗》《敕勒川》《杨白华》等少许几篇外，其余几乎全属"歌类乐府"，如《幽州马客吟歌》《淳于王歌》《慕容垂歌》《黄淡思歌》《高阳乐人歌》《东平刘生歌》

---

① 无名氏：《西洲曲》，郭茂倩《乐府诗集》卷七十二"杂曲歌辞十二"，中华书局1979年版，第1027页。
② 沈德潜：《古诗源》卷十二，中华书局1963年版，第290页。
③ 关于北朝始迄之具体时间，论之者众说纷纭，此从萧涤非说，萧说载《汉魏六朝乐府文学史》第六编第一章，可参看。

《咸阳王歌》《李波小妹歌》《琅琊王歌》《企喻歌》《紫骝马歌辞》《陇上歌》《陇头流水歌辞》《折杨柳歌辞》《捉搦歌》《雀劳利歌》《隔谷歌》等。仅就这些诗题中的人名言，可知北朝的民歌乐府，主要是用以"歌人"的，而如《陇上歌》《隔谷歌》等非人名之作，也无不是以"歌人"为其题旨之所在的。这是北朝民歌乐府的一个显著特点。

《木兰诗》主要写女子木兰代父从军的故事，属于"战争题材"的范畴，故郭茂倩《乐府诗集》卷二十五乃将其编入"横吹歌辞"，并引智匠《古今乐录》云："木兰不知名。"①据拙著《中国乐府诗批评史》第四章第二节所考，智匠《古今乐录》撰著于陈废帝光大二年，也即公元568年，如此，则知无名氏《古文苑》作"唐人《木兰诗》"者，乃大误。换言之，智匠《古今乐录》既有"木兰不知名"之载，知《木兰诗》的作年在光大二年之前者，即可肯定。而是时，由沈约等人所创制之"永明体"，已问世数十年（"永明"为齐武帝年号，凡十一年，即483—493年），则诗中有"万里赴戎机，关山度若飞。朔气传金柝，寒光照铁衣"等对句之用，也就自在情理之中。北朝民歌乐府对"木兰代父从军"故事的首次描述，使得木兰其人，成为中国文学史上一个艺术形象的典范，且几乎家喻户晓。

四、隋唐旧题乐府之概貌

隋朝的乐府诗创作，主要表现在两大君臣诗人群体中，即以隋文帝杨坚为代表的拟乐府诗人群，和以隋炀帝杨广为代表的艳曲乐府诗人群，其中，拟古诗人群的诗作既多，所取得的成就亦甚高。拟古诗人群中的诗人，除隋文帝外，另有卢思道、薛道衡、杨素等人，其所"拟古"者，乃皆为汉、魏乐府，如隋文帝《门有车马行》、卢思道《从军

---

① 郭茂倩：《乐府诗集》卷二十五"横吹曲辞五"，中华书局1979年版，第373页。

行》、薛道衡《豫章行》、杨素《出塞》等,即皆为其例。这一诗人群体之乐府诗,最大特点是具有很强的写实性,其因此而成为诗人们关注社会现实的一种具体反映。艳曲乐府诗人群中的诗人,除隋炀帝外,主要有诸葛颖、虞世基等,其所拟者如《春江花月夜》《东宫春》等,即皆属据南朝之艳曲乐府而为。所以,无论是乐府诗的精神气质,抑或为乐府诗的艺术审美,艳曲乐府诗人群之作,都是难以与拟乐府诗人群之作相比的。这一实况,即为隋代乐府诗的一种基本事实。

李唐三百年的乐府诗,在其发展与变革的路途中,主要呈现出了两大行进的脉络,一为旧题乐府,一为新题乐府。所谓"旧题乐府",又称古乐府、古题乐府、拟乐府等,是相对于新兴的新题乐府而言的。唐代旧题乐府之"旧题",主要指的是"前乐府"、汉魏乐府与南朝"新声""艳曲"之题,如李白《公无渡河》("前乐府"题)①、卢照邻《梅花落》(汉乐府题)、张若虚《春江花月夜》(南朝"新声乐府"题)等,即皆为其例。唐人的旧题乐府,虽然有此三大类,但无论哪一类,均只是袭用其题,而与其曲调无关,原因则主要有二:一是这些"旧题"之乐调在流传的过程中,早已佚亡殆尽;二是唐朝所推行的为"十部乐",且以"胡乐"为主,不适用于对"旧题"的配乐传唱。所以,唐代的旧题乐府,虽有可配乐而唱的传统,但其所配乐却非为先秦("前乐府")、汉、魏之古乐。至若南朝的"新声乐府",亦属如此,如著名的《春江花月夜》一诗,便为其例。郭茂倩《乐府诗集》卷四十七"清商曲辞四"之《吴声歌曲》录载《春江花月夜》凡七首,其作者依序为隋炀帝杨广(二首)、诸葛颖(一首)、张子容(二首)、张若虚(一首)、温庭筠(一首),其中唐代为三人四首。但这四首《春江花月夜》,却并非依原曲调而为,对此,刘昫等《旧唐书》已有明确记载。该书卷二十九《音乐二》有云:"隋平陈,因置清商署,总谓之清乐,遭梁、陈亡乱,所存盖鲜。隋室已来,

---

① 唐人乐府诗中的《公无渡河》,即"前乐府"《箜篌引》之别称,具体参见郭茂倩《乐府诗集》卷二十六《箜篌引》题解,中华书局1979年出版,第377页。

日益沦缺。武太后之时，犹有六十三曲，今其辞存者，唯有《白雪》《公莫舞》……《春江花月夜》《玉树后庭花》《堂堂》《泛龙舟》等三十二曲。"①既言《春江花月夜》属"今其辞存者"之列，则张子容、张若虚、温庭筠三人之《春江花月夜》，非依陈后主所制《春江花月夜》之曲调而为者②，乃不言而喻。

在唐代数以千计的诗人中，最优秀也是最杰出的旧题乐府诗人，为"天子呼来不上船"的李白。综李白(701—762年)一生，其不仅创作了一百余首旧题乐府，被清人王琦在《李太白文集》中编为四卷(卷三至卷六)③，而且晚年还以其毕生的创作经验，将其目之为"古乐府学"。李白的旧题乐府，所涉既广，名篇亦多，如《行路难》《将进酒》《猛虎行》《梁甫吟》《蜀道难》《战城南》《东武吟》《远别离》《襄阳歌》《襄阳曲》《大堤曲》《久别离》《玉阶怨》《杨叛儿》《长干行》《荆州歌》《白头吟》《从军行》《北上行、《豫章行》《关山月》《长歌行》等，即皆为脍炙人口之佳构，而成为历代诗选家所必选者。李白旧题乐府的最大特点，是为前人所称许之"旧题新事"与"旧题翻新"，也即以旧题写新事、写时事，正因此，李白的这类乐府诗，即具有鲜明的时代特征。从乐府诗批评史的角度审视，李白"古乐府学"的内涵，主要表现在四个方面：一是注重乐府诗的本事，二是讲究内容的推陈出新，三是于拟题中求变求新，四是体式以古为主④。而此四者，即构成了李白旧题乐府超越前人与时人的关键性原因。

---

① 刘昫等：《旧唐书》卷二十九《音乐二》，中华书局1975年版，第1062—1063页。

② 《春江花月夜》之曲为陈后主陈叔宝所制者，郭茂倩为《春江花月夜》所撰题解已有载，可参看。此题解载《乐府诗集》卷四十七"清商曲辞四"，中华书局1979年版，第678页。

③ 在王琦所编之四卷共一百四十九首的旧题乐府中，既有伪作，亦有属于新题乐府者，若除去二者，李白的旧题乐府实际上为一百二十七首，对此，拙著《中国乐府诗批评史》第五章第二节乃有详考，可参看，此不具述。

④ 关于李白的"古乐府学"及其要义，具体参见拙著《中国乐府诗批评史》第五章第二节，武汉大学2017年版，第169—183页。

据《全唐诗》的粗略统计，唐代介入旧题乐府创作的诗人，乃数以百计，且其中不乏优秀者，如中唐诗人李贺（790—816年），即是继李白之后又一位最杰出的旧题乐府诗人。据清人王琦等"三家评注"本《李长吉诗歌》可知，李贺现所存见之乐府诗，共有四十三题五十五首。其中，旧题乐府为三十六题四十八首，新题乐府为七题七首（《黄头郎》《湖中曲》《塞下曲》《白虎行》《月漉漉篇》《春怀引》《静女春暑曲》）。其旧题乐府具体为：《雁门太守行》《大堤曲》《苏小小歌》（此题从《乐府诗集》卷八十五）、《蜀道弦》《浩歌》《李夫人》《走马引》《湘妃》《堂堂》《长歌续短歌》《公莫舞歌》《铜雀妓》（此从《乐府诗集》卷三十一）、《难忘曲》《安乐宫》《邺城童子谣》（此题从《乐府诗集》卷八十七）、《章和二年中》《艾如张》《上云乐》《摩多楼子》《猛虎行》《日出行》《拂舞辞》（此从《乐府诗集》卷五十五）、《夜坐吟》《箜篌引》《巫山高》《江南弄》《神弦曲》《神弦别曲》《绿水词》《上之回》《塘上行》《将进酒》《莫愁曲》《有所思》（此篇《乐府诗集》无）、《神仙曲》《少年乐》《十二月乐辞》十三首（此题从《乐府诗集》卷八十二）。李贺的这些旧题乐府，为郭茂倩《乐府诗集》分别归类于"相和歌辞"（如《猛虎行》）、"清商曲辞"（如《大堤曲》）、"鼓吹曲辞"（如《上之回》）、"杂曲歌辞"（如《少年乐》）、"舞曲歌辞"（如《拂舞曲》）、"近代曲辞"（如《十二月乐辞》）之中，基本与李白相似。

除李白与李贺外，骆宾王、卢照邻、王勃、杨炯、崔国辅、王之涣、王昌龄、李颀、王维、高适、杜甫、韦应物、施肩吾、孟郊、张籍、韩愈、柳宗元、李益、张祜、罗隐、皮日休、陆龟蒙、郑谷等诗人，也都创作了数量不等的旧题乐府，且多为佳构。如唐太宗《饮马长城窟行》、王勃《江南弄》、陈子昂《出塞》、王翰《饮马长城窟行》、王之涣《凉州词》、王昌龄《从军行》七首、高适《燕歌行》、王维《陇西行》、戎昱《塞下曲》六首、李益《古别离》、韩愈《琴操》十首、张籍《行路难》、张祜《雁门太守行》、陈陶《陇西行》、李商隐《江南曲》、杜牧《少年行》等篇，即皆为时人与后人所称道。

唐代的旧题乐府，总体上具有如下一些特点：

（一）作品数量众多，且所拟以汉、魏乐府题为主，其次为六朝乐府题，其中既有正格(指汉、魏乐府原题，如李白《猛虎行》)，也有变格(指对汉、魏乐府题变化了的旧题，如王昌龄《变行路难》)，其所揭示与体现的，是诗人们的革新意识。

（二）名篇佳作，应有尽有，其中，又以盛、中唐时期尤具代表性，如李白、李贺集中之名篇几乎皆为旧题乐府的实况，又可为之佐证。

（三）题材广泛，内容丰富，举凡征战、卫戍、咏史、伤今、抒怀、情思、宴饮、凭吊、赠人、送别、复仇等，乃皆有所涉，且皆有精品传世。

（四）风格多样，或清丽、或清新、或俊逸、或雄浑、或洒脱、或含蓄、或委婉、或沉郁、或顿挫、或朴实等，不一而足。

（五）伴随着五、七言近体诗在初、盛唐时期的定型与确立，古体与近体的交相辉映，使得唐代旧题乐府的星空，更加璀璨夺目。而且，近体的介入，还打破了古体一统乐府诗体式天下之局面。

五、唐代的新题乐府扫描

新题乐府是唐代诗人奉献给时人与后人的一道丰盛的文学大餐。唐人的所谓"新题乐府"，又称为新乐府，大致可分为两种类型，一为与社会现实密切相关者，如白居易《新乐府》五十首；一为写男女情思、羁旅、纪行、从军等题材者，对于后者，郭茂倩《乐府诗集》称之为"乐府杂题"，且编为六卷(卷九十至卷九十五)，以此类之，则前者称为"乐府正题"可也。"正题"与"杂题"的相互交织，构成了新题乐府的一道亮丽风景。虽然，《乐府诗集》之"乐府正题"只有五卷(卷九十六至卷一〇〇)，但唐人与后人所习称之新乐府，所指几乎皆为此类，如元稹《和李校书(绅)新题乐府十二首》中之"新题乐府"，即为典型的一例。新题乐府的最大特点，主要在于"新题"二字，即其诗题乃皆为唐人所创制，如李白《笑歌行》《江夏行》《静夜思》《横江词》，杜甫《悲陈陶》《哀江头》《哀王孙》《兵车行》，王建《织锦曲》《当窗曲》《送衣曲》《斜路行》，刘禹锡《淮阴行》《秦娘歌》《更衣曲》《堤上行》，白居易《七德舞》《二王后》《海漫漫》《立部伎》等题，便皆为先唐时期所无。元稹所谓"率皆即事名篇，无复倚傍"（《乐府古题序》）者，所指即此。

乐府诗之所以称为"乐府诗"，关键就在于一个"乐"字，即其是可配乐而唱的，新乐府虽可如此，但有唐一代之新乐府，却基本无人配乐以唱，如白居易著名的《新乐府》五十首，即为其例。虽然，白居易在《新乐府并序》中曾明言，这五十首新题乐府是"可以播于乐章歌曲也"的，但就现所存见之白居易研究资料（如中华书局版陈友琴《白居易资料汇编》）可知，其是自始至终没有"播于乐章歌曲"的，因为其中对此无只字之载。白居易的《新乐府》五十首是如此，其他诗人的新乐府也无不如此，对于这一点，郭茂倩《新乐府辞序》之所言又可为之佐证。其云："新乐府者，皆唐世之新歌也。以其辞实乐府，而未常被于声，故曰新乐府也。"①所谓"未常被于声"者，是指新乐府"被于声"者不多，或者说为人所传唱者甚少。而此，即为唐代新题乐府与音乐关系的基本状况。

唐代的新题乐府虽有"杂题"与"正题"之分，但在这两类乐府诗中，都有许多优秀之作，且流传于今而不衰。以"杂题乐府"为例，其中如王维《老将行》《燕支行》《桃源行》《洛阳儿女行》，李白《静夜思》《塞上曲》《塞下曲》六首，杜甫《悲陈陶》《悲青坂》《兵车行》《哀江头》，王昌龄《塞上曲》《塞下曲》二首，李贺《白虎行》《月漉漉篇》，孟郊《征妇怨》四首，张籍《征妇怨》《山头鹿》《节妇吟》《各东西》，刘禹锡《淮阴行》五首、《视刀环歌》，元稹《田家行》《夫远征》《捉捕歌》《梦上天》，王建《雉将雏》《北邙行》等，就均属脍炙人口之名篇。"正题乐府"除了上述

---

① 郭茂倩：《新乐府辞序》，《乐府诗集》卷九十一，中华书局1979年版，第1262页。

白居易《新乐府》五十首外，另有元结《系乐府》十二首、《补乐歌》十首，元稹《新题乐府》（共十三首），皮日休《正乐府》十首、《补九夏歌》九首等。这些以连章体结构的新乐府组诗，因均以"病时"与"伤民"为其意旨之核心，故多为后人所称道与模仿，如宋人梅尧臣、周紫芝、方回等，就都曾仿作了数量不等的新乐府篇什，也即"即事类乐府"①。

总而言之，唐代的新题乐府，自问世之日始，即引起了诗人们的广泛注意与介入。中唐时期则形成了一场"新乐府运动"，提出了一系列有关新乐府的批评理论与写作规范，对此，拙著《中国乐府诗批评史》第五章第三节已有较详实之考察，此兹罢论。

第三节　唐后乐府述论

乐府诗发展的第三个阶段，是"唐后乐府"。"唐后乐府"的"唐后"，所指为宋、辽、金、元、明、清六个朝代，其间凡九百五十年的历史。这一时期的乐府诗，是乐府诗史上一座无与伦比的高峰，其成就既卓，影响亦众，且名篇佳作，应有尽有，而所涉之题材领域，则较"前乐府"与"汉唐乐府"更为宽广与丰富。据不完全统计，这一时期的乐府诗数量，为前两个阶段总数的十数倍，仅以竹枝类乐府（含具有竹枝词特点的绝句诗，如黄遵宪《日本杂事诗》等，具体详下）为例，"前乐府"无竹枝词可言，"汉唐乐府"也只有七人整三十首②，但清代却有

---

①　关于梅尧臣等人仿作唐人新乐府者，可具体参见拙著《唐后乐府诗史》第二章第五节，第122—135页；《宋金元诗通论》第三章第一节，第97—116页。前者由黄山书社2010年出版，后者由黄山书社2011年出版。

②　"汉唐乐府"中的竹枝词，仅唐代乐府中有七人三十首，具体参见拙著《唐后乐府诗史》第六章第三节，黄山书社2010年版，第300页。

两万两千首之多①，这一实况表明，宋、金、元、明、清之竹枝类乐府，乃是甚为繁荣昌盛的。依此而推之，"唐后乐府"为中国乐府诗史上的一方重镇，则乃不言而喻。而事实也正是如此。以下将"唐后乐府"九百五十年的发展概貌，分为四个时期，略作述论。

一、宋辽金乐府诗一瞥

公元960年，赵匡胤在今河南开封即帝位，改元建隆，历史上的宋朝(北宋)，即因此而始；公元1127年，宋室南迁临安(今浙江杭州)，史称南宋，一百五十二年后的公元1279年，宋末帝赵昺跳海而死，南宋灭亡。辽建国于公元907年，最初国号为契丹，二十二年后改国号为辽(一说为三十二年后)，五十四年后复称契丹，八十三年后又仍称为辽，再五十九后的公元1125年，为金所灭。在辽建国二百零八年后的天庆五年(1115年)，女真族首领完颜阿骨打在今黑龙江阿城白城镇建立大金国，并改年号收国，其后迁都燕京(今北京)，并再迁都汴京(今河南开封)，至金哀宗天兴元年(1234)，为蒙古所灭。从辽建国的公元907始，至金为蒙古所灭的公元1234年止，其间凡三百二十七年，此即为"唐后乐府"阶段之宋、辽、金时期。

宋、辽、金三朝的乐府诗，以两宋为主，金次之，辽则再次之。

宋代的乐府诗，主要由旧题乐府(古乐府)与新题乐府(新乐府)所构成，而新题乐府，又有即事类乐府、歌行类乐府、宫词类乐府、竹枝类乐府等之分。宋代的旧题乐府，与唐代的旧题乐府大体相同，即其皆

---

① 关于清代的竹枝词及其数量，具体参见拙著《唐后乐府诗史》第七章第二节，黄山书社2010年版，第331页。以下所言各朝及各种各类乐府诗的具体数量，所据者皆为此书，除特殊情况外，一般不另注，特此说明。

属模拟汉魏、六朝乐府而为①，且介入的诗人数以百计，如梅尧臣、司马光、苏轼、陈与义、文彦博、张方平、张载、周紫芝、戴复古、刘克庄、汪元量等，即皆为当时乐府诗界之闻人。其中，张载为著名的理学家，却以一组《古乐府》（共八题九首）而闻名当时，而陆游则以三十四题五十三首之量，成为有宋一代创作旧题乐府最多的一位诗人。陆游的旧题乐府，诚如清人赵翼《瓯北诗话》卷六之所言，"其诗言恢复者，十之五六"②。以中国书店版《剑南诗稿》为例，其中如《关山月》《长歌行》《悲歌行》《胡无人》《将进酒》《行路难》等，即皆与"言恢复"相关，而构成了宋代旧题乐府中的一个闪光亮点。宋代旧题乐府的特点，要而言之，主要表现为：（1）注重时事与今事、新事，而少有涉及"本事"或旧事者，如梅尧臣《猛虎行》、司马光《苦寒行》、刘敞《猛虎行》、周紫芝《公无渡河》、李弥逊《行路难》、陆游《悲歌行》等，即皆属如此。而陆游的五十多首旧题乐府，则又可称为这方面的一个典范。（2）由于"五代之乱，雅乐废坏"③、"乐府音节，自宋已失其传"④的原因，宋代旧题乐府均与音乐无涉，即便能为人所传唱者，所配乐也为作者或歌者自制之新乐，或者以它曲而为之，对此，拙著《唐后乐府诗史》第一章第三节已言之甚详，此不具述。（3）讲究形式美。这一特点又具体表现在三个方面，即：一是句式的齐言，二为对偶句的运用，三即近体与古体兼为。

由于"靖康之变"的历史原因，南渡后的宋室，多次遭受金国与蒙元的侵袭，因之，抗金与抗元，即成为了当时许多诗人关注的大事，所以，这一时期旧题乐府所反映的题材与内容，几乎无不与此关系密切。

---

① 在宋人的旧题乐府中，还有一部分以唐人诗题为"旧题"者，如《征妇怨》《楚宫行》等，具体参见拙著《唐后乐府诗史》第二章第二节，黄山书社2010年版，第81页。
② 赵翼：《瓯北诗话》卷六，人民文学出版社1963年版，第91页。
③ 脱脱等：《宋史》卷一二一《乐志一》，中华书局1985年版，第2948页。
④ 钱良择：《顾瑶光虎丘竹枝词序》，转引自陕西人民出版社2003年版《历代竹枝词》，第907页。

仍以陆游为例,上举其《关山月》《长歌行》《悲歌行》《胡无人》《将进酒》等,即皆为以旧题乐府反映抗金、爱国思想之篇什,其中尤以《悲歌行》之"抗胡"主张最为强烈。而诗歌在南宋就有"诗史"之称的汪元量,其《水云集》中的《燕歌行》一诗,因从另一角度写出了诗人的悲伤与愤慨,而成为南宋旧题乐府中的一篇佳构。全诗为:

> 北风刮地愁云彤,草木烂死黄尘蒙。摇鞭伐鼓声冬冬,金鞍铁马摇玲珑。将军浩气吞长虹,幽并健儿胆力雄。车轧轧,驰先冲,甲戈相拨声摩空。雁行兼贯弯角弓,披霜踏雪渡海东。斗血浸野吹腥风,捐躯报国效死忠。鼓衰矢竭谁收功,将军卸甲入九重。锦袍宣赐金团龙,天子赐宴葡萄宫。烹龙炰鸾割驼峰,紫霞潋滟琉璃钟。天彦有喜春融融,乞与窈窕双芙蓉。虎符腰佩官盖穹,归来贺客皆王公。戟门和气春风中,美人左右好花红,朝歌夜舞何时穷。岂知沙场雨湿悲风急,冤魂战鬼成行泣①。

此诗最大的特点,主要在于突破了狭隘的民族偏见与地域限制,而将当时北方元军士兵的不幸遭遇进行了如实述写,以表示对其之关怀与同情。当时的情况是:汪元量在南宋亡国之后,因受元人胁迫而随三宫北迁大都,并于北方羁留达十余年之久,这首《燕歌行》即为其羁留大都时的产物。诗的最后两句以"自问"的形式,既表达了作者对元兵不幸遭遇的深切同情,又对蒙元"将军"们的荒淫生活进行了无情批判。全诗对战争的描写,对将士们英勇杀敌的歌颂,以及对环境衬托的艺术处理等,都堪与唐人高适的《燕歌行》媲美。

除了旧题乐府外,宋代的即事类乐府、宫词类乐府等,也颇具成就与特点。"即事类乐府"指的是"即事名篇"之类的新乐府,如王禹偁《畬

---

① 汪元量:《燕歌行》,胡才甫《汪元量集校注》卷三,浙江古籍出版社1999年版,第103页。

田词》、苏舜钦《田家词》、梅尧臣《田家语》、范成大《腊月村田乐府》、杨万里《圩丁词》、周紫芝《圩氓叹》、谢翱《废居行》等，这些诗或病时，或伤民，均与唐代"忧黎元"的新乐府精神一脉相承。宋代的宫词类乐府相当繁荣发达，且多为连章体之作，如花蕊夫人、宋白、王珪、张公庠、胡伟、周彦质、王仲修、岳珂等人，就都有整百首的《宫词》传世。而宋徽宗的《宫词三百首》，不仅是宋代宫词数量最多的一组大型连章体，而且也代表着宋代宫词类乐府的最高成就，并给明、清时期的宫词创作以很大影响。

辽、金时期的乐府诗，也是由旧题乐府与新题乐府构成，但辽代乐府诗的数量，远不及金代。据张涤云等《全辽诗话》、陈衍《辽诗纪事》、郭元钎《全金诗》等可知，辽代的旧题乐府，仅有邢具瞻《出塞》一诗，金代则有近三十首左右，如李献甫《长安行》、雷琯《商歌》十首、萧贡《古采莲曲》、王郁《古别离》、元好问《步虚词》三首等。其中，最值一读的是雷琯《商歌》十首。这组旧题乐府以"诗序合一"的形式，将"秦民之东徙者，余数十万口，携持负载，络绎山谷间，昼餐无粮糒，夕休无室庐，饥羸暴露，滨死无几"的实况，进行了如实反映，颇具"悲不可禁"的感人力量。全诗语言朴实，情调悲婉，作者的爱国之心与忧民之情，即皆从中得以充分体现。

辽、金二代介入新乐府创作的诗人，现可知者，共有三十七人，即辽十二人，诗十二题二十二首；金二十五人，诗一百二十首左右，合计一百四十余首。辽代的代表诗人为萧观音，诗二题十一首，金代的代表诗人为元好问，诗三十九题五十六首①。萧观音生卒年无考，其代表作为《十香词》十首，所写皆为其在宫中的种种不幸遭遇，具有较强的自传体性质。元好问是金代著名诗人，其五十六首新题乐府，大致可分为三类，即丧乱诗、忧民诗、都城诗，其中前二类为其精华，有很强的社

---

① 关于辽、金二代的新乐府诗人数量与作品数量，具体参见拙著《唐后乐府诗史》第三章第一节、第二节，黄山书社 2010 年版，第 136—153 页、第 154—168 页。

会现实性与鲜明的时代特征。丧乱诗的代表作,有《续小娘歌》十首、《西楼曲》《后芳华怨》《湘中咏》《南冠行》等,主要述写战争对家、国的破坏;忧民诗的重点为农村题材,所以其又被称为"农村乐府",代表作有《宛丘叹》《驱猪行》等,是作者在任宛丘县令时的"即事名篇"之产物。此外,金代诗人这迎的《河防行》《修城行》《淮安行》《摧车行》《败车行》等,也颇具元好问《驱猪行》等之鲜明时代特征。总体而言,辽、金二代的新题乐府,以即事类乐府、歌行类乐府为重点,其数量虽然远不及宋代的同类之作,但在成就与特点方面,却也并不逊色。

二、蒙元之新变古乐府

蒙元一代的乐府诗,主要是由旧题乐府、新题乐府、"新变古乐府"三者所构成,且后者的诗人之多,数量之众,成就之卓,影响之大,乃远非前二者可比。这一实况的存在,是元代乐府诗迥异于"前乐府""汉唐乐府"与宋代乐府的一个重要标志。而且,元代乐府诗的这种"迥异"特点,对于明、清两朝的乐府诗而言,也是颇具影响的,而明代的乐府诗,则又尤为明显。

在上述三类乐府诗中,旧题乐府是元代诗人介入最少的一类,且其旧题还包含着唐人的自创新题,如《桃源行》(王维)、《丽人行》(杜甫)、《征妇怨》(张籍),以及宫词与竹枝词等,因此,真正的汉魏乐府旧题在元诗中是并不多见的。元代的旧题乐府虽然数量不多,但其却与金、宋二代的旧题乐府一样,都具有以旧题写时事、今事、新事的特点,如袁桷《行路难》二首、宋无《乌夜啼》《公无渡河》《战城南》、刘因《白马篇》《明妃曲》、刘秉忠《远别离》等①,即皆为其例。不独如此,元代的这类乐府诗还根本无"本事"可言。此外,元诗中还有一些"变

---

① 在元代诗人中,最擅长创作旧题乐府的诗人为刘因,关于刘因的旧题乐府,具体参见拙著《唐后乐府诗史》第四章第三节,黄山书社 2010 年版,第 199—219 页。

格"的旧题乐府,如郭昂《白头行》("正格"为《白头吟》)等。凡此,均是旧题乐府在元代已发生变化的一种具体反映。

新题乐府之于元代,不仅多名篇佳作,而且几乎皆为即事类乐府,此则表明,元代诗人们对于社会现实之种种,乃是相当关注的。据顾嗣立所编《元诗选》初集、二集、三集与癸集可知,元代只要是与乐府诗打过交道的诗人,就都曾创作过数量不等的即事类乐府,这是前此各个时期之乐府诗人所无以相比的。而还值得注意的是,元代的许多少数民族诗人,也大多以创作新题乐府为能事,如西域蒙古族诗人马祖常的《缫丝行》《踏水车行》《室妇叹》《息氓传》《拾麦女歌》等,"本答失蛮氏"诗人萨都剌的《鬻女谣》《征妇怨》《鼎湖哀》《江南怨》等,突厥诗人迺贤的《新堤谣》《新乡媪》《枫亭女》等,就都是一些"忧黎元"的优秀之作。这些新题乐府,或对"父老踏车足生茧,日中无饭依车哭"的景况,表示深切的同情与关怀(马祖常《踏水车行》);或于执政者的骄奢淫逸,予以极无情的谴责与鞭挞(萨都剌《鬻女谣》);或将"蓬头赤脚"的"新乡媪"与"恨身不作三韩女"的"三韩女"进行比较,以突显"新乡媪"生活的水深火热(迺贤《新乡媪》),等等,皆可与白居易《新乐府》并论。而更有被时人称之为元代《石壕吏》、读之而"使人痛哭流涕"(林唐臣《林登州集》卷九)的诗作,如迺贤《枫亭女》即为其例。凡此,均是诗人们病时伤民思想的最佳体现。

所谓"新变古乐府",是指元代中、晚期之际以杨维桢、李孝光之作为代表的一批"古乐府",且因杨维桢的乐府诗集《铁崖古乐府》而得名。杨维桢的《铁崖古乐府》,为其门人吴复所编定,凡十卷,其中的"古乐府"大致可分为两类,即一为乐府旧题,一为乐府新题。旧题又可分为四端:一为"前乐府"题,如《履霜操》《别鹤操》等;一为汉魏乐府题,如《梁父吟》《将进酒》等;一为六朝乐府题,如《乌夜啼》《采菱曲》等,一为唐人诗题,如杜甫《丽人行》、李贺《花游曲》等。新题虽然全为作者所创制,但又有两种类型:一为与汉魏旧题相似的三字题,如《平原君》《冯家女》《三青鸟》《大人词》《地震谣》等(也有少许二字题或四字题，兹不列举）；一为五字以上的古体诗题，或可称之为杂言题，如《桂水五千里》《道人一亩宅》《禽演赠丁道人》《佛郎国进天马歌》《奉使歌美答理麻氏也》《蔡君健五世家庆图诗》等，五字、六字、七字、九字均有。这两类"古乐府"所述写之题材内容，均甚为丰富多彩，如咏史、感时、病民、送别、游览等，乃应有尽有，总之，其所包含者，皆以时事、今事、新事为主，如咏史一类，也重在鉴今与喻今。如《铁崖逸篇》卷三所收录之《山头鹿》一诗，即为其代表：

> 山头鹿，距跄跄，目瞠瞠。田租未了压盐租，夫死亭官杓头杖。夫死捉少妻，拷妻折髁不能啼。妻投河，作河妇，狱丁捉白头母①。

全诗所述写者为：丈夫因不堪田租与盐租的重负，而死于"亭官杓头杖"，其妻则又因不堪拷逼而投河自尽，于是，狱丁即将其白头老母逮捕入狱，就这样，相依为命的一家三口，均成为了元代租赋的牺牲品。此诗虽然篇幅短小，但却字字泪，句句血，确可与"开元杜家史"中的"三吏""三别"等作并读。

而李孝光《五峰集》卷三中的一卷"古乐府骚"（含补遗共五十三首），在制题方面则较杨维桢"古乐府"更为特殊，也即其"杂言"的成分更重。李孝光之所以称这一卷乐府诗为"古乐府骚"者，主要是指这卷"古乐府"皆以"楚辞体"之表现方法而作，也即于句中多用"兮"字等虚词，如"神哗哗兮来下"（《书〈窈窕图〉后》）、"君乘马兮"（《重见所思》）等。为便于认识，兹全文抄录《题睃上人所藏〈兰蕙图〉》一诗如次：

---

① 杨维桢：《山头鹿》，《杨维桢诗集·铁崖逸编》卷三，浙江古籍出版社2010年版，第293页。

嗟荪之生兮，亦在中林。窃独不顾兮，恶木之阴。夫霜露之慆慆兮，而予愔愔。昔逢君之不见察兮，恐孺子之不任。苟返予乎中路兮，尚当君之心。啃有瑳其佩兮，又何远于子之襟①。

这是一首典型的"楚辞体"之作，若非出自《五峰集》中之《古乐府骚》，后人是很难将其待之以"古乐府"的。而其《题睃上人所藏〈兰蕙图〉》这一诗题，则又较杨维桢的"铁崖古乐府"为甚。《五峰集》中的"古乐府"诗题，不仅如杨维桢《铁崖古乐府》一样，二字、三字、四字、五字、六字、七字题均有（《桐江》《江桥树》《福源精舍》《再赋怡云诗》《书〈窈窕图〉后》《择木为娄所性作》），而且还多有八字及以上之题，如《有车送朝从事行县》（八字题）、《云之阳送人之兄代之》（九字题）、《黄民尚所藏王若水〈陶令归去图〉》（十三字题）、《行则有车送李德章侍尊父入京师》（十四字题）等。仅就这些诗题言，可知《五峰集》中的"古乐府"，是皆不曾为前人所创作过的。对于杨维桢与李孝光各自集中的这种"古乐府"，拙著《唐后乐府诗史》将其称之为"杨维桢式"的古乐府，而实际上，这是一种因变革而成的"新古乐府"②。

盛行于元代中晚期的这种毫无制题规律可循的"新古乐府"，自杨维桢与李孝光率先而为后，受二人的影响，在当时形成了一股具有全国性特点的创作高潮，以至于成为了元代文学史上的一场"古乐府运动"。而且，其规模之大，参与的诗人之多，持续的时间之长，均超过了唐代的"新乐府运动"③。虽然如此，但其一为"新乐府运动"，一为"古乐府运动"，二者的这一"新"一"旧"，对于推动乐府诗在中唐与元末的繁荣

---

① 李孝光：《题睃上人所藏〈兰蕙图〉》，《李孝光集校注》卷三，上海社科院出版社2006年版，第99页。
② 具体参见拙著《唐后乐府诗史》第五章第二节，黄山书社2010年版，第236—251页。
③ 具体参见拙著《唐后乐府诗史》第五章第一节，黄山书社2010年版，第220—235页。

和发展，显然是起到了相当大的作用的。

三、明乐府的创作实况

有明一代三百年的乐府诗创作，大致可分为初、中、晚三个时期，且各具成就与特点。明代初期的乐府诗创作，要而言之，主要表现在三个方面。具体为：

其一是"古乐府"。由于受以杨维桢、李孝光为代表的"古乐府运动"的影响，明初的"古乐府"创作，几乎与元末无异，所以，盛行于当时的主要为"杨维桢式"的"新古乐府"。而其作者，则又几乎全为杨维桢"铁崖门派"的弟子或再传弟子，以及与杨维桢关系密切的一批诗人，如钱惟善、刘基、胡奎、倪瓒、陈基、张简、张宪、顾德辉、胡翰等，即皆为创作这种"新古乐府"的代表诗人。但这些诗人的"新古乐府"与杨维桢、李孝光的同类之作相比，则又具有一定的区别，其中最大的不同点，是诗题多以汉魏乐府之"三字题"为主，如刘基《古镜词》《起夜来》《隔谷歌》，陈基《鸿雁篇》《鸡鸣行》《新城行》《刘草行》《裁衣曲》《边城曲》《织锦篇》《龙桥妇》，张宪《发白马》《哀亡国》《卖卜翁》《匡复府》《崖山行》《烛龙行》等。这些"新古乐府"诗题，或咏史，或伤今，或斥吏，或悯农，大多以关注民生疾苦为主，因而具有强烈的社会现实性与鲜明的时代特征。

其二为旧题乐府。明初的另一部分诗人，虽然也以创作"古乐府"为主，但其却大多为旧题乐府，也即拟乐府旧题而为，其中，具有代表性的诗人是英年早逝的高启。高启（1336—1374年）为今江苏苏州人，"吴中四杰"之一（另"三杰"为杨基、张羽、徐贲），有《高青丘集》行世，其中卷一、卷二共收乐府诗一百六十六题一百八十三首。在这一百八十三首乐府诗中，袭用乐府旧题者凡九十四题一百一十三首，并以汉魏乐府为主，如《上之回》《古别离》《燕歌行》《短歌行》《长门怨》《关山月》《班婕妤》《箜篌引》《巫山高》《董逃行》《将进酒》《罗敷行》《乌夜啼》

《陇头水》《相逢行》《妾薄命》《君马黄》《猛虎行》等。高启的这些旧题乐府，几乎全属"古题新意"，且大多具有很强的即时性，因之，也可称为拟旧题而为的即事类乐府。仅就这一特点言，高启的旧题乐府与陈基等人的"古乐府"是甚为一致的，即其都是一些关注社会现实、反映民生疾苦的优秀篇什。

其三即宫词类乐府。在"古乐府"与旧题乐府兴旺发达之时，部分诗人所创作之宫词类乐府，也甚为引人注目，如宁献王朱权《宫词》一百七首、周定王朱橚《元宫词》一百首等。但相比于宋代的宫词类乐府，明初的这类乐府存在着三个方面的不同：一是作者全为"皇族派"成员；二是艺术性较宋宫词逊色许多；三是明初宫词如朱橚《元宫词》一百首等，具有"史"的价值，可补正史之阙①。

明代中期与晚期的乐府诗创作，重点是拟乐府，且形成了一种创作高潮。所谓"拟乐府"，又称"拟古乐府"与"古乐府"，指的是模拟先唐时期的乐府旧题而作，就其类型而言，主要可分为两种情况，一为旧题，一为新题。以旧题相拟者，即旧题乐府，也就是唐人所说的"古乐府"，但所拟题又有三种类型，一种如上举高启《燕歌行》《短歌行》等汉魏古题；一种为以"拟"而为，如袁宏道《拟古乐府》十首等（后者为组诗，凡整十首）等；一种则为新题，如李东阳《申生怨》《避火行》等。全属新题的乐府诗，被称为"古乐府"或"拟古乐府"者，主要是受到了杨维桢"铁崖古乐府"的影响，这类新题"古乐府"，明代也有与之相异的，如诗题一般为汉乐府式的"三字题"，而少有李孝光《古乐府骚》那样的"杂言题"者，即为其例。但无论是旧题抑或新题，都以写时事、今事、新事为主，写旧事者则次之。

明代拟乐府的代表人物为"二李一金"，即李东阳、李攀龙、金圣叹。李东阳号西涯，茶陵诗派的领袖人物，"拟古乐府"的中坚，有《拟

---

① 关于明初宫词类乐府的创作及其特点，具体参见拙著《唐后乐府诗史》第六章第一节，黄山书社 2010 年版，第 269—282 页。

古乐府》一百零一首(亦有作整一百首的,即诗末无《花将军歌》一首)行世。李东阳的《拟古乐府》又别称为《古乐府》,前有《拟古乐府引》一文(亦有作"并序"的),为李东阳创作这组大型"古乐府"的理论依据。其中有云:

> 元杨廉夫力去陈俗而纵其辩博。……间取史册所载忠臣义士、幽人贞妇奇纵异事,触之目而感之乎心,喜愕忧惧愤懑无聊不平之气,或因人命题,或缘事立义,托诸韵语,各为篇什,长短丰约,惟其所止,徐疾高下,随所会而为之。内取达意,外求合律,虽不敢希古作者,庶几得十一于千百讴吟讽诵之际,亦将以自考焉①。

既交待了材料来源("间取史册所载忠臣义士、幽人贞妇奇纵异事"),又表明了其用意之所在("或因人命题,或缘事立义"),可见《拟古乐府》的创作动机,主要在于以古喻今、鉴今。而其实,这一组《拟古乐府》虽名为"拟古",诗题却全为新题,如《申生怨》《绵山怨》《屠兵来》《筑城怨》《避火行》《挂剑曲》《渐台水》《卜相篇》《国士行》《昌国行》《树中饿》《邯郸贾》《易水行》《鸿门高》《新丰行》《淮阴叹》《臣不如》《殿上戏》《宜阳引》等。这些诗题,或以历史人物命名,或历史事件命名,实则是受到了杨维桢之咏史乐府的影响所致。杨维桢现所存见的咏史乐府,除了《铁崖古乐府》中的一些与历史人物相关的篇什外,另有《铁崖咏史》(皆所谓"古乐府")八卷,以及《铁崖逸编》八卷之部分,共计四百首左右②。李东阳的《拟古乐府》,在数量上虽不及杨维桢咏史乐府,但却较其更具有历史的系统性,因为其所咏写的历史人物、历史事件,由先秦而明初,几乎成为了当时的一部"中国简史"。而且,其"因人命题"与"缘事立义"的创作主旨,也较杨维桢咏史乐府更接近唐代"忧黎

---

① 钱谦益:《列朝诗集》丙集第一,中华书局2007年版,第2700—2701页。
② 关于杨维桢的咏史乐府及其数量,具体参见拙著《唐后乐府诗史》第七章第一节,黄山书社2010年版,第313—330页。

元""补时政"的新乐府精神。

李攀龙是"后七子"的领袖人物,其《沧溟集》收古乐府两卷,共一百零九题一百七十九首诗(卷一为五十一题六十八首,卷二为五十八题一百一十一首)。这两卷古乐府与李东阳《拟古乐府》相比,则大有区别,其不同点主要在于:(1)《沧溟集》所拟乐府题,如《翁离》《东门行》《陌上桑》《战城南》《饮马长城窟行》《上留田行》《燕歌行》《艳歌行》等,乃全为汉魏六朝乐府古题(只有《塞上曲》一首为唐人新乐府题);(2)所写几乎全为旧事,而与时事、今事、新事不相干,其中虽有与古题"本事"无涉者,如《董逃行》之写嫦娥、《秋胡行》之写"仕路难"等,但类此者极少;(3)整句袭用汉魏乐府者较多。金圣叹(1608—1661年)的拟乐府,主要收录于其《沉吟楼诗选》卷一,凡二十题三十五首,其题依次为:《望城行》《前有一樽酒行》《天行篇》《招商歌》《秋兰篇》《飞尘篇》《车遥遥》《杂歌》《日升歌》《三光篇》《夜坐吟》《秋思引》《悲落叶》《杨花曲》《升平歌》《永明乐》《日出东南隅》《惊雷歌》《云歌》《古歌铜雀辞》。所拟诗题,与李攀龙一样,即皆以唐前之古题而为,但喻今者较强,这是与李攀龙两卷古乐府的不同之处。此外,明代参与拟古乐府之创作者,还有顾璘、杨慎、姚咨、皇甫汸、李同芳等大批诗人,其所拟之题,或新题,或旧题,基本上不超出李东阳、李攀龙、金圣叹之拟题范围①。

明代中晚期乐府诗创作的另一高潮,是风行大江南北的竹枝类乐府(含柳枝词、杨柳枝等)。与拟古乐府一样,明代的竹枝类乐府创作,也主要受到了元代的影响。据拙著《唐后乐府诗史》的统计,元代共有一百五十二人参与过竹枝词创作,竹枝词总数则为四百八十三首,其中,以杨维桢为代表的"西湖竹枝词酬唱",影响巨大,而明代的竹枝

---

① 明代的拟乐府,如李东阳《拟古乐府》、李攀龙《古乐府》,曾一度遭受到时人与后人的批评,此不赘述,可具体参见拙著《唐后乐府诗史》第六章第二节,第283—298页;《中国乐府诗批评史》第八章节第一节,第331—344页。前者由黄山书社2010年出版,后者由武汉大学2017年出版。

词创作,则正是承续于"西湖竹枝词"(共有一百二十人创作了三百五十八首竹枝词)。明代创作过竹枝类乐府的诗人,共有三百零七人,竹枝词总数则为一千八百五十八首,并出现了徐芝瑞《西湖竹枝词百首》这样的大型组诗,凡此,皆为乐府诗史上之前所未有者。由"西湖竹枝词"而发展为当时全国各地的"地方竹枝词",是明代竹枝类乐府所表现出的一个重要特点。这些"地方竹枝词"主要有:《镜湖竹枝词》(宋濂)、《太湖竹枝歌》(沈周)、《湘江竹枝词》(本武孟)、《婺州竹枝词》(黄枢)、《扬州竹枝词》(唐之淳)、《西蜀竹枝词》(林志)、《滇池竹枝词》(沐璘)、《长沙竹枝歌》(李东阳)、《茶陵竹枝歌》(李东阳)、《滇海竹枝词》(杨慎)、《滇南竹枝词》(吕及园)、《广州竹枝词》(田汝成)、《姑苏竹枝词》(陈尧)、《两山竹枝词》(王世贞)、《明洲竹枝词》(沈明臣)、《兰江竹枝词》(胡应麟)、《夔府竹枝词》(曹学佺)、《秦淮竹枝词》(钟惺)、《金陵竹枝词》(柳应芳)、《南海竹枝词》(钱秉镫)、《邯郸竹枝词》(吴绡)、《昆明竹枝词》(何蔚文)、《京师竹枝词》(段昕)、《燕都竹枝词》(沙张白)、《上海竹枝词》(顾彧)等,仅就诗题中的地名言,这些竹枝词已涉及今浙江、江苏、江西、云南、湖南、重庆、广东、北京、河北、上海等省市。竹枝词最大的特点,是以描写山川风物、地方风土人情为主,而这些地方竹枝词的问世,无疑是对当地风俗民情的一种最好宣传。

四、清乐府的三大高标

由明而清,乐府诗的发展,表现出了三个极为明显的倾向,其虽然皆与明代乐府诗相关,但成就却均在明代乐府诗之上,而成为"唐后乐府"期间的三座高标。其实,这三座高标,也是中国乐府诗史上的三座高标,其所指依序为咏史乐府、竹枝类乐府、宫词类乐府。清代的这三类乐府诗,参与创作的诗人与作品数量既多,其成就、规模、声势亦前所未有,因而在当时的影响之大,也就自不待言。

(一)咏史乐府。清代的咏史乐府,虽然受杨维桢"铁崖咏史"的影响较大,但关系更为直接、明显的,则为李东阳《拟古乐府》。这是因为,李东阳《拟古乐府》在咏史方面,更具有系统性(由先秦而明初),更能反映出历史变迁的本来面目,因而喻今与鉴今的特点也更为明显。所以,咏史乐府的创作之于有清一代,不仅蔚然成风,而且多为大型连章体之作,如吴炎《今乐府》一百首、潘柽辛《今乐府》一百首、陈梓《今乐府》八十一首、郑世元《今乐府》八十一首、万斯同《明史乐府》六十八首、胡介祉《咏史新乐府》六十首、尤侗《明史乐府》一百首,以及熊金泰《三国志小乐府》一卷,洪亮吉《晋南北朝史乐府》二卷,《唐宋小乐府》一卷,张晋《续尤西堂明史乐府》一卷,舒位《春秋咏史乐府》一卷,邹均《读史乐府》一卷,袁学澜《春秋乐府》一卷等。而待至清代中晚期之际,宋泽元则将杨维桢、李东阳、尤侗、洪亮吉四人的咏史乐府编为一集,取名为《四家咏史乐府》,并以多篇"并序"或"小序"的形式,对四人咏史乐府的成就与特点等,进行了理性之总结与观照,这对助推当时咏史乐府的发展与繁荣,显然是具有不可低估的作用的①。

(二)宫词类乐府。与明代的宫词类乐府相比,清代宫词类乐府的作者,几乎全为宫外诗人,即其大多与皇族毫无关系,因之,其所述写的宫中之人之事,与咏史类乐府一样,即皆属据史册之记载或坊间传说而为。这是宫词类乐府在清代走向社会的一种具体反映。据不完全统计,清代的宫词类乐府约有八千首左右,其中具有代表性者为:吴养原《东周宫词》三百首、杨鼎昌《汉魏宫词》五百余首、刘芑川《开天宫词》一百首、吴省兰《五代宫词》一百首、孟彬《十国宫词》一百首、颜缉祜《汴京宫词》一百首、李调元《南宋宫词》一百首、赵士哲《辽宫词》一百首、陆长春《辽金元宫词》一百八十首、沈钦韩《金元宫词》二百首、程嗣章《明宫词》一百首、王誉昌《崇祯宫词》一百八十六首、高兆《启祯宫

---

① 关于杨维桢、李东阳的咏史乐府与清代的咏史乐府之发展概况,另可参见本书第四章第三节。

词》一百首、佚名氏《前清宫词》一百首、史梦兰《全史宫词》二千首等。这些宫词类乐府，不仅皆为大型连章体组诗，并且历代宫词，应有尽有，而史梦兰的《全史宫词》二千首，则俨然为一部"上自轩辕，下至胜国"（孙橒《余墨偶谈》）的诗体通史演义。清代诗人们之所以乐于创作这些大型的连章体宫词，且历代之"宫事"皆有者，关键就在于可"补正史之长"（李调元《南宋宫词并序》），也即除文学的审美价值外，还具有"史"的文献价值。

（三）竹枝类乐府。清代的竹枝类乐府，如上所言，计约二万二千首，其数量之多，参与创作的诗人之众，均为乐府诗史之绝无仅有。清代的竹枝类乐府，较之明代以论，涉及的地域更广阔，内容也更丰富，因而其成就与特点也甚为明显。具体言之，则为：（1）问世了大量的海外竹枝词。这是一种全新题材的竹枝词，如单士厘《日本竹枝词》、徐振《朝鲜竹枝词》、王芝《缅甸竹枝词》、丐香《越南竹枝词》、潘飞声《柏林竹枝词》、局中门外汉《伦敦竹枝词》，以及潘乃光《海外竹枝词》中之《苏尼士河》《马赛》《巴黎》《柏林》《俄都比得堡》《英都伦敦》等。这些竹枝词除了述写各国的民俗风情外，重要的是对其文化、建筑、教育、工业革命所产生的变化等，均进行了较具体之介绍，这对于当时的中外文化交流，显然是起到了相当的作用的。（2）描写汉民族的竹枝词与描写少数民族的竹枝词交相辉映。描写汉民族的竹枝词自不必说，描写少数民族竹枝词的代表作，则有齐周华《苗疆竹枝词》、毕沅《红苗竹枝词》、舒位《黔苗竹枝词》、黄炳坤《南蛮竹枝词》、郑虎文《土家竹枝词》、陈克绳《西藏竹枝词》、郁永河《土蕃竹枝词》、李我《鄂伦春竹枝词》等。这类竹枝词，也是乐府诗史上之前所未有者。（3）注释较竹枝词所述写之内容更为丰富，这在海外竹枝词中表现得尤为明显，如黄遵宪《日本杂事诗》即为这方面的代表作。这是一组由上、下卷组成共二百零一首的大型海外竹枝词，全诗对日本的起源、历代的典章制度、文化建设、风俗风情以及与中国历朝之关系等，均进行了详细具体之注释，从而使得注释文字乃数十倍于诗的文字。除海外竹枝词外，少数民族竹枝词也多有注释者，其文字量也是数十倍或十数倍于诗的文字。这些注释文字与竹枝词文字并行的竹枝类乐府，不仅较好地解决了读者有关历史、文化方面障碍的逾越，而且也起到了很好的导读作用，一石二鸟，值得称道。

清代的这三类乐府诗，虽然皆属于新题乐府的范畴，且其成就与特点均甚为明显，但其却绝少病时、伤民之作，即如咏史乐府，也只是能"补正史之长"，度其原因，应与盛行于当时的各种文字狱不无关系，然其已超出了本章本节之范围，兹罢论。

第三章 乐府演变论

第一节 从汉乐府到拟古乐府

乐府诗的每一种类型,在其各自的发展史上,都先后经历了"诞生→发展→再发展"这样的一种"前进式"过程,其中的"发展"与"再发展",即是导致各种各类乐府诗"变化"与"再变化"的关键所在。而这种"变化"与"再变化"事实的存在,既丰富了各类乐府诗的演变历程,又构成了助推其走向更广阔天地的一股内驱力,而或彼或此,都是与乐府诗的繁荣与发展密切关联的。有鉴于此,本节特着眼于"发展→再发展"与"变化→再变化"的角度,对旧题乐府(古乐府)向拟乐府(拟古乐府)过渡的演变之况,以及拟乐府与旧题乐府的同异、拟乐府因演变所获成就与所存在的问题,作一具体考察与透视。

一、乐府旧题的历史成因

在乐府诗的接受史上,人们一般以郭茂倩《乐府诗集》为据,将唐及唐以前的乐府诗分为两大类,即把汉魏、晋、六朝三个阶段的乐府诗称为旧题乐府,唐人自创新题的乐府诗称为新题乐府。所以,旧题乐府实质上是相对于唐代的新题乐府而言的。一新题,一旧题,所反映的则是乐府诗在其发展史上的巨大变化。在李唐一代,旧题乐府又被称之为"古乐府",因其题为"旧题"或者"古题",如元稹(779—831年)《乐府古题序》中之"古题",即为其例。而唐人所言之"古题",主要指的是汉魏乐府题,其次则为两晋、六朝的乐府题,如吴兢(670—749年)《乐府古题要解》之"古题",指的即为汉魏、两晋、六朝的乐府题(有少许为"前乐府"题,说详下)。吴兢是初、盛唐之际的一位史学家,其所言"乐府古题"之最"古"者,自然是汉代的乐府题,因为在吴兢看来,"乐府古题"之"古"是不可能超越汉代的,这从其《乐府古题要解序》之"乐府之兴,肇于汉魏"①云云,便可准确获知。汉与魏作为两个历史朝代,虽然关联度甚为密切,但实则是以曹丕登帝位于黄初元年(220年)为分界线的,即从汉武帝"乃立乐府"的元朔五年(前124年)始②,至汉献帝建安二十四年(219年)止,其三百四十余年间的所有乐府诗,皆属于汉代乐府,也即为人们所习称之"汉乐府"。

但吴兢却不知晓,在汉武帝"乃立乐府"之前,也是有"乐府古题"的,而这种"古题",实际上就是"前乐府"之"古题"③,如扬雄(前53—18年)《琴清英》所载之《雉朝飞操》《履霜操》等,即为其例。仅就这两例"古题"言,吴兢《乐府古题要解》虽然"要解"了《雉朝飞操》(卷下作《朝雉飞》),但于《履霜操》则未收入。其实,据拙著《中国乐府诗批评史》第一章第二节可知,类似于《履霜操》这样的"前乐府"之"古题",共有九十五题,凡一百二十六首乐府诗④。但无论是"前乐府"抑或汉乐府的"古题",都存在着一个无可否定的文学史事实,即其最初

---

① 吴兢:《乐府古题要解序》,《乐府古题要解》卷首附,《历代诗话续编》本,中华书局1983年版,第24页。

② 关于汉武帝"乃立乐府"的具体时间,史书无载,此作元朔五年者,具体参见拙作《"前乐府"概观》一文,载《宁夏师范学院学报》2018年第2期。

③ 关于"前乐府"的概念、生成及其创作实况等,具体参见拙著《中国乐府诗批评史》第一章第一节、第二节,武汉大学出版社2017年版,第1—26页。

④ 参见拙著《中国乐府诗批评史》第一章第二节,武汉大学出版社2017年版,第15—26页。

主要是音乐之题（曲名），而非文学之题（乐府诗名）。如《吕氏春秋》卷五《仲夏纪·五曰古乐》所载有云：

> 帝喾命咸黑作为《声歌》：《九招》《六列》《六英》……帝喾大喜，乃以康帝德。帝尧立，乃命质为乐。质乃效山林溪谷之音以歌，乃以麋鞈置缶而鼓之……命之曰《大章》，以祭上帝。舜立……乃令质修《九招》《六列》《六英》，以明帝德。……殷汤即位，夏为无道，暴虐万民，侵削诸侯，不用轨度，天下患之。汤于是率六州以讨桀罪，功名大成，黔首安宁。汤乃命伊尹作为《大护》，歌《晨露》，修《九招》《六列》，以见其善。①

其中所言之《九招》《六列》《六英》《大护》《晨露》等，皆为"《声歌》"之属，而作为"《声歌》"的《九招》等，首先是帝喾时期之曲名，之后则乃有"咸黑作""质修""伊尹作"，即依之以填写其各自时期的曲辞，于是，作为上古曲名的《九招》《六列》等音乐之题，即因此一变而为乐府诗之题。所以，《吕氏春秋》卷五《仲夏纪·五曰古乐》所载之《九招》《六列》等，既为上古时期的曲名，又为咸黑、质、伊尹藉之所"作"之辞名，也就是"前乐府"之题名。

这种由音乐之题而乐府诗之题的演变实况，在上古时期的"前乐府"中是如此，于汉、魏、晋、南朝、北朝时期的乐府诗中，亦是如此。如释智匠《古今乐录》引王僧虔《大明三年宴乐技录》有云："平调有七曲，一曰《长歌行》，二曰《短歌行》，三曰《猛虎行》，四曰《君子行》，五曰《燕歌行》，六曰《从军行》，七曰《鞠歌行》。"这里所录载的"平调七曲"之《长歌行》《猛虎行》等，皆为（平调）曲名，据此七曲而填写的曲辞，即为"平调歌辞"，具体则为《燕歌行》等曲辞。但在传唱的

---

① 许维遹撰、梁运华整理：《吕氏春秋集释》卷五《古乐》，《新编诸子集成》本，中华书局2009年版，第124—126页。

过程中，《猛虎行》等曲调因战争等原因，早已佚亡，所流传之曲辞，即成为了旧题乐府《燕歌行》《猛虎行》等。《古今乐录》引王僧虔《大明三年宴乐技录》又有云：

"瑟调曲"有《善哉行》《陇西行》《折杨柳行》《东门行》《东西门行》《顺东西门行》《饮马行》《上留田行》《新城安乐宫行》《妇病行》《孤子生行》《放歌行》《大墙上蒿行》《野田黄爵（雀）行》《钓竿行》《临高台行》《武舍之中行》《雁门太守行》《艳歌何尝行》《艳歌福钟行》《艳歌双鸿行》《煌煌京洛行》《帝王所居行》《门有车马客行》《墙上难用趋行》《日重光行》《蜀道难行》《棹歌行》《有所思行》《蒲坂行》《采梨橘行》《白杨行》《胡无人行》《青龙行》《公无渡河行》①。

共录载了"瑟调曲"的三十六曲之名。其中，《长安城西行》《武舍之中行》《帝王所居行》《艳歌福钟行》《艳歌双鸿行》《采梨橘行》《青龙行》七曲，不仅曲调早已佚亡，而且据郭茂倩《乐府诗集》可知，其曲辞也未能流传下来。这一实况表明，王僧虔《大明三年宴乐技录》所录载之"瑟调曲"三十六曲之名，至迟于唐以前只剩下二十九曲之名，而这二十九曲的曲辞，即为《善哉行》《陇西行》等乐府诗，也就是二十九首旧题乐府。

而实际上，无论是"前乐府"抑或"汉魏乐府"等，其诗题早先皆为乐曲之名，后则由于曲辞的缘故，大多演变成了乐府诗之题。这些乐府诗题虽然皆与曲名相关，但与其曲调已基本上没有关联了，故郭茂倩在编撰《乐府诗集》时，仅将其分为"郊庙歌辞""相和曲辞""琴曲歌辞"等而已。由是而观，可知乐府诗虽然与音乐关系密切，但其在流传的过程

---

① 智匠：《古今乐录》，《汉魏遗书钞》本，上海古籍出版社1996年影印，第14页。

中，由于种种原因，早已与音乐脱离了关系，音乐之名即因此成为了曲辞之名，也即后人所称的乐府诗题。

二、唐人所认识的古乐府

大唐是一个乐府诗相当繁荣发达的国度，且旧题乐府与新题乐府的创作异常热闹，并涌现出了一批名家与大家，如元结、杜甫、王维、李白、王昌龄、李贺、柳宗元、韩愈、刘禹锡、张籍、元稹、白居易、皮日休、陆龟蒙、温庭筠等，其各自集中即都存在着数量不等的乐府诗佳构。这些诗人一般将汉、魏、晋、六朝乐府如《行路难》《猛虎行》等诗题称为"古题"，而以之创作的乐府诗，则称为"古乐府"，更有甚者，则是将"古乐府"待为一门专门的学问，如诗人李白（701—762年），晚年就曾授"古乐府之学"于韦渠牟（749—801年）。对此，权德舆《左谏议大夫韦公诗集序》已有所载，云：

> 初，君年十一，尝赋《铜雀台》绝句，右拾遗李白见而大骇，因授以古乐之学，且以瓌琦轶拔为己任①。

其中的"古乐之学"，《文苑英华》卷七一二、《全唐文》卷四九〇著录是文，均作"古乐府之学"，甚是。关于李白"古乐府之学"的内涵及其要义，拙著《中国乐府诗批评史》第五章第二节已言之甚详，此不具述。

其实，唐代诗人所言之"古乐府"，主要包含两种类型，其一为对唐以前乐府诗的总称，即汉魏乐府、两晋乐府、南北朝乐府，以及少许"前乐府"。对于这类"古乐府"，曹操、曹植、鲍照、李白、李贺等人之作，最具代表性，因而所获成就也最高。其二即元稹《乐府古题序》

---

① 权德舆：《左谏议大夫韦公诗集序》，《权德舆文集》卷二十五，甘肃人民出版社1999年版，第345页。

所言"虽用古题，全无古义"之类的"古乐府"。这种类型的"古乐府"，又可分为两种情况：一是以旧题写新事，如"《出门行》不言离别，《将进酒》特书列(烈)女"等；二是以新题写时事，也即"或颇同古义，全创新词者"之谓，如"《田家》止述军输、《捉捕》词先蝼蚁"等①。这两种情况的"古乐府"，皆为元稹友人刘猛、李馀肇其始，元稹还因其"咸有新意"，而"和"了刘猛十首(即《梦上天》《冬白纻》《将进酒》《采珠行》《董逃行》《忆远曲》《夫远征》《织妇词》《田家词》《侠客行》，"和"了李馀九首(即《君莫非》《田野狐兔行》《当来日大难行》《人道短》《苦乐相倚曲》《出门行》《捉捕歌》《古筑城曲》《估客乐》)，共十九首②。此则表明，元稹对于这两种情况的"古乐府"，乃是相当雅好与喜爱的。

  存在于唐代的上述两类之"古乐府"，前者属对汉魏、两晋、南北朝乐府的仿作，也即出于模拟，后者则为一种全新的创制。以前者论，如李白集中的《将进酒》《行路难》《猛虎行》等篇，虽然皆为脍炙人口的名作，但却都是建立在乐府旧题的基础上的，即这些乐府诗均为李白参照以前诗人的乐府旧题而作，故后人多称之为"拟作"或"仿作"。而在先唐诗人中，曹操、曹丕、曹植父子的乐府诗，无论是四言(曹操)、七言(曹丕)抑或五言(曹植)，均属于"拟作"之列，对此，萧涤非《汉魏六朝乐府文学史》已言之甚详③，可参看，此不具述。但就"拟作"之艺术实践言，则其又可分为两种形式，一即所拟者纯为乐府旧题，如曹操《蒿里行》、曹丕《燕歌行》、李白《行路难》等；一为题前有"拟"字，如荀昶《拟相逢狭路间》、沈约《拟三妇》、鲍照(414—466年)《拟乐府

---

① 元稹：《乐府古题序》，《全唐诗》卷一四八，中华书局1960年版，第4604—4605页。
② 元稹所"和"刘猛"古乐府"十首、李馀"古乐府"九首者，具体参见《全唐诗》卷一四八《梦上天》《君莫非》之题下注，第4605页、第4607页。此十九首"古乐府"并为是卷所著录，特此说明。
③ 参见萧涤非《汉魏六朝乐府文学史》第二编第一章，人民文学出版社1984年版，第126页。

白头吟》等①。就唐人的古乐府而言，其只有前者而无后者，这一事实表明，唐人对于古乐府之"拟作"或"仿作"的认识，与曹氏父子是完全等同的。

被元稹认为"咸有新意"、且"和"了十九首的另一类"乐府古题"，其实就是一种与新题乐府关系密切的"古乐府"，即其完全不同于曹操、李白、李贺集中的那种汉魏、两晋、六朝时期的古乐府。这实际上是一种全新的"古乐府"，完全可以"新古乐府"名之。中唐时期的这种"新古乐府"，参与创作的诗人虽然并不多，但其于元代晚期、乃至有明一代，于"铁崖古乐府"与拟古乐府，却是产生了相当大的影响的。

三、拟古乐府与乐府旧题

所谓"拟古乐府"，又称"拟乐府"，指的就是以乐府旧题创作的乐府诗，也即"古乐府"，其虽然肇始于曹操父子，但正式被称之"拟古乐府"且为众所接受者，则是在明代初中期之际。据徐陵《玉台新咏》可知，在乐府题前冠以"拟""拟乐府"等字样者，乃为晋、宋时期的一批诗人，如荀昶、沈约、鲍照等人（详上）。至宋，则有黄庭坚、周紫芝等人继续创作，如黄庭坚作于治平三年（1066年）的《拟古乐府长相思寄黄几复》一诗②，即为其例；周紫芝《太仓稊米集》收录古乐府二十八首，其中如《拟梁父吟》《拟桃叶团扇歌》等，即皆冠有"拟"字。虽然如此，但拟古乐府之成为一种创作时尚者，则是在朱明一代，如茶陵派领

---

① 在南朝诗人的乐府诗中，另有一种题前有"代"字的，如《四部丛刊》本《鲍氏集》卷一《代挽歌》《代东门行》等，虽亦属"拟"题之列，但因其在乐府诗史上影响甚微，故本章不将其列入讨论的对象，特此说明。

② 黄庭坚《拟古乐府长相思寄黄几复》作于治平三年者，具体参见此诗之题下注，《全宋诗》卷一〇一九《黄庭坚》四十一，北京大学出版社1995年版，第11634页。

袖人物李东阳(1447—1516年)，就曾将其乐府组诗名之为《拟古乐府》①。这是一组大型古乐府，凡一百零一首(也有为整一百首的，即无最后一首《花将军歌》)，诗题全为作者所创制，且几乎全为三字题，如《申生怨》《绵山怨》《屠兵来》《筑城怨》《避火行》《挂剑曲》《渐台水》《卜相篇》，等等，其名曰"拟古乐府"，实则皆为新题。而其内容，则皆属咏史的范畴，且所咏之史乃由先秦而明初。诗之开首，附有《拟古乐府引》一文，详细介绍了作者创作《拟古乐府》的动机与原委，如有云：

> 予尝观汉、魏间乐府歌辞，爱其质而不俚，腴而不艳，有古诗言志依永之遗意，播之乡国，各有攸宜。……唐李太白才调虽高，而题与义多仍其旧，张籍、王建以下无讥焉。元杨廉夫力去陈俗而纵其辩博，于声与调或不暇恤。……间取史册所载忠臣义士、幽人贞妇奇纵异事，触之目而感之乎心，喜愕忧惧愤懑无聊不平之气，或因人命题，或缘事立义，托诸韵语，各为篇什，长短丰约，唯其所止，徐疾高下，随所会而为之。内取达意，外求合律，虽不敢希古作者，庶几得十一于千百讴吟讽诵之际。②

在这段《引》文中，李东阳主要言及了两方面的内容：一是对汉魏乐府及李白、张籍、王建、杨维桢等人乐府诗的简要评价；二是交待了其创作《拟古乐府》之宗旨与材料来源，以及艺术方面之特点等。其中的"因人命题"与"缘事立义"，确属与李白"题与义多仍其旧"的古乐府迥然有别，而近似于元稹的"即事名篇"与白居易之"因事立题"。此则表明，

---

① 李东阳的这组大型古乐府组诗，《四库全书》本《怀麓堂集》卷一作《古乐府》，中华书局版钱谦益《列朝诗集》丙集第一，则作《拟古乐府》，此作《拟古乐府》者，从《列朝诗集》，特此说明。

② 李东阳：《拟古乐府引》，钱谦益《列朝诗集》丙集第一，中华书局2007年版，第2700—2701页。

古乐府在其发展的路途中,已由其旧有的"本事""本义",向着新题乐府之"新事""新义"在变化。而这种变化,从渊源的角度审视,其实是远绍唐代元稹等人"新古乐府"、近承元末杨维桢"铁崖古乐府"的。

元稹、刘猛等人的"新古乐府",上已言之,此不赘述。杨维桢(1296—1370年)的"铁崖古乐府",因《铁崖古乐府》一书而得名。这是一部由杨维桢门人吴复选编的古乐府诗集,凡十卷,共收古乐府四百余首①,其中的古乐府诗题,由两部分组成:一为先唐时期之乐府古题,如《履霜操》《别鹤操》《雉朝飞》《将进酒》《日重光行》等;一为杨维桢自创新题,如《平原君》《春申君》《地震谣》《南妇还》等。这两种"古乐府"之所述所写,主要在于时事、今事与新事,即使属于咏史范畴的《平原君》《春申君》《鸿门会》等,也大多具有"旧事翻新"的特点,而喻今与鉴今,则又为其重心之所在。这其实是一种"杨维桢式"的"古乐府",而与元稹等人的"新古乐府"几无区别。不独如此,杨维桢的这种"古乐府",在制题方面还与古体诗具有很强的一致性,如《春情》《虎丘篇》《小临海曲》《道人一亩宅》《禽演赠丁道人》《佛郎国进天马歌》《铁面郎美赵御史也》《蔡君健五世家庆图诗》等,不仅二字题、三字题、四字题、五字题、六字题、七字题、八字题、九字题应有尽有,而且在杨维桢看来,似乎什么样式、什么内容的诗题,都是可称为"古乐府"诗题的。受杨维桢的影响,一个专门创作这种"古乐府"的诗派——铁崖诗派,即因此而产生,并掀起了一场声势浩大的"古乐府运动",且一直持续于明代初期②。

---

① 关于杨维桢的《铁崖古乐府》,行世者既有十卷本,也有十六卷本,十卷本全为"古乐府",十六卷本的前十卷为"古乐府",后六卷为《复古诗集》及有关附录。又,十卷本《铁崖古乐府》由于版本不同,其所收"古乐府"的数量也不相同,如明刻本收诗四百一十二首,《四库全书》本收诗四百零九首,《四部丛刊》本收诗四百一十四首。

② 关于元末以杨维桢为代表的"古乐府运动",以及其产生的过程与影响等,具体参见拙著《唐后乐府诗史》第七章第一节、第二节,黄山书社2010年版,第269—282页、第283—298页。

而与杨维桢同为"古乐府运动"代表人物的李孝光（1285—1350年），不仅在自制新题方面较杨维桢更甚（其"古乐府"题如《黄民尚所藏王若水〈陶令归来图〉》《云之阳送人之兄代之》《行则有车送李德章侍尊父入京师》等），而且还于其"古乐府"中有意识地安排了许多"兮"字（也有部分"之"字），如"山有云兮"（《鲁氏怡云堂》）、"有车兮涉远"（《有车送韩从事行县》）等，并美其名曰"古乐府骚"①。这完全是一种特点独具的"古乐府"。从渊源的角度考察，李孝光的这卷"古乐府骚"，应是受了宋代理学家张载《古乐府》组诗（共九首）影响的结果，因为其中的《鞠歌行》等篇，即多以"兮"字而为②；要之，便是与蔡琰《胡笳十八拍》关系密切。这种"古乐府"较之杨维桢的"铁崖古乐府"，虽然更具有"新"意，但离唐人（元稹、刘猛、李馀等人例外）所言之古乐府则更远、也更偏。所以，从总的方面讲，元季以杨维桢、李孝光为代表的一批"杨维桢式"的"古乐府"（也即"新古乐府"），是彻底地颠覆了人们对古乐府的认识的。正因此，杨维桢的这类"古乐府"，在明代即颇受人们喜好，如李东阳即为其一。上引李东阳《拟古乐府引》之"元杨廉夫力去陈俗而纵其辩博，于声与调或不暇恤"云云，即是对杨维桢"铁崖古乐府"的一种首肯（"力去陈俗而纵其辩博"），其中虽然也言及了"声与调或不暇恤"的缺憾，但却是无关宏旨的。故而，李东阳才"间取史册所载忠臣义士、幽人贞妇奇纵异事"，创作了这样的一组大型《拟古乐府》。

继李东阳之后，先后执"后七子"牛耳的王世贞、李攀龙，以及皇甫汸、李同芳、金圣叹、袁宏道等诸多诗人，也皆曾以"拟作"之法，

---

① 李孝光：《古乐府骚》，《李孝光集注》卷三，上海社会科学院出版社2005年版，第80页。

② 关于张载《古乐府》多用"兮"字之实况，具体参见拙著《唐后乐府诗史》第二章第二节，黄山书社2010年版，第68—87页。

创作了数量不等的古乐府①。但这些诗人的古乐府,既有别于杨维桢、李孝光的"新古乐府",也不同于李东阳的"拟古乐府",即其皆属以乐府旧题而为者。以李攀龙为例,其《沧溟集》共收录两卷古乐府,不仅全属以旧题乐府而为者,且不乏《白云谣》《南山歌》这样的"前乐府"题。而值得注意的是,李攀龙的这两卷古乐府,还一反元稹、杨维桢、李东阳等人"新古乐府"之"常规",即其所述所写,皆为史事、旧事,而与时事、今事基本无涉。袁宏道有《拟古乐府》组诗,凡十首,皆属以旧题而为,其中虽有所感怀,且不乏新意,但作者更注重的却是这组《拟古乐府》的"本事"与"本义"。这种两"注重"的情况,一直由明末延续至清初,甚至是清中期。这样看来,可知自元稹、刘猛、李馀等人所兴起的"新古乐府",在经历了宋、元、明时期之诸种变化后,又于明中晚期之际,回到了李白、李贺时期以旧题创作古乐府的文学"原点"上。

四、拟古乐府得失之种种

在三千年的乐府诗(含"前乐府"、汉唐乐府、唐后乐府三大阶段)史上②,由于曹操、曹丕、曹植父子的艺术实践,拟古乐府(即拟乐府)才得以正式问世于汉、魏之际,由斯时而清中期(清仁宗嘉庆年间),其间一千六百年左右,此即拟古乐府发展的大致时段。在这约一千六百年中,拟古乐府的发展主要经历了前后两个时期,其中以刘猛、李馀创作"乐府古题"、元稹"选而和之"的元和十二年(817年)为分界线③,其前为前期,以曹操三父子、鲍照、李白、李贺等诗人为代表;

---

① 关于明代拟古乐府(古乐府)的创作实况,具体参见拙著《唐后乐府诗史》第七章第一节、第二节,黄山书社2010年版,第269—282页、第283—298页。

② 关于乐府诗史的"三千年"之说,具体参见拙著《中国乐府诗批评史》附于卷首的《几点说明》一文,武汉大学出版社2017年版,第1—2页。

③ 参见卞孝萱:《元稹年谱》,齐鲁书社1980年版,第276页。

之后为后期，以元稹、刘猛、李馀、周紫芝、杨维桢、李孝光、李东阳等诗人为代表。前者的拟古乐府创作，实际上就是"以旧题作乐府"，后者之拟古题乐府，虽有旧题，但更多的却是一些新题，有的甚至全为新题，此即这两个时期拟古乐府最为本质的区别。综观拟古乐府约一千六百年的演变之况，其于创作、发展与传播的历史进程中，成就既卓，问题亦不少，而正是由于这二者的并存，拟古乐府才更为世人所关注。

前期拟古乐府所获之成就，要而言之，主要表现在四个方面：（1）注重所"拟"乐府题的"本事"与"本义"，这是乐府诗除音乐之外的一项最本质、最核心的内容。正因此，"题解"乐府者大都在"本事""本义"上下功夫，如杨雄《琴清英》、蔡邕《琴操》、吴兢《乐府古题要解》、左克明《古乐府》等，即无不如此。（2）题材广泛，内容丰富。这一时期的古乐府，在题材内容方面，较之问世未久的新乐府而言，更为宽广丰富，举凡病时、伤民、咏史、吊古、感怀、游仙、恋情、军旅、相思、宴饮、习俗等，几乎无所不包含，对此，仅曹氏三父子的八十六题一百三十首旧题乐府①，即足可为之证。（3）于创作实践中，进行了多方面的变革，使之具有鲜明的时代特色，如"以律作古"，即是近体诗在初唐反映于乐府诗创作中的一项重要变化，并对宋、元、明、清诸朝之乐府诗创作产生了深远影响。而李白古乐府中之"旧题新事""旧题翻新""拟题求变"等创获②，则更是成为了拟古乐府之演变在李唐前期的一种直接反映。（4）推出了多种形式的连章体，如曹操《气出倡》三首是一种形式，即"杂言体式"；鲍照《拟行路难》十八首是一种形式，即"七言体式"；而韩愈《琴操》十首则是又一种形式，即"诗序体式"，乃皆为

---

① 曹操三父子现存乐府诗数量为，曹操二十一题二十七首，曹丕十九题二十四首，曹植四十六题七十九首，合计八十六题一百三十首，具体参见拙著《先唐诗人考论》第三章第三节，吉林文史出版社2007年版，第93—105页。

② 关于李白古乐府之创获，具体参见拙作《李白与"古乐府学"及其批评史意义》，载《李白研究论丛》总第六辑，第36—52页。

其例。

后期拟古乐府所获之成就,其重点则为:(1)制题更具特点。这一特点的存在表明,"拟古乐府"四字之于此期,直接成为了题名或者题名的一部分,如黄庭坚《拟古乐府长相思寄黄几复》、李东阳《拟古乐府》一百首、胡缵宗《拟涯翁拟古乐府》、袁宏道《拟古乐府》十首等,这是对"拟古乐府"这一名目在艺术实践中的公开标举,于当时社会各阶层对拟古乐府之重视所起的作用,应是不可低估的。(2)创制出了一种全新的古乐府题名,此即上所言之"新古乐府"。元稹在元和年间所"和"刘猛、李馀之"乐府古题"十九首,以及刘猛、李馀的"乐府古题"之作,方回《木绵怨》①、杨维桢《铁崖古乐府》、李孝光《古乐府骚》、李东阳《拟古乐府》等,即全属于"新古乐府"的范畴,其之问世,无疑是扩大了古乐府之拟题界域的。(3)无论是旧题乐府抑或"新古乐府",其"病时"、"伤民"的成分更重,作者的时代责任感也更强。如梅尧臣《猛虎行》、周紫芝《公无渡河》、李弥逊《行路难》、袁桷《东门行》,以及杨维桢《苦雨谣》《地震谣》《大风谣》《盐车重》《盐商行》《食糠谣》等,即皆为这方面的代表作。(4)以咏史为重点的创作实况。以咏史为题材的古乐府历代皆有,但此期之咏史古乐府,却成为了咏史乐府诗史上的一座高标,且直接推动着有清一代咏史乐府创作高潮的到来,而宋泽元所编之《四家咏史乐府》,即是对此最好之例证。此书共选编了杨维桢、李东阳、尤侗、洪亮吉四人的咏史乐府七百七十八首,其中,杨维桢三百六十五首、李东阳一百首、尤侗一百首、洪亮吉二百一十三首。因此,杨维桢等四人成为了乐府诗史上的"咏史乐府四大家"。

以上所论,虽有前后期之分,但其中并无重合之处,这一实况表明,拟古乐府在其发展与演变的过程中,所获成就是相当之多的,这对于助推一千六百年间乐府诗的繁荣与发展,显然是起到了相当大的影响与作用。虽然如此,拟古乐府在其发展与演变的过程中,也还存在着

---

① 方回的《木绵怨》为作者创制之古乐府题,其"并序"已明言之,可参看。

一些值得注意的问题,有的还较为严重,为便于认识,下面兹例举两端,以窥其一斑。具体为:

(一)关于部分"新古乐府题"的问题。拟古乐府中的"新古乐府"之题,如元稹《梦上天》、方回《木棉怨》、杨维桢《鸿门会》、李孝光《双松图》、李东阳《筑城怨》等,因大多为作者所创制,"无复依傍",本为新题,似不得称为"乐府古题"。而以之创作的乐府诗,也自然是不得称为拟古乐府的。所谓"拟古乐府",本是指以乐府旧题"仿""拟"之古乐府,若为新题,则就应归类于新乐府。正因此,李东阳的《拟古乐府》一百首,即多为时人与后人所批评,如清代冯班《钝吟杂录·古今乐府论》即其为例。该文有云:

> 李西涯作诗三卷(指《怀麓堂集》之《拟古乐府》二卷与《诗稿后》之《古乐府》一卷——引者注),次第咏古,自谓乐府。此文既不谐于金石,则非乐也;又不取古题,则不应附于乐府也;又不咏时事,如汉人歌谣及杜陵新题乐府,直是有韵史论,自可题为史赞,或曰咏史诗,则可矣,不应曰乐府也。……西涯之词,引绳切墨,议论太重,文无比兴,非诗之体也。①

其中的"又不取古题,则不应附于乐府也;又不咏时事……不应曰乐府也"云云,即已将问题说得相当清楚:既然"不应曰乐府也",自然就更不得称为拟古乐府了。此为问题的一个方面。问题的另一个方面是,有不少新题,纯为"杂言题",如杨维桢《蔡君健五世家庆图诗》、李孝光《黄民尚所藏王若水〈陶令归来图〉》等,因与古乐府的命题规律毫不相干,而成为了一种地道的古体诗题。

(二)关于古乐府的"拟作"问题。古乐府虽然与音乐密切相关,但其曲辞却是颇讲究作法的,因之,后人拟作古乐府者,理应按其作法而

---

① 冯班:《钝吟杂录》,《清诗话》本,上海古籍出版社 1978 年版,第 39 页。

为，而不得进行大的"变化"，否则即不得称为"拟"或者"拟作"了。胡应麟《诗薮·内编》卷一，在论及拟古乐府的作法时，曾如是写道：

> 今欲拟乐府，当先辨其世代，核其体裁，《郊祀》不可为《铙歌》，《铙歌》不可为《相和》，《相和》不可为《清商》；拟汉不可涉魏，拟魏不可涉六朝，拟六朝不可涉唐，使形神酷肖，格调相当。即于本题乖迕，然语不失为汉、魏、六朝，诗不失为乐府，自足传远。①

在这段文字中，胡应麟分别就拟古乐府所涉之"世代""体裁""本题"等进行了讨论，认为"拟汉不可涉魏，拟魏不可涉六朝，拟六朝不可涉唐"。而实际的情况是，不少拟古乐府的作者，大多以"自说自话"的方式，在进行着古乐府的拟作，因而自然就会遭到时人与后人的非议，如李攀龙即为其一。李攀龙《沧溟集》收古乐府凡两卷，且皆为汉、魏乐府古题，但因未能依古乐府之作法而为，故钱谦益于《列朝诗集·李按察攀龙》之李攀龙小传中，乃大加指责，认为：

> 其拟古乐府也，谓当如胡宽之营新丰，鸡犬皆识其家。宽所营者，新丰也，其阡陌衢路未改，故宽得而貌之也。今改而营商之亳，周之镐，我知宽之必束手也。……易五字而为《翁离》，易数句而为《东门行》《战城南》，盗《思悲翁》之句而云"鸟子五，鸟母六"，《陌上桑》窃《孔雀东南飞》之诗而云"西邻焦仲卿，兰芝对道隅"，影响剽贼，文义违反，拟议乎？变化乎？②

在明、清两朝的诗话著作中，类似于胡应麟《诗薮》、钱谦益《列朝

---

① 胡应麟：《诗薮·内编》卷一，上海古籍出版社1962年版，第15页。
② 钱谦益：《列朝诗集》丁集第五《李按察攀龙》，中华书局2007年版，第4406页。

诗集》作者小传对拟古乐府之批评者，还有很多，恕不一一列举。此则表明，无论是就拟古乐府的成就、特点而言，抑或其创作经验以论，对于拟古乐府的得与失，都是需要去进行认真总结与归纳的。因为只有这样，人们才能在其史的发展长河中，更为全面、翔实、系统地认识乐府诗与拟乐府的关系，以及各自之成就与特点等。

第二节　新乐府的兴盛与消歇

文学史一般认为，所谓"新乐府"即新题乐府，其肇始于唐代的盛、中唐之际。郭茂倩《乐府诗集》收新乐府十一卷（卷九十至卷一〇〇），并认为："新乐府者，皆唐世之新歌也。以其辞实乐府，而未尝被于声，故曰新乐府也。"郭茂倩对新乐府的这种认识，是否符合唐代新题乐府的实际情况，这里不作讨论，但就其所收录之十一卷新乐府言，可知在郭茂倩看来，新乐府主要是由两部分构成的，即其一为"新题乐府"，一为"乐府杂题"，前者如白居易《新乐府》五十首等，后者则有温庭筠《乐府倚曲》、陆龟蒙《乐府杂咏》等。而事实上，《乐府诗集》的这一分类并不科学，原因是兴起于唐代的宫词与竹枝词等，均未为其所收录、分类。此外，仅就唐代而言，还有数以百计的"歌行乐府"，也没有被收录与分类。这一实况表明，兴起于唐代的新乐府，在《乐府诗集》中是未得到应有之处理的。有鉴于此，本节特着眼于乐府诗史的角度，对新题乐府在唐及其后历朝历代之发展与变化，以及导致新乐府兴盛与消歇的原因等，作一具体考察与观照。

一、乐府诗史上的新题乐府

新题乐府是乐府诗史上可与旧题乐府媲美的一种乐府诗品类。郭茂倩《乐府诗集》虽然收录了唐代"新乐府辞"十一卷，但其只是唐代新题乐府的一个极少部分。比如李白,十一卷"新乐府辞"仅收录了其七题十七首诗,即《笑歌行》一首、《江夏行》一首、《横江词》六首、《静夜思》一首、《黄葛篇》一首、《塞上曲》一首、《塞下曲》六首;如果将"近代曲辞"所收录之《清平调》三首、《宫中行乐词》八首一并算上,其实际也只有九题二十八首。这一数量,与李白现所存见之新题乐府实况,差别甚大,因为李白现所存见的新题乐府,乃有整一百一十首之多①。又如王维,《乐府诗集》收录了其《老将行》一首、《燕支行》一首、《桃源行》一首、《洛阳儿女行》一首、《扶南曲》五首、《渭城曲》一首、《昔昔盐》一首、《伊州》一首、《陆州》一首、《昆仑子》一首、《思妇乐》一首、《戎浑》一首、《浣沙女》一首、《一片子》一首、《拍相府莲》一首,凡十五题十九首(含"近代曲辞"十首)。但王维新题乐府的实际数量,据拙著《王维新考论》之所考,乃有八十三首之多②,即《乐府诗集》少收录了六十三首。这两例足以表明,《乐府诗集》对于唐代新乐府的收录,乃是极为有限的,因之,其不能作为对唐代新题乐府认识的依据,也就显而易见。

而实际上,乐府诗史上的新题乐府,乃是由唐而清,数以万计的,仅清代竹枝词就有二万二千首的实况③,即足以证之。对于这些数以万计的新题乐府,拙著《唐后乐府诗史》第一章,乃将其分为四种类型,即:即事类乐府、歌行类乐府、宫词类乐府、竹枝类乐府④。其中,后二类主要繁荣与昌盛于明、清两朝,且数量众多,佳作迭出,而成为新

---

① 李白现所存见之乐府诗,除去伪作,共有二百三十八首,其中,旧题乐府为一百三十四首,新题乐府为一百零四首,具体参见拙著《中国乐府诗批评史》第五章第二节,武汉大学出版社 2017 年版,第 169—183 页。

② 具体参见拙著《王维新考论》第五章第五节,黄山书社 2008 年版,第 219—230 页。

③ 关于清代竹枝词的具体数量及其创作实况,具体参见拙著《唐后乐府诗史》第七章第一节、第二节、第三节,黄山书社 2010 年版,第 313—330 页、第 331—350 页、第 351—371 页。

④ 关于唐以后新题乐府的界定与分类,参见拙著《唐后乐府诗史》第一章第二节,黄山书社 2010 年版,第 10—21 页。

题乐府发展的两大方向。为便于认识，下面对这四类新题乐府略作述介如次：

（一）即事类乐府。这类乐府诗，是新题乐府的代表，也即为诗人们直面社会现实的一种产物，故"即事名篇，无复依傍"（元稹《乐府古题序》），乃为其关键所在。在唐、宋、金、辽、元诸朝代的诗人中，不仅介入即事类乐府创作者众多，而且名篇佳作也非少，如白居易《新乐府》五十首、元稹《和李校书新题乐府》十二首、王禹偁《感流亡》、苏舜钦《田家词》、梅尧臣《田家语》、范成大《腊月村田乐府》十首、欧阳修《食糟民》、刘兼《征妇怨》、方回《路傍草》等，便皆为其例。而"病时"（元稹）、"忧黎元"（杜甫）、"裨补时阙"（白居易）等，则为这类新题乐府最核心、最本质的特点。

（二）歌行类乐府。这类新题乐府又可分为两种情况，即正格与变格。"正格"的歌行类乐府，即前人所言之"歌行乐府"或者"乐府歌行"，也即其诗题是以"歌"或者"行"结构的，如王维《燕支行》、王昌龄《从军行》、李白《江夏行》、刘禹锡《淮阴行》、杨维桢《梦游沧海歌》等。而"变格"的歌行类乐府，则诚如胡震亨《唐音癸签》所言，诗题是以"引""曲""谣""篇""叹"等结构的①，如田锡《结交篇》、王郁《游子吟》、杨维桢《花游曲》（此系拟李贺的同题之作）等。这类乐府诗题材既广，内容亦甚丰富，因而在咏写对象方面，乃无所不包含。

（三）宫词类乐府。宫词类乐府以宫词为主，兼及拟宫词、香奁词、宫中词等，而为《乐府诗集》卷八十二所收录之李白《宫中行乐词》八首，则为其滥觞。这类新题乐府以反映宫廷生活为主旨，因而具有高贵性、典雅性、史料性等特点，唐代以王建《宫词》一百首问世最早（此专指大型连章体宫词），也最具有代表性。宫词类乐府是乐府诗史上新题乐府的一方重镇，故而由宋及清，不仅佳作连连，各种形式之宫词应有尽有，而且所咏写对象还可补正史之阙，如明代周定王朱橚《元宫词》一

---

① 胡震亨：《唐音癸签》卷一《体凡》，上海古籍出版社1981年版，第2页。

百首，即为具有代表性的一例①。

(四)竹枝类乐府。这是乐府诗史上参与创作的诗人最多、成果数量唯一突破二万五千首的一类乐府诗。作为新题乐府，竹枝类乐府除竹枝词外，还包含一些柳枝词、杨柳枝、竹枝子、竹歌，以及其题虽为古体诗题、形式则实为竹枝词的作品，如黄遵宪《日本杂事诗》等。不独如此，黄遵宪的《日本杂事诗》，还开创了"诗注合一"的竹枝词之先例，且注释之文字量乃数倍、甚至是十数倍于竹枝词本文，因而在当时及其后产生了巨大影响②。

最后还需言及的是，兴盛与繁荣于元、明、清三朝的咏史乐府。就创作规模、作品数量、成果形式等方面言，咏史乐府是乐府诗史上唯一可与宫词类乐府、竹枝类乐府媲美的三大类乐府诗之一，但其却并不能称为新题乐府的一类，而此，也是拙著《唐后乐府诗史》自始至终都只称其为"咏史乐府"而不称"咏史类乐府"的关键性原因。之所以如此，是因为元、明、清三朝的咏史乐府，既有旧题，也有新题，如杨维桢著名的《铁崖咏史》，即属于交织着这两类乐府题的代表作。《铁崖咏史》凡八卷，是一部典型的咏史乐府集，其中既有如《梁父吟》《长门怨》《君马黄》《将进酒》这样的旧题乐府，又有如《单父侯》《芦中人》《大良造》《天下士》这样的新题乐府，因之，归其于旧题乐府而不可能，归其于新题乐府亦同样不可能。正因此，拙著《唐后乐府诗史》即以"咏史乐府"目之。虽然，咏史乐府在其发展的过程中，新题乃明显地多于旧题，但其仍然不能归属于新题乐府，否则，存在于其中的那些旧题就很难言说清楚了。

---

① 周定王朱橚《元宫词》一百首及其创作始末，可参见拙著《唐后乐府诗史》第六章第一节，黄山书社2010年版，第271—283页。

② 关于黄遵宪《日本杂事诗》，具体参见拙著《唐后乐府诗史》第七章第二节，黄山书社2010年版，第331—350页。

二、新题与旧题之互为关联

　　文学史著作或者高校教材，一般认为，唐代"新乐府运动"的发生与发展，乃存在着一种较为清晰的脉络，即由元结而杜甫，再由杜甫而元稹、白居易，也就是说，元结的《系乐府》十二首，为具有"病时""伤民"特点的新乐府之始。所谓"新乐府运动"之"新乐府"，所指其实就是上之所言的即事类乐府，而为郭茂倩《乐府诗集》所收录的王维《老将行》，即正是这类新题乐府的代表作①。所以，若溯新题乐府之源，王维《老将行》理应是在元结《系乐府》十二首之前的。如果从乐府杂题的角度审视，则由隋入唐的谢偃《新曲》，就理所当然地成为了唐代新题乐府的第一诗，原因是《乐府诗集》将其编在十一卷"新乐府辞"之首。这样看来，可知无论是就新题乐府以论，抑或是以乐府杂题而言，元结的《系乐府》十二首都是不能称为新乐府（即事类乐府）之始的。换言之，郭茂倩《乐府诗集》所收录之"新乐府辞"表明，唐代"新乐府运动"并非肇始于元结的《系乐府》十二首。

　　唐代的新题乐府创作，虽然曾演变为一场文学"运动"，并产生了很大的影响，但当时参与的诗人却并不多，而此，也是一些"新乐府诗派"研究者，只是围绕着元稹、白居易、张籍、李绅、王建、刘猛、李馀等人进行研究的原因所在。所以，发生于中唐的这场"新乐府运动"，是并没有对当时的旧题乐府形成冲击之势的，对此，郭茂倩《乐府诗集》所收四千四百余首旧题乐府唐人约占其半的实况②，又可为之佐证。

---

　　① 王维《老将行》之所写及其在新乐府中所占地位，具体参见拙著《王维新考论》第五章第五节，黄山书社 2008 年版，第 219—230 页。又，郭茂倩《乐府诗集》将王维《老将行》归类于"乐府杂题"者，实属不的。

　　② 据笔者手工统计可知，《乐府诗集》共收诗五千三百首，其中"新乐府辞"四百二十五首，"近代曲辞"三百三十七首，二者合计为七百六十二首，其余即旧题乐府，约四千四百余首，其中属唐人之作者，占其半左右，此一数据虽不够准确，但可供参考，特此说明。

然而需要指出的是，白居易、元稹、张籍、王建等人，虽然都是"新乐府诗派"的重要人物，但其都曾创作过数量不等的旧题乐府。以白居易为例，其集中即有《悲歌行》《王昭君》《反白头吟》《生别离》《长安道》《长相思》《昭君怨》《浩歌行》《怨诗》《短歌行》等旧题乐府，而《乐府诗集》所收元稹的旧题乐府，则有《出门行》《冬白纻歌》《估客乐》《决绝词》《芳树》《侠客行》《将进酒》《董逃行》《当来日大难》等。既为"新乐府运动"的重要诗人、且新乐府又曾为宋人大加称道的张籍，亦创作了《少年行》《出塞》《白纻歌》《朱鹭》《江南曲》《别鹤》《车遥遥》《宛转行》等旧题乐府①。这一实况的存在，所表明的是新题乐府虽然兴盛于唐代，但唐代却是一个旧题乐府多于新题乐府的文学时代。而自赵宋一代始，这种情况即大有改观，因为这一时期诗人们对新题乐府的创作，于自觉与不自觉之中，成为了一种时尚、一种潮流。虽然如此，但宋代的新题乐府，却并非专指唐代"新乐府运动"的"新乐府"，也即那些"病时""伤民"与"忧黎元"之作，而是包含了上所述介之即事类乐府、歌行类乐府、宫词类乐府与竹枝类乐府。而此，即是宋代新乐府与唐代"新乐府运动"之"新乐府"的最大不同点。

宋代的新题乐府，由北宋而南宋，发展的势头虽然不如中唐元稹、白居易时期那样迅猛，但形势却十分喜人。与唐代诗人有所不同的是，宋代诗人凡创作新题乐府者，一般都有数量不等的旧题乐府，即其大都是新题与旧题兼为，并使二者在各自发展的路途中相向而行，如梅尧臣、周紫芝、陆游等诗人之所为，即皆属如此。《四库全书》本《宛陵集》六十卷中，所收旧题乐府有《猛虎行》《妾薄命》《苦热行》《行路难》

---

① 张籍新题乐府为宋人所称道者，具体参见拙著《中国乐府诗批评史》第六章第三节，武汉大学出版社 2017 年版，第 242—253 页。又，以上所例举张籍之旧题乐府，均据郭茂倩《乐府诗集》，特此说明。

《长歌行》《哀王孙》①等，而新题乐府则有《田家语》《醉翁吟》《朝天行》《春鹘谣》《邺中行》《花娘歌》《一日曲》等，且二者数量基本相当。再如范成大《范石湖集》，其中既有组诗《腊月村头乐府》（十首）等新题乐府，更有以旧题乐府《行路难》为压卷之作者，这种情况在宋人别集中是很少见到的。而周紫芝《太仓稊米集》则又是一种情况。《太仓稊米集》共收乐府诗两卷（卷一、卷二），诗凡一百二十首，其中旧题乐府二十八首，新题乐府九十二首，且以即事类乐府与歌行类乐府为主。《太仓稊米集》中新题乐府几倍于旧题乐府的实况，只有陆游等少许诗人可与之相比。不独如此，周紫芝还编有《古今诗家乐府》三十卷（已佚亡），首次收录了宋代诗人的乐府诗，并对王观、张耒的新乐府大力称道②，周紫芝之于新题乐府的创作与批评，仅此即可窥其一斑。而杨万里、陆游、汪元量、方回等诗人，亦是这方面的一些代表人物。以陆游为例，中国书店版《陆游全集》中的八十五卷《剑南诗稿》，共收录乐府诗二百七十一首③，其中旧题乐府五十三首，新题乐府二百一十八首，后者几倍于前者的实况，表明作为爱国诗人的陆游，对于乐府诗的创作，是既爱旧题乐府，更爱新题乐府的。而五十三首旧题乐府，亦皆属以旧题写今事、时事、新事者。

　　辽、金诗人的乐府诗，主要见于蒋祖怡等《全辽诗话》、陈衍《辽诗纪事》、元好问《中州集》与《元好问集》。这两个朝代的乐府诗，有着一

---

①　《哀王孙》为杜甫诗，郭茂倩《乐府诗集》卷九十二归类于"新乐府辞"，梅尧臣仍以之为题创作者，表明此诗乃为一首拟乐府。而自宋人始，多有拟唐人之乐府新题者，如杨维桢《铁崖古乐府》之《李夫人》（白居易）、《丽人行》（杜甫）、《花游曲》（李贺）等，即为其例。

②　周紫芝《太仓稊米集》中的旧题乐府与新题乐府之况，以及周紫芝对王观等人新乐府的称道，具体参见拙著《中国乐府诗批评史》第六章第三节，武汉大学出版社 2017 年版，第 242—254 页。另可参见拙著《宋金元诗通论》第六章第二节，黄山书社 2011 年版，第 276—291 页。

③　陆游《剑南诗稿》所收乐府诗的数量，具体参见拙著《唐后乐府诗史》第二章第二节、第四节，黄山书社 2010 年版，第 68—84 页、第 101—121 页。

个共同的特点，即都是新题乐府多于旧题乐府，如辽代现存乐府诗二十四首，其中只有邢具瞻《出塞》一首为旧题，其余则全为新题，且以歌行类乐府为主。金代最具代表性的乐府诗人，有刘迎、萧贡、雷琯、王郁、李献甫、元好问六人，其中，雷琯的旧题乐府有《商歌》十首（金代诗人唯一无新题乐府者），王郁是旧题乐府（六首）多于新题乐府（四首），刘迎等四人则皆属新题乐府多于旧题乐府。元好问现所存见之乐府诗共六十一首，除《步虚词》三首、《长安少年行》《戚夫人》为旧题乐府外，其余五十六首全为新题乐府，且多属"病时""忧黎元"之作，如《南冠行》《宛丘叹》《驱猪行》《续小娘歌》十首等诗，因具有强烈的社会现实性与即时性，而多为时人与后人所称道。相对于新题乐府而言，元好问的旧题乐府不仅数量少，而且在思想性、艺术性等方面，也要逊色许多。辽、金两朝的旧题乐府之所以明显地不如新题乐府，度其原因，应与诗人们长期受北方游牧文化的影响大相关联。

与宋、辽、金三代相比，元代的新题乐府则又特点别具，这主要表现在两个方面，其一是以歌行类乐府、竹枝类乐府为主；其二即本为新题的大批乐府诗，却被诗人们称之为"古乐府"。元代的歌行类乐府，主要以"××歌""××行"（正格）为主，"××曲""××吟"等（变格）次之，且在题材内容方面，几乎无所不包含，即如一些"即事名篇"者，也毫不例外。正因此，为元稹、白居易等人所称道的"病时""伤民"之作，在元代几乎全为歌行类乐府所替代，且多以"××歌""××行"两种形式而为。若追根溯源，范成大《范石湖集》中的《催租行》《后催租行》《缫丝行》，周紫芝《太仓稊米集》中的《秣陵行》《魔军行》等诗，即已肇其始。元代诗人正是在此基础上，于不断的艺术实践中，逐渐以歌行类乐府替代了即事类乐府，而此，也是元代即事类乐府甚少、歌行类乐府多与"忧黎元"相关联的原因所在。

在将本为新题乐府的乐府诗称为"古乐府"的元代诗人中，杨维桢是一位最具代表性的人物。杨维桢现存古乐府一千二百二十七首①，以《铁崖古乐府》所收之作最为著名，其所谓"古乐府"者，主要包含着两种情况：一为旧题，如《履霜操》《别鹤操》《雉朝飞》《公无渡河》等；一属新题，如《鸿门会》《吴沟行》《平原君》《春申君》《盐商行》等。新题与旧题的互为交融，使得一部《铁崖古乐府》成为了时人争相仿效的高标，而"铁崖乐府派"也即因此而产生。《铁崖古乐府》中的一些专写今事、时事、新事的新题"古乐府"，因具有鲜明的时代特色，而成为了一种前所未有的"新古乐府"。这虽然是一种"杨维桢式"的"古乐府"，实则这类乐府诗源自于元稹对刘猛、李馀"乐府古题"之作的唱和，因为元稹在这组"唱和乐府诗"中，"古题"与新题均有，且大多以写今事、时事、新事为主。所以，杨维桢《铁崖古乐府》的问世，既是旧题乐府在元代中后期演变的一种标志，又是新题乐府变革于这一时期的最充分反映，而或彼或此，所表明的是二者在发展过程中的一种相互渗透与交融。

三、两类新乐府的异军突起

这里所说的"两类新乐府"，是指竹枝类乐府与宫词类乐府，这两类新题乐府虽然皆源起于有唐一代，但其之繁荣昌盛、蔚为大观者，实则皆在唐代之后。据统计，竹枝词在唐代仅有七人三十首，宋代为十七人一百二十九首，元代则为一百五十二人四百八十三首，三者共计一百七十六人六百四十二首。元代的竹枝类乐府的创作，以杨维桢的"西湖竹枝词酬唱"最具代表性，当时参与酬唱的诗人，乃有"数百人"之多，杨维桢后来则将其编为一集，并直接取名为《西湖竹枝词》，凡收诗一百八十四首。而值得注意的是，杨维桢除《西湖竹枝词》九首外，另有

---

① 杨维桢的"铁崖古乐府"及其创作实况等，具体参见拙著《唐后乐府诗史》第五章第一节，黄山书社 2010 年版，第 220—234 页。

《吴下竹枝词》七首、《海乡竹枝词》四首，凡整二十首，皆编入其《铁崖古乐府》。本属新题乐府的二十首竹枝词，全被编入了《铁崖古乐府》，这便是杨维桢"新古乐府"的真面目。以杨维桢为代表的"西湖竹枝酬唱"，在当时不仅盛况空前，而且直接影响着明初诗人们对竹枝类乐府的创作。明代参与竹枝词创作的诗人，现已知者有三百零七人，竹枝词则为一千八百五十八首①，这一数量，几乎是唐、宋、元三朝总数（六百四十二首）的两倍，明代竹枝类乐府之创作概貌，藉此可见一斑。

而清代诗人之于竹枝类乐府的创作，则较明代诗人更甚。据统计，清代已知的各类竹枝词（含柳枝词、杨柳枝等），乃有二万二千首，其数量之多，几为唐（三十首）、宋（一百二十九首）、元（四百八十三首）、明（一千八百五十八首）总数（二千五百）的近十倍。此则表明，有清一代的竹枝类乐府，成为了乐府诗史上一座永远无可替代的文学巅峰，而唐、宋、元、明、清五朝二万五千首竹枝词的总数，则又充分反映了竹枝类乐府在乐府诗史上所占地位的重要性。凡此，均是新题乐府在唐以后繁荣昌盛的标志。二万五千首竹枝类乐府，要而言之，主要呈现出了如下一些值得注意的特点，且均属绝无仅有者。具体为：

其一，参与创作的诗人众多，作者数量无可相比。在由"前乐府"而清末乐府的三千年历史长河中，其间究竟有多少乐府诗，这是一个谁也无法回答的问题，原因是迄今为止，并没有一部这样的乐府诗总集问世。若以郭茂倩《乐府诗集》所收诗五千二百九十首②为基点推之，则由唐而清的二万五千首竹枝词，乃为历代旧题乐府与新题乐府均无法相比者，而居新题乐府第二的宫词类乐府，其已知的数量也只有八千首左

---

① 此处所言唐、宋、元、明四朝之竹枝词数量，具体参见拙著《唐后乐府诗史》第六章第三节，黄山书社 2010 年版，第 299—300 页。

② 郭茂倩《乐府诗集》所收乐府诗的数量，参见本书第 108 页之注释①。

右①，所以，竹枝类乐府这一已知数量，为各类乐府诗之最多者，也就自不待言。而作品数量的众多，自然也就意味参与创作的诗人众多。

其二，题材丰富，内容广泛。这一特点又具体表现在四个方面：（1）地域广阔的全国性竹枝词。仅就竹枝词诗题所涉之地名言，其由东到西，由南到北，乃应有尽有，如沈周《太湖竹枝歌》、唐之淳《扬州竹枝词》、沐璘《滇池竹枝词》、李东阳《长沙竹枝歌》、田汝成《广州竹枝词》、曹学佺《夔府竹枝词》、钱秉镫《南海竹枝词》等。（2）数以千计的海外竹枝词。这是竹枝类乐府有别于其他类别乐府诗最鲜明的一个特点，如上举黄遵宪《日本杂事诗》，以及潘飞声《柏林竹枝词》、柏葰《朝鲜竹枝词》、王芝《缅甸竹枝词》、局中门外汉《伦敦竹枝词》等，即皆属此类。（3）描写少数民族风情的竹枝词。如钱琦《台湾竹枝词》对台湾高山族等民俗的描写，毕沅《红苗竹枝词》对不为世人所知的红苗族风情的勾勒，李我《鄂伦春竹枝词》对鄂伦春人日常生活的写照，林则徐《回疆竹枝词》对新疆维族文化的介绍等，均为这方面之佳构。（4）以大型连章体组诗为主。这一特点以明、清两朝的竹枝词为主，如徐之瑞《西湖竹枝词》》一百首、郝璧《广陵竹枝词》一百首、潘乃光《海外竹枝词》一百首、黄遵宪《日本杂事诗》二百零一首等。

其三，开创了"诗注合一"的新形式。这一特点以清代的竹枝类乐府尤为明显。清代的竹枝词，无论是对少数民族风情的描写，抑或于海外诸国历史文化的介绍，作者们一般都附有数十字甚或近千字的注释，以便于读者对诗中之所述所写的认识与把握，且引证富赡，如黄遵宪《日本杂事诗》即为这方面之代表作。《日本杂事诗》由上、下两卷组成，上卷著录八十一首，下卷则有一百二十首，作者于每卷中的每一首诗，均进行了极详细之注释（特别是与中国传统文化相关者），合则可视为一部"日本文化简史"，或者"中日文化交流史"。

---

① 关于宫词类乐府的数量，具体参见拙著《唐后乐府诗史》第七章第四节，黄山书社2010年版，第373—385页。

新题乐府中的另一"异军",是指源起于唐代、兴盛于宋代的宫词类乐府。宋代的宫词类乐府,主要以描写、记录宫中生活为能事,如宋徽宗的《宫词》三百首,即为具有代表性的一例。宫词类乐府在发展的过程中,与其他类型的乐府诗一样,也产生了诸多变化,其中最主要者,是被诗人们目为一种新形式的"咏史"乐府,因而也就出现了《全史宫词》这样的诗题。《全史宫词》之"全史",诚如孙樨《余墨偶谈》之所言,是"上自轩辕,下到胜国,凡有系于宫壸者,悉采辑之,洵为宫词之大备"①。《全史宫词》凡二十卷,刊行于清德宗光绪十八年(1892年),作者史梦兰。其初编"共得宫词一千五百余",后又作补遗四百七十九首,二者合计凡整二千首,成为乐府诗史上唯一的一组特大型宫词之作。

在由唐而清的新乐府诗发展史上,自中唐王建《宫词》一百首始,大型连章体宫词即先后问世,如宋代除宋徽宗《宫词》三百首外,另有花蕊夫人、宋白、王珪、张仲庠、周彦质、王仲修等人,都先后创作了《宫词》一百首,并被后人编成《十家宫词》而传世②。明、清时期的宫词,亦以大型连章体为主,如宁献王朱权《宫词》一百零七首、周定王朱橚《元宫词》一百首、蜀成王朱让栩《拟古宫词》一百首(以上明代),杨鼎昌《汉魏宫词》五百余首、吴养原《东周宫词》三百首、张鉴《古宫词》三百首、沈钦韩《金元宫词》二百首、夏仁虎《清宫词》二百首、王誉昌《崇祯宫词》一百八十六首、陆长春《辽金元宫词》一百八十首、高树《金銮锁记》一百三十七首、吴闿《十国宫词》一百二十首、魏程博《清宫词》一百零一首、刘芑川《开天宫词》一百首、吴省兰《五代宫词》一百首(以上清代)等。这些大型连章体宫词类乐府的先后推出,与竹枝类乐府遥相呼应,构成了新乐府史上最为绚丽的两道风景线。

---

① 转引自《唐后乐府诗史》第七章第四节,黄山书社2010年版,第376页。
② 《十家宫词》之"十家",分别为宋徽宗、宋白、王建、花蕊夫人、王珪、胡伟、和凝、张公庠、王仲修、周彦质,其中,王建为唐人,和凝为五代人,余则全为宋人,胡伟《宫词》一卷为集句。此书编者不详,有《丛书集成初编》本等。

由于竹枝类乐府与宫词类乐府皆为四句一首的"七言绝句式",故其均可配乐传唱。对于宫词类乐府可配乐传唱者,宋白《宫词并序》之"援笔一唱",已曾明言之;而竹枝类乐府之可配乐传唱者,本武孟《竹枝歌》其一之"阿郎贪唱竹枝歌",王士禄《西湖竹枝词》其二十之"明月满船歌竹枝"等,亦已曾明言之。而此,即成为了这两类新题乐府在其史的王国里繁荣昌盛的一个重要原因。

四、消歇殆尽的即事类乐府

如上所言,新题乐府中的即事类乐府,即文学史家们所称道的"新乐府运动"之"新乐府",其最大的特点就是"即事名篇",并因"病时""伤民"而可"裨补时阙",所以,这类新题乐府在中、晚唐时期多为诗人们所雅好。入宋,不仅这类新题乐府深受诗人们喜爱,而且还诞生了一系列优秀之作,如梅尧臣《田家语》、范成大《腊月村头乐府》十二首、周紫芝《魔军行》、杨万里《圩丁词》十解、元好问《驱猪行》等,即皆此类乐府诗中的佼佼者。而杨维桢《盐商行》《盐车重》二诗,虽以"盐"为咏写对象,但于朝廷有关"检制"与"立法"方面所存在的问题,以及地方职守的丑恶行径等,均进行了深刻批判与揭露。如《盐商行》写一位"本是贱家子"出身的商人,因私贩官盐而成为了当地的暴发户,以至于"人生不愿万户侯,但愿盐利淮西头。人生不愿万金宅,但愿盐商千料舶"。面对着当时人们的这种扭曲的社会观念,杨维桢不由得深为叹惜:"如何后世严立法,祇与盐商成富媪。"《盐车重》一诗,则主要是对地方官吏通过"官铊私称"等卑劣手段,对盐民们层层盘剥之丑恶行径的揭露。在这两首"盐"诗中,由于作者所批判的矛头均直指官方,因而具有很强的社会现实性与鲜明的时代特色。

类似于杨维桢两首"盐"诗的例子,在唐以后的即事类乐府中,还有很多很多。但值得注意的是,这些即事类乐府的外在形式却显示出了一个共同点,即其诗题几乎皆为"××歌""××行"结构,或者为"××

叹""××篇""××曲"等结构,如苏轼《秧马歌》、王安石《食黍行》、周紫芝《秋霖叹》、陆游《征妇怨》、方回《种稗叹》、元好问《驱猪行》、马常祖《室妇叹》等,即皆属如此。然而着眼于新题乐府的类别言,苏轼《秧马歌》、王安石《食黍行》、周紫芝《秋霖叹》等,乃皆属于歌行类乐府。这一实况所表明的是,在新题乐府的发展过程中,具有"病时""伤民"等特点的即事类乐府,已逐渐为歌行类乐府所替代。换言之,歌行类乐府在其发展的历史长河里,不仅于其形式产生了渐变,即如上所言之正格与变格,而且还扩大了其题材的表现领域,增强了作品"病时""伤民"的思想性,并在即时性方面得以更进一步升华。这其实是创作歌行类乐府的诗人们,在不断的艺术实践中所获得的一份硕果。正因此,即事类乐府在明、清两朝即很少出现,或者说,凡与"病时""伤民"等社会性题材相关之乐府诗,几乎皆属于歌行类乐府。这便是明、清两朝即事类乐府的一种实况。

作为新题乐府的类别之一,即事类乐府因元稹、白居易所特定的"新乐府"而始①,且在当时因响应者众而影响巨大。但其在由唐而元的行进途中,受到歌行类乐府的影响,而呈现出了一种衰落、消歇的状态,以致最终为歌行类乐府所替代。而此,也是元末及明、清两朝很少有即事类乐府的原因之所在。故而,咏史乐府、宫词类乐府、竹枝类乐府,即成为了这一时期新题乐府的三大主流。

第三节 乐府题的正格与变格

二十五年前的1994年秋,《山东师范大学学报》发表了我的一篇专

---

① 关于元稹、白居易所特定之"新乐府",具体参见拙著《中国乐府诗批评史》第五章第三节,武汉大学出版社2017年版,第184—196页。

门研究唐人如何制作诗题的论文《别具匠心：唐诗的制题艺术》①。在这篇论文中，我就唐诗的制题方式、方法与类别等，均进行了较为具体之论析，并首次于乐府诗的诗题提出了"正格"与"非正格"（即"变格"）之说，认为非正格是唐人艺术创造力在制题方面的一种具体反映。所谓正格诗题，是指乐府诗中早期的、具有本真特点而又不曾变化的诗题，如李白《行路难》《将进酒》等；而变格或者说非正格诗题，指的是诗人们在正格的基础上对乐府诗题进行了革新或者变化了的诗题，如骆宾王《行军军中行路难》、王昌龄《变行路难》等。虽然如此，但骆宾王《行军军中行路难》与王昌龄《变行路难》，仍然属于乐府旧题的范畴，而与乐府新题无涉②。从乐府诗艺术发展史的角度言，任何一个朝代的乐府诗题，都是有正格与变格（即非正格）之分的，也即其于行进的路途中都曾发生过不同程度之变化。所以，本节特着眼于正格与变格的角度，就乐府诗题（主要指旧题乐府，下同）的大致演变过程，作一具体考察与论述。

一、汉唐乐府题的正格与变格

众所周知，乐府诗作为诗歌的一个重要组成部分，其最大的特点，就是与音乐密切关联，所以，本为上古时期的曲名，即成为了后来的乐府诗题之名，如《吕氏春秋》卷五《仲夏纪·五曰古乐》之《九招》《六列》《六英》等，即皆为其例。据《吕氏春秋》此之所载，可知《九招》等本为"帝喾命咸黑"所作《声歌》之曲名，且每曲均配以"歌辞"，"以康帝德"。其后的舜为了"以明帝德"，"乃令质修《九招》《六列》《六英》"；殷

---

① 王辉斌：《别具匠心：唐诗的制题艺术》，载《山东师范大学学报》1994年5期，第80—85页。
② 关于骆宾王《行军军中行路难》为乐府旧题之变格，以及唐代诗人乐府诗题之变格，具体参见拙作《论"初唐四杰"的乐府诗》一文，已收入拙著《唐代诗文论集》，武汉大学出版社2017年版，第85—97页。

汤(商)代夏后，为了"以见其善"，又"乃命伊尹作《大护》，歌《晨露》，修《九招》《六列》《六英》"①。这一记载表明，舜、汤初立，出于各自"明帝德""见其善"的需要，分别对帝喾时期的《九招》《六列》等进行了或"修"或"作"，而这被"修"与"作"的《九招》等，在当时既为曲名，亦为辞名，后来曲名佚亡，辞名便成为了乐府诗题。这种最初因音乐而存在而流传、且一直不曾变化的乐府诗题，即为正格。又如扬雄《琴清英》所改录之《雉朝飞操》、蔡邕《琴操》所收录之《履霜操》等，在上古时期均为曲名，后来则皆因曲亡辞存，曲名成为了辞名，也即成为了正格的乐府诗题。所以，一般而言，凡乐府诗的正格诗题，即皆属于该诗题之最早时之曲名。上古时期的《九招》《雉朝飞操》《履霜操》等是如此②，问世于汉初的《练时日》《帝临》《青阳》等③，亦属如此。

据上引《吕氏春秋》卷五《仲夏纪·五曰古乐》，以及班固《汉书》卷三十《艺文志第十》，沈约《宋书》卷二十《乐二》、卷二十一《乐三》的记载可知，无论是上古时期抑或两汉之际，作为正格的乐府诗题，如《九招》《履霜操》《雉朝飞操》等，主要都是由三种类型构成，即二字题、三字题、四字题，且以三字题为主。为便于认识，兹以郭茂倩《乐府诗集》卷二十六至卷四十三所收十八卷"相和歌辞"为例，略作考察与论析。"相和歌辞"是《乐府诗集》中最具代表性的乐府歌辞之一，十八卷"相和歌辞"虽然不乏如《陌上桑》这样的"古辞"，但所收诗之时限，却是始于汉而终于唐的，即其并不包含《雉朝飞操》这样的"前乐府"诗题。尽管如此，并不表明"前乐府"诗题只有正格而无变格，对此，拙著《商

---

① 高诱注、毕沅补注：《吕氏春秋》卷五《仲夏纪·五曰古乐》，岳麓书社1996年版，第59—61页。

② 扬雄《琴清英》之《雉朝飞操》与蔡邕《琴操》之《履霜操》，均为上古时期之乐府诗题者，具体参见拙著《中国乐府诗批评史》第一章第二节，武汉大学出版社2017年版，第15—26页。

③ 《练时日》《帝临》《青阳》《朱明》，皆为汉初乐府诗题者，参见郭茂倩《乐府诗集》卷一"郊庙歌辞一"，中华书局1979年版，第3页。

周逸诗辑考》对每一篇逸诗之"校考",就涉及了诸多变格的诗题,读者自可参看,此不具述。以下所论乐府诗题的正格与变格,之所以从汉、魏乐府始,其原因即《乐府诗集》十八卷"相和歌辞"中并没有收录"前乐府",这是需要加以说明的。

据统计,郭茂倩《乐府诗集》中的十八卷"相和歌辞",共有诗题一百五十四种,且由七种样式构成。其具体为:

(1)二字题十八种:《宫引》《商引》《角引》《徵引》《羽引》《精列》《江南》《东光》《十五》《薤露》《蒿里》《挽歌》《对酒》《鸡鸣》《采桑》《怨诗》《宫怨》《杂怨》。

(2)三字题七十九种:《箜篌引》《气出唱》《江南思》《江南曲》《度关山》《关山曲》《唯汉行》《鸡鸣篇》《城上乌》《平陵东》《陌上桑》《艳歌行》《罗敷行》《日出行》《大雅吟》《王明君》《王昭君》《明君词》《明君歌》《楚王吟》《楚妃叹》《楚妃吟》《楚妃曲》《楚妃怨》《王子乔》《蜀国弦》《长歌行》《虾䱇篇》《短歌行》《铜雀台》《铜雀妓》《雀台怨》《当置酒》《置酒行》《猛虎行》《君子行》《燕歌行》《从军行》《苦哉行》《远征人》《鞠歌行》《苦寒行》《吁嗟篇》《北上行》《豫章行》《董逃行》《相逢行》《难忘曲》《塘上行》《蒲生行》《苦辛行》《秋胡行》《善哉行》《陇西行》《西门行》《东门行》《安乐宫》《妇病行》《孤儿行》《放歌行》《艳歌行》《蜀道难》《棹歌行》①《蒲坂行》《白杨行》《白头吟》《决绝词》《泰山吟》《梁甫吟》《武东行》《怨诗行》《怨歌行》《长门怨》《阿娇怨》《班婕妤》《长信怨》《蛾眉怨》《玉阶怨》《满歌行》。

(3)四字题十三种:《公无渡河》《前苦寒行》《后苦寒行》《三艳妇诗》《中艳妇诗》《来日大难》《折杨柳行》《东西门行》《上留田行》《日重光行》《月重轮行》《胡无人行》《反白头吟》。

---

① 《乐府诗集》卷四十既有《棹歌行》,又有《櫂歌行》,但"棹"(简化字)、"櫂"(繁体字)实一,故此处只列举《棹歌行》而不及《櫂歌行》,特此说明。

（4）五字题三十一种：《江南可采莲》《鸡鸣高树巅》《晨鸡高树鸣》《乌生八九子》《置酒高堂上》《长歌续短歌》《双桐生空井》《从军五更转》《苦哉远征人》《相逢狭路间》《中妇织流黄》《塘上苦辛篇》《江蓠生幽渚》《当来日大难》《步出夏门行》《丹霞蔽日行》《却东西门行》《顺东西门行》《青青河畔草》《泛舟横大江》《新城安乐宫》《大墙上蒿行》《野田黄雀行》《置酒高殿上》《雁门太守行》《艳歌何尝行》《飞来双白鹤》《今日乐相乐》《煌煌京洛行》《泰山梁甫吟》《明月照高楼》。

（5）六字题十二种：《登高丘而望远》《从军有苦乐行》《日出东南隅行》《豫章行苦想篇》《长安有斜狭行》《塘上行苦辛篇》《蒲生行浮萍篇》《鸿雁生塞北行》《饮马长城窟行》《艳歌行有女篇》《门有车马客行》《怨歌行朝时篇》。

（6）七字题一种：《董逃行历九秋篇》。

以上的录载情况表明，三字题为六种诗题之大端，是汉唐时期乐府诗题的一种最主要样式。这种三字题样式的诗题，不仅具有简洁明了的特点，并且除少许诗题外，还因"××行""××曲""××怨"的结构，而带有较强的音乐性色彩。因之，就其诗题属性言，其大部分自然是属于正格的诗题的。而且，由于这种正格诗题的问世，还产生了两种新的制题形式，即一为"系列组合式"，一为"前后相续式"。所谓"系列组合式"，是指作为诗题前身的曲调名，具有相近、相似的音乐特点，而待曲亡辞存后，即构成了内容方面的系列，如《王明君》《王昭君》《明君词》《明君歌》四题。这是一组在音乐方面相近或相似的曲调名，只是后来由于音乐的亡佚，成为了一组在内容上具有"系列"特点的诗题。类此者，三字题中还有《楚妃叹》《楚妃吟》《楚妃曲》《楚妃怨》一组等。而"前后相续式"，则是指三字题在其发展的过程中，先后被扩充为五字题或者六字题等，如《塘上行》之于《塘上苦辛篇》《塘上行苦辛篇》，《蒲生行》之于《蒲生行浮萍篇》，《东门行》之于《西门行》《却东西门行》《顺东西门行》，《苦寒行》之于《前苦寒行》《后苦寒行》等。从文学发生发展的角度言，三字题是最具原始性特点的一种乐府诗诗题①，即由三字题而五字题或六字题，乃为其在发展中之正常变化；而三字题与三字题之间的变化，亦应作如是认识。比如，《王明君》《王昭君》《明君词》《明君歌》四题，据《乐府诗集》卷二十九"吟歌曲"可知，此四题中最先问世者为《王明君》，作者为晋人石崇，所藉之者则为汉曲②，其后则依序出现了《王昭君》(宋鲍照)、《明君词》(梁简文帝)、《昭君叹》(梁沈氏)三题，而此三题，无论是作为曲名还是辞名(诗题)，都是具有相近或相似之特点的。

而五字题、六字题与七字题，以其发生发展的角度审视，大多较二字题、三字题甚至是四字题为后，则乃不言而喻。虽然，早在汉魏之际，就已问世了《饮马长城窟行》(古辞)、《门有万里客行》(曹植)等六字题，但就一部《乐府诗集》所收五千二百余首乐府诗而言，这样的例子毕竟为少数，则其之不具备代表性者，乃显而易见。所以，二字题、三字题、四字题中的绝大部分诗题为正格者，是完全可以肯定的。而由正格所衍生出的"系列组合式"与"前后相续式"两类诗题，如上所述，其乃皆为汉唐时期乐府诗题的变格。换言之，在《乐府诗集》十八卷"相和歌辞"中，属于"汉曲"的《王明君》为正格，其后之《王昭君》《明君词》《明君歌》皆为变格；《塘上行》为正格，其后之《塘上苦辛篇》《塘上行苦辛篇》亦皆为变格。其他皆可依此类推。

二、宋及其后乐府诗题的变格

李唐时期的乐府诗，虽然有旧题乐府与新题乐府之分，但新题乐府

---

① 在上述六类乐府诗题中，二字题也有原始性特点者，如《东光》《十五》《薤露》《蒿里》等，但因其数量与变化等方面，均较三字题要逊色许多，故此处不作为讨论的对象，特此说明。

② 石崇《王明君》所依为汉曲者，具体参见郭茂倩《乐府诗集》卷二十九《王明君》题解，中华书局1979年版，第425页。

之"新题",由于为作者所自创且又"无复依傍"(元稹《乐府古题序》),所以这里不予讨论。而旧题乐府的诗题在汉唐时期之正格与变格,已如上述,故接下来所要重点讨论的,则为宋、元、明、清时期的乐府题之变格,或者说是这一时期诗人对乐府旧题的革新、变化之况。从乐府诗发展史的角度审视,唐及其后各朝各代之旧题乐府,乃皆为拟古乐府之属,因而其诗题大多于承袭的基础上产生了程度不同之变化,而这种变化的结果,就是变格。从接受史与影响史的双重角度考察,宋、元、明、清各朝乐府诗题的变格,其实是与唐代乐府诗题的变格大相关联的。为便于对唐代乐府诗题变格的认识,下面以李白乐府诗为个案,略作论析。

李白现存乐府诗二百三十八首,其中旧题乐府一百三十四首,新题乐府一百零四首①。在一百三十四首旧题乐府中,"歌"类乐府为六十四首、"行"类乐府为三十九首,二者的诗题样式主要有六种,即:歌本题、行本题、歌本题+动词"送别"、行本题+动词"送别"、歌本题+动词+人物宾语、诗人行为+行。其中,歌本题、行本题为正格,其余四种则全为变格②。四种变格具体为:

(1)歌本题+动词"送别",如《赤壁歌送别》。

(2)诗人行为+行,此种样式又称"方位名词+动词+行",如《出自蓟北门行》。

(3)行本题+动词"送别",如《灞陵行送别》。

(4)歌本题+行本题+动词+人物宾语,如《邺歌行上新平长史兄粲》。

李白的旧题乐府,为唐代古乐府之代表,这六种样式的正格(二种)与变格(四种)之诗题,亦代表着唐代旧题乐府的正格与变格之诗题

---

① 关于李白乐府诗的数量等,具体参见拙著《中国乐府诗批评史》第五章第二节,武汉大学出版社 2017 年版,第 169—183 页。

② 其他如篇末为"篇""曲""吟"等,其正格与变格之乐府诗题之样式,亦可据此类推,此不具述,特此说明。

类别，则是可以肯定的。而且，仅就正格的诗题言，无论是"前乐府"、汉唐乐府，抑或唐后乐府，其所结构者，均为歌本题与行本题两种，而所变化的则皆为后四种。其他如"××曲""××怨""××吟""××叹"等之正格与变格，亦皆属如此，此不具述。

其实，乐府诗题因正格而演变为变格者，并非始于李白或者其所生活的唐代，而是在晋、南朝宋之际(甚或更前)即已产生，由晋、南朝宋而唐、宋而元、明、清，其变格的样式，虽然与上述李白乐府诗之诸种样式大致相同，但因时代变迁与文化差异的双重作用，问世了一些新的变格样式，或者说产生了一些引人注意的新样式，且有关问题还相当复杂。为便于认识与把握，特于此例举几种新的变格样式如下：

其一，乐府题名+诗人行为。在唐、宋、元、明时期，诗人们之于乐府旧题变化最多、且又常用的变格之题，即为此种诗题。就其渊源而言，这种变格诗题虽然是承李白之"歌本题(或行本题)+动词'送别'"这一结构形式而来，但其实则与陶渊明《怨诗楚调示庞主簿邓治中》(《陶渊明集》卷二)这一诗题大相关联。据郭茂倩《乐府诗集》卷四十一《怨歌行》题解、卷四十四《清商曲辞序》所载，《怨诗》即《怨诗行》，"楚调"则为清商三调之一①，藉之可知，《怨诗行》乃为陶渊明此诗题之正格。陶渊明以"怨诗楚调"的形式寄"示庞主簿邓治中"者，表明庞、邓二人对于这种变格诗题是相当熟悉的。由晋、南朝宋而唐后，这种变格诗题在其发展的路途中，由于深受诗人们喜好，而诞生了诸多此种样式的变格之作，如唐代诗人杨巨源《乌啼曲赠张评事》、宋代诗人郭祥正《劝酒二首呈袁世弼》②、元代诗人李孝光《采莲曲送王伯循》、明代诗人高启《五噫歌吊梁伯鸾幕》等，即皆为其例。而这些诗题中"赠"

---

① 郭茂倩：《乐府诗集》卷四十一《怨歌行》题解、卷四十四《清商曲辞序》，中华书局1979年版，第610页、640页。

② 郭茂倩《乐府诗集》无《劝酒》一题，而李昉等《文苑英华》卷一九五《乐府四》收有《劝酒》一诗，且置于《山人劝酒》《相劝酒》之后，则《劝酒》为乐府旧题应乃无疑。如此，郭祥正此诗之为旧题乐府、诗题为变格即可论断。

"呈""送""吊"等动词的运用,又表明了这种样式的变格诗题,是更适用于诗人们在日常生活中之交往的。而且,唐代诗人在不断的艺术实践中,还于这种变格诗题前也加上了"诗人行为",并使之成为了两种样式的新变格诗题,即:

(1)诗人行为+乐府题名+诗人行为;

(2)诗人行为+乐府题名+他人行为。

前者如刘长卿《奉和李大夫同吕评事太行苦热行兼寄院中诸公》,后者则有皎然《五言酬薛员外谊苦热行见寄》①。这两种样式的变格,较之单一的"乐府题名+诗人行为"而言,其所蕴含的内容与所要表达的情感,显然是更为丰富的。

其二,特定名词+乐府题名+诗人行为。这种样式的变格诗题,主要在于"乐府题名"前所加之"特定名词",具有对诗题进行"定性"的特点,如黄庭坚《拟古乐府长相思寄黄几复》这一诗题,即属于此种变格诗题的代表作。黄庭坚在《长相思》这一乐府旧题前所加之"拟古乐府"四字,表明了此诗乃是一首"拟"《长相思》而成的"古乐府",以重在突出作者对友人黄几复的思念之情。拟古乐府,又称拟乐府,也即唐人所言之古乐府,在诗题前加上"拟古乐府"或者"拟乐府"(也有仅加一个"拟"字的)者,实际上是指诗人对某旧题乐府的一种仿作,如陶渊明《拟挽歌辞》三首、鲍照《拟乐府白头吟》等,即皆属如此。从诗题属性的角度考察,这种在乐府题名前加上特定名词"拟乐府"或"拟古乐府"(含"拟")的诗题,自然是一种变化了的诗题。而黄庭坚的《拟古乐府长相思寄黄几复》,则又较鲍照《拟乐府白头吟》等要更胜一筹,因为其于诗题的后半部分还增加了"诗人行为"("寄黄几复"),因之,这种变格诗题在结构上就更具特点。所以,仅就"拟古乐府长相思寄黄几复"这十一字言,其所表明的是黄庭坚之于黄几复的过从关系,乃是相当亲密

---

① 此二诗为乐府诗、且为旧题乐府者,参见李昉等《文苑英华》卷二一〇《乐府十九》,中华书局1966年影印,第1041—1042页。

的。而事实也正是如此，这从黄几复卒后，黄庭坚曾为之撰写《黄几复墓志铭》(《豫章黄先生文集》卷二三)一文，即可准确获知。黄庭坚之后，宋人以如此变格之旧题乐府样式进行乐府诗创作者，尚有周紫芝等人①，兹不具述。

其三，地名+乐府题名。如苏轼《襄阳乐府》三首，就是具有代表性的一例。仅就"襄阳乐府"四字而言，是很难判定《襄阳乐府》是属于古乐府或者新乐府的，正因此，拙著《唐后乐府诗史》第二章第四节最初将其列入新题乐府内，又于"注释①"中据苏辙《襄阳古乐府》二首而将其认定为旧题乐府。其实，无论是苏轼的《襄阳乐府》，抑或苏辙的《襄阳古乐府》，都是一种变格诗题，其正格诗题则为《乐府》，对此，郭茂倩《乐府诗集》卷七十七"杂曲歌辞"有《乐府》一题，作者依序为"古辞"、魏明帝曹叡等，即可为之证。《乐府诗集》卷七十七既有《乐府》一题，其最早之本文又为古辞，则其为古乐府之题、且属正格者，便可肯定。如此看来，苏轼《襄阳乐府》、苏辙《襄阳古乐府》皆属变格诗题，也就自不待言。在宋人的乐府诗中，类此者，尚有张载的组诗《古乐府》、周紫芝《时宰生日乐府四首》、黄彦平组诗《乐府杂拟》等。但在此需加指出的是，范成大的组诗《腊月村田乐府》十首，却不属于旧题乐府的范畴，因为这组诗之所述所写，不仅全为"腊月村田"之事，而且皆为作者所亲见亲历者，为典型的即事类乐府之属。而此，也是属于旧题的《乐府》，在其发展的过程中演变为新题《腊月村田乐府》的原因之所在。乐府旧题之在宋代由正格演变为变格者，仅此即可窥其一斑。

从革新的角度审视，变格的乐府诗题，是诗人们在不断的艺术实践中所变化的一种新的诗题样式，其品类不仅多种多样，而且蕴含了诸多革新的因子，成为诗人们艺术创造力在诗题创制中的一种具体反映。这

---

① 关于周紫芝此类乐府旧题之变格，具体参见《四库全书》本《太仓稊米集》所收之两卷乐府诗(卷一、卷二)；另可参见拙著《宋金元诗通论》第六章第二节，黄山书社2011年版，第276—291页。

在唐以前是如此，于唐以后也是这样，此即乐府诗题因演变而导致的一种规律性特点。

三、正格与变格的乐府学意义

乐府诗的诗题，由于音乐的缘故，而与《诗经》中的诗题存在着相当的差异性，其中最大的不同点，是乐府诗的诗题如《步出夏门行》等，最初为音乐之名(即曲名)；而《诗经》中的诗题则属于"取首句以为"。虽然，《诗经》中的大部分诗篇都是可以配乐而唱的①，但其诗题却与音乐并无多大关联，正因此，《诗经》中的三百一十一首诗之诗题(含六首笙诗)，即皆无正格与变格之分，而乐府诗则不然。以上之所述表明，乐府诗之诗题的正格，因音乐关系而始于上古时期，且直至于杨隋之际；而其变格，在魏、晋、宋、齐、梁、陈诸朝，即已存在着多种形式，并直接影响着唐、宋、元、明时期变格之发展。乐府诗题的这种正格与变格，从乐府演变论的角度审视，其显然是极具乐府学意义的。乐府诗题正格与变格的乐府学意义，要而言之，主要表现在以下几个方面：

（一）保存了诗与乐的原生态关系。在中国文学史上，文学与音乐最早发生关系者，当首推先秦时期的"前乐府"，如上所例举之《九招》《履霜操》《雉朝飞操》等，就颇具有代表性。作为乐府诗题而存在的《九招》《履霜操》《雉朝飞操》等，其于上古时期所扮演的角色，首先是曲名，继之则为辞名，待曲亡辞存之际，即成为了后人所言之乐府诗题。这时的乐府诗及其题目，虽然已经失去了诞生之初的那种配乐而唱的风采，但其音乐性特点却仍然依稀可见，如《履霜操》《雉朝飞操》二题中的"操"，即为其例。所谓"操"，为古琴曲的曲名之一。范晔《后汉书》

---

① 前人的研究成果表明，《诗经》中有部分诗作是不可配乐而唱的，具体参见拙作《论乐府诗与歌诗的关系》一文，载《长安学术》第十二辑。

卷三十五《曹褒传》有云："歌诗曲操，以俟君子。"李贤注引刘向《别录》曰："君子因雅琴之适，故从容以致思焉，其道闭塞悲愁而作者，名其曲曰操。"又，郭茂倩《乐府诗集》卷五十七《琴曲歌辞序》引《琴论》云："古琴曲有五曲、九引、十二操。……十二操：一曰《将归操》、二曰《猗兰操》……十二曰《襄陵操》。"①此则表明，《履霜操》与《雉朝飞操》在上古时期，既为作者操琴演奏之曲名，又为作者随曲而唱之辞名，曲亡而辞存，作为辞名也即乐府诗题的《履霜操》与《雉朝飞操》，具有较明显的音乐因子，也就不言而喻。而此，也是研究音乐史与乐府诗史者均注重这类乐府诗或乐府题的原因之所在。虽然，问世于上古时期的歌诗也与音乐的关系甚为密切，但从二者发生、发展的角度言，歌诗的诞生是明显地后于"前乐府"的，因之，其诗题所反映的音乐性特点，也就自然难以与"前乐府"并论。这是问题的一个方面。

问题的另一个方面则是，歌诗虽然可配乐而唱，但所配乐全为朝廷雅乐，即使有属于地方之乐者，也曾被有关音乐机构整理与改编，而乐府诗所配之乐则不然②。据拙著《中国乐府诗批评史》第一章第二节之所考可知，现已知的"前乐府"大致可分为三类，其中"古歌"一类，所配者以民间之乐为主，属于典型的俗乐范畴，而"琴曲"一类，既有雅乐也有俗乐。正是因了"前乐府"所配之乐为朝廷雅乐与地方俗乐兼而有之，因而也就较好地保存了上古时期乐府诗（"前乐府"）与音乐的原生态关系。所以，即使在后来的岁月中也只有辞名（即"前乐府"诗题）存在，然则综而观之，可知在这些乐府诗题中，是既含有雅乐的因子、也不乏俗乐之因子的，因之，研究者欲窥上古时期音乐全貌之一斑者，也就有了一份可资凭藉的依据。歌诗虽然亦可配乐而唱，但其却并没有

---

① 郭茂倩：《琴曲歌辞序》，《乐府诗集》卷五十七，中华书局1979年版，第822页。

② 问世于上古时期的歌诗，虽然也可配乐而唱，但据拙作《论乐府诗与歌诗的关系》一文之所考，歌诗之诞生乃明显地后于乐府诗（此指"前乐府"），特此说明。该文载《长安学术》第十二辑。

这种以窥当时"音乐全貌"之功能。这就是乐府诗题与歌诗诗题的区别所在。

（二）拓展了乐府旧题的制题疆域。乐府诗题由于在曹魏之前，主要是因音乐而问世，故在曲名即辞名亦即乐府诗题的情况下，其之完全依赖音乐而为，也就自不待言。这种情况的存在表明，早期的诗人们之于乐府诗题是根本没有制题权的，或者说是很难从文学的角度对某一乐府诗进行诗题的制作的。换而言之，正格的乐府诗题，在这一时期主要是从属于音乐之题之名的，而待变格的诗题出现后，这种情况就几乎不复存在了。这是因为，正格的诗题主要是懂音乐者（如乐工、伶人等）所为，而变格的诗题则是以诗人自制为主的，其虽然与音乐有所关联，但却并非"依曲填词"的产物，而是先词后曲，即曲因依附词而存在。而更为重要的是，变格诗题的问世，不仅打破了正格一统乐府诗题天下的单一局面，而且也丰富了其制题方法，拓展了其制题疆域，从而使得一题（正格）而演变为多种样式（变格），如上述三字题中的《楚妃叹》《楚妃吟》《楚妃曲》《楚妃怨》四者，就是颇具有代表性的一组例子。据郭茂倩《乐府诗集》卷二十九《楚妃叹》题解引刘向《列女传》可知，诗题中的"楚妃"，本"楚庄王夫人也"，其所叹者，是虞丘子贤而不忠，因之乃有《楚妃叹》问世，并指出，"谢希逸《琴论》有《楚妃叹》七拍"。题解又据《乐府解题》引陆机《吴趋行》之"楚妃且勿叹"，认为《楚妃叹》"明非近题也"①。据此，可确知在与楚妃相关联的诸诗题中，《楚妃叹》问世最早，属正格，余三题则皆为变格。而事实也正是如此。据《乐府诗集》卷二十九"相和歌辞四"所载，《楚妃叹》的作者为晋石崇，而《楚妃吟》《楚妃曲》《楚妃怨》的作者，则依序为王筠（梁）、吴均（梁）、张籍（唐）。后三人正是在石崇《楚妃叹》的基础上，先后变化出《楚妃吟》《楚妃曲》《楚妃怨》的，此则表明，《楚妃吟》《楚妃曲》《楚妃

---

① 郭茂倩：《乐府诗集》卷二十九，中华书局1979年版，第435页。

怨》三题均属变格无疑。正因为《楚妃吟》等三题为变格，故其诗体形式也与属于正格的《楚妃叹》大有区别，其具体为：

（1）石崇《楚妃叹》三十六句，四言；

（2）王筠《楚妃吟》十六句，杂言；

（3）吴均《楚妃曲》四句，五言；

（4）张籍《楚妃怨》四句，七言。

这一实况表明，即使石崇《楚妃叹》、王筠《楚妃吟》、吴均《楚妃曲》、张籍《楚妃怨》均可配乐而唱，其所配之乐也应是各不相同的，因为作为变格的《楚妃吟》等三诗之句数、句式，乃与《楚妃叹》迥不相及。这就是变格与正格的区别。仅就这一方面言，可知变格的问世，不仅丰富了乐府诗题的样式，而且也丰富了当时音乐的内容，其至迟在王筠、吴均所生活的齐、梁时期，就应是如此。

（三）助推了乐府诗的发展与繁荣。从乐府诗发展史的角度审视，对前人乐府诗之拟作者，虽然始自汉、魏之际的曹操父子[①]，但乐府诗题正格行进的步子，却并非停止于这一时期，而是在继续向前进，如以上所举石崇《楚妃叹》（正格）与王筠《楚妃吟》、吴均《楚妃曲》、张籍《楚妃怨》（变格）之一组诗题，即足以对此证实之。所以，仅就郭茂倩《乐府诗集》所提供的信息言，正格诗题之于乐府诗史的结束，乃是在杨隋之际；而变格诗题的截止期，至早应在元末明初之时，本节第二部分之所论，实际上已涉及了这一问题，如所举高启《五噫歌吊梁伯鸾幕》一诗，便为其例。其实，这里所说的"结束"与"截止"，均只是一个大致的时间概念，而非确指，虽然如此，乐府诗题之由正格而变格的演变过程，却已得到了较为清晰之呈现。

而据郭茂倩《乐府诗集》还可知，在由上古而唐末的五千二百多首

---

① 具体参见萧涤非《汉魏六朝乐府文学史》第三编《魏乐府》，人民文学出版社1984年版，第123—166页。

乐府诗中①，每一类"歌辞"或者"曲辞""谣辞"中，都存在着数量不等的正格诗题与变格诗题，这是一个颇引人注目的乐府诗事实。如《渌水曲》之于《渌水辞》("琴曲歌辞三")，《仙人篇》之于《仙人览》《神仙篇》《神仙曲》《升仙篇》("杂曲歌辞四")，《白纻曲》之于《白纻歌》《白纻辞》("舞曲歌辞"四)，《采莲曲》之于《采莲妇》《采莲女》("清商曲辞七")，《西门行》之于《东门行》《东西门行》《却东西门行》《顾东西门行》("相和歌辞十二")，《结客少年场行》之于《少年子》《少年乐》《少年行》《汉宫少年行》《长乐少年行》《长安少年行》("杂曲歌辞六")，等等。每一种正格诗题，几乎均演变出了一种乃至数种变格诗题，而这些变格诗题的大量问世，对于繁荣乐府诗的创作，推动乐府诗的发展，甚至是更新人们的乐府诗理念等，都是具有不可低估的影响与作用的。

以上所述，即为乐府诗题正格与变格所表现出的乐府学意义之三个方面。作为一种文学现象，乐府诗题之由正格而变格，既充分反映了乐府诗在其史的王国里的演进轨迹，又构成了一股推动乐府诗繁荣与发展的内驱力，而或此或彼，都是值得肯定与称道的。

---

① 《乐府诗集》所收录之上古时期的乐府诗，也就是汉武帝"乃立乐府"之前的乐府诗(即"前乐府")，如卷五十七"琴曲歌辞一"中之《神人畅》《思亲操》《南风歌》《襄陵操》等，卷八十三"杂歌谣辞一"中之《击壤歌》《卿云歌》《涂山歌》《夏人歌》等，即皆为其例，读者自可参看，此不具述。

第四章　乐府专书论

乐府诗史上的"乐府专书",所指有三:一是专门记载或介绍乐事、乐人、乐制、乐曲、乐器等之类的著作,如智匠《古今乐录》等;一为具有乐府诗总集或选集特点的著作,如郭茂倩《乐府诗集》等;一即对乐府诗进行专题研究的著作,如吴兢《乐府古题要解》等。其中数量最多、最为时人与后人所称道者,则为第二类,即具有总集或选集特点的一类著作。之所以如此,是因为这类著作既有具体作品(乐府诗本文),又有选编者的题解与笺释,极便于人们对乐府诗的认识与把握。在由汉而清的两千多年(前206—1911年)中,现所存见的这类著作,大约有四十多种,且大部分已为拙著《中国乐府诗批评史》所论及。本章选取了扬雄《琴清英》、李昉等编《文苑英华》、宋泽元《四家咏史乐府》三种专书,对其进行具体之考察与述论,其所分别代表的,则为"前乐府"、汉唐乐府、唐后乐府三个时期"乐府专书"的发展概貌。所以,这些专书的乐府学价值之大,影响之深远,也就不言而喻。

第一节　扬雄《琴清英》的乐府学价值

扬雄,今四川成都人,以辞赋闻名于西汉文坛,一生兴趣广泛,著述丰硕。现所知所见扬雄的著作,除《扬子云集》外,另有《太玄》《法言》《方言》《训纂》等。自明至清,《扬子云集》传世者,以其卷次言,主要有三种，即三卷本(明汪士贤辑)、五卷本(《隋书·经籍志》)、六卷本(《四库全书》)。2000年6月，巴蜀书社所出版的郑文笺注之《扬雄文集》(以下简称"郑注本")，亦为六卷本，其具体为：卷一、卷二、卷三赋；卷四书等；卷五颂等；卷六箴。郑注本另有附录十三篇，其中有《琴清英》，但却颇可注意。郑注本将《琴清英》编入附录十三篇之末，也即编排为全书的最后一篇，其显然是将《琴清英》当作一篇文章以待的，实则为误。这是因为，《琴清英》是一本著作，一本以"琴类乐府"为批评对象的专书，对此，《全上古三代秦汉三国六朝文》之《全汉文》卷五十四《扬雄小传》有"《琴清英》一卷"者，即足以为之证。作为一种专书，《琴清英》之佚亡，最迟当在南宋中期前后①，故后人多不知其原委与始末。本节拟从《琴清英》的性质特点、辑佚概况、文本辨识等方面略作考察，并以"题解类批评"为切入点，对其乐府学价值予以观照与梳理。

一、《琴清英》三种刊本与辑佚

《琴清英》成书于何时，因资料所限，现已不可考。作为一种著作之名，《琴清英》重在一个"琴"字。据许慎《说文解字》，"琴"古通"禁"，属弦类乐器。这种乐器，传说为上古的神农氏所发明，也有认为是伏羲氏所作，今本《琴清英》(此指《琴清英》佚文，详下)第一条之所注，即为神农说，故其开首乃有"昔者神农造琴"云云。而"清英"二字之所指，则为清华、精华、精英之意。所以，"琴清英"实际上是一部关于"琴之精华"的著作，即举凡琴事、琴辞、琴乐、琴演奏技巧等，乃皆包含于其中。琴作为一种乐器，在先秦时期广为流传，故当时士人

---

① 从现有材料言，《琴清英》之于唐宋两朝，先后引录者，有《文选》李善注、杜佑《通典》卷一四四《乐四》，李昉等编《太平御览》《太平广记》等，则其之佚亡，似在北宋中期前后。虽然，南宋罗苹注《路史后纪》卷三亦引，但颇疑其为转引。要之，《琴清英》之佚亡，最迟当在南宋初、中期之际。

大都能演奏，所谓"抚琴而歌"者，即为其例。请看《琴苑要录》引《伯姬引》之所载：

> 伯姬，鲁女也，为宋共公夫人，公薨，伯姬执节守贞。鲁襄公三十年，宋宫灭，伯姬在焉……其母自伤行迟，悼伯姬之遇灾，援琴而歌曰："嘉名洁兮行弥章，托节鼓兮令躬丧。欨欽何辜遇斯殃，嗟嗟奈何雁斯殃。"①

其中的"援琴而歌"，不仅为"琴"与"歌"的有机结合，而且也是商、周时期"琴类乐府"的一种主要创作方式。又如应劭《风俗通义·佚文》有云："百里奚为秦相，堂上作乐，所赁浣妇，自言知音，呼之，搏髀援琴，抚弦而歌者三。"所谓"抚弦而歌"，即"援琴而歌"之谓，其所反映的是，"浣妇"在当时也能"抚弦而歌"。类似之载者，拙著《商周逸诗辑考》所辑所考甚多，可参看，此不具述。

《琴清英》佚亡于南宋后，历元、明而至清，有三位辑佚家对其进行了辑录，其依序为王谟、严可均、马国翰。王谟所辑之《琴清英》佚文，编在其《汉魏遗书钞》，现藏国家图书馆之嘉庆三年刻本第二集中之第二十二种，即为《琴清英》(以下简称"王辑本")。严可均所辑之《琴清英》佚文，编在其《全上古三代秦汉三国六朝文·全汉文》卷五十四之末，有中华书局1958年影印本(以下简称"严辑本")。马国翰所辑之《琴清英》佚文，编在其《玉函山房辑佚书》之《经编·乐类》第三种，有广陵书社2005年、2008年影印本(以下简称"马辑本")。三人所辑之《琴清英》佚文，所依文献虽不尽相同(详下)，但却均为五条，且文字基本相同。郑注本共收《琴清英》四条(认为另一条是伪作，未收)，并进行了相关语词方面的注释，但遗憾的是，其未能就王辑本、

---

① 冯惟讷：《古诗纪》前集卷四引《琴苑要录》，转引自拙著《商周逸诗辑考》下编《东周逸诗》，黄山书社2012年版，第243页。

严辑本、马辑本之佚文辑录，略作交待与介绍，此不能不谓其笺注之失也。

值得注意的是，马辑本将《琴清英》编入"乐类"，并归入《乐书十三种》之列，表明《琴清英》乃为一部乐书，马国翰的这种认识，勘之书名"琴清英"三字，可知其不仅正确，而且较之王谟等人的纯辑佚而言，的确是要高明许多的。王谟据以辑录之书籍，依序为李昉等《太平御览》、郦道元《水经注》、欧阳询等《艺文类聚》、《文选》李善注（每种辑本所依文献重复者不计，下同）；马国翰据以辑录者，依序为李昉等《太平御览》、吴淑《事类赋》、《路史后纪》罗苹注、郦道元《水经注》、欧阳询等《艺文类聚》、李昉等《太平广记》、《文选》李善注；严可均据以辑录者，则依序为杜佑《通典》、李昉等《太平御览》、郦道元《水经注》、欧阳询等《艺文类聚》、郭茂倩《乐府诗集》、《文选》李善注、马骕《绎史》。三者去其重，可知王谟等人所辑录之《琴清英》佚文，主要源于郦道元《水经注》《文选》李善注、杜佑《通典》、吴淑《事类赋》、欧阳询等《艺文类聚》、李昉等《太平御览》、李昉等《太平广记》、郭茂倩《乐府诗集》、《路史后纪》罗苹注，马骕《绎史》，凡整十种。这一实况所反映的是，扬雄《琴清英》在唐宋时期①，曾多为学者所引录，则其在当时的影响之大，藉此即可窥之一斑。

二、《琴清英》文本与文本辨识

如上所述，现所知所见之《琴清英》，虽有三种版本，但皆为清人辑佚本，凡五条，且题作"一卷"。为便于认识与讨论，兹据严辑本，将五条佚文抄录如次，并用王辑本、马辑本略作校勘与笺注。具体为：

---

① 在上述十种载籍中，《绎史》的作者马骕（1621—1673），虽为明末清初人，但《绎史》（一百六十卷）实属博引它书而成者，故其虽引扬雄《琴清英》，并不能表明《琴清英》于明末清初之际，尚流传于世。

（一）昔者神农造琴，以定神，齐淫僻，去邪欲，欲反其真者也。舜弹五弦之琴而天下治，尧加二弦，以合君臣之恩也。

校笺："齐淫僻"，王辑本、马辑本皆作"禁淫僻"。"欲反其真者"，王辑本、马辑本俱无"欲"，"真者"作"天真者"。"天下治"，王本作"天下化"。

（二）尹吉甫子伯奇至孝，后母谮之，自投江中。衣苔带藻，忽梦见水仙赐以美药，思惟养亲，扬声悲歌。船人闻而学之。吉甫闻船人之声，疑似伯奇，援琴作子安之操。

校笺："自投江中"，马辑本无"中"。"衣苔带藻"，王辑本、马辑本俱作"衣荷带藻"。"思惟养亲"，王辑本作"唯念养亲"，马辑本作"思唯念亲"。"船人闻"，王辑本作"船人闻之"。又，此条佚文原无题目，后人如钟惺、谭元春者，则作《子安操》，也有作《祝牧歌》的（说详下）。

（三）《雉朝飞操》者，卫女傅母之所作也。卫侯女嫁于齐太子，中道闻太子死，问傅母曰："何如？"傅母曰："且往当丧。"丧毕，不肯归，终之以死。傅母悔之，取女所自操琴，于冢上鼓之。忽有二雉俱出墓中，傅母抚雌雉曰："女果为雉邪？"言未毕，俱飞而起，忽然不见。傅母悲痛，援琴作操，故曰《雉朝飞》。

校笺："卫侯女"，马辑本作"卫女"。"终之以死"，王辑本作"终之以死焉"。"抚雌雉"，王辑本作"抚雉"。

（四）晋王谓孙息曰：子鼓琴能令寡人悲乎？息曰：今处高台

邃宇，连屋重户，藿肉浆酒，倡乐在前，难可使悲者。乃谓少失父母，长无兄嫂，当道独坐，暮无所止，于此者，乃可悲耳。乃援琴而鼓之。晋王酸心哀涕曰：何子来迟也。

校笺："何子来迟也"，马辑本作"子来何迟也"。"当道独坐，暮无所止"，马辑本作"当道独居，暮无所止"，并引《文选》卷二十七《苦寒行》李善注，认为"当道二句，止作宿"。复次中华书局影印本《文选》卷二十七《苦寒行》，其中有云："迷失故路，薄暮无宿栖。"李善注云："扬雄《琴清英》曰：当道独居，暮无所宿。"

（五）祝牧与妻偕隐，作琴歌云：天下有道，我黼子佩。天下无道，我负子戴①。

校笺：此条佚文原无题目，后人或作《偕隐歌》，或作《祝牧歌》（说详下）。

在这五条《琴清英》佚文中，郑注本认为第四条乃为伪作，理由是"考子云之前，无有称晋王者，其非子云之作无疑"②。但上引《文选》卷二十七《苦寒行》之李善注，已是极清楚地写明为"扬雄《琴清英》"的，则李善所见者本应如此。又，王辑本、严辑本、马辑本之于此条，主要是辑录于《太平御览》卷五七五，而《太平御览》乃官修之类书，是专门供"御览"的，则其是绝不可将一篇伪作收入其内的。综勘之，此条当非为伪作，而开首的"晋王"，或本为"晋侯"，而为抄工抄写时所误，若此说不误，则"伪作"之说即可冰释。要之，存疑待考可也。

余下四条，第二条所载"尹吉甫子伯奇至孝"云云，与蔡邕《琴操》

---

① 以上所引《琴清英》佚文五条，均载《全上古三代秦汉三国六朝文·全汉文》卷五十四，中华书局影印，第421—422页。
② 郑文：《扬雄集笺注》附录，巴蜀书社2000版，第342页。

卷上《履霜操》之"尹吉甫之子伯奇"，在文字与内容方面有着很大的不同。为便于讨论，兹将蔡邕《琴操》卷上所载之《履霜操》，抄录其全文如下：

  《履霜操》者，尹吉甫之子伯奇所作也。吉甫周上卿也，有子伯奇。伯奇母死，吉甫更娶后妻，生子曰伯邦，乃谮伯奇于吉甫，曰："伯奇见妾有美色，然有欲心。"吉甫曰："伯奇为人慈仁，岂有此也？"妻曰："试置妾空房中，君登楼而察之。"后妻知伯奇仁孝，乃取毒蜂缀衣，领伯奇前持之。于是吉甫大怒，放伯奇于野。伯奇编水荷而衣之，采楟花而食之。清朝履霜，自伤无罪见逐，乃援琴而鼓之。曰："履朝霜兮采晨寒，考不明其心兮听谗言。孤恩别离兮摧肺肝，何辜皇天兮遭斯愆。痛殁不同兮恩有偏，谁说顾兮知我冤。"宣王出游，吉甫从之，伯奇乃作歌，以言感之于宣王。宣王闻之，曰："此孝子之辞也。"吉甫乃求伯奇于野，而感悟，遂射杀后妻。①

文中对于"伯奇至孝"的描述，不仅较为具体细致，而且还交待了《履霜操》为伯奇所作，以及对《履霜操》全文的引录，等等，内容甚为丰富。正因此，其文字量乃几倍于《琴清英》之"尹吉甫子伯奇至孝"。虽然如此，但还应注意的是，《琴清英》佚文写尹吉甫"闻船人之声，疑似伯奇"后，乃作"子安之操"，也即尹吉甫当时即作了一篇《子安操》，而《琴操》之"《履霜操》者"一条，则对此无只字之载。两相比较，《琴清英》此条佚文若非伪作，就表明蔡邕《琴操》之所载，乃为"尹吉甫子伯奇至孝"的另一种版本，即其是故事情节较《琴清英》更为完整的一种版本。大约正是因此，郭茂倩《乐府诗集》卷五十七，即将"《履霜操》者"

---

① 蔡邕：《琴操》卷上，《续修四库全书》本，上海古籍出版社2002年影印，第1092册，第149页。

一条进行了全文引录。就现所存见之有关"尹吉甫之子伯奇"的材料言,还不能证实《琴清英》的这条佚文为伪作,则《琴操》之所载者,就当为蔡邕在《琴清英》佚文基础上所进行的一次再加工。总之,《琴操》与《琴清英》虽然都载有"伯奇至孝"这一故事,但二者在文字量、故事情节、人物描写等方面,却是具有很大的区别的。这一实况表明,《琴清英》与《琴操》对于"伯奇至孝"故事的记载,乃是各有所凭藉的。

再看第三条。第三条为"《雉朝飞操》者",其与第二条所不同者,是此条的文字、内容,较之蔡邕《琴操》之"《雉朝飞操》者",要具体详细许多。为便于认识,兹将二者抄引如次,以供参考。

《雉朝飞操》者,卫女傅母之所作也。卫侯女嫁于齐太子,中道闻太子死,问傅母曰:"何如?"傅母曰:"且往当丧。"丧毕,不肯归,终之以死。傅母悔之,取女自操琴于冢上鼓之。忽有二雉俱出墓中。傅母抚雌雉曰:"女果为雉邪?"言未毕,俱飞而起,忽然不见。傅母悲痛,援琴作操,故曰《雉朝飞》。

——扬雄《琴清英》

《雉朝飞操》者,齐独沐子所作也。独沐子年七十无妻,出薪于野,见飞雉雄雌相随,感之。抚琴而歌曰:"雉朝飞,鸣相和,雌雄群游于山阿。我独何命兮未有家,时将暮兮可奈何?嗟嗟暮兮可奈何?"

——蔡邕《琴操》

二者的区别甚为明显,这具体表现在四个方面:(1)二者的作者不同,《琴清英》为"卫女傅母之所作",《琴操》为"齐独沐子所作"。(2)二者所述写故事的主人公不同,《琴清英》人物多至四人,且以卫女为主,《琴操》则只有独沐子一人。(3)二者的故事内容不同,《琴清英》所言为"卫侯女嫁于齐太子",而《琴操》则为独沐子因"七十无妻"而"感之"。(4)《琴清英》的故事属于"单一式",《琴操》则是故事与曲辞俱有,属于"并录式"。此四者的存在表明,《琴操·雉朝飞操》与《琴清英·雉朝飞操》的材料来源,乃是各不相同的,因而才导致了如此明显之区别。而此,只是问题的一个方面。问题的另一个方面是,蔡邕编撰《琴操》时,有可能发现了扬雄《琴清英》之《雉朝飞操》的内容有误,因而才采用了"齐独沐子所作"说及其故事本文,而《琴操》所载《思归引》的故事与《琴清英》之《雉朝飞操》相同者,又可为之佐证。如此,则后出的《琴操》较《琴清英》而言,乃是明显地要更胜一筹的。

最后看第五条。第五条即"祝牧与妻偕隐"一条,《琴清英》虽然全文引录了此条的文字,但于此"琴歌曰"并无题目。钟惺、谭元春《古诗归》卷二、沈德潜《古诗源》卷一,在引录此"琴歌"时,乃皆作《偕隐歌》。而据王应麟《困学纪闻》卷十所考,又知此"琴歌"最初出自《庄子》(逸文),凡六句,且字句略异,陈仁锡《潜确类书》卷七十九、杜文澜《古谣谚》卷七十一,皆据而引录之,诗题则径作《祝牧歌》。此则表明,《琴清英》佚文的这条"琴歌曰",乃是扬雄据流传于当时的《庄子》一书而为。

三、《琴清英》的乐府史料价值

如果将"晋王(侯?)谓孙息"一条包含于内,《琴清英》五条佚文之所述写,虽然是以"琴"为重点,实则是扬雄对此前"琴类乐府"的一种批评。扬雄之前的这种"琴类乐府",其实就是拙著《商周逸诗辑考》所言之"前乐府"①,也即汉武帝"乃立乐府"之前的乐府诗。扬雄之前有"琴类乐府",郭茂倩《乐府诗集》对此已作出了极明确之回答,因为其之于四卷(卷五十七至卷六十)《琴曲歌辞》中,就收有近三十首扬雄之

---

① 关于对"前乐府"的提出与界定,可具体参见拙著《商周逸诗辑考》之《自序》(第1—4页)、《凡例》(第1—2页),以及拙著《中国乐府诗批评史》第一章(第1—39页),前者由黄山书社2012年出版,后者由武汉大学出版社2017年出版。

前的乐府诗。这些"前乐府"依序为：殷箕子《箕子操》、周文王《拘幽操》、周文王《文王操》、周武王《克商操》、宋微子《伤殷操》、周公旦《越裳操》、周成王《神龙操》、伯夷《采薇操》、尹伯奇《履霜操》、介子推《士失志操》（四首）、齐犊子《雉朝飞操》（以上卷五十七）；孔子《猗兰操》、孔子《将归操》、鲁处女《处女吟》、商陵牧子《别鹤操》、燕荆轲《渡易水》（二首）、楚项籍《力拔山操》、刘邦《大风起》、四皓《采芝操》（以上卷五十八）；百里奚妻《琴歌》（五首，以上卷六十）。其中，除卷五十九外，余三卷共收录了二十题二十九首"前乐府"。这些"前乐府"的存在，雄辩地证实了在扬雄之前的商、周时期，不仅诞生了乐府诗，而且这些乐府诗还在社会上流传。

正因为扬雄之前已有了乐府诗，故而扬雄才着眼于批评的角度，在《琴清英》中对一些"琴类乐府"进行了批评。《琴清英》中的这些乐府诗批评，从批评的类型而言，其主要是属于"题解类批评"①，即主要是对其"本事"所进行的批评。在上引《琴清英》的五条佚文中，除第一条为对"琴事"的述写外，其余四条全属"题解类批评"。一般而言，乐府诗"题解类批评"的着眼点，主要为"四本"，即对乐府诗"本题""本事""本义""本文"的稽考与勾勒，而"本事"则又为其重点所在。如佚文第二条所写，虽为"尹吉甫子伯奇至孝"，其实所介绍的是《子安操》的"本事"（蔡邕《琴操》之"尹吉甫之子伯奇"云云，则为《履霜操》的"本事"）。第三条佚文的内容，尽管与蔡邕《琴操》之"齐独沐子所作"有别，但其之所笺所释，实则为"《雉朝飞操》"的"本事"。第四条佚文亦属如此，即是对"援琴而鼓"之所"鼓"这一乐府诗"本事"的交待。虽然，此条佚文自始至终并未出现该乐府诗的题目，但从"援琴而鼓"四字略可窥知，是扬雄在此省略了所"鼓"之辞（"本文"）而已。第五条之述写，与第二、第三、第四条均有所不同，即其既对《偕隐歌》（此为

----

① 关于"题解类批评"的定义与批评范围等，可具体参见拙著《中国乐府诗批评史》第一章第三节，武汉大学出版社2017年版，第36—39页。

《古诗归》所拟之题，详上）之"本事"作了简要交待，又对《偕隐歌》的"本文"进行了引录，因之，这一"题解类批评"，乃属于融"本事"与"本文"于一体者，也就不言而喻。这一实况所表明的是，扬雄之于《琴清英》中对"前乐府"的"题解类批评"，其形式乃是相当丰富的。

在乐府诗批评史上，商周时期的一些乐官（或者与"乐"关系密切者），虽然曾对本时期的乐府诗进行了程度不同之批评，但其批评方式或者说批评类型，主要为"整理类批评"与"选择类批评"①。以前者言，如《国语·鲁语下》之所载，即为其例。其云："昔正考父校商之名颂十二篇于周太师，以《那》为首。"②正考父为宋国大夫，是孔子的七世祖，其既曾"校商之名颂十二篇于周太师"，自然也就是一位"前乐府"的批评者了，但从类型的角度审视，其之"校商之名颂十二篇"者，则为典型的"整理类批评"。"选择类批评"之于先秦，著名的"孔子删诗"说，便是这方面的一条显例。与这两种批评类型不同，扬雄的《琴清英》别具一格，其乐府史料价值之不容忽视，也就甚为清楚。要而言之，《琴清英》的乐府史料价值，主要表现在以下几个方面：

其一是对"前乐府"的高度重视。据《汉书》卷八十七下《扬雄传下》所载，扬雄生于汉宣帝甘露三年（前53年），其时距汉武帝"乃立乐府"已有约百年左右，即"乃立乐府"后的各种各类乐府诗，斯时其数量、品类既多，在社会上流传亦甚久（具体参见沈约《宋书·乐志》），但扬雄于《琴清英》中对先秦"琴类乐府"进行批评的举措，充分反映了其对于"前乐府"的高度重视。扬雄的乐府认识观，即因此而得以凸显。从乐府诗批评的角度审视，扬雄此举，不仅使《琴清英》成为了乐府诗批评史上的第一书，而且也使得其本人成为了汉代重视"前乐府"的第一人，其乐府史料学的意义之大，自是不可低估的。

其二是开乐府诗"题解类批评"之先河。如上所述，汉以前的乐府

---

① 关于商周时期的乐府诗批评，具体参见拙著《中国乐府诗批评史》第一章各节，该书由武汉大学出版社2017年出版。

② 左丘明：《国语·鲁语下》，上海古籍出版社1978年版，第216页。

诗批评,即夏、商、周时期的乐府诗批评,虽然具有一定的成就与特点,但其批评的类型,主要表现在"整理类批评"与"选择类批评"两个方面。而《琴清英》之于《雉朝飞操》等"前乐府"的批评,则全以"题解类批评"(佚文第一条除外)而为,且既有"单一式"的"本事"批评,又有融"本事"与"本文"于一体的"二元式"批评,这是颇值得注意的。"题解类批评",因重在对乐府诗的"本题""本事""本义""本辞"予以笺解或勾勒,而成为正确理解与把握乐府诗"原旨"最关键的一种手段,所以,大凡研究乐府诗者,都在"题解"上下功夫,且以"四本"为其主要的笺解对象。在乐府诗批评史上,从"题解"的角度进行乐府诗批评,扬雄为第一人。这是一种新型的批评样式,其之问世,既丰富了乐府诗批评的类型,又拓展了其批评的组织结构体系,因而对乐府诗的批评从初始阶段走向成熟,乃是具有极大的助推作用的。

其三是对后世乐府诗批评的影响。乐府诗批评自扬雄《琴清英》始,即发展迅速,蔚为壮观,仅以汉代言,即有司马迁、班固、蔡邕等人,且各具成就与特点。司马迁《史记》所涉及的乐府诗批评,主要表现在三个方面:一为着眼于"整理类批评",引录与保存了不少乐府诗;二为对"前乐府"的重视,这从《吴太伯世家第一》《乐书第二》《孔子世家第十七》等所涉皆为"前乐府"者,即可准确获知;三即从功能的角度论述了"前乐府"的价值所在,对此,《乐书第二》显得尤为突出。班固《汉书》之于乐府诗的批评,主要为《礼乐志第二》《艺文志第十》与《百官公卿表第七上》,这二"志"一"表",除首次对乐府诗进行定义外,还重点记载了先秦乐府机构的设置,全文引录了《安世房中歌》十七章、《郊祀歌》十九章等"前乐府",开创了乐府诗"整理类批评"的新格局。凡此,均与《琴清英》甚为关联①。蔡邕《琴操》与《琴清英》的关系就更为密切,对此,拙著《中国乐府诗批评史》第二章第二节在论及蔡邕的"前乐府"

---

① 具体参见拙著《中国乐府诗批评史》第二章第一节,武汉大学出版社 2017年版,第 40—50 页。

认识观时，已曾涉及，此兹罢论。至于《琴清英》对汉以后乐府诗批评的影响，仅郭茂倩《乐府诗集》卷五十七全文引录《雉朝飞操》题解的实况，即可窥其一斑。

总体而言，《琴清英》作为乐府诗批评史上第一部批评类专书，自清代中期以来，虽然仅存佚文五条，但其中所蕴含的扬雄对"前乐府"的认识观，以及首创"题解类批评"与所获成就等，都是值得肯定与称道的。《琴清英》的这种乐府诗批评，历史地承担了由先秦向汉魏过渡的文学使命，因而更具有乐府学的价值及意义。

第二节 《文苑英华》中的乐府与歌行

"歌行"与"乐府"的关系，是文学史上一个相当复杂的问题。说其复杂，是因为"歌行"属于诗体学的范畴，而"乐府"则是指一种"入乐之歌诗"，即其属于诗歌品类的范畴，二者本无可比性，但由于"入乐之歌诗"的特殊性，"乐府"即一种本非为诗体的"诗体"。所以，将乐府诗称为一种诗体，即构成了文学史上一种极为特殊的诗体学现象。从渊源的角度讲，乐府诗始于先秦时期的夏、商之际(具体参见本书第一章之第一节、第二节)，而"歌行"则首见于沈约《宋书·乐志四》[①]，此后，在由唐而清的一千三百年(此举其成数而言)间，二者却因人们的认识不同，既"分而合"，又"合而分"。仅就"分"而言，为宋初李昉、宋白等人所选编之《文苑英华》，即为最具典型性的一例。《文苑英华》凡整千卷，其于卷一五一至卷三三〇共收"诗"一百八十卷，于卷三三一至三五〇中，又收有"歌行"二十卷，这种分类编排的事实表明，在李昉、

---

① 沈约《宋书》卷二十二《乐志四》所载"舞曲歌辞"，其中有《鼙舞歌行》《铎舞歌行》《公莫舞巾歌行》等，据人民文学出版社2006年版薛天纬《唐代歌行论》第四章第六节所考，此处之《鼙舞歌行》等，即为"歌行"名称在先唐典籍中的首次出现。

宋白等人看来，"歌行"似乎是一种与"诗"并列平行的文体，即二者之间的关系，有如诗与赋、诗与文一般。而尤值得注意的是，在《文苑英华》的一百八十卷"诗"中，又收有二十卷（卷一九二至卷二一一）"乐府"，这一实况表明，在李昉、宋白等人的认识观中，"歌行"与"乐府"也是并列平行的，即二者是两种相对独立的文体。李昉、宋白等人的这种认识，对于后世论"乐府"或"歌行"者影响甚大，如胡应麟《诗薮》、冯班《钝吟杂录》等，即皆与其关系密切，但其是否正确，却历来少有涉笔者。本节即对此作一重点考察与论析。

一、《文苑英华》所收歌行与乐府

中华书局 1966 年影印本《文苑英华》，由于是宋刊本与明刊本的一种"混合物"（见附于该书卷首的《出版说明》），所以于正文卷首乃附了一篇明人胡维新的《刻文苑英华序》，以序其原委。其中有云："《苑》之集始于梁，而部系类，分悉宗《选》，例非嗣文，以承统乎？"此则表明，《文苑英华》的分类编排，主要是因"宗《选》"所致，也即是受萧统《文选》影响的结果。关于《文选》的选录之况，萧统《文选序》曾有所言及，即首先将文与经、子、史区别开来，继之以"体"为分类标准，将所选收之文，分为赋、诗、杂拟、骚、七、表、诏、册、令、教、文、表、上书、启、弹事、笺、奏记、书、檄、对问、设论、辞、序、颂、赞、符命、史论、史述赞、论、箴、铭、诔、哀、碑文、墓志、行状、吊文、祭文 38 大类（或称为"38 门"）。在每一大类中，又细分为若干小类（或称为"门目""子目"）。如诗这一大类，即被细分为"补亡""述德""劝励""献诗""公宴""祖饯""咏史""游仙""郊庙""乐府""挽歌""杂歌""杂拟"等 22 小类。虽然如此，其中却没有"歌行"。由此可见，《文苑英华》虽然是"而部系类，分悉宗《选》"，即沿袭了《文选》的编纂体例与分类原则，但其实并不是"悉宗《选》"的，而是增加了"歌行"一类。事实上，《文选》的 38 类之分并非科学，对此，黄侃《文选平点》、骆鸿凯《文选学》等已多所指出，《文苑英华》沿袭《文选》者，亦应如是。

正因为《文苑英华》是"分悉宗《选》"的，所以其将所选收的近两万篇作品，亦分为38类，具体为：赋、诗、歌行、杂文、中书制诰、翰林制诰、策问、策、判、表、笺、状、檄、露布、弹文、移文、启、书、疏、序、论、议、连珠、喻对、颂、赞、铭、箴、谥哀册文、诔、碑、志、墓表、行状、祭文。《文苑英华》中的这38类，若从今天文体学的角度言，则其实际上只为赋、诗、文三大类，即"赋"为一类，"诗"与"歌行"为一类，"杂文"以下全为一类。《文苑英华》将"歌行"从"诗"中抽出而另为一类者，其中原因，是颇具考察之必要的。或谓"歌行"在唐代甚为成熟发达，故《文苑英华》乃将其分为一类（即"立为一门"）云云，实则不的，原因是近体诗在唐代较歌行更为成熟发达，但其却不曾被另分为一类，这一实况表明，所谓的"成熟发达"说是根本站不住脚的。虽然如此，但"歌行"为《文苑英华》38类之一者，则已是一种既成的事实。

《文苑英华》中的二十卷"歌行"，共有诗三百六十四首，其中重合者十人十七首，具体为：鲍泉《秋日篇》（卷三三一，又见卷一五八），梁元帝《秋辞》（卷三三一，又见卷三五八，题作《秋风摇落》），崔颢《古游侠歌》（卷三三三，又见卷三〇〇）、《赠王威古》（卷三四〇，又见卷二五〇），李白《惜金樽酒》（卷三三六，又见卷一九五，题作《将进酒》）、《梁园吟》（卷三四三，又见卷三三六，题作《梁园醉歌》）、《襄阳歌》（三四三，又见卷二〇一），李贺《箜篌引》（卷三三五，又见卷二一〇），王季友《代贺令誉赠沈千运》（卷三四〇，又见卷二五二）、《滑州赠崔士灌》（卷三四〇，又见卷二三〇）、《赠李十六岐》（卷三四〇，又见卷二四四），江总《赠袁洗马篇》（卷三四〇，又见卷二六六），杜甫《高都护骢马行》（卷三四四，又见卷二〇九）、《骏马歌》（卷三四四，又见卷二〇九）、《徒步归行》（卷三五〇，又见卷三四〇，题作《徒步归行赠李特进借马》）、《逼仄行》（卷三五〇，又见卷二一一），韦应物

《长安道》(卷三四三,又见卷一九二)。实际为三百四十七首。而在重合的十七首中,除杜甫《徒步归行》、李白《梁园吟》二首属于"歌行"重合外,余十五首全部为"诗",而在这十五首"诗"中,属于"乐府"的有七首,即:李白《将进酒》《襄阳歌》,李贺《箜篌引》,杜甫《高都护骢马行》《骏马歌》《逼仄行》,韦应物《长安道》。

《文苑英华》卷一九二至卷二一一共著录"乐府"二十卷,凡一千零八十首。这二十卷"乐府",是自有乐府诗总集以来,所选收乐府诗之最多者。具体为:卷一九二为五十四首,卷一九三为六十九首,卷一九四为五十四首,卷一九五为四十七首,卷一九六为四十四首,卷一九七为六十六首,卷一九八为五十八首,卷一九九为四十五首,卷二〇〇为三十六首,卷二〇一为六十三首,卷二〇二为五十七首,卷二〇三为四十二首,卷二〇四为八十九首,卷二〇五为四十五首,卷二〇六为五十六首,卷二〇七为四十首,卷二〇八为七十二首,卷二〇九为五十二首,卷二一〇为四十七首,卷二一一为四十四首。其中,汉晋六朝隋之乐府诗为四百九十八首①,有唐一代之乐府诗为五百八十二首。这一具体数量表明,李昉等人在选编二十卷"乐府"时,是相当注重唐人的乐府诗的。而在这一千零八十首"乐府"中,属于重合者为七人七首,实际为一千零七十三首。具体为:崔国辅《少年行》(卷一九四,又见卷二〇五,题作《古意》),李白《对酒三首》其三(卷一九五,又见卷二一七,题作《友人会宿》),吴均《战城南四首》其四(卷一九六,又见卷二〇五,为《古题三首》其一),刘孝威《拟古》(卷二〇五,又见卷二〇三,作梁简文帝《绍古歌三首》其三),辛德源《拟古》(卷二〇五,又见卷二〇六,题作《东飞百劳歌》),乔知之《拟古赠陈子昂》(卷二〇五,又见卷二四九)。其中,除李白《对酒三首》其三、乔知之《拟古赠陈子昂》二首为"诗"外,余五首皆为"乐府"所重合。

---

① 据《文苑英华·出版说明》可知,全书所收作家作品"上起萧梁,下迄晚唐五代",但其实际的情况并非如此,如在二十卷"乐府"中,就收有建安诗人徐幹《自君之出矣》、西晋诗人程晓《伏日作》等,故本文于此处特作"汉晋六朝隋"。

综上所述，可知《文苑英华》的二十卷"歌行"，实际著录诗三百四十七首；"乐府"二十卷，实际著录诗一千零七十三首，后者为前者的三倍还多。这就是《文苑英华》所收"歌行"与"乐府"具体数量的实况。

二、《文苑英华》歌行与乐府比较

值得注意的是，李昉、宋白等人在编选二十卷的"歌行"与二十卷的"乐府"时，并没有对二者进行任何文字上的定义，因之，其选录"歌行"或"乐府"的标准为何，也就不得而知。虽然如此，《文苑英华》卷一九二"乐府一"之下的一段文字，却颇有助于我们对此之认识。其云："乐府共六十卷，以《艺文聚》《初学记》《文粹》诸人文集并耶。郭茂倩、刘次庄《乐府》参校，注下同者为一作。"①这段不足四十字的文字，却存在着这样的几个问题：一是"乐府共六十卷"。这里的"六十卷"显然为"二十卷"之误，否则"六十卷"的乐府诗，与中华书局本《文苑英华》所收"乐府"为二十卷的实况，就极不相符；二是"《艺文聚》《文粹》"。此二书之名为省称，具体应为《艺文类聚》《唐文粹》；三是据"郭茂倩、刘次庄《乐府》参校"云云。据此可知，此段文字的作者应为南宋周必大等人，盖因郭茂倩《乐府诗集》乃后于《文苑英华》。尽管问题不少，但其中的"以《艺文聚》《初学记》《文粹》诸人文集并耶"一句，却是颇值得注意的，即其表明，《文苑英华》之于"乐府"的选编，主要是将《艺文类聚》《初学记》《唐文粹》"诸人文集"之乐府诗合并的结果。即是说，《艺文类聚》《初学记》《唐文粹》"诸人文集"对于乐府诗的认识，即构成了李昉、宋白等人的乐府观。

上海古籍出版社版《艺文类聚》，共收乐府诗二卷，即卷四十一"乐部一"之"乐府古诗"、卷四十二"乐部二"之"乐府"。卷四十一"乐府古

---

① 李昉：《文苑英华》卷一九二《乐府一》，中华书局1966影印，第941页。

诗"具体为:《饮马长城窟行》(古辞、曹丕、傅玄、陆机、沈约)、《董逃行》(陆机)、《长安有狭斜行》(陆机、谢惠连、沈约、庾肩吾)、《结客少年场行》(鲍照①、刘孝威)、《出自蓟门行》(鲍照、庾信、徐陵)、《苦热行》(鲍照)、《白头行吟》(鲍照)、《钓竿行》(曹丕、沈约、戴嵩、刘孝威)、《太山梁甫行》(曹植、沈约)、《豫章行》(曹植二首、傅玄、陆机、谢灵运、沈约)、《薤露行》(曹植)、《秋胡行》(曹丕三首、傅玄、陆机、谢惠连二首)、《丹霞蔽日行》(曹丕、曹植)、《蒲生行》(曹植)、《妾薄命名行》(曹植、梁简文帝,刘孝威)、《陌上桑》(古辞)、《日出东南隅行》(陆机、谢灵运、沈约、萧子显)、《君子有所思行》(陆机、鲍照、刘绘、庾肩吾、沈约、王僧孺)、《东武吟行》(鲍照、沈约)、《顺东西门行》(陆机、谢惠连二首、沈约)、《上留田行》(曹丕、陆机)、《齐讴行》(陆机、沈约)、《陇西行》(陆机、谢惠连、梁简文帝)、《吴趋行》(陆机)、《怨歌行》(班婕妤、曹植、傅玄②、沈约)、《拟班婕妤咏扇》(江淹)、《苦寒行》(曹丕、陆机、谢灵运)、《善哉行》(曹丕、曹植、谢惠连)、《苦哉行》(曹丕)、《君子行》(曹植、陆机、梁简文帝、沈约、戴嵩)、《猛虎行》(曹丕、陆机、谢惠连)、《平陆东行》(曹植)、《苦思行》(曹植)、《塘上行》(甄后、陆机、谢惠连、沈约、刘孝威)、《相逢行》(古辞、谢灵运、张率)、《驱车上东门行》(古辞、鲍照)、《驾言出北阙行》(陆机)、《从军行》(陆机、颜延之、梁简文帝二首、萧子显、戴嵩)、《悲哉行》(陆机、谢灵运)、《门有车马客行》(张华、陆机)。凡四十题一百一十首,除去《饮马长城窟行》《陌上桑》《相逢行》《驱车上东门行》4首古辞外,计诗人24家。

卷四十二之"乐府"具体为:《短歌行》(曹操、陆机)、《长歌行》(古辞二首、曹叡、陆机)、《煌煌京洛行》(曹丕、戴嵩)、《代京洛篇》(鲍照)、《京洛篇》(梁简文帝)、《名都篇》(曹植)、《白马篇》(曹植、

---

① 鲍照,《艺文类聚》卷四十一《乐府古诗》作"鲍昭",又,卷四十二《乐府》亦如是,此据《文苑英华》卷一九二至二一一《乐府》改,下同,不另注。

② 《怨歌行》,《艺文类聚》卷四十一傅玄作《怨诗》。

袁淑、鲍照、沈约、徐悱)、《燕歌行》(曹丕、曹叡、陆机、谢惠连、梁元帝、王褒、庾信)、《月重轮行》(曹丕、曹叡、戴暠)、《飞龙篇》(曹植)、《吁嗟篇》(曹植)、《鰕䱇篇》(曹植)、《种葛篇》(曹植)、《驱车篇》(曹植)、《当欲游南山篇》(曹植)、《仙人篇》(曹植)、《升天行篇》(曹植二首、鲍照一首)、《历九秋篇》(傅玄)、《车遥篇》(傅玄)、《渡关山行篇》(梁简文帝、戴暠)、《关山篇》(王褒)、《太山吟篇》(陆机)、《吴会行》(谢灵运)、《艳歌行》(梁简文帝)、《前缓声歌行》(陆机)、《缓歌行》(谢灵运)、《棹歌行》(陆机、梁简文帝)、《放歌行》(鲍照)、《轻薄篇》(何逊)、《远期篇》(张率、庾成师)、《蜀道难》(梁简文帝、刘孝威)、《行行游猎篇》(刘孝威)、《思归篇》(刘孝威)、《公莫渡河篇》(刘孝威)、《雁门太守行》(梁简文帝二首)、《鼓吹曲》(谢朓五首、沈约十二首)、《巫山高》(王融)、《芳树》(沈约、丘迟)、《临高台行》(曹丕、谢朓、沈约、王僧孺)、《当对酒》(范云)、《独不见》(柳恽)、《关山月》(梁元帝)、《陇头水歌》(梁元帝)、《陇头流水诗》(刘孝威)、《洛阳道》(梁简文帝、梁元帝)、《长安路》(梁元帝、庾肩吾)、《代淮南王歌》(鲍照)、《阳春曲》(吴迈远)、《长别离》(吴迈远)、《长相思》(吴迈远、张华)、《乌栖曲》(梁简文帝四首、梁元帝四首、萧子显二首)、《江南曲》(柳恽、梁简文帝)、《携手曲》(吴均)、《夜夜曲》(沈约)、《渌水曲二首》(江洪)、《秋风曲》(江洪、吴迈远)、《胡笳曲二首》(江洪、吴迈远)、《秦王卷衣曲》(吴均)、《乌夜啼曲》(刘孝绰、庾信二首)、《明君辞》(石崇)、《昭君辞》(沈约)、《箜篌引》(曹植)、《思归引》(石崇)、《江南阳春曲》(沈约)、《朝云曲》(沈约)、《悲楚妃叹》(梁简文帝)、《夜听妓诗》(宋孝武帝、梁简文帝)、《春夜看妓诗》(梁元帝、庾信)、《咏妓诗》(何逊)、《侯司空第山园咏妓诗》(刘删、阴铿)、《隔壁听妓诗》(萧琳、卢思道)。凡七十一题一百三十七首,除去《长歌行》二首古辞外,计诗人三十九家。以此合勘卷四十一"乐府古诗",并去其重合者,可知《艺文类聚》的二卷"乐府",共选录了四十七位诗人的一百二十一题二百四十七首乐府诗。

徐坚《初学记》无"乐府"之专目，其仅在卷十五"歌第四"列举了"古乐府"《燕歌行》《艳歌行》《长歌行》等三十二题，而无只字歌辞；姚铉《唐文粹》也选收了二卷"乐府辞"，共一百五十二首，其中的主要诗人，为卢照邻、崔国辅、李颀、王维、李白、杜甫、李贺、元稹、白居易等①。

以上所述，即为《文苑英华》卷一九二"乐府一"之"以《艺文聚》《初学记》《文粹》诸人文集并耶"的实况，即三者合计，其"乐府"总数为三百二十九首（含重合者）。这一数量比《文苑英华》的一千零七十八首少很多，可知李昉、宋白等人在编选二十卷"乐府"时，于《艺文类聚》《初学记》《唐文粹》之外，乃是参考了大量的其他总集与别集的。

与二十卷"乐府"相比，《文苑英华》中的二十卷"歌行"之编选，则无任何文字说明，而周必大等人在校勘时，也不曾对其有任何的文字交待，因之，这二十卷"歌行"的选录标准为何，也就不得而知。虽然如此，如果将《文苑英华》的二十卷"歌行"勘之《初学记》卷十五"歌第四"之所载，可知诗题以三字题为主、且结构为"××歌"者，虽非"古乐府"，却是可目为"乐府"的。此为其一。其二，如果再将《文苑英华》的二十卷"歌行"勘之上引《艺文类聚》二卷"乐府古诗"与"乐府"，以及《唐文粹》之二卷"乐府辞"，又可知诗题以三字题为主、且结构为"××行""××篇""××吟""××辞（词）""××引""××曲""××叹"者，亦是可目为"乐府"的。这样的"乐府"题，虽然与音乐已无必然之联系，但其属于典型的乐府诗题，则乃不言而喻。因为"××"结构的"歌""行""篇""吟""引""曲""叹"等，乃皆具有"歌辞性"特点，即与之结构而成的诗题，皆符合汉乐府的命题规律，如《豫章行》（《文苑英华》之"乐府"题）之于《桃源行》（《文苑英华》之"歌行"题）等，即足可说明之。正因此，明人胡震亨在《唐音癸签》卷一《体凡》中，即对乐府诗进

---

① 王辉斌：《唐后乐府诗史》第二章第一节，黄山书社2010版，第52页。

行了如此定义：

> 往题者，汉、魏以下，陈、隋以上乐府古题，唐人所拟作也；新题者，古乐府所无，唐人新制为乐府题者也。其题或名歌，亦或名行，或兼名歌行。又有曰引者，曰曲者，曰谣者，曰辞者，曰篇者。有曰咏者，曰吟者，曰叹者，曰唱者，曰弄者。复有曰思者，曰怨者，曰悲若哀者，曰乐者，凡此多属之乐府，然非必尽谱之于乐。①

此则表明，将《文苑英华》二十卷"歌行"中的"××歌""××行""××篇"等，目为乐府诗者，是自有其道理的。

而据笔者的统计，又可知在《文苑英华》的二十卷"歌行"中，以"××歌"命题者为一百五十二首，以"××行"命题者为六十八首，以"××篇"命题者为二十三首，以"××词（辞）"命题者为十二首，以"××引"命题者为九首，以"××谣"命题者为六首，其他如以"××曲""××怨""××吟""××叹"命题者，则有十六首，总计为二百八十六首。即是说，在《文苑英华》二卷共三百四十七首"歌行"之中，属于胡震亨《唐音癸签》卷一《体凡》所言之以"××歌"之类命题且可目为"乐府"者，乃有二百八十六首，其数量刚好占总数三百四十七首的百分之八十三。这一数据表明，《文苑英华》二十卷中的"歌行"，其实只有六十一首。而应注意的是，即使在这六十一首"歌行"中，也还有一定数量的乐府诗。以白居易为例，被李昉、宋白等人目为"歌行"而实际为乐府

---

① 杜甫《丽人行》一诗，郭茂倩《乐府诗集》卷六十八归入《杂曲歌辞》类，乃误。《乐府诗集》卷六十八据《乐府广题》引刘向《别录》云："昔有丽人善雅歌，后因以曲名。"因而将崔国辅《丽人曲》作为《杂曲歌辞》而收录。但杜甫《丽人行》与崔国辅《丽人曲》在题旨、内容、风格、句式等方面乃完全不同，是典型的"即事名篇，无复依傍"之作，且元稹在《乐府古题序》中已明言其为新题乐府，故其非为《杂曲歌辞》类乐府乃可论断。

诗者，即有：《七德舞》《新丰折臂翁》(卷三三三)、《华原磬》(卷三三四)、《五弦弹》《胡旋女》(卷三三五)、《涧底松》《牡丹芳》《隋堤柳》(卷三三七)、《两朱阁》《司天台》(卷三四三)、《官牛》(卷三四四)、《秦吉了》(卷三四五)、《百炼镜》《鸦九剑》(卷三四七)、《西凉伎》(卷三四八)。共十五首，且均出自白居易的《新乐府》五十首①。类此者，另有李白、韦应物、李贺、皎然等人的十首。二者共二十五首，若再加上以"××歌""××行"命题的二百八十六首，则其总计为三百一十一首。这一具体数据表明，在《文苑英华》二十卷的三百四十七首"歌行"中，真正的"歌行"只有不足四十首。而且，这不足四十首的"歌行"，主要是一些赠、送之作，如任华《杂言赠杜拾遗》《杂言赠李白》、杜甫《赠裴施州》《送顾八分文学适洪吉州》、李白《忆旧游赠谯郡元参军》、张谓《赠乔林》、刘禹锡《送僧仲剬东游兼寄呈灵澈上人》、李贺《送韦仁实兄弟入关》等。这类赠、送之作，虽然大多为七言，但其诗题却均非"××歌""××行"之类的命题结构，故其为地地道道的歌行体，乃是甚为清楚的。

三、《文苑英华》之歌行乐府关系

从乐府诗批评史的角度进行审视，唐人最早论及"歌行"与"乐府"之关系者，当首推元稹的《乐府古题序》一文，其中有云："况自风雅至于乐流，莫非讽兴当时之事，以贻后代之人，沿袭古题，唱和重复。于文或有短长，于义咸为赘赘，尚不如寓意古题，刺美见事，犹有诗人引古以讽之义焉。曹、刘、沈、鲍之徒，时得如此，亦复希少。近代唯诗人杜甫《悲陈陶》《哀江头》《兵车》《丽人》等，凡所歌行，率皆即事名篇，无复依傍。"②元稹此文，虽然是为和刘猛、李馀"乐府古题"而写

---

① 白居易：《白居易集》卷三、卷四，中华书局1979版，第52—90页。
② 元稹：《乐府古题序》，《全唐诗》卷四○八，中华书局1965年版，第4604页。

的一篇序，但其所言，却成为检验新题乐府的一条标准。即在元稹看来，只要是符合"凡所歌行"而又属于"即事名篇，无复依傍"者，便为新题乐府，如杜甫的"《悲陈陶》《哀江头》《兵车》《丽人》等"，即是这方面的代表作。为元稹所举杜甫的《悲陈陶》《哀江头》《兵车》《丽人》"四诗，既全为七言歌行，又皆为新乐府之属①，故唐人"乐府歌行"之认识，即因此而始。由元稹的这一论述可知，不沿袭古题的"歌行"（这里主要指七言歌行），且又具有"即事名篇，无复依傍"之特点者，即为新题乐府。以此合勘上引胡震亨《唐音癸签》卷一《体凡》之所言，可知为《文苑英华》所选编的二百八十六首以"××歌""××行"为题的"歌行"，不仅皆为"乐府"之属，而且几乎全为新题乐府（其中有少量属于旧题乐府，如朱孝廉《白雪歌》、韦应物《长安道》、辛德源《霹雳引》、皎然《风入松》、李贺《箜篌引》等）。

弄清楚了《文苑英华》二十卷"歌行"的真实情况（即有三百一十一首"乐府"且为新题乐府），对于其二十卷的"乐府"之选编，也就容易理解了。仅就《文苑英华》二十卷"乐府"的目录言，可知其几乎全为旧题乐府，也即皆为汉魏六朝时期的古乐府诗题。为便于认识，兹将其依次抄录如下：

《京洛篇》《帝王所居篇》《帝京篇》《煌煌京洛行》《新城安乐宫》《凌云台》《长安道》《洛阳道》（卷一九二）；《神仙篇》《升仙篇》《升天行》《道士步虚词》《飞龙引》《凤箫曲》《凤笙曲》《阳春歌》《金乐歌》《白纻歌》《美女篇》《日出东南隅行》《日出行》《月重轮》《泛舟横大江》（卷一九三）；《公子行》《少年行》《轻薄篇》（卷一九四）；《结客少年场行》《行行且游猎篇》《门有车马客》《对酒歌》《对酒》《对酒示申屠学士》《湘中对酒行》《对酒曲》《秋日对酒》《钱塘对酒曲》《前有一樽酒》《前有樽酒行》《将进酒》《山人劝酒》《相劝酒》《饮酒乐》（卷一九五）；《侠客行》

---

① 胡震亨：《唐音癸签》卷一，上海古籍出版社1981版，第2页。

《西游咸阳中》《侠客控绝影》《刘生》《燕歌行》《雁门太守歌》《将军行》《战城南》《胡无人》(卷一九六);《塞上曲》《塞下曲》《出塞》《塞上》《入塞》(卷一九七);《度关山》《关山曲》《关山月》《陇头水》《陇头吟》《陇西行》《出自蓟门行》《拟塞外征行》《苦战行》(卷一九八);《从军行》《古悔从军行》《从军有苦乐行》(卷一九九);《行路难》《蜀道难》(卷二〇〇);《巫山高》《江南行》《蜀国吟》《白铜鞮歌》《襄阳行》《大堤曲》《襄阳歌》《豫章行》《东武吟》《武陵深行》《纪辽东》《广陵行》(卷二〇一);《长相思》《有所思》《君子有所思》《自君之出矣》《古别离》《潜别离》《远别离》《久别离》《长别离》《生别离》《别离曲》(卷二〇二);《幸甘泉宫歌》《棹歌》《绍古歌》《劳歌》《鞠歌行》《浩歌》《长歌行》《短路》《放歌行》(卷二〇三);《长门怨》《长信宫》《西宫秋怨》《昭君怨》《班婕妤怨》《铜雀台》《铜雀妓》《湘妃怨》(卷二〇四);《古意》《长安古意》《拟古》《拟古赠陈子昂》(卷二〇五);《飞来双白鹤》《黄鹤》《乌生八九子》《乌夜啼》《乌啼曲》《乌啼曲赠张评事》《乌栖曲》《乌栖篇》《晚栖乌》《雉子班》《射乌词》《朱鹭》《斗鸡》《斗鸡东郊道》《看斗鸡》《寒食斗鸡》《鸡鸣高树巅》《晨鸡高树鸣》《赋鸡鸣篇》《鸡鸣曲》《东飞百劳歌》《拟古东飞百劳西飞燕》《燕燕于飞》《双燕离》《野田黄雀行》《野田雀》《沧海雀》《雀乳空城中》《空城雀》(卷二〇六);《梁甫吟》《白头吟》《游子吟》《妾薄命篇》《妾安所居》《宛转歌》《拟古神女宛转歌》《古兴》《古曲》《古歌》《占词》(卷二〇七);《陌上桑》《采桑》《折杨柳》《梅花落》《殿前生桂树》《采莲》《采菊》《采菱女》《青青河畔草》(卷二〇八);《君马黄》《紫骝马》《骢马驱》《骢马》《白马》《发白马》《拟饮马长城窟》《走马引》《爱妾换马》(卷二〇九);《临高台》《登高台》《上之回》《钓竿篇》《箜篌谣》《箜篌引》《李凭箜篌引》《公无渡河》《苦热》《奉和李大夫同吕评事太行苦热行兼寄院中诸公仍呈王员外》《五言酬薛员外谊苦热行见寄》《苦热行》《苦寒》《猛虎行》(卷二一〇);《登名山篇》《秦王卷衣》《上留田行》《古挽歌》《怨歌行》《悲哉行》《怀哉行》《独不见》《定情篇》《杂曲》

《忆昔行》《逼仄行》《胡笳曲》《云中行》《长干行》《小长干行》《江风行》（卷二一一）。

共计二百零三题。在这二百零三题中，有少许为郭茂倩《乐府诗集》所无，如卷一九二《帝王所居篇》（张正见）、《帝京篇十首》（唐太宗）、《赋得鸡鸣篇》（岑德润）、《鸡鸣曲》（李廓）、卷二一〇《奉和李大夫同吕评事太行苦热行兼寄院中诸公仍呈王员外》《五言酬薛员外谊苦热行见寄》等。之所以会出现这种情况，原因有二：一是郭茂倩与李昉等人在乐府认识观上存在着差异，即为李昉等人在《文苑英华》中认定为"乐府"者，郭茂倩并不作如是认识，故于《乐府诗集》乃不予收录；二是郭茂倩在编撰《乐府诗集》时，由于篇幅大、数量多等缘故，有可能因疏忽而漏掉一些作品。而李昉、宋白等人之所以将《帝京篇》《鸡鸣曲》等作为"乐府"予以收录者，所考虑的应主要是其与古题相近或者相似，如《帝京篇》之于《京洛篇》，《鸡鸣曲》之于《鸡鸣》（古辞），《奉和李大夫同吕评事太行苦热行兼寄院中诸公仍呈王员外》之于《苦热行》等，乃皆可为证。即是说，在李昉等人看来，《帝京篇》等之所以为"乐府"者，关键在于其诗题乃是因古题而派生、而变化的结果。而这种派生与变化，在南朝诗人的乐府诗题之于汉魏古题中，乃比比皆是，如傅玄《艳歌行》之于古辞《陌上桑》（《乐府诗集》第 417 页），陆机《日出东南隅行》之于《艳歌罗敷行》（《乐府诗集》第 419 页），傅玄《豫章行苦相篇》之于古辞《豫章行》（《乐府诗集》第 502 页），鲍照《出自蓟北门行》之于曹植《艳歌行》（《乐府诗集》第 891 页）等，即皆为其例。

所以，李昉等人虽然在《文苑英华》中将"歌行"另立为一个类别，但在其认识观中，则是将"歌行"与编入"诗"中之"乐府"等同的，即认为二者皆为乐府诗，所不同者，只是一为旧题乐府、一为新题乐府而已。这就足以表明，李昉等人在选编《文苑英华》时，是认为"歌行"与"乐府"乃为同一家族（"诗"）中的两位重要成员的，故而皆为其安排了整二十卷的篇幅。正因此，才加深了后人对"歌行"与"乐府"的认识，如明人胡应麟《诗薮·内编》卷三《古体下》有云："七言古诗，概曰歌行。"①而清人钱良择则谓："歌行本出于乐府，指事咏物，凡七言及短句不用古题者，通谓之歌行。"②又，冯班《钝吟杂录》云："歌行者，乐府之名也。"③特别是冯班"歌行者，乐府之名也"的认识，更是将"歌行"与"乐府"的关系进行了画龙点睛的阐释。这样看来，可知李昉等人在编纂《文苑英华》时，自作主张地增加"歌行"为一类者，还是极具见地，而宋及其后的"歌行"大多为乐府诗的事实，又可对此佐证之。④

第三节　宋泽元与《四家咏史乐府》

　　清代乐府诗的繁荣与发展，相对于唐、宋、元、明诸朝而言，呈现出了几个较为明显的变化。其具体表现为：一是宫词类乐府创作以大型组诗为主，且作者由皇室成员而转向非皇室成员；二是竹枝类乐府成为了一种创作时尚，数量之多乃以万计；三是各种形式的咏史乐府诗创作如火如荼。这三个方面的变化，标志着清代的乐府诗创作，不仅已跳出或正在跳出前人"拟古乐府"的圈子，而且在成就与特点等方面，还跃上了一级更新、更高的台阶⑤。其中的咏史乐府诗，由于受元、明时期之影响，于清代中晚期前后，更是繁花似锦，一片灿烂。宋泽元所编

---

　　① 胡应麟：《诗薮》内编卷三《古体下》，上海古籍出版社1958年版，第41页。

　　② 钱良择：《唐音审体·古诗七言论》，《清诗话》本，上海古籍出版社1999年版，第781页。

　　③ 冯班：《钝吟杂录》，《清诗话》本，上海古籍出版社1999年版，第41页。

　　④ 关于宋及其后的"歌行"大多为乐府诗的事实，可具体参见拙著《唐后乐府诗史》第一章第二节、第二章第四节，黄山书社2010年版，第10—31页、第101—121页。

　　⑤ 关于清代宫词类乐府、竹枝类乐府与咏史乐府的发展状况，以及其成就与特点等，可具体参见拙著《唐后乐府诗史》第七章各节，黄山书社2010年版，第313—385页。

《四家咏史乐府》,即在这一时期应运而生。这是乐府诗史上的第一部"咏史"总集,其之问世,所反映的是诗人们对于"史"的重视,以史喻今、借古讽今,则为其之关键所在。而编者宋泽元的乐府认识观,亦寓于其中。因之,本节特就《四家咏史乐府》的成就、特点、乐府学价值,以及宋泽元对乐府诗之贡献与其乐府认识观等,作一具体论述。

一、咏史乐府诗创作一瞥

以乐府诗的形式进行史(包括历史事件、历史人物等)的咏写,唐代诗人已曾为之,如李白《关山月》《战城南》等作,即肇其始。其后,李贺、刘禹锡、贯休等人亦多所为之,如李贺集中的《苏小小墓》(《乐府诗集》作《苏小小歌》)、《追和何谢铜雀妓》(《乐府诗集》作《铜雀妓》)、《金铜仙人辞汉歌》等,即为其例。在由唐而元的文学史进程中①,诗人们以旧题乐府(即"古乐府"或"拟古乐府")、歌行类乐府、宫词类乐府等品类咏写历史,即成为了一种风气,其中数量最多、成就最卓者,则非杨维桢莫属。

杨维桢,字廉夫,号铁崖、东维子等,今浙江绍兴人。是有元一代最著名的乐府诗人。其咏史乐府诗,主要见于《铁崖先生古乐府》《铁崖古乐府补》《复古诗集》等集中,门人顾亮曾从中辑出六十二首,编成《杨铁崖咏史古乐府》一书。此书既是杨维桢"咏史乐府"之最早一种,也是乐府诗史上的第一部"咏史乐府"专书。其后,清人王度青又编成《杨铁崖先生咏史乐府》四卷,共收咏史乐府诗二百七十首;而在此前后,邑人楼卜瀍又编注了《铁崖咏史注》八卷(全为咏史乐府诗),收诗二百三十三首。值得注意的是,杨维桢的这些咏史乐府诗,主要是由歌

---

① 宋代诗人咏乐府诗所咏之"史",其主要为"当代史"与"当代人物",故本文此处不将其作为述论的对象,特此说明。对于宋代乐府诗之概况,可具体参见拙著《唐后乐府诗史》第二章(第51—168页),《宋金元诗通论》第三章(第97—151页),此不具述。前者由黄山书社2010年出版,后者由黄山书社2011年出版。

行类乐府与自创新题构成，但杨维桢本人及门人则皆以"古乐府"称之①，如《铁崖先生古乐府》中的《单父侯》《鸿门会》《高阳酒徒》《田横客》《春申君》等，即皆属此类"古乐府"的咏史乐府诗。此则表明，杨维桢的"古乐府"，与唐人称汉魏乐府为"古乐府"者，乃是大有区别的。

杨维桢另有《铁崖咏史》八卷，所收二百余首咏史乐府诗，上迄先秦，下逮蒙元，其间众多的历史事件与历史人物，均为其所咏写。杨维桢之所以雅好咏史乐府诗，关键就在于可借诗中的"人"与"事"，进行"美刺"与鉴戒。正因此，明人章懋《新刊杨铁崖咏史古乐府序》乃有云："独先生之作逸于思而豪于才，抑扬开阖，有美有刺，陈义论事，婉而微章，上下二千年间理乱兴亡之故，若指诸掌。"②其中之"有美有刺""婉而微章"云云，所指便是咏史乐府诗之"美刺"。而此，即为杨维桢以"古乐府"大量咏写历史题材的原因所在。由是而观，可知杨维桢包括《铁崖咏史》在内的数以百计的咏史乐府诗，都是具有很强的社会现实性的。时人与后人多称杨维桢"古乐府"（包括"咏史乐府"）为"铁崖体"者，这种"美刺"作用，不能不说是其中原因之最主要者。

杨维桢之后，大力从事咏史乐府诗写作的诗人，乃首推明代中期茶陵派的领袖人物李东阳。李东阳字宾之，号西涯，今湖南茶陵人，茶陵派的领袖人物。李东阳的咏史乐府诗，主要为大型连章体组诗《拟古乐府》一百首（亦有作一百零一首者）。对于李东阳咏史乐府诗与杨维桢同类之作的承续关系，时人与后人曾进行过多方面比较，如或认为"杨铁崖、李西涯乐府，同工异曲"，或认为"杨、李之作，博称前代"等。而李东阳自己则认为，"杨廉夫力去陈俗而比纵其辩博"（《拟古乐府》卷首《拟古乐府引》），因而才"间取史册所载忠臣义士、幽人贞妇"等，以

---

① 关于杨维桢自创新题的"古乐府"，可具体参见拙著《唐后乐府诗史》第五章各节（第220—268页），《宋金元诗通论》第三章第三节（第97—151页），前者由黄山书社2010年出版，后者由黄山书社2011年出版。

② 章懋此《序》，又作《铁崖古乐府序》，具体参见浙江古籍出版社2010年版《杨维桢诗集》之"附录一"，第455—456页。

"托诸韵语,各为篇什",于是,也就有了《拟古乐府》这一大型组诗。由于《拟古乐府》(李东阳)与《铁崖古乐府》(杨维桢)的这种承续关系,故其中《屠兵来》《渐台水》《昌门君》《邯郸贾》《鸿门高》《殿上戏》《文成死》《尚方剑》《严陵山》《汉寿侯》《五丈原》等作,与上举杨维桢《单父侯》等诗,在制题上乃如出一辙。李东阳虽仿学《铁崖先生古乐府》而作《拟古乐府》,而胡缵综则仿学《拟古乐府》以成《拟涯翁拟古乐府》二卷,这种连环式的仿学,即构成了唐后乐府诗史上最具典型性的一例。胡缵综的《拟涯翁拟古乐府》,收诗凡一百零八首,四库馆臣为其所撰"提要"有云:"乃取东阳古乐府二卷,以次属和,立题指事,率由东阳之旧,亦间有厘正。凡一百八首。太康张先孝为之评,而其弟统宗为之注。"①已将二者的承续关系说得相当清楚。

明末清初是咏史乐府诗的又一个繁盛期。这一时期创作咏史乐府诗的诗人既多,作品数量亦夥,且多为大型连章体组诗,如王士禛《小乐府》三十首、吴炎《今乐府》一百首、潘柽辛《今乐府》一百首、郑世元《今乐府》八十一首等,即皆为其例。所谓"小乐府",为杨维桢始名,指的是五言四句的绝句体乐府诗。《元诗选·杨维桢小传》载杨维桢自谓云:"予三体,咏史,作七言绝句体者三百篇,古乐府体者二百首,古乐府小绝句体者四十首。绝句,入到吾门者,章禾能之;古乐府,不易到吾门,张宪能之。至小乐府,二三子不能,唯吾能。"②其中所言"古乐府小绝句体",其实就是五言绝句体。王士禛的《小乐府》三十首,实际上就是三十首五言绝句体的咏史乐府诗。其题下有注云:"读《三国志》。"③就诗题言,王士禛《小乐府》与吴炎、潘柽辛《今乐府》完全相同,即其皆为自创。此后未久,尤侗仿效李东阳《拟古乐府》,拟作了《明史乐府》一百首。待至清代中晚期,万斯同《明史乐府》六十八首、

---

① 永瑢等:《四库全书总目》卷一七六,中华书局1963年影印本,第1571页。
② 顾嗣立:《元诗选》初集下《铁崖古乐府》,中华书局1987年版,第2002页。
③ 王士禛:《王士禛全集·渔洋诗集》卷十七,齐鲁书社2007年版,第423页。

胡介祉《咏史新乐府》六十首，以及熊金泰《三国志小乐府》一卷、洪亮吉《两晋南北朝史乐府》二卷、张晋《续尤西堂明史乐府》一卷、舒位《春秋咏史乐府》一卷、邹均《读史乐府》一卷、袁学澜《春秋乐府》一卷等，亦先后推出。

总体而言，在由唐而清的乐府诗历史长河中，咏史乐府诗虽然肇始于李唐，其创作之高潮迭起者，却主要是在元、明、清三朝，这一则与宋人之咏"史"多为"当代史"有关，二则也是诗人们雅好以古喻今、鉴今思想的一种具体反映，而或此或彼，都为元、明、清的乐府诗创作带来了一种新的变化。

二、《四家咏史乐府》论略

清德宗光绪年间（1875—1908年），宋泽元编辑了乐府诗史上的第一部咏史乐府诗总集——《四家咏史乐府》。该书中的"四家"，依其所生活朝代的次序，分别为杨维桢、李东阳、尤侗、洪亮吉，乐府诗史上的"咏史四大家"，即因此而产生。《四家咏史乐府》所收四人之咏史乐府诗，具体则为：杨维桢《铁崖咏史》八卷，诗二百三十三首，增补、附录二十八首，《铁崖小乐府》一卷，诗一百零二首，附录二首，合计三百六十五首；李东阳《拟古乐府》（《四家咏史乐府》将其改名为《西涯乐府》）二卷，诗一百首；尤侗《明史乐府》一卷，诗一百首；洪亮吉《两晋南北朝史乐府》二卷，诗一百一十首，《唐宋小乐府》一卷，诗一百零三首，合计二百一十三首。四者共计十五卷，诗七百七十八首。

《四家咏史乐府》现所存见之最早刻本，为"光绪丙戌"即光绪十二年（1886年）刻本，雕版印行于"忏华盦"，共十五卷。一九八九年，台湾新文丰出版公司影印出版《丛书集成续编》时，即据此"光绪本"将《四家咏史乐府》与徐钧《史咏诗集》（宋）、孙承泽《山居随笔》（清）、王毅《读史管见》（清）三书，一同编入第二六四册的"史地类·历代史评"

类。《四家咏史乐府》在清代晚期的刊行,称得上是乐府史上的一件大事,因为其不仅助推了咏史乐府诗在当时的繁荣与发展,而且也使得杨维桢、李东阳、尤侗、洪亮吉四人咏史乐府诗的地位,在乐府诗史上得以正式确立。所以,作为乐府诗史上的第一部咏史乐府诗总集,《四家咏史乐府》之乐府学意义,是表现在多个方面的。要而言之,以下四端则为其重点。其具体为:

其一,结束了乐府诗长期无"咏史乐府"总集的尴尬局面。在乐府诗史上,乐府诗的总集编撰,自北宋郭茂倩《乐府诗集》以降,历经元、明、清三朝,虽然发展迅猛,并推出了一批优秀之作,如左克明《古乐府》(元)、徐献忠《乐府原》、梅鼎祚《古乐苑》(明)、顾有顺《乐府英华》(清)等,但这些总集都有一个极为明显的特点,即皆以早已佚亡的"音乐"为分类标准。而且,这种以根本不存在的"音乐"为分类标准的总集,自宋而清代晚期之际,乃一统天下近千年之久。清德宗光绪十二年(1886年),宋泽元在山阴(今浙江绍兴)推出的《四家咏史乐府》,不仅结束了这种长期以"音乐"为分类标准的乐府诗总集之局面,而且还首次变"音乐"为"咏史",使得"题材类"乐府诗之总集,成为了乐府诗星空一颗耀眼的明珠。咏史乐府诗的最大特点,主要在于能以史鉴今,借古喻今,若借用尤侗《明史乐府自序》之所言,就是"可备鉴戒"(具体详后)。正因此,有清一代以之创作的诗人既多,诗作亦众(参见拙著《唐后乐府诗史》第七章),而《四家咏史乐府》之于斯时的问世,既具引领诗人们的创作之功能,又可作为一种范本以供后学仿效,因之,其深为诗人们所喜好者,也就自在情理之中。更何况,宋泽元附于《四家咏史乐府》中的多篇序、跋,还对各家"咏史乐府"的渊源、成就、特点等,进行了极精审之勾勒与品评,颇有助于读者对其之认识与把握。

其二,向世人集中展示了咏史乐府诗创作与发展的实绩。这一点很重要,因为其不仅提高了"咏史乐府"的社会认知度,而且也增强了其在乐府文学方面的影响。乐府诗的发展,自"前乐府"而唐后乐府,在三千年的历史长河中①，虽然取得了很大成就，但咏史乐府诗之为世人所重者，实则与《四家咏史乐府》大相关联。对此，杨维桢咏史乐府诗不为后人所重者，即可为之佐证。杨维桢在世时，虽然创作了数以百计的咏史乐府诗，且有《杨铁崖先生咏史古乐府》这样的专书行世，但该书中所附余文仪《杨铁崖咏史古乐府序》、王荣绒《杨铁崖先生咏史古乐府跋》二文，却只字未及其中的"咏史古乐府"。同此者，另有葛漱白《辑铁崖全集跋语·咏史古乐府》②。专门为《杨铁崖咏史古乐府》撰写序、跋，而不言及其中的咏史乐府诗，此则表明，序、跋作者对咏史乐府诗是并不重视的。这一实况的存在，对于杨桢咏史乐府诗的传播，显然是极为不利的。清高宗乾隆三十九年（1774年），楼卜瀍所编注的《铁崖咏史》八卷问世，这种不利情况才得以好转。《铁崖咏史》所收八卷咏史诗，实际上是八卷"咏史乐府"，共二百三十三首，楼卜瀍于卷首附有序文一篇，在对咏史乐府诗进行定义的同时，于杨维桢"咏史乐府诗"给予了很高的评价。如其中有云："夫咏史，则诗史也。……昔人谓杜氏之功不在骚人下，予则谓先生之功不在唐人下已。"③并从"精于讽谏""工于用事"等方面进行例举，以表明《铁崖咏史》具有"其事则史，其旨则经"的特点。楼卜瀍认为"咏史乐府"即"诗史"的认识，并将杨维桢的"咏史乐府"与杜诗并论的举措，都是值得肯定的。而宋泽元之于《四家咏史乐府》这一"咏史乐府"总集的推出，较之楼卜瀍编注《铁崖咏史》而言，其自然是影响更大、更为世人所关注的，因之，其于咏史乐府诗社会认知度的提高所发挥的作用，也就不言而喻。

其三，为读者提供了一份有关历史事件与历史人物的文学清单。宋

---

① 关于"前乐府"及乐府诗三千年之史况，具体参见拙著《中国乐府诗批评史》第一章之各节，武汉大学出版社2017年版，第1—39页。

② 以上三文，俱载《杨维桢诗集》附录一"志传序跋提要"，浙江古籍出版社2010年版，第458页、459页、461页。

③ 楼卜瀍：《铁崖咏史序》，《四家咏史乐府》附，《丛书集成续编》本，台湾新文丰出版公司1989年影印，第264册，第477—478页。

泽元所提供的这份文学清单，为普及人们的历史知识，辨识历史人物的忠奸与是非，均起到了很好的导读作用。从类别的角度言，《四家咏史乐府》所收七百七十八首"咏史乐府"之"史"，主要可分为两类，即一为通史，一为断代史。属于通史者，有杨维桢《铁崖咏史》《铁崖小乐府》与李东阳《拟古乐府》，余者则皆为断代史，且由两晋而明末。杨维桢《铁崖咏史》八卷之"史"，从《单父侯》开篇，到《冬青冢》结止，将由上古时期到南宋末年的种种历史事件与历史人物，一一写来，且作者的情感与认识亦皆寓其中，确如楼卜瀍《铁崖咏史序》之所言，诚"则诗史也"。《铁崖小乐府》一卷，与《铁崖咏史》同，即开篇从"谍报越王兵"（《城门曲》）始，至卷末附录之"皇帝书征老秀才"（《答詹翰林同》，其中的"老秀才"所指为作者本人）止，其间若干历史事件与历史人物，皆为其所咏写。二者相较，所不同者，是《铁崖咏史》为古体（以五古为主），《铁崖小乐府》为近体（五绝）；《铁崖咏史》每诗于题下均附有"并序"，并保留了楼卜瀍的注释，二者互为关联，使得诗中所涉之"事"与"人"，皆有背景材料式的交待与说明。所以，《铁崖咏史》是更有助于读者对诗意的理解的。李东阳《拟古乐府》在"咏史"的内涵方面，较之《铁崖咏史》更具鉴戒与警醒的作用，因而其现实性也就更强。对此，李东阳附于《拟古乐府》卷首的《拟古乐府引》一文，已有所言：

> 间取史册所载忠臣义士、幽人贞妇奇行异事，触之目而感之乎心，喜愕忧惧愤懑无聊不平之气，或因人命题，或缘事立义，托诸韵语，各为篇什，长短丰约，惟其所止，徐疾高下，随所会而为之。内取达意，外求合律，虽不敢希古作者，庶几得十一于千百讴吟讽诵之际，亦将以自考焉。①

---

① 李东阳：《拟古乐府引》，《西涯乐府》卷首，《丛书集成续编》本，台湾新文丰出版公司1989年影印，第264册，第584页。

其中"触之目而感之乎心,喜愕忧惧愤懑无聊不平之气"云云,即已道出了李东阳创作这组大型"咏史乐府"的原因所在。作为断代史的尤侗《明史乐府》、洪亮吉《两晋南北朝史乐府》与《唐宋小乐府》,在"史"的方面更具专门性,其提供给读者的历史事件与历史人物,也就自然是更具"专史"的特质。总之,无论是通史抑或断代史的"咏史乐府",在被宋泽元编于一集之后,是更有利于读者从乐府诗的角度,去认识与了解由先秦而明初之"史"的。

其四,向读者充分展现了咏史乐府诗的艺术魅力与风采。就风格与特色等方面言,杨维桢、李东阳等四人的咏史乐府诗,是各有成就而又各具特点的。对于杨维桢咏史乐府诗之特点,《四家咏史乐府·铁崖咏史》卷首所附张天雨序,已有所言,云:"廉夫(杨维桢)又纵横其间,上法汉、魏,而出入少陵、二李(李白、李贺)之间,故其所作古乐府词,隐然有旷世金石声,人之望而生畏。又时出龙蛇鬼神,以眩荡一世之耳目,斯亦奇矣。"张天雨即张雨,以字行,此序文本系张雨为《铁崖先生古乐府》而写,原名《铁崖先生古乐府序》,附在该书卷首①,宋泽元则将其移作《铁崖咏史》的序文,并置之于卷首。宋泽元此举意在表明,张雨《铁崖先生古乐府序》所言"上法汉、魏,而出入少陵、二李之间","隐然有旷世金石声"云云,对于杨维桢的咏史乐府诗而言,也是完全适用的,也即杨维桢的咏史乐府诗,亦具有"隐然有旷世金石声"等特点。再如李东阳《西涯乐府》,卷首附有王瓒《西涯乐府·序》一篇,云:"今公是编,不袭故常,不徇俗尚,撷往事以立题,据本义而生说,沈郁顿挫,清畅和平。多或数十言,少或二三语,微而显之,偏而正之,皆可以开悟人心,翼树伦纪。似淡实腴,似迩实远,言有尽而意无穷。或美或刺,有以嗣风雅之遗音;一褒一贬,有以寓春秋之微法。"②评价既高,且亦公允。其他如宋泽元序尤侗《明史乐府》、序洪

---

① 具体参见浙江古籍出版社2010年版《杨维桢诗集》附录一,第449页。
② 王瓒:《西涯乐府·序》,《四家咏史乐府》附,《丛书集成续编》本,台湾新文丰出版公司1989年影印,第264册,第584页。

亮吉《魏晋南北朝史乐府》等，亦皆属如此。

总体而言，《四家咏史乐府》的问世，对于助推清代晚期"咏史乐府"的繁荣与发展，增强人们对咏史乐府诗的认知意识与关注程度，显然是有着不可低估的作用的。

三、宋泽元的乐府认识观

宋泽元，字瀛士，今浙江绍兴人，号忏花主人，有兄早卒，余不详。宋泽元在编辑《四家咏史乐府》时，还撰写了五篇序、一篇跋附于其中。这五篇序依次为：《四家咏史乐府序》《铁崖小乐府序》《西涯乐府序》《两晋南北朝史乐府序》《明史乐府序》。此外，于《西涯乐府》末附有一篇题名为《附识》的跋，共为六文。在此六文中，前一篇为总序，后五篇（含《附识》一文）为分序，总序与分序的互为关联，不仅为《四家咏史乐府》增添了相当的理性色彩，而且还成为宋泽元乐府认识观的最直接反映。所以，要较为准确地把握宋泽元之于乐府诗的贡献与其乐府认识观，还得以这六篇序、跋为切入点予以透视。

作为全书之总序，《四家咏史乐府序》一文，主要涉及了乐府诗之源与杨维桢等"四家咏史乐府"之况，以及时人对"四家咏史乐府"的指责与宋泽元对指责者的辩驳等，内容丰富，辩说有力。宋泽元对指责者的辩驳，实质上是对杨维桢等人咏史乐府诗的高度肯定，而且这种高度肯定是建立在对"四家咏史乐府"进行了"考骘"的基础之上的。而此，也是宋泽元编选《四家咏史乐府》的意旨所在。为便于认识，兹抄引其主要者如次：

> 乐府一道，于古歌谣为近，盖风雅颂之变声也。自汉武定郊祀之礼，乃立乐府名。夫乐府者，教乐之官耳，必调律吕谐八音，始称合作。六朝以还，节奏浸失，古意亦乖，或假借古题抒写胸臆，或径以时事创立新题，此又古乐府之变格也……。杨廉夫（维桢）

先生乃择取历代史书，一人一事，以韵语歌咏之。李茶陵(东阳)、洪北江(洪亮吉)后先继起，尤艮庵(尤侗)则专就明史而作，名曰乐府，实有韵之史论也。予尝取四家之什而考骘之。东维高古浑沦，才力纵肆，偶一放笔，辄若天上黄河，滔滔汩汩，挟沙泥而俱下；又好为昌谷奇语，天矫神幻，令人莫窥涯涘。囊有铁雅之称，当之奚愧！茶陵、北江二家气概渊雅，书卷纵横而格律谨严，实相伯仲，如行九折坂中，步步均求实践。李以遒峭胜，洪以道健胜，高下正未易轩轾。西堂熟于胜国掌故，议论悉有根据，生平好以游戏行文，故诗中每有诙谐之笔，然风骨高张，词旨朴茂，其不矜才不使气之处，断非浅学所能几及。予因并刊行之，为论史家别辟谿径，成一大观①。

在序文的开端，宋泽元既说"乐府一道，于古歌谣为近"，又认为"自汉武定郊祀之礼，乃立乐府名"，二者实际上是矛盾的。之所以如此，是因为宋泽元不知"汉武定郊祀之礼，乃立乐府"之前，也即在夏、商、周时期，已有相当多的"前乐府"存在，如郭茂倩《乐府诗集》卷五十七至卷六十"琴曲歌辞"所收之《箕子操》《拘幽操》《文王操》等(共二十题二十九首)，即皆可为证。此为其一。其二是对"古乐府之变格"的简要论述。其三为本《序》文的重点所在。宋泽元针对有人称杨维桢"咏史乐府"为"韵语歌咏之"，称李东阳、洪亮吉、尤侗三人的"咏史乐府"为"实有韵之史论"等，均进行了辩驳。认为"东维高古浑沦，才力纵肆，偶一放笔，辄若天上黄河，滔滔汩汩，挟泥沙而俱下"，"李(东阳)以遒峭胜，洪(亮吉)以道健胜"，而尤侗则"熟于胜国掌故，议论悉有根据""风骨高张"而"词旨朴茂"。并由此对四人的"咏史乐府"进行了总体评价："予因并刊行之，为论史家别辟谿径，成一大观。"即认为咏史

---

① 宋泽元：《四家咏史乐府序》，《四家咏史乐府》附，《丛书集成续编》本，台湾新文丰出版公司1989年影印，第264册，第475页。

乐府诗属于"史家别辟谿径"的"一大观",这其实是对咏史乐府诗的一种更高的评价。

在四篇分序中,宋泽元依序分别对杨维桢《铁崖小乐府》、李东阳《西涯乐府》(即《拟古乐府》)、尤侗《明史乐府》、洪亮吉《两晋南北朝史乐府》进行了品评,且较《四家咏史乐府序》之品评更为具体与深入。如《西涯乐府序》有云:

> 尝读其《怀麓堂全集》一百卷,沈雄典雅,卓然成一家言。发其余绪,又著为咏史乐府二卷,取古来一人一事,反覆歌叹,或比事属词,或折中论断,审音按律,含英咀华。其间辩议之博大昌明,实有足以开悟人心,扶持世教者。呜呼,东维子不得专美于前矣。此编旧为东莞陈建笺释合注,首所谓建按者是也。原本附列谢、潘二家评点,以庸泛无当,节去之①。

在这篇小序中,宋泽元首先明确指出,"沈雄典雅"为李东阳《怀麓堂全集》的总特点,而《西涯乐府》二卷又编入其中,则《西涯乐府》具有"沈雄典雅"的特点者,也就自不待言。接下来,宋泽元针对李东阳的"咏史乐府"进行了具体评论,认为:(1)在题材上是"取古来一人一事"而"反覆歌之"(此处之"歌",所指为"歌咏"而非"歌唱");(2)其表现在艺术方面最重要的特点,是"审音按律,含英咀华";(3)《西涯乐府》中之议论,不仅"博大昌明",而且还具有"开悟人心,扶持世教"的社会功能。所评三点,皆为中的之论。

尤侗的《明史乐府》,为尤侗应诏入京参编《明史》时的产物,对此,其附于《明史乐府》卷首的《自序》,已有所载。云:"予承乏纂修《明史》,讨论之暇,间采其遗事可备鉴戒者,断为韵语,亦拟乐府百首,

---

① 宋泽元:《西涯乐府序》,《四家咏史乐府》附,《丛书集成续编》本,台湾新文丰出版公司1989年影印,第264册,第583页。

虽未敢窃比西涯，庶几存咏史之一体。"其中的"可备鉴戒"，即为咏史乐府诗意旨之核心所在。而宋泽元《明史乐府序》，则着眼于艺术审美的角度，对《明史乐府》进行了如是之品评：

> 尤展成先生为吴中宿儒……入史局纂修《明史》，分撰志、传三百篇，故尤熟于胜国掌故，尝采其有关治体可新耳目者，仿茶陵咏史例，成《明史乐府》一百首，举明季二百七十年事迹琐屑，讽咏出之。立言要而不繁，持议正而不苛，大者如长江大河，浩瀚不穷，小者若繁音促节，袅袅如缕。间有衡量得失，发为论断之处，亦颇引喻合义，风趣横生。施尚白称为"奄有前贤，横视百代"，诚笃论也①。

在这里，宋泽元以"立言要而不繁……风趣横生"一段文字，将尤侗《明史乐府》的艺术特质进行了极精炼之揭示，从而加强了对《明史乐府》的导读作用。不独如此，还引施尚白"奄有前贤，横视百代"之评语，以对《明史乐府》的艺术特质作更进一步之肯定。施尚白即施润章，今安徽宣城人，明末清初著名文学家，与宋琬(今山东莱阳人)齐名，时称"南施北宋"。据《清史稿·施润章传》所载，清圣祖顺治十八年(1661)，施润章"召试鸿博，授翰林院侍讲，纂修《明史》"，时尤侗亦"入史局纂修《明史》"(详上引文)，则施润章称誉尤侗《明史乐府》为"奄有前贤，横视百代"者，当即在是时。

又《两晋南北史乐府序》有云："咏史乐府自元、明以来，于铁崖(杨维桢)、西涯(李东阳)、西堂(尤侗)外，可与三子卓然并峙者，惟洪稚存先生当之无愧。先生著作等身，而所撰《两晋南北史乐府》及《唐宋小乐府》，悉皆濡古涵今，准情酌理。其论断之精卓，音节之雅驯，

---

① 宋泽元：《明史乐府序》，《四家咏史乐府》附，《丛书集成续编》本，台湾新文丰出版公司1989年影印，第264册，第657页。

非兼擅三长者，能之乎？"①不仅认为洪亮吉"可与三子卓然并峙"，而且对其《两晋南北朝史乐府》及《唐宋小乐府》进行了充分肯定，认为具有"濡古涵今""论断精卓""音节雅驯"等特点。宋泽元的这一认识，是其将洪亮吉两种"咏史乐府"皆收入《四家咏史乐府》的关键性原因。

综上所述，宋泽元之于乐府诗的贡献与其乐府认识观，主要表现为：

（一）在"选择类批评"与"专论类批评"两个方面②，均颇具成就与特点。以"选择类批评"而言，其选编杨维桢等人的"咏史乐府"而成就一部《四家咏史乐府》者，填补了自咏史乐府诗问世以来无总集的空白；就"专论类批评"以论，其撰附于《四家咏史乐府》中的六篇序、跋，着眼于"乐府作家论"的角度，较为系统地对咏史乐府诗进行了多维度的述论与品评，有助于人们对咏史乐府诗的深层次认识与把握。

（二）元、明、清三朝，是乐府诗高度繁荣与发展的一个大时代，各类乐府诗应有尽有，宋泽元独选"咏史乐府"编为一集的举措，表明其之于咏史乐府诗乃是相当雅好的，而认为此类乐府诗为"史家别辟溪径"之"一大观"、具有警戒世人之作用者，则又为其关键之所在。而此，也是宋泽元乐府认识观之最为核心者。

（三）咏史乐府诗自杨维桢《铁崖咏史》《铁崖小乐府》始，其乐府题由于皆为作者所自创，而与汉魏乐府（即唐人所称之"古乐府"、明人所称之"拟古乐府"）毫无关联，实乃新乐府之属。宋泽元选取近八百首"咏史乐府"编为《四家咏史乐府》的实况，表明其是远"古乐府"而近新乐府的，而其将李东阳《拟古乐府》改名为《西涯乐府》者，又可为之佐证。另外，宋泽元将杨维桢的这类具有"古乐府"特点的咏史乐府，几

---

① 宋泽元：《两晋南北史乐府序》，《四家咏史乐府》附，《丛书集成续编》本，台湾新文丰出版公司1989年影印，第622页。

② 关于乐府诗的"选择类批评"与"专论类批评"，可具体参见拙著《中国乐府诗批评史》第一章第三节、第六章第二节，武汉大学出版社2017年版，第27—39页、第259—264页。

乎均选编于《四家咏史乐府》的举措，表明其之于杨维桢的这种有别于汉魏古乐府的咏史"古乐府"，乃是相当推崇与赞许的。

（四）"咏史乐府"是否可配乐而唱，或者说是否应该配乐而唱，宋泽元在六篇序、跋中均无只字相及，这一实况表明，乐府诗与音乐的关系如何，并不属于其选编《四家咏史乐府》所应考虑的条件。也即在宋泽元看来，检验与衡量一首乐府诗或者一类乐府诗如何，音乐并非需要考虑者。这实质上是对传统乐府认识观的一种突破。

第五章　乐府批评论

第一节　乐府诗批评的三大主潮

没有乐府诗批评的中国文学批评史，是不完整的中国文学批评史，这是因为，乐府诗批评不仅内容丰富，视角独特，方法多样，而且历史久远，成果丰硕，影响巨大。说乐府诗批评历史久远，是指在商、周时期就有了乐府诗批评，对此，拙著《中国乐府诗批评史》第一章第三节已有较详细之论述。这一时期的乐府诗批评，从乐府诗批评发展史的角度言，主要是对汉武帝"乃立乐府"前的乐府诗也即"前乐府"所进行的批评，批评类型则主要为"整理类批评""选择类批评""题解类批评"三种。这三种批评类型在商、周时期的诞生，直接影响着汉武帝"乃立乐府"之后的乐府诗批评，以至于形成了一种风气，且愈往后，批评的风气愈盛，并因此而问世了"品第类批评""专论类批评"与"笺释类批评"。于是，乐府诗批评的组织结构体系，即因此而得以较全面之构建。随着乐府诗批评组织结构体系的构建与完善，三大批评主潮也得到了明显之呈现，并始终贯穿于由商、周而清末民初的三千多年乐府诗批评的沃土上。

一、整理选编乐府诗新著

拙著《中国乐府诗批评史》第一章第三节曾言,乐府诗的批评源起于商、周时期甚至是更前,由斯时而至北宋前,其间约两千年的历史。而在这约两千年间,虽然问世了扬雄《琴清英》、蔡邕《琴操》、智匠《古今乐录》、吴兢《乐府古题要解》,以及崔豹《古今注》、刘勰《文心雕龙》等乐府诗著作或与之相关的著作,但其中除蔡邕《琴操》外,余则皆与乐府诗的文本关系不大,即只有蔡邕《琴操》收录了二十四首真正意义上的乐府诗①。

有宋一代,与蔡邕《琴操》相类似之乐府诗著作,则主要有姚铉《唐文苑·乐府辞》上下卷、朱寿昌《乐府集》十卷、刘次庄《乐府集》十一卷(含《乐府集序解》一卷,又,"序解"亦有称"题解"者)、李昉等《文苑英华·乐府》二十卷、郭茂倩《乐府诗集》一百卷、周紫芝《古今诗家乐府》三十卷等,其中,在整理编撰、收诗数量、题解批评等方面,所获甚丰而又影响甚大者,乃首推郭茂倩之《乐府诗集》。《乐府诗集》是乐府诗史上的第一部大型总集,共收乐府诗约五千三百首,并着眼于音乐的角度,将其分为十二类,且于每一类卷首均附有一篇序文(如《鼓吹歌辞序》)等,详述该类乐府诗发生、发展之始末,因而颇具"史"的作用与功能。从批评类型的角度审视,这十二篇序文实际上就是十二"论"文,而成为"专论类批评"在宋代悄然兴起的一种具体反映。尤值得注意的是,在《乐府诗集》所收录的约五千三百首乐府诗中,郭茂倩为之撰写了八百八十七条题解,以对其中的部分乐府诗进行笺释与解说。十二篇序文与八百八十七条题解,均具有引证丰富、援据精审、立论平实等特点,其篇幅虽大小不等,长短有别,但所涉内容均极为广

---

① 蔡邕《琴操》共收录乐府诗四十七篇,其中既有诗题又有琴辞(即乐府诗)者,凡二十四篇,即其实际上只有乐府诗二十四首,具体参见拙著《中国乐府诗批评史》第二章第二节,武汉大学出版社 2017 年版,第 51—64 页。

泛，举凡"本事""本义""本题""本文"，以及曲调、人名、乐舞、乐器、演奏等，不仅应有尽有，并且论、评互关，交相辉映，而成为"题解类批评"与"专论类批评"在赵宋时期成熟并完善的一个最重要标志。

由于受郭茂倩《乐府诗集》的影响，整理、选编各种各类的乐府诗新著（主要是指编撰于《乐府诗集》之后的一些乐府诗总集与选集），即在元、明、清三朝形成了一股乐府诗批评的潮流，而其批评之类型，则重点表现在"题解类批评""品第类批评""专论类批评"与"笺释类批评"四个方面，且又以"题解类批评""笺释类批评""专论类批评"为其核心所在。为便于认识，兹举六种具有代表性的专书如下，以供参考。其具体为：

（一）左克明《古乐府》。这是元代第一部具有乐府诗总集性质的专书。全书整十卷，将所收六百一十九首乐府诗分为八类（按名分类，而非以音乐分类，每类卷首附"小序"一篇），卷首附有孟昉、左克明、虞集、赵德四人之序，虞集序名《新编古乐府序》，其中"新编"二字，主要是相对于郭茂倩《乐府诗集》而言。有元至正六年刻本、《四库全书》本。永瑢等《四库全书总目》卷一八八于《古乐府》所撰"提要"认为，郭茂倩《乐府诗集》是"务穷其流"，而《古乐府》则是"务溯其源"，二者一"流"一"源"，正可互为补充与发明。《古乐府》所收诗是"推本三代而上，下止陈隋"（左克明《古乐府原序》），即其中选录了许多夏、商、周时期的"前乐府"，对此，卷一所收之七十五首"古歌谣辞"中有三十八首为汉武帝"乃立乐府"之前者，便可为之佐证。除了八篇小序外，左克明于《古乐府》中另撰了二百九十八条题解，这些题解的内容，主要表现在四个方面：一是勾勒"本事"，二是笺释"本义"，三是注重"本题"的演变，四是交代"古歌"的历史背景。

（二）徐献忠《乐府原》。这是明代的第一部乐府诗专书，有嘉靖四十年刻本、万历三十七年刻本、《四库全书存目丛书》本等。全书十五卷，仿左克明《古乐府》体制，将所收乐府诗亦分为八类，其依序为："房中曲安世乐""汉郊祀歌""汉铙歌""横吹曲""相和歌""清商曲""杂曲""近代曲"。其中,"相和歌"六卷,"清商曲"三卷,其余则各为一卷。卷首有徐献忠所撰《乐府原序》一文,每类卷首均附"总序"一篇,另有二百七十条题解。《原序》与"总序"、题解三者所反映的内容,要而言之,主要是为《乐府原》之"原"服务的,即"原"为全书的重点所在,也即其重在对所收录乐府诗的"本义"予以探讨。与左克明《古乐府》所不同的是,《乐府原》在"原其本意"时,主要采用了考释之法,而成为"笺释类批评"问世之前的一曲前奏。所以,徐献忠《乐府原》的刊刻,使得原有的"题解类批评"在方法上更为多样,形式也更为丰富。

(三)梅鼎祚《古乐苑》。《古乐苑》是明代第一部大型乐府诗总集。全书所收之乐府诗,上至夏、商、周,下则止于南北朝,凡五十七卷,共由三者组成,即"卷首"一卷、正文五十二卷、"衍录"四卷。此书卷首所附《凡例》,对郭茂倩《乐府诗集》大加批评,认为其"恩列不入乐之诗",实属不的。在五十二卷正文中,仿郭茂倩《乐府诗集》分为十二类,即:"郊庙歌辞"(五卷)、"燕射歌辞"(二卷)、"鼓吹歌辞"(四卷)、"横吹歌辞"(二卷)、"相和歌辞"(九卷)、"清商曲辞"(四卷)、"舞曲歌辞"(三卷)、"琴曲歌辞"(二卷)、"襍曲歌辞"(六卷)、"雜曲歌辞"(三卷)、"襍歌谣辞"(十卷)、"仙歌谣辞"(二卷)。值得注意的是,《古乐苑》的"卷首"一卷,收录"前乐府"五十二题六十二首,而十卷"襍歌谣辞"则有一百一十八题一百一十八首"前乐府",二者合计为整一百七十题一百八十"前乐府"。这一实况表明,《古乐苑》不仅收有五十三卷乐府诗("卷首"一卷所收皆为"前乐府"),并且对于"前乐府"乃是相当重视的。而重视"前乐府"者,即成为了《古乐苑》的一大亮点。

(四)顾有孝《乐府英华》①。此书为清代较早问世的乐府专书之一,

---

① 关于顾有孝《乐府英华》在当时及其后所产生的影响,具体参见拙著《中国乐府诗批评史》第十章第二节,武汉大学出版社2017年版,第434—444页。

有许家堂刻本、《四库全书存目丛书补编》本等。全书十卷,选编由汉而唐的乐府诗一千余首(无唐新乐府,皆为古乐府),并将其分为十类,即一卷一类,此书所采用之批评类型,除传统的"题解类批评"外,还首创了"笺释类批评"。《乐府英华》中的"笺释类批评",就其形式而言,主要表现在两个方面,一是诗中之"小字夹评夹注",一为诗末之"篇末评",而"题解类批评"则一仍其旧。"笺释类批评"的批评形式,又可具体分为三种,即"笺释"(如朱嘉徵《乐府广序》,此书也有部分"笺评",具体详下)、"笺评"(如朱乾《乐府正义》)、"笺注"(如黄节《汉魏乐府风笺》),《乐府英华》即主要属于第二种,也即"笺评类批评"。顾有孝编著的《乐府英华》,不仅使乐府诗批评的类型更为丰富,而且在当时及后世产生了相当大的影响,以至于清代的乐府诗批评中,问世了多种类似之作。

(五)朱嘉徵《乐府广序》。《乐府广序》的全称为《汉魏乐府诗集广序》,有清远堂刻本、《四库全书存目丛刊》本、《续修四库全书》本。卷首附许三礼、黄宗羲序各一篇,另有朱嘉徵《乐府广序题辞》一篇。全书三十卷,十类,共收汉、魏乐府约三百五十首。所分十类依序为:"相和"(十二卷)、"杂曲"(二卷)、"鼓吹"(二卷)、"横吹"(一卷)、"雅舞"(二卷)、"杂舞"(二卷)、"郊祀乐章"(一卷)、"庙祀乐章"(二卷)、"歌诗"(四卷)、"琴曲(二卷)。其中"歌诗"四卷,为《乐府广序》所独创。作者又着眼于"六义"的角度,将所收乐府诗分为"风""雅""变雅""颂"四大类,并撰"总序"(如《汉风总序》)九篇,"小序"三百三十六条,"总序"与"小序"的互为关联,重在对所收乐府诗起到如是之作用:(1)揭示其风雅颂;(2)指出其美刺所在;(3)释其比兴之用。在"笺释类批评"的实际操作中,《乐府广序》则集"注音""考辨""谨按""集评"等于一体,方法灵活,形式多样,并善于发现问题与解决问题。

(六)朱乾《乐府正义》。这是一部有着鲜明特色的乐府诗专书,有乾隆五十四年刻本。全书十五卷,十类,收诗整九百首,其分类标准与收诗概况，基本上与郭茂倩《乐府诗集》类似①。除了九百首乐府诗外，《乐府正义》还于卷首收录"原乐"论文二十二篇，"附论"论文九篇，共三十一篇，以专论歌诗、音乐、音乐与诗的关系、乐府之名等，并于《郑樵谓诗在于声不在于义》一文中，对郑樵之"诗在于声不在于义"说进行了严厉批评。这是《乐府正义》有别于同类著作的一个重要标志。虽然如此，但《乐府正义》的重点主要在"正义"二字。所谓"正义"，就是旨在质疑、辩驳他人之说的基础上提出己见，故而，《乐府正义》即兼"题解类批评"与"笺释类批评"而为之，且收获甚丰。

二、不遗余力的故实探求

乐府诗中的"故实"，实则为"本事"的另一种说法，二者虽说法不同，但所指实一，"本事"之于乐府诗，因受其发展进程之影响，而成为了一项必不可缺的重要内容，所以，大凡进行乐府诗批评者，首先所要做的工作，即是对"本事"予以考察与探讨。久而久之，批评者们对于"本事"的求索，即成为了乐府诗批评史上的又一批评主潮。一般而言，乐府诗中的"本事"，主要是蕴含在诗题（此指乐府旧题，下同）之中的，因之，什么样的乐府题与什么样的"本事"相关，也即写什么样的内容，即成为了乐府诗批评者们的一种共识，而吴兢《乐府古题要解》之所"要解"者，又可为之佐证。其原因在于，附于《乐府古题要解》卷首的吴兢自序，已对其言之甚明。该《序》甚短，兹抄录其全文如下：

> 乐府之兴，始于汉、魏。历代文士，篇咏实繁。或不睹于本章，便断题取义。赠夫利涉，则述《公无渡河》；庆彼载诞，乃引《乌生八九子》；赋雉斑者，但美绣颈锦臆；歌天马者，唯叙骄驰

---

① 关于朱乾《乐府正义》与郭茂倩《乐府诗集》之关系，以及其所收乐府诗之实况等，可具体参见拙著《中国乐府诗批评史》第十章第四节，武汉大学出版社2017年版，第459—475页。

乱蹋。类皆若兹，不可胜载。递相祖习，积用为常，欲令后生，何以取正。余顷因涉阅传记，用诸家文集，每有所得，辄疏记之，目为《古题要解》云尔①。

其中"或不睹于本章"的"本章"，即为"本事""史实"之谓。但需加说明的是，此《序》开首"乐府之兴，始于汉、魏"之所云，乃是承袭颜师古注《汉书》之"乐府之名，盖始于此"而为，实则为误②。而自"历代文士"至全文结束之所言，既有对诗人们不谙乐府之"本事"现象的列举，又明确交代了撰著《乐府古题要解》的动机与目的，实属"要解"之纲。而"本事"之于乐府诗或诗题的重要性，仅此则可见其一斑。

据现所存见之乐府诗资料可知，最早对乐府诗中之"本事"予以关注者，乃首推西汉初期扬雄《琴清英》一书。《琴清英》是乐府诗批评史上的第一部乐府诗专书，约佚亡于南宋后，现所存见者皆为清人之辑佚，主要有王谟辑本、严可均辑本、马国翰辑本。三种辑本《琴清英》的内容相同(只有少许字、词的差异)，所涉及"本事"的勾勒，均为四条，即：(1)"尹吉甫子伯奇至孝"条；(2)"《雉朝飞操》者"条；(3)"晋王谓孙息曰"条；(4)"祝牧与妻偕隐"条。其中，最具乐府学价值者，为第(1)、(2)条。如第(2)条全文为：

  《雉朝飞操》者，卫女傅母之所作也。卫女嫁于齐太子，中道闻太子死，问傅母曰："何如？"傅母曰："且往当丧。"丧毕，不肯归，终之以死。傅母悔之，取女所自操琴，于冢上鼓之。忽有二雉俱出墓中，傅母抚雌雉曰：女果为雉邪？"言未毕，俱飞而起，忽

---

① 吴兢：《乐府古题要解》上卷，《历代诗话续编》本，中华书局1983年版，第24页。

② 对于颜师古注《汉书》此处之错误，拙著《中国乐府诗批评史》第一章第一节已曾专辨之，读者自可参看，此不具述，特此说明，该书由武汉大学出版社2017年出版。

然不见。傅母悲痛，援琴作操，故曰《雉朝飞》。①

这是对《雉朝飞操》"本事"的一次较完整的录载（"题解"），这种录载，对于认识与把握《雉朝飞操》问世之际的时代背景，以及弄清楚其题旨之所在等，显然都是大有助益的。其他各条之所载，其作用与功能亦大抵如此，兹不具引。

自扬雄《琴清英》始，汉人以"题解类批评"的形式对乐府诗"本事"予以勾勒者，即引起了当时人们的注意，如东汉末期之蔡邕《琴操》，便是具有代表性的一例。与扬雄《琴清英》一样，蔡邕《琴操》亦早已佚亡，今所存见者，亦主要为清人辑本，即《汉魏遗书钞》所编入之王谟辑本。王谟辑本《琴操》，共收琴曲（实际上皆为乐府诗题）四十七篇，其中，有题解者二十四篇，乃全属对"本事"的录载，并对"本事"中所涉人物的生平事迹，也进行了程度不同的介绍。而这些"人物"，乃全为典籍所载之历史人物，如周文王、尹吉甫、许由、卞和、孔子、曾子等。由两晋而唐、宋，批评者们对于乐府诗"本事"的稽考，更是热闹非凡，蔚为壮观，其间如荀勖《荀氏录》、崔豹《古今注》、沈约《宋书·乐志》、吴兢《乐府古题要解》、刘次庄《乐府集》等乐府诗专书，即皆与"本事"关系密切，而待至郭茂倩《乐府诗集》问世，则将对"本事"的考察推向了一种更新的高度。

在方式、方法上，郭茂倩《乐府诗集》之于"本事"的考察与探求，与扬雄《琴清英》、蔡邕《琴操》、崔豹《古今注》、刘次庄《乐府集》等一样，即主要是以"题解类批评"而为。据统计，《乐府诗集》收诗约五千三百首，郭茂倩为之撰写了八百八十七条题解②，即平均每六首诗一条题解，而在这些题解中，所涉者几乎都与"本事"关系密切。而且《乐府

---

① 扬雄：《琴清英》，马国翰《玉函山房辑佚书》本，广陵书社2005年影印，第1193页。

② 具体参见拙著《中国乐府诗批评史》第六章第四节，武汉大学出版社2017年版，第254—272页。

诗集》题解对于"本事"的勾勒，有一个很鲜明的特点，就是皆属引录他人之文而为，而无作者本人的意见。如卷三十一"相和歌辞六"对《猛虎行》的题解，即为其例。其云：

> 古辞曰："饥不从猛虎食，暮不从野雀栖。野雀安无巢，游子为谁骄。"魏明帝辞曰："双桐生空枝，枝叶自相加。通泉溉其根，玄雨润其柯。"《古今乐录》曰："《猛虎行》，王僧虔《技录》曰：'荀录所载，明帝《双桐》一篇，今不传。'"《乐府解题》曰："晋陆机云'渴不饮盗泉水'，言从远役，犹耿介，不以艰险改节也，又有《双桐生空井》，亦出于此。"①

全篇题解共引录了"古辞""魏明帝辞曰"《古今乐录》"《乐府解题》"四则材料，但却无郭茂倩只语。若仅就这四则材料言，似郭茂倩认为《乐府解题》中的"言从远役，犹耿介，不以艰险改节也"云云，当为《猛虎行》"本事"之所在。

《猛虎行》的"本事"是否如《乐府诗集》引《乐府解题》之所言，这里不作讨论，但《乐府诗集》于题解中引录四则材料而探求之举措，则给后人以很大影响，如元人左克明《古乐府》即为其一。《古乐府》十卷，收诗六百一十九首，左克明为之撰写题解二百九十八条，也即为其中的二百九十八首乐府诗撰写了题解，而在这二百九十八条题解中，所"解"者不仅以对"本事"的勾勒为主，而且有二百条左右是与《乐府诗集》之题解密切相关的②，则其受《乐府诗集》题解之影响，也就自不待言。在明、清时期的乐府诗专书中，其题解受郭茂倩《乐府诗集》题解

---

① 郭茂倩：《乐府诗集》卷三十一"相和歌辞六"，中华书局1979年版，第462页。
② 关于左克明《古乐府》题解与郭茂倩《乐府诗集》题解的依存关系，具体参见拙著《中国乐府诗批评史》第六章第二节，武汉大学出版社2017年版，第285—300页。

之影响者,以梅鼎祚《古乐苑》最具代表性。着眼于"题解类批评"与勾勒"本事"的双重角度言,梅鼎祚《古乐苑》是乐府诗批评史上之最具代表性者。全书凡五十三卷(含"卷首"一卷),收诗一千余首,共有各类题解一千三百三十三条,其中与郭茂倩《乐府诗集》相关者,约有五百条左右,而其于"本事"的勾勒,也自然是寓于其中的。值得称道的是,《古乐苑》另有近五百条题解,全属梅鼎祚所自撰,因之,这些题解具有明显的"原创性"特点,也就不言而喻。而在与《乐府诗集》相关的近五百条题解中,其文字也并非全是对《乐府诗集》题解的原文引录,而是多所变化,如订正史实、增补文字、扩充内容等,从而使得其题解所蕴含的"本事",更具有真实性的特点,也更令读者信而不疑①。

明、清时期的其他乐府诗专书,如徐献忠《古乐苑》、朱嘉徵《乐府广序》等,虽然也于"题解类批评"中考察与探求"本事"之所在,但其更加不遗余力而为者,则是乐府诗的"本义"而非"本事"。如此,就涉及另一种主潮为何的问题了。

三、方法多种的原其本意

乐府诗批评史上的第三大主潮,是批评者们通过各种途径、各种方法对乐府诗"本义"(又作"本意")的探讨与获取,所谓"原其本意"(徐献忠《乐府原序》)者,即是指此而言。而"本义",指的是一首乐府诗最本真、最确切的意旨,为一首乐府诗所要真正弄清楚的具体内容,因为其之所关乎者,是这首诗究竟写的是什么,反映了作者怎样的思想与情感等,此于读者是如此,于批评者也是这样。批评者们之所以不遗余力地在"题解类批评"中探求"本事"者,是因为"本事"的最终目标,乃是服务于"本义"的,此则表明,只有"本义",才是一首乐府诗之最重要

---

① 关于梅鼎祚《古乐苑》中的这类题解与"本事",具体参见拙著《中国乐府诗批评史》第九章第一节,武汉大学出版社2017年版,第374—387页。

者。而事实上，无论是汉、晋时期的"本事"探求，还是明、清时期的"原其本意"，甚或是"广序"等，都是批评者为弄清楚一首乐府诗之"本义"而采取的方法。

比如，问世于北宋初中期之际的刘次庄《乐府集》，在对"本义"的探求与阐释方面，就颇具特点。刘次庄《乐府集》凡十卷，收诗四百二十八首，分为二十一类，另有《序解》（即题解）一卷，共十一卷，全书早已佚亡，唯阮阅《诗话总龟》引录其《序解》三十二条，其中卷七《评论门》十七条、卷三十《故事门》五条、卷四十四《怨嗟门》十条。另，吴曾《能改斋漫录》卷一《事始》引录一条；何溪汶（一作何汶）《竹庄诗话》卷二引录二条、卷三引录一条，合计三十八条。通过对这三十八条《序解》的具体把握，可知刘次庄《乐府集》之"题解类批评"，既有对"本事"之勾勒者，亦有对"本义"之阐释者，后者如"《兰若生春阳》"一条的《序解》，即为其例。其云："《兰若生春阳》，感时而思君子也。若谓杜若，亦香草名。左思《三都赋》曰：'其草则有杜若蘅菊，石兰芷蕙。'《枣下何纂纂》，潘安仁《笙赋》云：'辍《张女》之哀弹，流《广陵》之清散。咏桃园之夭夭，歌枣下之纂纂。歌曰：'枣下纂纂，朱实累累，宛其落矣，化为枯枝。'释者谓之纂纂，枣花也。"①刘次庄在这条《序解》中，于开首即全盘托出了《兰若生春阳》一诗的"本义"："感时而思君子也。"继之，则是对诗中有关语词的考释，以重在对"感时而思君子也"予以衬托。又如"《日出东南隅行》古词"一条：

……旧说邯郸女子姓秦名罗敷，为邑人千乘王仁妻。仁为赵王家令。罗敷出采桑陌上，赵王登台见而悦之，置酒，欲夺焉。罗敷弹琴，作《陌上桑》以自明不从。今其词乃罗敷采桑陌上，为使君所邀，罗敷盛夸其夫为侍中郎以拒之。论者病其不同。大抵诗人感

---

① 阮阅：《诗话总龟》卷三十，人民文学出版社1967年版，第303页。

咏，随所命意，不必尽当其事，所谓不以辞害意也。……①

这是条具有翻案性质的《序解》，特别是"所谓不以辞害意也"最值得注意。在刘次庄看来，乐府诗的"本事"固然重要，但其"意"则更为重要，因而认为，"旧说"与"今其词"所载罗敷"本事"之不同者，是不能以之为"病"的。所以，其于"序解"中乃特地指出："大抵诗人感咏，随所命意，不必尽当其事，所谓不以辞害意也。"这是从文学写作学的角度，对孟子"不以辞害意"说所进行的笺释。不独如此，刘次庄为了强调"不以辞害意"在乐府诗中的重要性，还从两个方面加强了对其之认识：一是将其上升到"发乎情，止乎礼义"的"古诗之风"的诗学高度进行比观；一是拟作了一首齐言体(五言)的《日出东南隅行》，以就其中"意"与"辞"的关系进行现身说法(本引文未引)，目的则是"直欲规诸子以就雅正"。因此，刘次庄堪称宋代乐府诗批评中之第一人。

一种值得注意的现象是，乐府诗批评随着时间的推移，愈往后发展，批评者们对"本义"之探讨也就愈为热烈，以至于问世了徐献忠《乐府原》、顾有孝《乐府英华》、朱嘉徵《乐府广序》、朱乾《乐府正义》等一批专门"原其本意"的著作，而且其方法、方式特点各具，新人耳目。约而言之，主要有如下三类：

其一，具有辨析特点的"原其本意"。这是徐献忠《乐府原序》之所言，其宗旨是"原汉人乐府辞并后代之撰之异于汉人者，以昭世变也"。在这里，徐献忠说得很明白，即要弄清每一首汉乐府的真正题旨，并对后代不符合汉乐府"本义"的一些说法予以辨正。所谓"后代之撰之异于汉人者"，据《序》文的下半部分可知，实则指的是郭茂倩《乐府诗集》与左克明《古乐府》，即在徐献忠看来，《乐府诗集》与《古乐府》题解之所言者，有许多是与其"本义"相去甚远的，故其乃撰此书以"原"之。其所"原"之方法，诚如各"总序"(《乐府原》将所收诗分为八类，每类卷

---

① 阮阅：《诗话总龟》卷七，人民文学出版社1987年版，第79页。

首附"总序"一篇)所言，主要是质疑、辨析与考释。如对《临高台》之所"原"为：

> 此主君游览高台，臣子祝颂之辞也。下有清水，江有香草，台之胜也。黄鹄翻飞，射以为献，登高之乐也。水清而至于寒，高如之荫也。香草在缥缈间而目之以兰，台高而望远也。主君游赏，臣子颂之，亦其常分。汉武柏梁之游，至于君臣同乐，赓为诗歌，为当时盛事，以入乐府无疑。《选诗补注》索之太过，以为君子忧国嫉邪之言，非也。①

首先明确指出，"主君游览高台，臣子祝颂之辞也"，为《临高台》的"本义"之所在。接下来，则通过具体的分析，认为是以"汉武柏梁之游"而"入乐府无疑"；最后则以"《选诗补注》索之太过"作结，指出其"以为君子忧国嫉邪之言，非也"，结论斩钉截铁。其实，这条题解的"原其本意"，还蕴含着另外一层意思，即针对郭茂倩《乐府诗集》引《乐府解题》之"但言临望伤情而已"，引何承天《临高台篇》认为"言超帝乡而会瑶台也"的认识，进行了或明或暗之辩驳。也即徐献忠对《乐府诗集》引《乐府题解》、何承天《临高台篇》《选诗补注》三家之所言，乃皆不认可，故而才提出了"此主君游览高台，臣子祝颂之辞也"的全新的"本义"认识。

其二，以"笺评"之法探求"本义"。这种方法在顾有孝《乐府英华》中表现得尤为明显。"笺评类批评"为顾有孝所首创，就其具体形式言，则又有"笺释""笺评""笺注"之别，《乐府英华》之于"本义"的考察，主要属于"笺评"的范畴。为便于认识，兹举卷三对《君马黄》"本义"之"笺评"，以为例说。顾有孝对《君马黄》之"笺评"为："此诗其伤朋友

---

① 徐献忠：《临高台》题解，《乐府原》卷三，《明诗话全编》本，凤凰出版社1997年版，第3044页。

之缺乎？应是白遭谗被谤之时作。"①对于李白此诗之所写，前人多无解，唯明人胡震亨《李诗通》认为"以喻交之不终"（参见王琦笺注本《李太白全集》卷六），顾有孝所云"其伤朋友之缺乎"，即与其颇相类，而"应是白遭谗被谤之作也"，亦与胡震亨的认识一致（参见詹锳《李白诗文系年》"至德二载"条），可见，顾有孝对李白这首《君马黄》的"笺释"，也即对其"本义"的认识，是完全可以相信的。又如卷五《长歌行》有"篇末评"（"篇末评"亦为顾有孝《乐府英华》所独创）云："真古诗不厌其平。此言人之待时，犹葵之待日也。"②以"真古诗"评价《长歌行》者，已是独出机杼，而"此言人之待时，犹葵之待日也"，则从比兴的角度揭示出《长歌行》之"本义"，更是一种开风气之先（《乐府英华》之前，未有从比兴的角度探讨乐府诗之"本义"者）的举措。又如卷八"笺释"李白《山人劝酒》之"本义"为："白为明皇欲废太子瑛而作也。"③对于李白《山人劝酒》一诗之意旨，在清代及其前，说者纷纭，言李白"为明皇欲废太子瑛而作也"，即为其中之一者，且最早为元人萧士赟在《分类补注李太白诗》中所提出，顾有孝于《乐府英华》中持此说者，实际上是对萧士赟说的一种有力支持。类此之"笺释"者，在一部《乐府英华》中，乃比比皆是，读者自可参看，此不一一列举。

其三，立足于美刺的角度"序本意"。着眼于"诗六义"以对乐府诗之"本义"予以探求者，是朱嘉徵《乐府广序》在"笺释类批评"中的一项重要创获。在附于《乐府广序》卷首的朱嘉徵《乐府广序题辞》一文中，朱嘉徵明言其以"诗六义"阐释乐府诗的目的，主要是欲"仿卜序略标美刺"而为，因之，其即以"序曰"的形式，就所收录的约三百五十首乐府诗的"本义"（也含"本事"），进行了新人耳目之论说。为便于认识，兹举卷一《鸡鸣》一诗的"序本意"如下：

---

① 顾有孝：《君马黄》"笺评"，《乐府英华》卷三，清许闲堂刻本。
② 顾有孝：《长歌行》"笺评"，《乐府英华》卷五，清许闲堂刻本。
③ 顾有孝：《山人劝酒》"笺评"，《乐府英华》卷八，清许闲堂刻本

《鸡鸣》,刺时也。国奢者教礼,首善系乎京师。或曰,初平中,五侯僭侈,太后委政于莽,专威福,奏遣红阳侯立,平阿侯仁,迫令自杀,民用作歌。夫盛极必衰,国势类然,风俗坏而人心随之。柔,柔之以弓矢,小刑用刀锯,大刑用甲兵也。协,协之以礼乐,辨等威,制度数也。《鸡鸣》与《尺布》之谣,同为讽时之作。文帝能受直言,此则讽言微婉,亦见君子处薄俗,志畏而言谨矣。①

在这条"序曰"中,朱嘉徵认为,《鸡鸣》是一首"刺时"的乐府诗。朱嘉徵的这种认识,与郭茂倩《乐府诗集》卷二十九于此诗之题解完全不同。《乐府诗集》卷二十九引《乐府解题》曰:"'……初言天下方太平,荡子何所之。次言黄金为门,白玉为堂,置酒作倡乐为乐,终言桃伤而李仆,喻兄弟当相为表里。兄弟三人近侍,荣耀道路,与《相逢狭路间行》同。若梁刘孝威《鸡鸣篇》,但咏鸡而已。'又有《鸡鸣高树巅》《晨鸡高树鸣》,皆出于此。"②但《乐府广序》则于"刺时也"之后,以"或曰"的形式,将"初平中,五侯僭侈,太后委政于莽"的一段历史事实,进行了极简要之述说,以表示对这种"或曰"认识的赞同,故而乃认为:"《鸡鸣》与尺布之谣,同为讽时之作。"在一部《乐府广序》中,类似之"序曰"还有很多,如卷一《东光》、卷四《相逢行》、卷五《上留田行》、卷六《白头吟》、卷九《从军行》、卷十《苦寒行》卷十二《艳歌何尝行》、卷十三《前缓声歌》等,即皆为其例,因限于篇幅,兹不具举。

---

① 朱嘉徵:《乐府广序》卷一,《续修四库全书》本,上海古籍出版社2002年影印,第368页。
② 郭茂倩:《乐府诗集》卷二十九,中华书局1979年版,第406页。

第二节 乐府题解与四本的关系

乐府诗虽然是诗歌大家庭中的一个重要成员,但从乐府诗批评的角度言,其却是与诗歌批评有着许多之不同的,比如,关于是否可以配乐传唱的问题,即为其一。又如,对乐府诗题(此主要指旧题乐府,下同,不另注)"本事"的勾勒与笺释,甚至是考证等,则更是诗歌批评之所无。凡此等等,所表明的是乐府诗批评自有其规律与特点,若不谙此,或者将乐府诗批评等同于诗歌批评,就有可能闹出许多笑话来,更有甚者,则是对时人与后人之误导。所以,从事乐府诗批评,是大不可以诗歌批评的方式、方法进行的。

在《中国乐府诗批评史》一书中,我曾根据历代乐府诗批评的特点,将三千年的乐府诗批评分为六种类型,即"整理类批评""选择类批评""题解类批评""品第类批评""专论类批评""注释类批评"①,并对每一种批评类型的概念或者定义在有关章节中进行了界说。仅从这些名目即可知,乐府诗批评的类型也是很有特点的,如"题解类批评"中的"四本"即具有相当的代表性。什么是"四本"?"题解类批评"与"四本"的关系又是如何?"四本"之间的相互关系又是如何?而所有这些,即构成了一道从无研究者涉及的文学问题,本节即重在对此进行考察与讨论。

一、乐府题解与本事

乐府诗批评最常用的方式、方法之一,就是"题解类批评"。"题解

---

① 具体参见《中国乐府诗批评史·自序》,武汉大学出版社 2017 年版,第 5 页。

类批评"是指以"题解"为主要批评对象的一种类型,其重点是对乐府诗题的笺释,其中,对"本事"的勾勒与对所涉"人"或"事"的背景交代,则又为其主要者。"本事",又称"故事""故实",是"题解类批评"中的"四本"之一(另外"三本"分别为"本题""本文"与"本义"),其既有指事之逸者,亦有指事之真、之虚者,而探其原委与始末,即为"题解类批评"表现在"本事"方面最核心的内容。一般而言,乐府诗中的"本事",虽然"虚""实"均有,但以"真事""实事"为主,"虚事"则次之。所谓"虚事",亦即"幻事"之谓,主要与神话传说相关联,也有出自小说家之言者,虽甚荒诞,但题解者却多在"穷其原"上下功夫。如《乐府诗集》卷十六有《上陵》一诗,为《汉鼓吹铙歌》十八曲之一,郭茂倩所撰题解在引智匠《古今乐录》、范晔《后汉书·礼仪志》之后,乃云:"按古辞大略言神仙事,不知与食毕曲同否?"①其中的"言神仙事"云云,即属"虚事"之列。又如《乐府诗集》卷五十七《神人畅》题解引谢希逸《琴论》有云:"《神人畅》,尧帝所作。尧弹琴感神人现,故制此弄也。"②《神人畅》是否为"尧帝所作",这里不作讨论,但谢希逸《琴论》之"尧弹琴感神人现"者,则明显属"虚事"。

而"真事""实事",乃为乐府诗"本事"之最重要者。以蔡邕《琴操》为例,便可对此有所认识与了解。上海古籍出版社版《续修四库全书》本《琴操》,凡上下二卷,共收录"前乐府"四十七篇(首),其中为:(1)有诗题、题解、琴辞(即乐府诗本文)者二十四篇;(2)有诗题、题解者二十篇;(3)有诗题而无题解、琴辞者三篇。在此四十四篇题解中,所涉之"本事"皆属"真事""实事",即皆可在左丘明《左传》、司马迁《史记》等史籍中找到出处。而且,有的题解之篇幅还相当大,因而所涉内容也甚为丰富,如上卷《履霜操》的题解即属如此。其题解全

---

① 郭茂倩:《上陵》题解,《乐府诗集》卷十六,中华书局1979年版,第229页。
② 郭茂倩:《神人畅》题解,《乐府诗集》卷五十七,中华书局1979年版,第824页。

文为:

> 《履霜操》者,尹吉甫之子伯奇所作也。吉甫周上卿也,有子伯奇。伯奇母死,吉甫更娶后妻,生子曰伯邦,乃谮伯奇于吉甫,曰:"伯奇见妾有美色,然有欲心。"吉甫曰:"伯奇为人慈仁,岂有此也?"妻曰:"试置妾空房中,君登楼而察之。"后妻知伯奇仁孝,乃取毒蜂缀衣,领伯奇前持之。于是吉甫大怒,放伯奇于野。伯奇编水荷而衣之,采楟花而食之。清朝履霜,自伤无罪见逐,乃援琴而鼓之。曰:"履朝霜兮采晨寒,考不明其心兮听谗言。孤恩别离兮摧肺肝,何辜皇天兮遭斯怨。痛殁不同兮恩有偏,谁说顾兮知我冤。"宣王出游,吉甫从之,伯奇乃作歌,以言感之于宣王。宣王闻之,曰:"此孝子之辞也。"吉甫乃求伯奇于野,而感悟,遂射杀后妻。①

全篇题解凡二百余字,既交代了《履霜操》的作者,又将尹吉甫之子尹伯奇的遭遇一一道来,故事较为完整,且不乏戏剧性情节,俨然一篇质量上乘的人物传记。而更为重要的是,尹吉甫、尹伯奇作为周宣王时期的两位"本事"人物,在相关著述中均有记载②,可确证其所言事乃"真事""实事"之属。又如《别鹤操》所言陵牧子之"事",崔豹《古今注》卷中、徐坚《初学记》卷十六之所载,则可与之互为印证,表明其亦为"真事""实事"之属。其他如《拘幽操》之周文王、《周太伯》之周太伯、《箕山操》之许由、《将归操》之孔子等,司马迁《史记》均有载,所表明的是这些诗题中的"本事人"及"本事事",都是有所依据的。

"本事"之于乐府诗,要而言之,其作用主要有二。其一是规范乐

---

① 蔡邕:《琴操》卷上,《续修四库全书》本,上海古籍出版社 2002 年影印,第 1092 册,第 149 页。
② 记载尹吉甫、尹伯奇二人事迹之著述,主要有应劭《风俗通义》卷二、《说郛》卷一○○引僧居月《琴曲谱录》,以及刘克庄《杂咏一百首·尹伯奇》等。

府诗的本真用意之所在，即有什么样的乐府题，就写什么样的内容，否则，即有"越轨"之嫌。吴兢《乐府古题要解序》有云："历代文士，篇咏实繁。或不睹于本章，便断题取义。赠夫利涉，则述《公无渡河》；庆彼载诞，乃引《乌生八九子》；赋雉斑者，但美绣颈锦臆；歌天马者，唯叙骄驰乱蹋。类皆若兹，不可胜载。"①在这里，吴兢虽然是就其所撰《乐府古题要解》之动机而言，其实际上已涉及了乐府诗与"本事"的关系问题。吴兢认为，《公无渡河》与"赠夫利涉"毫无关系；"庆彼载诞"亦非《乌生八九子》之所写，之所以会如此，主要在于"后生"们不明乐府题所蕴含的"本事"之所在。所以，其于《乌生八九子》之"要解"中写道："右古词：''乌生八九子，端坐秦氏桂树间。'言乌母生子，本在南山岩石间，而来为秦氏弹丸所杀。……若梁刘孝威'城上乌，一年生九雏'，但咏鸟而已，不言本事。"②所谓"不言本事"，是指刘孝威《乌生八九子》(参见《乐府诗集》卷二十八"相和歌辞三")之所写，与《乌生八九子》古辞之"本事"了不相涉。

"本事"之于乐府诗作用的第二个方面，是可增强诗中所写人或事的真实感与可信度，清人朱乾《乐府正义序》之"事则案诸史"云云，即与此甚为关联。其中有云："乾以为既曰诗，未有不可被之弦歌者。……今以《三百篇》例之……则见其中美者，可以劝善恶者，可以惩尤，夫三百也。……义则本之经，事则案诸史。"③所谓"事则案诸史"，是指"本事"所涉之"人"或"事"，即都要真实可信，经得住史籍的检验。也即在朱乾看来，乐府诗所写之事或人，只要能"案诸史"，读者就自然会对其信而不疑。正因此，朱乾于《乐府正义》之中，虽然

---

① 吴兢：《乐府古题要解序》，《乐府古题要解》卷首，《历代诗话续编》本，中华书局 1983 年版，第 24 页。

② 吴兢：《乐府古题要解》上卷，《历代诗话续编》本，中华书局 1983 年版，第 26 页。

③ 朱乾：《乐府正义序》，《乐府正义》卷首，国家图书馆藏乾隆五十四年刻本。

重点是对乐府诗进行"正义",也就是对他人之"义"予以反驳后再提出己见,但于"本事"所涉及之"人"或"事",即皆以"案诸史"的方法而为①。此则表明,朱乾《乐府正义》之"正义",都是可以"案诸史"的(对于朱乾《乐府正义》,另可详下)。

以上之所述所论,所表明的是"本事"在乐府诗中的重要性。正因为重要,故自西汉扬雄《琴清英》始,历朝历代的乐府诗批评著述皆于"题解类批评"中,将对"本事"的勾勒放在首位,其目的自然是对其重要性的强调。

二、乐府题解与本题

由于战争与历史久远等多方面的原因,乐府诗在流传的过程中,其诗题与其他文学品类的题目一样,均程度不同地存在着这样或那样的"变化"②,因之,与原诗题的差异性也即由此而得以凸显。此外,不同的集本与不同的版本,所著录之同一作者的乐府诗题,也是存在着一定程度之差异的,如郭茂倩《乐府诗集》卷二十七"相和歌辞二"收有李白《登高丘而望远》一诗,宋蜀刻本《李太白文集》卷四、宋咸淳本《李翰林集》卷四,均作《登高丘而望远海》,即一有"海"字,一无"海"字,二者孰是?若从版本学的角度审视,两种宋刊本李白集,显然是均较《乐府诗集》为后的③,则当以无"海"字为是,但是否如此,尚需进行

---

① 关于朱乾《乐府正义》之题解实况,具体参见拙著《中国乐府诗批评史》第十章第四节,武汉大学出版社2017年版,第459—475页。

② 此处所言之"变化",不包括乐府诗题由正格而演变为变格之变化,特此说明。又,关于乐府诗题的正格与变格,以及二者之间的变化关系等,可具体参见拙作《论唐诗的制题艺术》一文,已收入《唐代诗文论集》,武汉大学出版社2017年版,第29—42页。

③ 关于《乐府诗集》的成书与刊刻年代,具体参见拙著《中国乐府诗批评史》第六章第四节,武汉大学出版社2017年版,第254—259页;关于两种宋刻本李白集的刊刻年代,具体参见拙作《李白不是〈菩萨蛮〉的作者》一文,载《李白研究论丛》总第八辑,四川美术出版社2016年版,第116—130页。

具体考察。又，有一些乐府诗题在传播的过程中，还变成了另外一种样式的诗题，如《箜篌引》即为具有代表性的一例。郭茂倩《乐府诗集》卷二十六"相和歌辞一"著录李贺《箜篌引》一首，并撰题解云："一曰《公无渡河》。"①《箜篌引》在其发展的路途中，是如何演变为《公无渡河》的，研究者对其之孰是孰非却缺乏具体的考察，因而这两种乐府诗题一直并行至今。其他如《黄鹤吟》一作《黄鹄》，《陇头吟》一作《陇头水》，《艳歌何尝行》一作《飞鹤行》，《步出夏门行》一作《陇西行》，《薤露歌》一作《薤露行》，《相逢狭路间行》一作《长安有狭斜行》，《怨歌行》一作《怨诗行》，《思妇分》一作《离拘操》，《铜雀台》一作《铜雀妓》等②，亦皆具有相当的差异性。

　　以上之所述，实际上涉及的是乐府诗批评、特别是"题解类批评"中的"本题"问题。"题解类批评"中的"本题"，指的是乐府诗最原始、最本真的诗题，也即具有明显的原生态特征的诗题。而乐府诗的诗题，与其他类别的诗题如声诗、歌诗、徒诗等诗题相比，又有着一种与众不同的特点，即其首先是音乐之题（曲名），然后才是乐府诗之题（辞名），而从演化的角度考察，只有这种早先的音乐之题，才能成为乐府诗的原始诗题，也就是"本题"。如上所述，乐府诗中的"本事"固然重要，但"本题"之于乐府诗则也是重要的。这是因为，如果"本题"不明确，其"本事"或者"本文"，也就有可能因此而模糊，不明就里，难以藉之作出准确、中的之题解。所以，品评一首乐府诗，既要熟悉其诗题之由正格向变格演变的过程，又要知晓其"本题"与"非本题"的区别。为便于认识，下面兹以《钓竿》一题为例，以略作论析。

　　郭茂倩《乐府诗集》卷十八著录曹丕《钓竿》一首，并于题解开头引崔豹《古今注》云："《钓竿》者，伯常子避仇河滨为渔者，其妻思之而作

---

①　郭茂倩：《箜篌引》题解，《乐府诗集》卷二十六，中华书局1979年版，第377页。

②　以上所举，俱见中华书局1983年版《历代诗话续编》本《乐府古题要解》上下卷，特此说明。

也。每至河侧辄歌之。后司马相如作《钓竿诗》，遂传为乐曲。"①据此可知：(1)《钓竿》古辞是一首妻子思夫的爱情诗；(2)其作年在司马相如《钓竿诗》之前。据三秦出版社版《中国文学辞典·古代卷》，司马相如卒于公元前一一七年，其时距汉武帝"乃立乐府"的元朔五年即公元前一二四年②，乃有七年之隔，则《钓竿》古辞的问世，当在汉武帝元朔五年之前，也即《钓竿》当为一首"前乐府"。但值得注意的是，《乐府诗集》同卷并没司马相如的《钓竿诗》，而是将刘孝绰《钓竿篇》收入。又，吴兢《乐府古题要解》上卷于《钓竿》之题解后有"总评"云：

> 以上乐府铙歌。案汉明帝定乐有四品，最末曰《短箫铙歌》，军中鼓吹之曲。……又有《朱鹭》《思悲翁》《艾如张》……等十八曲，字多纰缪不可晓。《钓竿》一篇，晋代亦称为汉止于十八，恐非是也。③

按，《乐府古题要解》认为"《钓竿》一篇，晋代亦称为汉止于十八，恐非是也"的认识，实则为误。检房玄龄等《晋书》卷二十三《乐下》有云："汉时有《短箫铙歌》之乐，其曲有《朱鹭》《思悲翁》《艾如张》《上之回》《雍离》《战城南》《巫山高》《上陵》《将进酒》《君马黄》《芳树》《有所思》《雉子斑》《圣人出》《上邪》《临高台》《远如期》《石留》《务成》《玄云》《黄爵行》《钓竿》等曲，列入鼓吹，多序战阵之事。"④其中明言汉《短箫铙歌》有二十二曲，而非"晋代亦称为汉止于十八"。正因为晋代没有"称为汉止于十八"，故而在晋武帝司马炎即位后，即命傅玄依汉制仍

---

① 郭茂倩：《钓竿》题解，《乐府诗集》卷十八，中华书局1979年版，第262—263页。

② 关于汉武帝"乃立乐府"的时间为元朔五年者，具体参见拙作《"前乐府"概观》一文的"注释[1]"，载《宁夏师范学院学报》2018年6期。

③ 吴兢：《乐府古题要解》上卷，《历代诗话续编》本，中华书局1983年版，第38—39页。

④ 房玄龄等：《晋书》卷二十三《乐下》，中华书局1967年版，第701页。

"制为二十二篇"，以述"功德代魏"，且二十二篇的最后一篇，又恰为《钓竿》。还值得注意的是，在傅玄所制之晋《短箫铙歌》二十二篇中，有二十一篇的曲名全改为新名，如《朱鹭》改为《灵之祥》等，唯"《钓竿》依旧名"（《晋书》卷二十三《乐下》）。其中原因何在，不得而知。

上述之论析表明，为郭茂倩《乐府诗集》卷十八所收录之曹丕《钓竿》，乃系依崔豹《古今注》所载之《钓竿》而作，而《古今注》所录载之《钓竿》，即为此乐府题的"本题"，其后的《钓竿诗》《钓竿篇》等，乃皆非"本题"之属。又，《钓竿》既为"本题"，则其之"本事"，就理所当然应以崔豹《古今注》所载为是，而《晋书》卷二十三《乐下》之"列入鼓吹，多序战阵之事"者，显系后来演变之结果。而此，则又可表明，作为"前乐府"的《钓竿》一题，其"本事"是关于"伯常子避仇河滨为渔者"的故实，而非房玄龄等《晋书》卷二十三《乐下》所言之"多序战阵之事"云云。

正因为"本题"在乐府诗题解中具有与"本事"直接关联的特点，所以，历朝历代的乐府诗批评家均于"本题"极为重视，如明人胡应麟《诗薮·内编》卷一，即曾如是写道："用本题事而不失本曲调，上也。"①所谓"本题事"，就是"本题"所蕴含的"本事"。又，上举吴兢《乐府古题要解》于所收录"古题"下的十数例"一作××"之注，所反映的亦是吴兢对"本题"的重视。不独如此，吴兢《乐府古题要解》中的这些"一作××"之注，其绝大部分"古题"皆为"本题"之属，而其所"要解"的亦几乎全为"本事"，因之，仅就此而言，《乐府古题要解》实为"本题"与"本事"相结合的一部佳构。如此，其于后世乐府诗批评的影响之深远，也就不言而喻。

---

① 胡应麟：《诗薮·内编》卷一，《明诗话全编》本，凤凰出版社1997年版，第5448页。

三、乐府题解与本文

"本文"是乐府诗最重要的部分，故而，大凡研究乐府诗者，"本文"即成为了其研究的关键所在，而一首乐府诗的文学价值如何，或者其文献学价值如何，"本文"亦自然为其关键之所在。所以，只有"本题"而没有"本文"的作品，研究者是很难藉之以窥探其文化背景的，也是很难去认识作者写作动机的真面目，以及所要表达的思想与情感的，如班固《汉书》卷三十《艺文志第十》之所著录者，便是这样的一批作品。其具体为：

>《高祖歌诗》二篇、《泰一杂甘泉寿宫歌诗》十四篇、《宗庙歌诗》五篇、《汉兴以来兵所诔灭》十四篇、《出行巡狩及游歌诗》十篇、《临江王及愁思节士歌诗》四篇、《李夫人及幸贵人歌诗》三篇、《诏赐中山靖王子哙及儒子妾冰未央才子歌诗》四篇、《吴楚汝南歌诗》十五篇、《燕代讴雁门云中陇西歌诗》九篇、《邯郸河间歌诗》四篇、《齐郑歌诗》四篇、《淮南歌诗》四篇、《左冯翊秦歌诗》三篇、《京兆尹秦歌诗》五篇、《河东蒲反歌诗》一篇、《黄门倡车忠等歌诗》十五篇、《杂歌有主名歌诗》十篇、《杂歌诗》九篇、《洛阳歌诗》四篇、《河南周歌诗》七篇、《河南周歌声曲折》七篇、《周谣歌诗》七十五篇、《周谣歌诗声曲折》七十五篇、《诸神歌诗》三篇、《送迎灵颂歌诗》三篇、《周歌诗》二篇、《南郡歌诗》五篇。右歌诗二十八家，三百一十四篇。①

这是由周而汉的"二十八家，三百一十四篇"歌诗的"本题"。虽然如此，

---

① 班固：《汉书》卷三十《艺文志第十》，岳麓书社1993年版，第776—777页。

后人却很难从这"三百一十四篇"歌诗的"本题"中,对歌诗在周、汉时期之发展与繁荣的真实情况作一具体描述,原因是其只有"本题"而无"本文"。

正因为"本文"是如此重要,故其在"四本"中所占的地位,于乐府诗批评中所起的作用,也就非其他"本"可以相比。而研究者在对乐府诗进行"整理类批评"或者"选择类批评"时,首先所考虑的对象即为"本文"者,又可为之佐证。虽然如此,但"本文"之于乐府诗的"题解类批评"中,又往往与"本题"一样,即由于战争与历史久远等多方面的原因,而于流传的过程中,出现了许许多多的问题,有的甚至是面目全非。综而言之,"本文"所存在的问题,主要表现在三个方面。其具体为:

一是字词讹误。如王维《陇头吟》的最后一句,殷璠《河岳英灵集》卷中作"节旄落尽海西头",李昉等《文苑英华》卷一二五作"节旄零落海西头",郭茂倩《乐府诗集》卷二十一、宋蜀刻本《王摩诘文集》卷一,皆作"节旄空尽海西头"。在这三种著作中,殷璠《河岳英灵集》为唐人著作,最具版本学上的权威性;李昉等《文苑英华》为官修著作,权威性也是无须怀疑的;而郭茂倩《乐府诗集》为乐府诗专书,具有极强的可靠性。虽然如此,但"落尽""零落""空尽"三者孰是,则尚须作具体考察后方可回答。

二是有曲名(诗题)而无曲辞。如蔡邕《琴操》卷上之《鹿鸣》《伐檀》《雏虞》《白驹》《鹊巢》,卷下之《梁山操》《谏不违操》《三士穷》等,即皆为其例。而在现所存见的"前乐府"中,如《鹿鸣》等有题无辞者,乃并非少许①。

三是文字脱衍。为便于认识,兹举"脱"字例如次。李昉等《文苑英华》卷一九三卢思道《升天行》一诗云:"寻师得法诀,轻举厌人群。玉

---

① 关于"前乐府"之有题无辞者,可具体参见拙著《商周逸诗辑考》目录中之"仅存篇目"者,黄山书社2012年版,第1页、第4页、第80页。

山候王母，珠庭谒老君。刻作长生文，飞策乘流电。……不学蜉蝣子，干侣何纷纷。"最后一句的"干侣"下有注云："一作迢，一作葬。"如果依这两个"一作"，"干侣何纷纷"就成为了"迢何纷纷"，或者"葬何纷纷"，此诗为五言，则"迢何纷纷"或者"葬何纷纷"，就明显地脱一字。而郭茂倩《乐府诗集》六十三"杂曲歌辞三"收录此诗，最后一句正为"葬何纷纷"，即与"一作葬"同，显为错误，所以，中华书局版校点者即据《百三名家集》，将其补改为"生死何纷纷"①。

对于"本文"所存在的上述之问题，一般而言，乐府诗批评者大多尽量予以解决，而解决的方法主要有两种，一是在题解中进行订正，一是于"本文"错误处予以校补。但也有将此二者融入一首诗者，如蔡邕《琴操》所收之"前乐府"即皆如是，因文字较繁，读者自可参看，此不具引。

题解之于"本文"还存在着另一种情况，即题解中往往夹杂着某一乐府诗的"本文"（其或为整首诗，或为某一名句等），而使之得以保存并流传于世，如上引蔡邕《琴操》卷上之《履霜操》题解，即为其例。其中有云："(尹伯奇)乃援琴而鼓之。曰：'履朝霜兮采晨寒，考不明其心兮听谗言。孤恩别离兮摧肺肝，何辜皇天兮遭斯愆。痛殁不同兮恩有偏，谁说顾兮知我冤。'"经与郭茂倩《乐府诗集》卷五十七所收录之尹伯奇《履霜操》比对后可知，此六句乃为《履霜操》"本文"的全文。又如《箜篌引》之题解：

《箜篌引》者，朝鲜津卒霍里子高所作也。高晨刺船而濯，有一狂夫被发提壶，涉河而渡，其妻追止之不及，堕河而死。乃号天嘘唏，鼓箜篌而歌曰："公无渡河，公竟渡河。公堕河死，当奈公何？"曲终自投河而死。子高闻而悲之，乃援琴而鼓之，作《箜篌

---

① 郭茂倩：《乐府诗集》卷六十三，中华书局1979年版，第921页。

引》以象其声,所谓《公无渡河》曲也。①

其中的"公无渡河,公竟渡河。公堕河死,当奈公何?"四句,即为《箜篌引》全诗之"本文"。而吴兢《乐府古题要解》下卷于《公无渡河》题下的"本《箜篌引》"之注释,系据此而为者,乃可论断。又宋人刘次庄《乐府集》之于《将进酒》的题解为:

> 《将进酒》,魏谓之《平关中》,吴谓之《章洪德》,晋谓之《因时运》,梁谓之《石首局》,齐谓之《破侯景》,周谓之《取巴蜀》。李白所拟,直劝岑夫子、丹丘生饮耳。李贺深于乐府,至于此作,其辞亦曰:"琉璃钟,琥珀浓,小槽酒滴珍珠红。"嗟乎,作诗者摆落鄙近以得意外趣者,古今难矣。②

这条题解,不仅较详细地列举了《将进酒》的别名(其实也与"本题"相关,这种于"本题"之外详列非"本题"的举措,在宋、元、明、清各朝的乐府诗专书中,是很少见到的),而且还涉及了李贺《将进酒》的"本文"问题。此则表明,"本文"与"本题"之于"题解类批评"中,乃是多被批评者们融合在一起的。而这样的例子,在自汉而清的乐府诗批评著作中乃甚多,对此,拙著《中国乐府诗批评史》各章节所引之例文,已有所涉及,可参看,此不具引。

四、乐府题解与本义

乐府诗"题解类批评"的范围虽然甚为广泛,但其终极目标则是对

---

① 蔡邕:《琴操》卷上,《续修四库全书》本,上海古籍出版社 2002 年影印,第 1092 册,第 151 页。
② 刘次庄《乐府集》之于《将进酒》的题解,据阮阅《诗话总龟》卷七引,人民文学出版社 1987 年版,第 78 页。

一首乐府诗的"本义"（或寓意）的准确探讨，因此，也就有了诸多乐府诗批评者对乐府诗"本义"探讨的介入。更有甚者，则是有研究者推出了探讨乐府诗"本义"的专书，如明代徐献忠、清代朱嘉徵、朱乾等人，即为其例（具体详下）。如此，就涉及"题解与本义"的问题了。"本义"又称"本意"，指的是一首乐府诗所要表达的实际意义，也即一首乐府诗的题旨之所在。胡震亨《唐音癸签》卷九有云："太白于乐府最深，古题无一弗拟，或用其本意，或翻案出其新意，合而若离，曲尽拟古之妙。"①在这里，胡震亨虽然是对李白的"拟古"乐府进行了评论，但其中将"本意"与"新意"对举，则"本意"之于乐府诗者，已是甚明。

而正是由于"本义"在乐府诗中的重要性，故在明、清两代即问世了多种专门探讨乐府诗"本义"的著作，如徐献忠《乐府原》、朱嘉徵《乐府广序》、朱乾《乐府正义》等，即皆为其代表。《乐府原》主要在于"原"乐府诗之"本意"，而《乐府正义》所"正"之"义"，则为一首乐府诗最本真之意旨。朱嘉徵《乐府广序》之所指，则是谓以多种方法"序"（探求）乐府诗之"本义"。总而言之，三书均在探讨乐府诗的"本义"上，作出了最大的努力。以徐献忠《乐府原》为例，如卷三《有所思》的题解为：

> 此以思归比君子也。言我所思在远方，而以珠玉玳瑁问，遗之以寄情也。奈何君有他心，而不专于我，则以所欲遗者，攉之使毁，烧之为灰，且当风扬散以灭其迹，是灭其情也。从今以往，勿复相思而与君绝矣。君若再来，则鸡鸣狗吠，兄嫂必知之，夜中妃且呼豨不睡，秋风且起，东方、东方且白，决无见君之期，甚言决绝之情也。②

---

① 胡震亨：《唐音癸签》卷九《评汇五》，上海古籍出版社1981年版，第87页。
② 徐献忠：《有所思》题解，《乐府原》卷三，《明诗话全编》本，凤凰出版社1997年版，第3043页。

徐献忠《乐府原》题解的最大特点，就是于开篇直言其"原"之所在。在这段题解文字中，徐献忠首先开门见山地托出了其于《有所思》"本义"的认识："此以思归比君子也"；继之则认为这是一首"寄情"之作，其"本意"是指女子称男子"不专于我"，而"从今以往"，"决无见君之期，甚言决绝之情也"。经过比对可知，徐献忠的这一认识，虽然是以郭茂倩《乐府诗集》卷十六所引《乐府解题》之"从今以往，勿复相思而与君绝矣"为基础的，但却较其更为精准。又如卷四《折杨柳》题解："折杨柳者，边塞戍征之士见春光再荣，别离难合，折之以寓悲感之思也。其或闺中思妇缝衣欲寄寒信，忽回春柳，复变感而悲焉，亦其情也。"①徐献忠的这一认识，较之郭茂倩《乐府诗集》卷二十二于此诗所撰题解而言，显然是更加接近是诗意旨之真实性的②。而综徐献忠《乐府原》十五卷又可知，其于题解中"原其本意"（徐献忠《乐府原·序》）之所获，较前人如左克明《古乐府》等，则是更胜一筹的，对此，拙著《中国乐府诗批评史》第八章第二节已言之甚详，此兹罢论。

再看朱乾的《乐府正义》。《乐府正义》凡十六卷（含论文一卷，二十二篇，连同书末"附论"中的九篇，共三十一篇），其最令人瞩目之特点，是采用考证的方法以"正"前人之"义"，即在反驳前人"义"的基础上提出属于自己的"义"。为便于认识，兹举卷九对陆机《泰山吟》所"正"之"义"如次：

> 按左思《齐都赋》注云：《东武》《泰山》，皆齐之土风，弦歌讴吟之曲名也，其非丧歌亦明矣。士衡《泰山》，适感幽涂，武侯《梁甫》，偶悲三墓。自开三图有泰山在左，亢父在右，亢父知生，梁

---

① 徐献忠：《折杨柳》题解，《乐府原》卷四，《明诗话全编》本，凤凰出版社1997年版，第3046页。
② 郭茂倩于《折杨柳》所撰题解，具体参见《乐府诗集》卷二十二，中华书局1979年版，第328页。

甫主死之说。而《乐府解题》，遂谓《泰山吟》，亦《薤露》《蒿里》之类，郭氏附会之，谓《梁甫吟》亦葬歌，不闻歌土风者，歌虞殡也。《解题》一书，但依样模形，不识古义类如此。①

这是对陆机《泰山吟》"本义"所进行的考辨，故在开首即引左思《齐都赋》之注，以为立论的依据，继而则认为，《泰山吟》与《东武吟》一样，"皆齐之土风，弦歌讴吟之曲名也，其非丧歌亦明矣"。这是对郭茂倩《乐府诗集》卷四十一引《乐府解题》所持"丧歌"说的反驳。所以，接下来即有"而《乐府解题》，遂谓《泰山吟》，亦《薤露》《蒿里》之类，郭氏附会之，谓《梁甫吟》亦葬歌，不闻歌土风者，歌虞殡也"一段文字，其中的"郭氏附会之"云云，所指即《乐府诗集》于《泰山吟》题解引《乐府解题》之"丧歌"所言。而"士衡《泰山》，适感幽涂"，即为朱乾对陆机此诗"本义"的认识。

最后看朱嘉徵的《乐府广序》。《乐府广序》三十卷，将所收三百五十首乐府诗分为十类，黄宗羲等人为之作序。《乐府广序》重在"序本意"，其特点是简明、直接，如认为"《鸡鸣》，刺时也"（卷一），"《陌上桑》，妇人以礼自防也"（卷一），"《箜篌引》，歌置酒宴乐也"（卷八），"《东都五诗》，歌明堂、辟雍、灵台、宝鼎、白雉，汉中兴颂也"（卷二十二）等。如上所言，《乐府广序》重在从"广"的角度"序"乐府诗之"本义"，故其除了"题解类批评"外，还对三百五十首乐府诗进行了"笺释类批评"，即"广序"是集这两种批评形式于一体的，但仅就"题解类批评"言，其于乐府诗"本义"的探求，却是要较徐献忠《乐府原》、朱乾《乐府正义》逊色一些的。

---

① 朱乾：《泰山吟》题解，《乐府正义》卷九，乾隆五十四年刻本。

第三节　乐府专书艺术论的欠缺

本节题目中的"乐府专书"，指的是具有总集或选集性质的一批乐府诗批评著作，如扬雄《琴清英》、蔡邕《琴操》、刘次庄《乐府集》、郭茂倩《乐府诗集》、朱乾《乐府正义》、黄节《汉魏乐府风笺》等，即不含与乐府诗相关的一些诗话类成果。这类乐府专书，由西汉初年（《琴清英》）而民国初年（《汉魏乐府风笺》），在二千年的历史长河里，串珠似地构成了一道乐府诗批评的风景线，既绚丽多彩，又成就非凡，特别引人瞩目。中国乐府诗批评的大厦，即因了这类专书的存在，而得以较为完美、牢固地构建。这类专书之于乐府诗的所批所评，从方法论的角度言，首先是"选择类批评"，即选取什么样的乐府诗编入"专书"，这是对批评者眼光的检验；继之则为"题解类批评"与"笺释类批评"，且以前者为主，其中除艺术论外，批评者所获之种种，大多可与其他文学品类之批评媲美。乐府专书中的"艺术论"，是指作者从审美的角度对乐府诗进行的批评，举凡风格、语言、境界、格调、作法，以及意境创造、人物描写、意象组合等，即皆包含其中。然则就乐府专书中的艺术论实况言，其不仅难以与诗话类著作中的"乐府艺术论"媲美，而且与题解类批评中的"本事""本义"等相比，也是存在着极大的差别的。其中原因何在？历代乐府专书中的艺术论批评又究竟如何？批评者们又是怎样看待艺术论的？凡此等等，即成为了本节所考察与观照的重点。

一、历代艺术论之批评举隅

一般而言，乐府诗在没有和音乐脱离之前，主要是与歌、舞相伴而行的，而在此期间，乐府诗（或歌辞、舞辞）本身所扮演的，就是一种艺术或者艺术行为。但当乐府诗与音乐分开后，其艺术的特质就只能靠

"本文"去完成了，而这种靠"本文"所完成的艺术，即为"乐府诗艺术"，也就是一种具有审美特点的艺术。但遗憾的是，在由汉而清数以十计的乐府专书中，作者们之于"乐府诗艺术"进行论析、品鉴者，却无一人一书予以专为，有的只是一些与"作法"相关联的"艺术碎片"。这是一种值得关注的文学现象，为便于认识，兹略述之如次。

就现所存见的材料言，问世于北宋初期的刘次庄《乐府集》，为第一部涉及艺术论的专书。《乐府集》凡十卷（均为作品选），《乐府序解》（对所选乐府诗的题解，又一作《乐府解题》）一卷，共十一卷，收古乐府二十一类四百二十八首，已佚亡①。其"序解"多为时人之著述所引用，如阮阅《诗话总龟》、何溪汶（一作何汶）《竹庄诗话》、吴曾《能改斋漫录》等，即皆为其例。据人民文学出版社1987年版《诗话总龟》可知，该书共引《乐府序解》之"序解"三十二条，具体为：卷七《评论门》十七条，卷三十《故事门》五条，卷四十四《怨嗟门》十条。其中，属于艺术论者则有：

《白头吟》，相如将聘茂陵女为妻，文君作《白头吟》以自绝，相如乃止。故李白辞曰："头上玉燕钗，是妾嫁时物。赠君表相思，罗袖幸时拂。莫卷龙须席，从他生网丝。且留琥珀枕，还有梦来时。"此最为警策。②

《将进酒》，魏谓之《平关中》，吴谓之《章洪德》，晋谓之《因时运》，梁谓之《石首局》，齐谓之《破侯景》，周谓之《取巴蜀》。李白所拟，直劝岑夫子、丹丘生饮耳。李贺深于乐府，至于此作，其辞亦曰："琉璃钟，琥珀浓，小槽酒滴珍珠红。"嗟乎，作诗者摆

---

① 关于刘次庄《乐府集》的收诗实况等，可具体参见拙著《中国乐府诗批评史》第六章第一节，武汉大学出版社2017年版，第212—226页。
② 阮阅：《诗话总龟》卷四十四，人民文学出版社1987年版，第420页。

落鄙近以得意外趣者，古今难矣。①

　　《日出东南隅行》古词曰："日出东南隅，照我秦氏楼。"旧说邯郸女子姓秦名罗敷，为邑人千乘王仁妻。仁为赵王家令。罗敷出采桑陌上，赵王蚕楼见而悦之，置酒，欲夺焉。罗敷弹琴，作《陌上桑》以自明不从。今其词乃罗敷采桑陌上，为使君所邀，罗敷盛夸其夫为侍中郎以拒之。论者病其不同。大抵诗人感咏，随所命意，不必尽当其事，所谓不以辞害意也。②

　　《君马黄》古词云："君花黄，君马苍，二马同逐臣马良。"终言："美人归以南，归以北，驾车驰马令我伤。"李白拟之，遂有"君马黄，我马白，马色虽不同，人心本无隔"。其末云："相知在急难，独好亦何益。"自能驰骋，不与古人同圈模，非远非近，此可谓善学诗者欤③。

以上之所举，第一例的"此最为警策"，主要是指《白头吟》语简言奇，含义深刻而富有一定的哲理性，即为对《白头吟》古辞语言的赞美。第二、三、四例，皆为作者对乐府诗作法的认识，如：(1)主张乐府诗应如《将进酒》古辞那样"得意外之趣"；(2)强调乐府诗作者应向《日出东南隅行》古辞学习，因为其属于"不以辞害意"的典范之作；(3)提倡在创作乐府诗时，要尽量"不与古人同圈模"，即不要受古辞的束缚，而是有所创新与突破。刘次庄《乐府集》(主要为《乐府序解》)类此之"艺术谈片"，另有《木兰》题解、《飞来双白鹄》题解等，均见何溪汶《竹庄诗话》卷二，兹不具举。

---

① 阮阅：《诗话总龟》卷七，人民文学出版社 1987 年版，第 78 页。
② 阮阅：《诗话总龟》卷七，人民文学出版社 1987 年版，第 79 页。
③ 阮阅：《诗话总龟》卷七，人民文学出版社 1987 年版，第 78 页。

继刘次庄《乐府集》之后，在"题解类批评"中涉及艺术论者，当推元人左克明《古乐府》，但《古乐府》只是着眼于比兴的角度，于"艺术谈片"有所涉及而已。其后，则有清人朱嘉徵《乐府广序》一书。《乐府广序》现所存见者，有康熙十五年（1767年）清远堂刻本，书名全称为《汉魏乐府诗集广序》，凡三十卷，所收皆为汉、魏乐府，分为九类，另增"歌诗"四卷为一类，共十类。全书着眼于"诗六义"的角度，又将三十卷汉、魏乐府分为"风""雅""变雅""颂"四类，即"相和歌辞""杂曲歌辞"为"风"，"鼓吹歌辞""横吹歌辞""汉雅舞辞"为"雅"，"魏雅舞辞""汉魏杂舞歌辞"为"变雅"，"郊祀乐辞""庙祀乐辞"为"颂"。这种分类，虽然是对《诗经》体例的仿效，但实际上却是受到了郭茂倩《乐府诗集》的影响。郭茂倩《乐府诗集》将所收约五千三百首乐府诗以"风""雅""颂"比附者，元代李孝光《乐府诗集序》已言之甚详①，可参看，此不具引。朱嘉徵《乐府广序》将三十卷汉、魏乐府分为"风""雅""变雅""颂"四类者，其重点则在于揭示三十卷汉、魏乐府诗的风、雅、颂之真面目，以及其比兴之用的种种特点。以前者为例，如卷一《陌上桑》的题解有云：

> 《陌上桑》歌"日出东南隅"，妇人以礼自防也。汉游女之正，但令不可求而止，《陌上桑》之情亦正，唯言罗敷自有夫而止，皆正风也。风调自然名俊，子建独领此一派，士衡《日出东南隅行》颇合调，乐以诗声别之，亦犹《周南》之于郑卫。……古辞用直叙，风义悠然绝胜。②

在这条"小序"中，朱嘉徵认为，《陌上桑》古辞不仅属于"正风"，其

---

① 李孝光：《乐府诗集序》，《李孝光集校注》卷二，上海社科院出版社2005年版，第65—68页。

② 转引自王辉斌《中国乐府诗批评史》第十章第二节，武汉大学出版社2017年版，第454页。

"风调自然名俊",而且还采用"直叙"的表述方法,使得"风义悠然绝胜"。即在朱嘉徵看来,《陌上桑》是一首颇为纯正的风诗,故其之"风调""风义"等均具特点。

从比兴的角度进行乐府诗之艺术论批评者,朱嘉徵《乐府广序》堪称清代乐府专书中的第一书。众所周知,比兴既是"诗六义"的重要组成部分,又为一种作诗的重要表现技法,因之,其即成为了《乐府广序》艺术论批评的一种具体对象。《乐府广序》之于汉、魏乐府的比兴之用,认为其主要存在着三种情况:(1)只用比;(2)只用兴;(3)比兴合用。如卷二十八《乐府》一诗有"序曰"(即题解)云:"《乐府》,歌胶漆嫉谗间也。比意深长,与《采葛》风旨则一。"其中"比意深长"四字,已明言《乐府》所用为"比",而"风旨则一",是谓其具有"风"的特点。又卷十四《五游篇》有"序曰"云:"'九州不足步',亦与《鰕䱇》同兴。"所言"九州不足步"五字,为《五游篇》的第一句,实际上是用以代指《五游篇》的,《鰕䱇》为曹植乐府名篇,在朱嘉徵看来,此二诗所用者乃皆为"兴",故特点相同。又卷十四《两头纤纤诗》有"序曰"云:"《两头纤纤诗》,悲时易逝,念将老也。每句中自寓比兴,合读之,呼应见法,中亦寓伤时惜阴之感,使人不忘起舞。"既言"每句中自寓比兴",则《两头纤纤诗》一诗乃系"比兴"合用者,即甚为清楚。《乐府广序》对汉、魏乐府中比兴之用的笺释,言简意明,特点自现。

受朱嘉徵《乐府广序》的影响,于乐府诗之比兴予以揭示者,在清代中晚期之际,即成为一时之风气,其中如陈沆的"乐府比兴笺",就颇为引人注目。陈沆虽无乐府专书行世,但其著名的《诗比兴笺》四卷中,收录了一百零七首乐府诗,且以唐人乐府为主(共六人四十八题整六十首诗),并于李白的二十四首乐府诗(二十三首旧题乐府,一首新题乐府),以"太白乐府笺"的专名冠之。陈沆此举,表明其之于李白乐府诗的"比兴笺",乃是相当重视的。陈沆笺释乐府诗的比兴,要而言之,主要在于揭示其"比"与"兴"意之所在。如笺释李白《上留田行》有云:

此伤太子瑛、鄂王瑶、光王琚遇害之事也。武惠妃生寿王瑁，谋夺嫡，数谮构之，言有异谋……帝怒，遂并废为庶人，旋赐死城东驿，天下冤之。李林甫欲遂立寿王为太子，帝听高力士言，乃立忠王。故有"延陵孤竹，让国扬名""参商胡乃寻天兵"之语。岁中惠妃病，数见三庶人为祟，使巫祈请改葬，讫不解，遂死。故有"孤坟峥嵘""埋没蒿里"及"弟死兄不葬，他人于此举铭旌"语也。萧士赟谓指永王璘之死，殊非情事。①

对于李白《上留田行》一诗之所写，历来说者纷纭，陈沆通过"比兴笺"后，得出"伤太子瑛、鄂王瑶、光王琚遇害之事也"的认识，其甚为正确②。虽然如此，但其之"比兴笺"者，却仍然只局限于在"四本"之"本义"中，而非如一些诗话著作那样，属于真正意义上的乐府"艺术论"。

在乐府专书的历史长河中，能在"题解类批评"中言及艺术论者，据笔者的考察，实则只有上述之诸书。其他如徐献忠《乐府原》、梅鼎祚《古乐苑》、顾有顺《乐府英华》等，或属"题解类批评"，或属"笺释类批评"，或二者合一，虽时有涉及"艺术谈片"者，但却均与刘次庄《乐府集》中之艺术论相去甚远。更何况，刘次庄《乐府集》中之艺术论，也主要是着眼于乐府诗"作法论"以言。而朱嘉徵《乐府广序》、陈沆"乐府比兴笺"之"比兴笺"，虽然也属于艺术论的范畴，但其重点则是探求乐府诗的"本义"。

二、题解类批评的重点所在

以上的举隅已较为清楚地表明，艺术论之于各个时期的乐府专书

---

① 陈沆：《诗比兴笺》卷三，上海古籍出版社1981年版，第143—144页。
② 具体参见拙著《中国乐府诗批评史》第十一章第二节，武汉大学出版社2017年版，第489—501页。

中，显然是未能引起批评者们应有的注意的，或者说，艺术论在一些乐府诗的总集或选集中，并非为批评者们所题解与笺释的主要对象。从艺术审美的角度言，乐府诗自诞生之日始，就具有一种供读者欣赏、品鉴的原生态艺术特性，且与诗经、楚辞无异，而此，在"前乐府"中表现得又尤为明显①。早在两千多年前，孔子就曾经说过："诗可以兴，可以观，可以群，可以怨。"②其实，作为诗歌家族中重要成员的乐府诗，也是"可以兴，可以观，可以群，可以怨"的，对此，上引朱嘉徵《乐府广序》将所收三十卷乐府诗"一遵六义之教"③，分为"风""雅""变雅""颂"四类予以批评的举措，便足可窥其大概。

虽然如此，但朱嘉徵《乐府广序》却主要是以"广序"二字为重心，也即多角度、多途径地探求每首乐府诗的"本原"，所谓"序其本原"者是也。"序其本原"，亦称"探其本原"，说得通俗一点，就是指弄清楚一首乐府诗究竟写了什么，反映了作者怎样的思想与认识，为题解类批评（含笺释类批评，下同）者最首要的任务。因为在"题解类批评"者看来，对"本事"的正确获取，是弄清楚一首乐府诗"本义"（即"究竟写了什么"）的最有效途径，故其乃皆勉力而为。而这种勉力而为的举措，久而久之，即成为了"题解类批评"者"题解"乐府诗的一种共识，对此，扬雄《琴清英》等乐府专书，又可为之佐证。就现所存见的材料言，扬雄《琴清英》是乐府诗批评史上的第一部题解类著作，其虽早已佚亡，但清人辑佚本《琴清英》所收录之四条题解的实况④，则是极有助于对

---

① 关于"前乐府"及其在先秦的发展概貌，可具体参见拙作《"前乐府"及其在先秦的创作》一文，载《西华大学学报》2013年第2期，第29—33页。
② 何晏等：《论语注疏》卷十七《阳货》，《十三经注疏》本，上海古籍出版社1997年影印，第2525页。
③ 许三礼：《序》，《乐府广序》卷首，《续修四库全书》本，上海古籍出版社2002年影印，第359页。
④ 扬雄《琴清英》现存三种清人辑佚本，内容大体相同，所收录"题解"五条，除"昔者神农造琴"一条外，余四条皆为对乐府诗"本事"的勾勒，具体参见拙著《中国乐府诗批评史》第一章第三节，武汉大学出版社2017年版，第27—39页。

此之认识的。而此，也是由扬雄《琴清英》而郭茂倩《乐府诗集》，也即由西汉初期而北宋中晚期之际的一千余年间，"本事"始终为"题解类批评"者所关注的原因之所在。但需加以指出的是，随着时间的推移，批评者们之于题解中对"本事"的探求，不仅更加迫切，并且方法也多种多样，诸如笺释、评说、集考、辨识、质疑等，乃应有尽有。而一些"正义"之作，也即因此而问世，如朱乾的《乐府正义》一书，即为"正义"类的代表。

朱乾《乐府正义》共十五卷，主要从"笺释类批评"的角度，对每首乐府诗之"本义"进行了具体笺释。所以，书名中的"正义"之"正"，实则为考订、辨正、质疑之谓，也即对前人所持说之"本义"，予以多角度之辨正。既然要"正"他人之"义"，则对"本事"的准确获取，自然就成为了《乐府正义》的又一主要任务，而此，也是《乐府正义》既有"题解类批评"（主要因"本事"而用），又有"笺释类批评"（主要因"本义"而用）的原因所在。一般而言，"题解类批评"虽然主要是以"四本"为批评对象的，且"本事"乃居于"四本"之首，实则"本事""本文""本题"三者，乃皆属为"本义"服务。这是一种历史悠久而又极具传统特性的乐府诗批评，在这种批评动机的作用下，艺术论之于"题解类批评"中，显然是难以与"四本"特别是其中之"本义"并论的。更何况，任何一种乐府专书的作者，其于题解中首先所要弄清楚的，是一首乐府诗究竟写了什么，而不是该乐府诗具有怎样的艺术特点。换言之，在乐府专书作者的乐府认识观中，"四本"中的"本事""本义"，历来都是处于"题解类批评"的第一位的，而与"四本"并无关系或者说关系不大的艺术论，就理所当然地只能居于第二位了。所以，艺术论与"四本"之于乐府专书的作者而言，前者永远是必须让位于后者的，这既是一种传统的批评共识，也是一种批评事实。而这一共识与事实所反映的，则是由西汉而清末的大批"题解类批评"者，对于乐府诗艺术论的一种漠视。其中，虽然不乏如刘次庄《乐府集》这样的专书，但从总的方面言，其数量却是相当有限的。

总体而言，重"四本"而轻艺术论，是乐府专书作者们于"题解类批评"中所表现出的一种极具共性特点的认识观。而正是因了这种认识观，艺术论在"题解类批评"中必须让位于"四本"的事实才会出现。若从另一个角度审视，则可知"四本"中的"本事""本义"，对"题解或笺释"作者们的这种认识观，是起到了相当大的助推作用的。乐府诗中的"本事"，虽然有"虚"（神话）、"实"（史实）之分，且以"实"为主，但乐府专书作者们对于其中属于"实"的一类"本事"，其实都是以史而待的，对此，蔡邕《琴操》所勾勒与述介之种种"本事"，即是一份最好的佐证①。而"本事"的清楚明白，又是探求一首乐府诗"本义"的关键所在，故而，穷尽典籍以弄清楚"本事"之举措，即普遍地存在于各种各类的乐府专书中。而艺术论则不然。从审美的角度言，艺术论虽然可愉悦读者的情志，并于其心灵以种种慰藉，但对"本事"的探讨与对"本义"之所"原"，却并不能发挥任何作用。正因此，轻艺术论而重"四本"者，即成为了乐府专书作者们"秘而不宣"的一条"题解类批评"之"铁律"。这实际上是对艺术论在"题解类批评"中的一种极不公平的定位。这种不公平的定位，不仅于有意无意间削弱了"题解类批评"内容方面的疆域，并且还极大地阻碍了批评者对乐府诗艺术论的挖掘与总结，而或此或彼，于乐府诗批评都是有所不利的。

这就是从西汉初年扬雄《琴清英》始，到民国初年黄节《汉魏乐府风笺》止，其间约二千年之"题解类批评"的现状。

三、艺术论欠缺的原因

乐府专书的作者们于"题解类批评"中对艺术论的漠视，实际上是艺术论在题解类批评中欠缺的一个重要原因，这是因为，"题解类批

---

① 关于蔡邕《琴操》之题解批评与对"本事"的勾勒与交待等，可具体参见拙作《蔡邕与〈琴操〉及其题解批评》一文，载《广西师范大学学报》2013年3期，第96—101页。

评"者所题解的重点，如上所言，历来都是以"四本"为主的。而"四本"中的"本事""本义"，则又为其关键所在，这在唐及其前的乐府专书中，显得尤为明显。由唐而宋，虽有刘次庄《乐府集》或者说《乐府序解》于艺术论予以涉及，且其关于这方面内容的题解还曾多为时人所引用，但却并不曾为当时及其后的乐府专书作者们所重视，这从郭茂倩《乐府诗集》引用了《乐府集》不少题解而无艺术论之只字的实况，即足可证明之。所以，从本质上讲，乐府专书的作者于"题解类批评"中，一切唯"本事"与"本义"为是的认识观，使得艺术论之于乐府诗的题解中，永远不可能与"本事""本义"并肩而行，从而导致了艺术论在"题解类批评"中的可有可无。因之，在这种乐府诗批评背景的作用下，艺术论之于"题解类批评"中的欠缺，也就成为了一种在所难免的事实。此则表明，这一艺术论的欠缺，其实是由批评者的主观认识导致的。

而从客观因素的角度审视，致使"题解类批评"之艺术论欠缺者，还包括以下两个方面。其具体为：

其一，受郭茂倩《乐府诗集》不重视艺术论的影响。郭茂倩《乐府诗集》作为乐府诗史上的第一部集大成之作，其自问世之日始，即对当时与后世的乐府专书产生着深刻影响，则乃不言而喻。而从乐府诗批评的角度审视，《乐府诗集》无论是"整理类批评"（指对乐府诗的整理编次），抑或"题解类批评"（指各种题解文字）与"专论类批评"（指十二篇序文，详下），都堪称后人批评乐府诗的典范，故宋及其后习学、仿效者乃众。全书为整百卷，将所编录的约五千三百首乐府诗分为十二类，并于每类卷首附序文一篇，如《郊庙歌辞序》等，共十二篇，另有各类题解文字八百八十七条，二者合计八百九十九条（篇）①。在这近九百条（篇）题解或序文中，既有对某类歌辞之发生、发展及其源流予以爬

---

① 关于郭茂倩《乐府诗集》的收诗数量、分类概况、题解条目的具体数量等，具体参见拙著《中国乐府诗批评史》第六章第四节，武汉大学出版社2017年版，第254—272页。

梳者，亦有对某种表演艺术形式的简略描述，但更多的则是对"四本"中之"本事""本义"的探讨与勾勒，且不遗余力。虽然如此，在这近九百条(篇)题解或序文中，读者却很难见到有关艺术论之只字。所以，仅就"题解类批评"与"专论类批评"中之艺术论而言，郭茂倩《乐府诗集》的近九百条(篇)题解与序文，是既难与刘次庄《乐府集》之题解(详上引)并论，又无以与清人冯班之"古今乐府论"媲美的①。这一实况表明，郭茂倩虽然编撰了文学史上的第一部大型乐府诗总集，但其于"题解类批评"或"专论类批评"中，却并不注重于对所收录的约五千三百首乐府诗的艺术论的探讨。郭茂倩《乐府诗集》之于"题解类批评"、"专论类批评"对艺术论的不予重视，以其在林林总总的乐府专书中之地位言，必然会产生各种各样之影响，而其最终之结果，则是导致了艺术论于乐府专书中的无人问津，或者很少有人问津，而成书于1923年的黄节《汉魏乐府风笺》，又可为之佐证。《汉魏乐府风笺》一书，以其中的"节笺"(即"黄节笺释"的省称)最为关键，但其重点则是对"本事""本义""本辞"与地名、人名、物名的考释，而于艺术论无只字相及。虽然，《汉魏乐府风笺》之"节笺"主要是引录朱嘉徵《乐府广序》而为②，但朱嘉徵《乐府广序》无论是对乐府诗的选择，抑或是于题解的撰写，其都明显地受到了郭茂倩《乐府诗集》的影响，对此，拙著《中国乐府诗批评史》第十章第三节已言之甚详，读者自可参看，此兹罢论。

其二，受历代诗文总集注释的影响。现存最早的诗歌总集，自然是非《诗经》莫属，《诗经》之最早注释本为何，则说者纷纭，但据《十三经注疏》本《毛诗正义》可知，郑玄的"毛诗笺"应是一种较早的《诗经》注

---

① 关于清人冯班之"古今乐府论"，具体参见拙著《中国乐府诗批评史》第十章第一节，武汉大学出版社2017年版，第418—433页。

② 关于黄节《汉魏乐府风笺》引录朱嘉徵《乐府广序》的实况，具体参见拙著《中国乐府诗批评史》第十一章第三节，武汉大学出版社2017年版，第502—514页。

释本。然而,《毛诗正义》中的"毛诗笺",却基本上与"毛诗"所蕴含之艺术论无涉(对"诗六艺"之笺释不在此列),这是因为,汉人注解与笺释《诗经》的重点,在"经"而不在艺术论。在由汉而唐的历史进程中,又先后问世了两种著名的文学总集,其一为徐陵《玉台新咏》,其二即昭明太子萧统《文选》,但后人对这两种总集的注解与笺释,其重点亦不在艺术论方面,而是以对典章、地名、人名、语典、史实等之笺解为能事,如《文选》之"李善注"或"五臣注",即皆属如此。《玉台新咏》之注释,以清人吴兆宜原注、程琰删补最为世人所知,但无论是吴兆宜原注抑或程琰删补,其文字亦皆与艺术论无涉。这三种总集之注的实况存在,似可表明,在由汉而唐的历代笺注之作中,笺注者于所笺注总集中的艺术论,是并没有产生应有之重视的。

当然也有例外,如王逸《楚辞章句》即为其一。《楚辞章句》是《楚辞》的一种最早注释本,王逸在全书中所着眼的虽然是"章句"二字,但于其中的艺术论却是甚为关注的,如开篇《离骚经序》即有云:"《离骚》之文,依《诗》取兴,引类譬喻。故善鸟香草,以配忠贞;恶禽臭物,以比谗佞;灵修美人,以媲于君;宓妃佚女,以譬贤臣;虬龙鸾凤,以托君子;飘风云霓,以为小人。其词温而雅,其义皎而朗。凡百君子,莫不慕其清高,嘉其文采,哀其不遇,而愍其志焉。"①在这里,王逸不仅对楚辞中之比兴手法进行了较精辟之论述,而且还在此基础上,建立了一个为后人所称道的"香草美人"阐释系统。尽管如此,王逸的这种"香草美人"阐释系统,却并没有为那些乐府专书的作者们所借鉴,其中原因为何,不得而知。虽然,清人朱嘉徵《乐府广序》、陈沆《诗比兴笺》之"乐府比兴笺",都曾从比兴的角度,对"汉唐乐府"进行过程度不同之笺释,但其却几乎与"香草美人"无任何关联。质言之,王逸《楚辞章句》虽然关注了《楚辞》中的艺术论,但其"香草美人"的阐释系统,却

---

① 王逸:《离骚经序》,《楚辞章句》卷一,《四库全书》本,上海古籍出版社1987年影印,第1068册,第3页。

并未被其后的一些乐府专书的作者接受与借鉴。其中原因虽然颇值探讨，但其已超出了本节文字所论析之范围，兹罢论。

以上之所述，即为导致乐府专书中艺术论欠缺的原因。

第六章 乐府研究论

第一节 乐府诗研究的开拓者

在二十世纪初至三十年代末的整三十年期间，由于西学东渐等方面的原因，各种具有现代学术意义的文、史、哲研究成果，如雨后春笋般崛起于华夏学界。而属于文学类的乐府诗研究，则首次推出了两种具有"西学特点"的论著，即梁启超《中国之美文及其历史》与胡适《白话文学史》。而在梁、胡二书问世未久，以乐府诗为专门研究对象的著作，亦相继正式印行，如罗根泽《乐府文学史》、王易《乐府通论》等，即为其例。与此同时，一批带有题解、笺释、集考等传统批评特点的著作，如黄节《汉魏乐府风笺》、夏敬观《汉短箫铙歌注》、曲滢生《汉代乐府笺注》等，也先后问世。这两类研究成果的相互辉映，形成了百年以来乐府诗研究史上的第一座高标，而梁启超与胡适，则为这百年研究史上的两位开拓者，也就不言而喻。

一、梁启超论汉魏乐府

梁启超（1873—1929年），字卓如，号任公，今广东新会人，著名史学家。梁启超研究历史，以《清代学术概论》《中国历史研究法》《中国近三百年学术史》等著述而闻名学界。同时，梁氏又为"诗界革命"与"小说界革命"的代表人物。梁启超研究乐府诗，虽无专门的著作问世，但《中国之美文及其历史》一书中的"汉魏乐府论"，即为其从事此类研究之代表作。所谓"汉魏乐府论"，指的是《中国之美文及其历史》第一章《古歌谣及乐府》，以及第三章第二节《汉魏乐府及其类似之作品》，二者共计约八万字。后者主要是据前者改写，故其方法、结构(图表例外)等，乃与前者大抵相同，而内容亦较为单薄，即梁启超的"汉魏乐府论"，实际上只有约六万字的《古歌谣及乐府》一章。

《中国之美文及其历史》是一部"讲义式"的未完稿文学史，其初稿于1924年，1936年由中华书局正式出版，同年又被该书局收入《饮冰室合集》，并编为"专集之七十四"；1996年，东方出版社又将此书编入"民国学术经典文库·文学史类"，而成为一种通行本。全书共四章八节，《古歌谣及乐府》一章凡三节：第一节《秦以前之歌谣及其真伪》，第二节《两汉歌谣》，第三节《汉魏乐府》。第一节所涉及之研究对象，实际上是对"前乐府"①的论析，但梁启超在当时并没有这一乐府诗概念，而只是在辨析其真伪时，以史学家之眼光，指出其大多不可相信。如认为《尚书大传》中的"卿云烂兮"三首，《帝王世纪》所载之《击壤歌》，《孔子家语》所载之《南风歌》，《史记》所载之箕子《过殷墟歌》、伯夷《采薇歌》等，均是大有问题而难以令人置信的。理由是：

(1)《尚书大传》中的"卿云烂兮"三首，其"字法、句法、音节，不独非三代前所有，也还不是春秋战国时所有，显然是汉人作品"。

(2)《孔子家语》所载之《南风歌》，但《孔子家语》为伪作，"娘家的来历先自靠不住，更无考证之余地了"。

(3)"《史记》固然是最有价值的古史，但所记三代前事，很多令人怀疑之处"，其所录载的"这两首歌(箕子《过殷墟歌》、伯夷《采薇

---

① "前乐府"是指汉武帝"乃立乐府"之前的乐府诗，具体参见拙著《中国乐府诗批评史》第一章第二节，武汉大学出版社2017年版，第15—26页。

歌》——引者注)我们不敢说就一定是原文"①。

此外,作者还对《穆天子传》中的《白云谣》,《史记集解》中的《饭牛歌》,《通俗篇》中的"百里奚妻之歌",《论语》中的《楚狂接与歌》(应为《楚狂接舆歌》)等,亦皆提出了疑问。对于梁启超《秦以前之歌谣及其真伪》中的这些疑问,或者其所持之这些"伪作"说,拙作《"前乐府"概观》一文②,已进行了一一辨说,可参看,此不具述。

第二节与第三节,是梁启超论汉、魏乐府诗的重点所在。第二节的《两汉歌谣》,以文人之"歌"为主,依序对刘邦《大风歌》、汉武帝《秋风歌》、刘章《耕田歌》、戚夫人《永巷歌》、刘友《赵幽王友歌》、李延年《李延年歌》、无名氏《匈奴歌》、李陵《别苏武歌》、杨恽《拊缶歌》、马援《武溪歌》、梁鸿《五噫歌》、张衡《四愁诗》等,进行了简略介绍与品评。同时对部分民间歌谣,如《鸡鸣歌》、"文帝童谣""成帝童谣""汝南童谣""桓帝童谣"③等,也进行了全文录载与评介。

第三节《汉魏乐府》为"论汉魏乐府"之大端。此节在内容上共由三部分组成,一为"郊庙乐章";二即"郊庙乐章以外之汉乐府在魏晋间辞谱流传";三是"建安(东汉末年)黄初(曹魏初年)间有作者主名之乐府"。在对这三部分乐章、乐府论述之前,梁启超于郑樵《通志·乐略》乃称道有加,认为:(1)乐府分类至"郑樵《乐略》益加精密";(2)《乐略》将原文所录之"八百八十九曲,分为五十二类",并"依其性质,归并为十二类";(3)从音乐的角度审视,郑樵《乐略》与郭茂倩《乐府诗集》基本上是相通的。这是梁启超对《乐略》独具慧眼的认识。但是,梁启超在论述郑樵《通志·乐略》与郭茂倩《乐府诗集》的关系时,认为《乐

---

① 具体参见梁启超《中国之美文及其历史》第一章第一节,东方出版社 2012 年版,第 2—4 页。
② 王辉斌:《"前乐府"概观》,载《宁夏师范学院学报》2018 年第 6 期。
③ 以上所举"桓帝童谣"等四首童谣,梁启超于《两汉歌谣》中均未载其诗题,故此处乃以"桓帝童谣"之形式而为,特此说明。

府诗集》之分类是对《乐略》分类的承袭云云，却是大有问题的①。这是因为，从二人生年的角度考察，郭茂倩早生郑樵整六十年，后问世的郑樵《乐略》之分类，显然是不可能为早问世之《乐府诗集》分类所"承袭"的，这应该说是一个常识问题。对此，拙著《中国乐府诗批评史》第六章四节已曾辨析，以证梁说确属为误②。

在具体的"汉魏乐府论"中，梁启超主要抓住汉、魏交替之际乐府诗的三个方面，对其进行了较具体之论述。其依序为：（1）汉、魏乐府诗的发展轨迹；（2）曹操父子在汉、魏乐府诗中的地位；（3）汉、魏乐府诗的写实特点。着眼于此三个方面"论汉魏乐府"，所体现的是梁启超对"建安黄初"乐府的一种多维思维，因而使得这一时期乐府诗的概貌得到了较清晰之展现。在论汉、魏乐府诗的发展时，梁启超认为，由《房中》《郊祀》而《汉铙歌》，再由《焦仲卿妻》而三曹乐府，其中虽多有无作者姓名的歌谣（即乐府民歌），但从总的方面言，文人乐府则为其主要者。梁启超的这一勾勒与认识，实际上成就了百年以来乐府诗研究史上的第一部"汉魏乐府简史"，且"史"的性质相当明显。

曹操、曹丕、曹植父子的乐府诗，是"建安黄初间有作者主名之乐府"的一大奇迹。梁启超在对这一具体对象的论述中，所引诗例既丰富（每首诗均全文引录），解析亦颇新警，故其结论多具启迪性特点。如认为曹操《短歌行》《步出夏门行》二篇，"在四言诗中，算是韦孟、邹阳以后一大革命"，其以"当时五言的风韵入四言，遂觉生气远出，能于《三百篇》外别树一壁垒"；"东临碣石""神龟虽寿"两章，"是作者人格的表现"，"于豪迈英鸷中，常别有感慨怀抱"，等等。在论曹丕乐府

---

① 梁启超在第三节《汉魏乐府》及此者，如于"郊庙乐章以外之汉乐府在魏晋间辞谱流传"部分认为"郑樵所搜录者如此，其后郭茂倩稍有分合，然大体皆与樵同"，便为其例。《中国之美文及其历史》第一章第三节，东方出版社2012年版，第54页。

② 王辉斌：《中国乐府诗批评史》第六章第四节，武汉大学出版社2017年版，第254—272页。

时,则明确指出,《秋胡行》《苦哉行》"笔力不让乃翁";《燕歌行》两篇为"严格的七言",其格调"尤为唐人七古不祧之祖,在文学史上,永远有他的特殊地位"。所论均甚确。但梁启超于曹植乐府诗之所论,却远逊于对曹操、曹丕之所论,这是颇可注意的。如其在全文引录了曹植《野田黄雀行》《明月》二诗后,只是于第一首的文本错讹进行了具体讨论,认为之所以会如此,主要是"因为伶工要凑合歌调的节拍,把美妙的作品来削趾适履",对二诗的内容、特点与曹植的其他乐府诗,则皆只字未及。这一实况表明,梁启超之于三曹乐府,乃是重曹操、曹丕而轻曹植的,或者说曹植的乐府诗,在梁启超的"汉魏乐府论"中,尚未能引起应有的注意。

汉、魏乐府是乐府诗史上的一座丰碑,其最大的特点就是写实性。在《汉魏乐府》一节中,梁启超论"汉魏乐府"之特点时,即是注意了"写实"二字,并以之对有关乐府诗进行了论析与品评,不仅中的者众,而且精彩纷呈。如认为"《病妇》《孤儿》两首,以繁语写实感,此首(指《上留田行》——引者注)以简语写实感,各极其妙"。在具体品评《孤儿行》一诗时,则认为:"这首歌可算中国头一首写实诗,妙处在把琐碎情节委曲描写,内中行汲收瓜两段特别细叙,深刻情绪自然活现,是写生不二法门。"①又如论析《焦仲卿妻》一诗时,乃如此写道:

> 此诗与《病妇》《孤儿》两行,同为乐府中写实的作品。但其中有大不同的一点,《病妇》《孤儿》纯属"街陌谣讴"——质而言之,纯是不会做诗的人做的,《孔雀东南飞》却是会做诗的人做的。所以那首诗一句一字都是实在状况,这一首就不免有些缘饰造作的话。篇中"妾有绣腰襦"一段……和写实的体裁已起了冲突

---

① 梁启超:《中国之美文及其历史》第一章第三节,东方出版社 2012 年版,第 72 页。

了。……但这诗既是写实,此类语句,终不能不说是自乱其例①。

不仅指出《焦仲卿妻》是一首写实诗,将其与《病妇》《孤儿》二诗之写实进行了比较,而且还认为《焦仲卿妻》中的一些"瑰丽之辞","和写实的体裁已起了冲突了",以至于"自乱其例",即破坏了全诗的写实之美。梁启超论汉、魏乐府之写实,仅此可见一斑。而类似的例子,在《汉魏乐府》一节中还有许多,兹不具述。

二、胡适与乐府诗研究

胡适(1891—1962年),原名嗣穈,字希疆;笔名胡适,字适之,今安徽绩溪人,著名文学家。胡适研究乐府诗的成果,主要见于《白话文学史》第三章《汉代的民歌》、第五章《汉末魏晋的文学》、第七章《南北朝民族的文学》、第八章《唐以前三百年中的文学趋势》、第十一章《唐初的白话诗》、第十二章《八世纪的乐府新词》、第十四章《杜甫》、第十六章《元稹白居易》,以及一些单篇论文,如《跋张维骐论〈孔雀东南飞〉》《胡笳十八拍》等②。根据这一实况,本节以下之所论所析,主要为《白话文学史》中之第十二章、第十四章、第十六章,因为这三章所涉之内容,全为唐代的"白话文学",且以乐府诗为主,而胡适研究乐府诗的关键性成果,即皆在此三章中。

《白话文学史》是胡适的一部关于"白话"文学史的讲义,由于种种原因,只写到中唐元稹、白居易即止,所以,其实际上是一部未完稿的"白话文学史"。此讲义初稿于1921年的北京,修改于1922年的天津,1927年,北京文化学社以《国语文学史》为名将其正式出版。1928年,

---

① 梁启超:《中国之美文及其历史》第一章第三节,东方出版社2012年版,第87页。

② 胡适《跋张维骐论〈孔雀东南飞〉》《胡笳十八拍》二文,均收入《胡适古典文学研究论集》(上),上海古籍出版社1988年版,第352—356页。

改名为《白话文学史》，由新月书店出版。1934年，《白话文学史》又由商务印书馆再版印行。近年，则以上海古籍出版社1999年版《白话文学史》最为风行①。《白话文学史》之上述七章，从乐府诗的角度审视，其"白话文学"主要是由两部分组成的，即一为唐以前的乐府诗，一为唐代的乐府诗，而在具体的"史"的论述中，后者又为其重点所在。

正因为胡适之于乐府诗的研究，重点是唐代的乐府诗，故其于第十二章、第十四章、第十六章所涉及之内容，乃相当丰富。在此三章之前，胡适认为，中国古代的文学，主要由两类组成，一类为"死文学"，一类为"活文学"，"白话文学"属于"活文学"的范畴，唐代的乐府诗则为"活文学"的代表。基于这一认识，胡适便在第十二章《八世纪的乐府新词》中，对那些具有"乐府新词"特点的旧题乐府、诗歌与新乐府等，也一并予以称道，如认为高适《行路难》《封丘县》《送别》，王昌龄《长歌行》《箜篌引》《闺怨》，李白《将进酒》《襄阳歌》《横江词》等，都是一种"解放的诗体"。并针对李白的乐府诗进行了如下之论：

> 乐府到了李白，可算是集大成了。他的特别长处有三点。第一，乐府本来起于民间……李白认清了文学的趋势……有意用"清真"来救"绮丽"之弊的。……第二，别人作乐府歌辞，往往存了求功名科第的念头，李白却始终是一匹不受羁勒的俊马，奔放自如……故他充分发挥诗体解放的趋势，为后人开不少生路。第三，开元天宝的诗人作乐府，往往勉强作壮语，说大话……很少个性的表现。李白的乐府有时是酒后放歌，有时是离筵别曲，有时是发议论，有时是颂赞山水，有时上天下地作神仙语，有时描摹小儿女情

---

① 胡适《白话文学史》是一部极具争议的著作，褒之者称其"很见功力，很有影响""具有划时代的作用""领衔推动了文学史的主潮"等；贬之者则认为其"矫枉过正""牵强附会""定义混乱，去取多由主观，开了学界一个'十分恶劣的风气'"等。本节对胡适乐府诗研究之评价，不介入此褒、贬之争，也不旁及其他，特此说明。

态，体贴入微，这种多方面的尝试便使乐府歌辞的势力侵入诗的种种方面。两汉以来无数民歌的解放的作用与影响，到此才算大成功。①

这其实是以李白的"乐府新词"为例，对唐代乐府所作的个案之论。千百年来，能从如此角度评论李白的乐府诗者，胡适既是第一人，也是唯一的一人，仅就这一方面言，胡适不啻为李白乐府诗的知音！

在论及杜甫乐府诗时，胡适首先强调杜甫所生活的时代，"已不是乐府歌诗"的时代了，因之，这时的乐府诗"只是一种训练，一种引诱，一种解放"。这时的诗人"要创作文学了，要创作'新乐府'了，要作新诗表现一个新时代的实在的生活了"。正因此，胡适即在以下之论述中，全文引录了杜甫《丽人行》《兵车行》《哀江头》《哀王孙》《前出塞》等诗②，而这些诗正是被元稹在《乐府古题序》中所称道的"歌行乐府"，也就是用歌行体写成的新乐府。不独如此，胡适还对这些"凡所歌行"（元稹《乐府古题序》语）进行了论述与具体品评，如论及《兵车行》时认为："拿这首诗来比李白的《战城南》，我们便可以看出李白是仿作乐府歌诗，杜甫是弹劾时政。这样明白的反对时政的诗歌，三百篇以后从不曾有过，确是杜甫创始的。古乐府里有些民歌如《战城南》与《十五从军行》之类，也是可写兵祸的残酷的；但负责的明白攻击政府，甚至于直指皇帝说……这样的问题诗是杜甫的创体。"③在这里，胡适首次提出了"问题诗"这一概念，并认为其"是杜甫的创体"。而胡适之于《哀王孙》的评论，不仅较《兵车行》更为深入，而且还与其互为关联，成为了论

---

① 胡适：《白话文学史》第十二章，上海古籍出版社1999年版，第174—175页。

② 胡适于第十四章《杜甫》亦全文引录了《新安吏》《石壕吏》《无家别》等作，但据拙作《"三吏""三别"的诗体属性》（已收入黄山书社2013年版拙著《杜甫研究新探》一书）所考，《新安吏》《无家别》等并非乐府诗之属，故本节此处对这些诗不予涉及，特此说明。

③ 胡适：《白话文学史》第十四章，上海古籍出版社1999年版，第194页。

新乐府诗的一个"技术整体"。其之所论为：

> 《哀王孙》一篇借一个杀剩的王孙，设为问答之辞，写的是这一个人的遭遇，而读者自能想象都城残破时皇族遭杀戮时的惨状。这种技术从古乐府《上山采蘼芜》《日出东南隅》等诗里出来，到杜甫方充分发达。《兵车行》已开其端，到《哀王孙》之作，技术更进步了。这种诗的方法只是摘取诗料中的最要紧的一段故事，用最具体的写法叙述那一段故事，使人从那片断的故事里自然想象得出那故事所涵的意义与所代表的问题。说的是一个故事，容易使人得一种明了的印象，故最容易感人。……后来白居易、张籍等人继续仿作，这种方法遂成为社会问题新乐府的通行技术。①

由《哀王孙》而《兵车行》，再由此关联到白居易、张籍等人的"继续仿作"，一条属于"杜甫的创体"的"问题诗"之脉络，即因此为胡适所勾勒，而杜甫新乐府的价值，藉此即可窥其一斑。这实际上是胡适研究杜甫乐府诗的一个贡献。

在论及元稹、白居易等中唐诗人的新乐府时，胡适在第十六章的开首乃如是写道："九世纪的初期——元和、长庆的时代——真是中国文学史上一个很光荣灿烂的时代。这时代的几个领袖人物，都受了杜甫的感动，都下了决心要创作一种新文学。"继而则就"受了杜甫的感动"的一批新乐府诗人诗作进行了具体讨论。所以，本章的元稹、白居易的乐府诗之论，几乎都是围绕着"受了杜甫的感动"这一基点而展开的。如认为：

> 元、白都受了杜甫的绝大影响。老杜的社会问题诗在当时确实是别开生面的，为中国诗史开一个新时代。他那种写实的艺术和大

---

① 胡适：《白话文学史》第十四章，上海古籍出版社1999年版，第198页。

胆讽刺朝廷社会的精神,都能够鼓舞后来的诗人,引他们向这种问题诗的路上走。元稹受老杜的影响似比白居易更早。①

如又认为:

> 元、白发愤要作一种有意义的文学革命运动,其原因不出上述的两点:一面是他们不满意于当时的政治状况,一面是他们受了杜甫的绝大影响。老杜只是忍不住要说老实话,还没什么文学主张。元、白不但忍不住说老实话,还要提出他们所以要说老实话的理由。这便成了他们的文学主张。②

类似例子还有很多,兹不具举。仅由这两例引文不难获知,胡适在论述唐代新乐府时,是特别重视杜甫对其之影响的。然而令人遗憾的是,胡适的这一新乐府认识,却并未能引起当时及其后的文学史家们的注意。

对于元稹、白居易新乐府的具体之论,胡适采取的是一种实事求是的态度,即既指出其中之不足或者所存在的问题,又肯定了一些现实性较强的作品。所以,胡适在引录了白居易《与元九书》、元稹《和答诗十首序》各自的一段文字后,便如是写道:

> 他(指白居易——引者注)自己的批评真说的很中肯。他们的讽谕诗太偏重急切收效,往往一气说完,不留一点余韵,往往有史料的价值,而没有文学的意味。然其中确有绝好的诗,未可一笔抹煞。如元稹《连昌宫词》《田家词》《听弹乌夜啼引》等,都可以算是很好的诗的作品。白居易的诗,可传的更多了。如……《上阳白发人》,如《新丰折臂翁》……如《杜陵叟》,如《卖炭翁》,都是不朽

---

① 胡适:《白话文学史》第十四章,上海古籍出版社 1999 年版,第 256 页。
② 胡适:《白话文学史》第十四章,上海古籍出版社 1999 年版,第 258 页。

的诗。①

开首的"讽谕诗太偏重急切收效"云云，所指其实为元、白二人的新乐府。胡适认为，在元稹与白居易的新乐府中，确有一些只有"史料的价值，而没有文学的意味"的诗篇，但这并不等于二人的新乐府不值得重视，因为其中"确有绝好的诗"。于是，胡适便举出了元稹《连昌宫词》、白居易《上阳白发人》等新乐府，认为其"都是很好的诗"，"都是不朽的诗"。这是一种既公正又公允的品评。

总体而言，胡适在《白话文学史》中对唐代乐府之所论所述，涉及的诗人诗作虽然很多，但重点则为李白、杜甫、元稹、白居易四人，其中，尤以对李白的"乐府新词"、杜甫的新乐府，以及杜甫新乐府对元稹、白居易文学主张与新乐府创作之影响的论述，最具独创性特点，也最接近历史的真实性。

三、梁胡乐府研究比观

梁启超与胡适，一为史学家，一为文学家，二人对于乐府诗的研究，以及研究之所获，如上所述，主要表现在各自的一种"讲义式"著作中，且均属于未完成稿。这是一种值得思考的"巧合"，原因是前所未有。然从总的方面言，这两种未完稿的"讲义式"著作，从对乐府诗的研究方法到具体认识，再到于有关结论的提出，虽然各具特点而又各有所获，但二者之间的种种不同，却也是甚为明显的。而这些不同，所充分体现的，则是二人的研究个性与风采。

梁启超研究乐府诗，如上所言，主要是以历史学家的眼光而为，故认为首先所要做的工作，便是对乐府诗的去伪存真，其此举与当年在燕

---

① 胡适：《白话文学史》第十四章，上海古籍出版社1999年版，第270页。

京大学讲授《古书真伪及其年代》的意旨①,乃如出一辙。大约正是因此之故,梁启超于乐府诗中之古歌谣的辨伪,即是建立在"古书真伪"的基础上的,即其认为,所载古歌谣之书真,其歌谣就必真(如认为《左传》所载古歌古谣皆为可靠者,便为其例),否则即伪。但是,中国的"古书"情况极为复杂,其是否符合这种"非甲即乙"的辨伪方式,则是需要认真考虑的。一个典型的例子是,梁启超在《秦以前之歌谣及其真伪》一节中认为,晋人王肃《孔子家语》为伪作,其所载之《南风歌》等古歌辞,自然也是不可相信的,但据1973年河北定县八角廊西汉墓出土的竹简《儒家者言》,1977年安徽阜阳双古堆出土的西汉墓之与《儒家者言》相应的篇题简牍,可知《孔子家语》非伪,如此,则《南风歌》等非伪作者,也就自不待言。不过,梁启超在撰写《中国之美文及其历史》一书时,这些竹简尚埋在地下,其皆未之见,则是情有可原的。虽然如此,但梁启超将辨伪存真作为研究乐府诗之第一步以待者,无疑是值得肯定与称道的,因为其之此举,乃具有明显的方法论意义。

作为文学家,胡适是"五四"前后新文学的一位主将,其既提倡"文学革命",又主张文学"白话化"(如标举"唐诗白话化"等),因之,其于"白话文学"的践行,即成为了对《白话文学史》的课堂讲授。故而,在《白话文学史》这部"讲义式"的著作中,举凡与"白话"相关的民谣、俗语、故事诗、佛教的翻译文学、白话诗、乐府新词、新乐府等,即皆成为了胡适所研究的对象。其中的"乐府新词",用胡适在第十二章中论述李白乐府诗的话来说,其实就是"乐府歌辞"的另一种说法。所谓"乐府歌辞",也就是乐府诗。但应注意的是,胡适论析李白的"乐府歌辞",据其所举之诗例可知,是包含着三种诗歌样式的:一为旧题乐府(古乐府),如《将进酒》《襄阳歌》《战城南》等;一为新题乐府(新乐

---

① 关于梁启超讲授《古书真伪及其年代》的地点、时间等,具体参见《古书真伪及其年代》于卷首所附《重版说明》,中华书局1962年版,第1页。

府），如《横江词》《静夜思》《怀仙歌》等；一为古近体诗，如《赠汪伦》《金陵酒肆留别》《古风》其一等。在胡适看来，李白的这三类诗都是可称作"乐府新词"的，原因是其皆属于"唐诗白话化"的典范。胡适的这种"乐府新词"认识，以及从"白话文学"的角度研究李白乐府诗之举措，都是极具启人思路的学术意义的。

这既是梁、胡研究乐府诗的第一个不同点，也是二人研究乐府诗所表现之各自特点。而二人研究乐府诗的另一个不同点，或者说所表现出之各自特点，是梁启超之于乐府诗的研究，侧重于作品的艺术性，点评简而精，具有较高的审美价值与认识价值。而胡适之于乐府诗的研究，则重在对名家名作的品评，且从大处着手，论析深刻，眼界开阔，具有"开世人无限之灵机"（孙中山《上李鸿章书》）的功能与作用。

以研究历史而著称的梁启超，之所以介入乐府诗的研究，关键就在于如书名《中国之美文及其历史》之所示，即其是将乐府诗目为"美文"的。这是梁启超给予乐府诗的一种最高荣誉。乐府诗既为"美文"，则其研究价值之不可小觑，也就不言而喻。所以，梁启超研究"美文"（乐府诗）"及其历史"，实际上是对汉、魏乐府诗史的勾勒，其中，归纳、考释、论述汉、魏乐府诗的特点及其发展概貌，则为梁启超之最见功力处。而在具体的论述中，梁启超不仅将其之所评所述，皆建立于各种史料与诗例的基础上，而且还纠正了前人之相关错误，如对汉初乐府《房中歌》的认识，便属如此。《房中歌》凡十七章，因人们的认识不同，或称其为《安世乐》《享神歌》等，而郑樵于《通志·乐略》中则作如是认为："《房中乐》者，妇人祷词于房中也。"对于郑樵的这一认识，梁启超乃明确指出："可谓瞎说。"并予以订正，说：

"房"，本古人宗庙陈主之所，这乐在陈主房奏，故以《房中》为名。后来房字意义变迁，作为闺房专用，故有此误耳。此歌为秦汉以来最古之乐章，格韵高严，规模简古，胎息于《三百篇》，而词藻稍趋华泽，音节亦加舒曼，周汉诗歌嬗变之迹，最可考见。又

> 此为汉诗第一篇，而成于一夫人之手，足为中国妇女文学增重。①

这段文字共涉及了三方面的内容：(1)为《房中歌》正名；(2)肯定《房中》的艺术特点及其与《诗经》的关系；(3)将《房中》提升到"足为中国妇女文学增重"的高度进行认识。一石三鸟，值得称道。其中，对《房中》艺术的肯定，主要是"格韵高严，规模简古"八字，所品所评，确属简而精。又如《铙歌》第十五曲《上邪》之评为："这是一首情感热到沸度的恋歌，意境、格调、句法、字法，无一不奇特。"(第49页)②以"无一不奇特"五字，说尽了此诗之"意境、格调、句法、字法"。又如评《长歌行》其一："此歌音节谐顺，绝似建安七子诗"(63页)；评《豫章行》："此篇与《乌生八九子》同意境，气格亦略相类"(第65页)；评陈琳《饮马长城窟行》："辞沉痛决绝，杜甫《兵车行》不独仿其意境音节，并用其语句"(第101页)。凡此种种，均可见出梁启超品评乐府诗的特点，即重在作品的艺术质量。这一特点的存在，对于乐府诗读者而言，显然是具有引领性的作用的。

胡适对汉唐乐府诗中的作家作品之论述，则又是一番景象。胡适在《白话文学史》开首所附《引子》一文中认为，"白话文学史"的对立面是"古文传统史"，是"死文学"，所以他说："我们讲的白话文学史乃是创造的文学史，乃是活文学的历史。"由此不难看出，讲究"创造"与"活文学"，即为《白话文学史》最具本质特点的内核之所在。于是，"创造"与"活文学"，便成为了胡适论唐代乐府诗之作家作品的一条重要标准。在此标准的作用下，胡适之"作家乐府论"，乃境界大开，只眼独具，

---

① 梁启超：《中国之美文及其历史》第一章第三节，东方出版社2012年版，第35页。

② 此括号内及以下括号内之页码，皆指东方出版社2012年版《中国之美文及其历史》之页码，特此说明。

令人深感欣慰。如论高适的乐府诗，认为其是一种"通俗的乐府"（第162页）①；论王维的乐府诗，认为其所代表的是"一个时代的诗的演变"（第168页）；论李白的乐府诗，赞赏其"大胆地运用民间的语言"（第174页）；论杜甫的乐府诗，重在"始创"及其"问题诗"两个方面（第194页）；论元结的乐府诗，认为其为"'新乐府'最早的试作"（第215页）；论顾况的乐府诗，认为其《囝》是一首"真正的乐府，充满着尝试的精神，写实的意义"（第221页）；论张籍的乐府诗，认为其"上可以比杜甫，下可以比白居易"（第228页），等等。综而观之，这些评价表明，胡适之于唐代乐府诗的研究，乃具有如下之特点：（1）以有代表性的诗人诗作（乐府诗）为研究对象；（2）评论作家作品（乐府诗），重在"创造"与"活文学"两个方面；（3）其"作家乐府论"往往从大处着手，并与"演变""写实"等相结合；（4）以乐府诗发展的脉络为切入点，将此期前后诗人之乐府诗互为关联；（5）不以艺术技巧论乐府诗之得失。

以上之所论所析，即为梁启超与胡适各自乐府诗研究之成就和特点。《中国之美文及其历史》与《白话文学史》，作为百年以来乐府诗研究史上最早的两种著作，其中存在着这样或那样的问题，则在所难免，对此，前人已多所指出与批评，这里就不予重复了。

第二节　乐府文学之专著述论

所谓"乐府文学之专著"，指的是以乐府诗为专题研究对象的著作，且书名一般都冠有"乐府"二字，如萧涤非《汉魏六朝乐府文学史》，即为其例。这种专门的乐府诗研究著作，不仅较梁启超《中国之美文及其

---

① 此括号内及以下括号内之页码，皆指上海古籍出版社1999年版《白话文学史》之页码，特此说明。

历史》(以下简称"梁著")、胡适《白话文学史》(以下简称"胡著")更专业，逻辑性更严密，而且书中的理论色彩也更浓，更能反映出作者的乐府诗研究水准(也并非绝对)。就其形式言，这种研究专著主要可分为两类，一为"章节结构"类，一为"论文集"类，但无论哪一类，都是自有其见解与特点的。所以，乐府诗研究专著的问世，所代表的是乐府诗研究在这一时期，已迈上了一级更高、更新的台阶。而在二十世纪三十年代，这样的乐府研究专著则问世了好几种，有鉴于此，本节特对三种专著予以简评，并就其之得失略而言之。

一、罗根泽《乐府文学史》

罗根泽(1900—1960年)，字雨亭，今河北深州人，文学批评家。罗根泽为梁启超学生，以研究文学批评史而知名当时。罗根泽研究乐府文学的成果，即《乐府文学史》一书，约十七万字，共由六章组成。此书初稿于1929年，成书于1930年，1932年由北京文化学社出版。其后有东方出版社1996年本等。《乐府文学史》为《中国文学史类编》的第二编，是百年以来乐府诗研究史上的第一部专门之作。全书六章的基本概况为：

第一章《绪论》。此章前附有《自序》，主要介绍了作者编辑《中国文学史类编》之缘起与编纂计划，而涉及《乐府文学史》之撰写者，则只是在文末用了不到三百字的篇幅。如说："我这本乐府文学史，采取他人说最多的，两汉则有先师梁任公先生的《美文史》(即《中国之美文及其历史》——引者注)里《两汉乐府》一章(未刻)，唐代则有胡适之先生的《白话文学史》里《八世纪的乐府新词》一章，因为读者便利，多好(当为"好多"之倒误)未曾一一注明。"①

---

① 罗根泽：《自序》，《乐府文学史》附，东方出版社1996年版，第7页。又，此段引文中的《八世纪的乐府新词》，原为《八世纪的新乐府》，此据上海古籍出版社1999年版胡适《白话文学史》改正，特此说明。

《绪论》主要讨论了两个问题："乐府之义界"与"乐府之类别"。前者于述说之后以图表归纳为两类：乐府主要分"入乐者"与"不入乐者"；后者则将由汉而唐五代的乐府分为十类："郊庙歌辞""燕射歌辞""舞曲歌辞""鼓吹歌辞""横吹歌辞""相和歌""清商曲辞""杂曲歌辞""近代歌辞""新乐府辞"。这基本上是依据郭茂倩《乐府诗集》的十二类而分，只是去掉了其中的"琴曲歌辞"与"杂歌谣辞"。

第二章《两汉之乐府》共由三节组成：第一节《三大乐府》；第二节《乐府古辞及其他》；第三节《汉代乐府源流变迁表》。第一节主要对《房中歌》十七章、《郊祀歌》十九章、《铙歌》二十二曲进行了讨论。第二节的重点是"非五言者"与"五言者"，以及"疑非汉歌者"，前二者为两种形式的汉乐府，作者或考其年代，或释其"本义"，或辨其"本题"，大多有所获；后者主要对蔡琰《胡笳十八拍》等八诗进行了考辨，认为其"必非汉讴"。第三节为《汉代乐府源流变迁表》。

第三章《魏晋乐府》亦由三节组成：第一节《魏——附吴蜀》；第二节《晋》；每三节《魏晋乐府源流变迁表》。前两节为重点。

第四章《南北朝乐府》也由三节组成，但内容较复杂。如第一节《南朝》细分为：(1)《平民创作乐府》；(2)《文人仿古乐府》；(3)《木兰诗》作于唐代考。第二节《北朝》又细分为：(1)《平民创作乐府》；(2)《文人仿古乐府》。第三节《南北乐府之异同及其在文学史上之地位》，主要讨论了南北乐府的"异同"与"地位"。

第五章《隋唐乐府》为两节，重点是唐乐府。第一节《隋》；第二节《唐》，此节又分为三个部分，即：(1)《唐代君主之提倡乐府》；(2)《唐代乐府概论》；(3)《唐代乐府词人及其乐府词》。

第六章《结论》，为作者全书之所获。具体为：

(1)乐府盖可分两大支："一，两汉创作乐府，及后世仿两汉乐府；二，南北朝创作乐府，及后世仿南北朝乐府。"

(2)模仿乐府："初期模仿者每比较精美，内容形式，皆有可观"；"后期模仿者每比较无聊，内容形式，皆感觉可厌"。

（3）两时期创作与两时期模仿：两汉与南北朝为创作期，魏晋南北朝为前者之模仿；隋唐为后者之模仿，魏、唐两朝之模仿最成功。

作为百年以来乐府诗研究史上的第一部专著，此书虽然主要是参考梁著、胡著而为，但其中也有一些属于作者的认识，且不乏新见。为便于把握，兹举如下诸端，以供参考。

其一，对乐府诗的界说。什么是乐府诗？乐府诗有哪些特点？如何对其进行界定？凡此，均为研究乐府诗所必须解决，或者说必须涉及者。胡著在第三章《汉朝的民歌》之《"乐府"是什么》中认为："乐府即后世的教坊"，"俗乐的机关，民歌的保存所"；"民间的民歌收在乐府的，叫'乐府'；而文人模仿民歌做的乐歌，也叫做'乐府'；而后来文人模仿古乐府作的不能入乐的诗歌，也叫做'乐府'或'新乐府'"①。胡著的这一认识，包括两个方面：(1)乐府是一个音乐机构；(2)与乐府机构相关的诗歌叫乐府诗，其既可入乐，也可不入乐。罗根泽《乐府文学史》则依据胡著的这一认识，于第一章第一节《乐府之义界》中，提出了如是之己见："古时所谓乐府，包有三种成分；(1)民间歌谣；(2)文人诗赋；(3)音乐家自创歌词。"并说：此三种"皆古初创制之乐府歌词，逮后世，又有仿效之作，由是乐府之范围日广。仿效之作，可别为两种：(1)入乐者；(2)不入乐者"。入乐者又分为两种：(1)按旧谱制词者；(2)改换声谱者。不入乐者则又可分为三种：(1)用乐府旧名者；(2)摘乐府歌辞为题者；(3)自拟题制词者②。这一实况表明，罗根泽《乐府文学史》的这种"义界"，较之胡著而言，乃是青出于蓝而胜于蓝的。

其二，对古辞的分类与考释。汉代的"乐府古辞"，为乐府诗的精华，故梁著与胡著均曾高度关注。梁著的关注，重在对相关诗进行简而精的点评，中的者既众，精彩亦纷呈；而胡著则多着眼于诗的内容与表

---

① 胡适：《白话文学史》第三章，上海古籍出版社1999年版，第21—23页。
② 罗根泽：《乐府文学史》第一章第一节，东方出版社1996年版，第5—8页。

现手法(即所谓"技术"),并力求在"精"与"准"上下功夫,所以,二者各具特点而又各有所获。罗根泽《乐府文学史》则另辟蹊径,首次将"乐府古辞"分为"非五言者"与"五言者"两类,并于每一类中举例若干,以对其进行具有考释特点的论析,目的则在于揭示二者的演变之迹,也即杂言体的乐府古辞向齐言体过渡的真实面目。值得注意的是,作者在论析这两类乐府古辞时,还就其中之相关问题进行了辨析,如属于"非五言者"之《董逃行》即为其例。崔豹《古今注》有《董逃歌》,认为"董卓作乱,卒以逃亡,后人习之以为歌章"。后人多认为《董逃歌》就是《董逃行》。对此,罗根泽《乐府文学史》在引《后汉书·五行志》等材料后认为,《古今注》所言《董逃歌》,非乐府古辞《董逃行》,论者多将其混为一谈,实则为误①。类此之辨者,尚有《箜篌引》《江南曲》《善哉行》《东门行》《孤儿行》等诗之"时代略可考订者",读者自可参看,兹不具述。

其三,"汉乐府"辨伪。此举是承梁著而来,梁著之辨伪,虽曾涉及汉乐府,但重点却是在上古歌谣。罗根泽《乐府文学史》之辨伪,则主要是以汉代与南朝乐府诗而为,其中,最具代表性者,即为第二章第二节之《疑非汉歌者》。在此一部分中,作者主要对《明光乎》、《西门行》、《伤歌行》、《昭君怨》《胡笳十八拍》(蔡琰)、《东飞伯劳歌》、《西洲曲》、《长干曲》进行了考辨,认为其"必非汉讴"。如辨《东飞伯劳歌》《西洲曲》《长干曲》三诗时,即认为:

> 三首作风格调,绮靡秀丽,以历代文学变迁之情形视之,知必出齐梁六代,非汉人所作,检《文苑英华》,《东飞伯劳歌》属梁武帝;《玉台新咏》,《西洲曲》属江淹;唯《长干曲》无考。……诸歌与此,似不无关系,则抑或出于六代,要之,必非汉讴。②

---

① 关于《董逃行》非《董逃歌》者,具体参见罗根泽《乐府文学史》第二章第二节,东方出版社1996年版,第28—29页。
② 罗根泽:《乐府文学史》第二章第二节,东方出版社1996年版,第62页。

据《文苑英华》载此三诗,而认为其皆"齐梁六代"作品,甚是,但据《玉台新咏》将《西洲曲》断为江淹所作,则不的。这是因为,《西洲曲》为南朝乐府民歌,已成为二十世纪五十年代以来各种文学史之共识。而《乐府文学史》认为蔡琰《胡笳十八拍》"必非汉讴"的理由也并不充分,故结论亦难以令人置信①。虽然如此,但作者首次对这八首"非汉歌"所进行之考辨,则还是颇值得称道的。

其四,全面论述李白乐府。在《乐府文学史》的目录中,作者虽然没有以李白为名的专章或专节,但其于第五章《隋唐乐府》中,却对李白的旧题乐府(古乐府)与新题乐府(新乐府),均进行了较全面之论述。而尤其值得称道的是,《乐府文学史》论李白新乐府,首次将其集中的一些带有"歌""曲"字样的"古近体诗",概以新乐府目之。如《怀仙歌》《玉真仙人词》《元丹丘歌》《金陵歌送别范宣》《临江王节士歌》《扶风豪士歌》《司马将军歌》、《鸣皋歌奉饯从翁清归五崖山居》《白雪歌送刘十六归山》《西岳云台歌送丹丘子》《鸣皋歌岑徵君》等,即皆为其例。据粗略统计,《乐府文学史》如此"义界"李白的新乐府者,共有约三十首之多,而成为李白研究史上的第一书,意义之重大,乃是可与胡适论李白新乐府媲美的②。

但罗根泽《乐府文学史》也有一些值得注意的问题,如误信文献记载即为其一。这方面的例子,以第四章第一节所附之《木兰诗作于唐代考》一文,最具有代表性。此文的结论是《木兰诗》"作于唐代",这一认识虽然新人耳目,但作者所依材料却并不能支撑这一观点。作者所据者,主要为《乐府诗集》卷二十五所录载之《木兰诗》二首,其一为古辞,一为唐人韦元甫作,而《文苑英华》卷三三三将这两首《木兰诗》皆系于

---

① 关于蔡琰《胡笳十八拍》的真伪问题,可具体参见拙著《先唐诗人考论》第二章第三节,吉林文史出版社 2007 年版,第 55—69 页。

② 胡适论李白新乐府,具体参见《白话文学史》第十二章《八世纪的乐府新词》,上海古籍出版社 1999 年版,第 153—176 页。

韦元甫名下，作者即据以认为，古辞《木兰诗》亦为唐人韦元甫所作①。按《文苑英华》将两首《木兰诗》皆系于韦元甫，实则为误。这是因为，《乐府诗集》卷二十五著录两首《本兰诗》时，郭茂倩于所撰题解中乃曾明确写道："浙江西道观察使兼御史中丞韦元甫续附入。"既为"续"，又为"附入"，则古辞《木兰诗》非唐人韦元甫所作，也就甚为清楚②。所以，古辞《本兰诗》不作于唐代。

二、王易及其《乐府通论》

王易（1889—1956年），字晓湘，号简庵，今江西南昌人。语言学家，著有《修辞学通诠》等。王易研究乐府诗的成果，主要见于《乐府通论》（以下简称"王著"）一书。此书凡五章，全用文言写成（百年以来的乐府诗研究仅此一例），卷首所附自序，有"迩年登讲南雍（代指中央大学——引者注），复治乐府"云云，据之可知，乃作者撰写于任教中央大学期间。其五章之章目，仿刘勰《文心雕龙》而为，即：《自序》《述原第一》《明流第二》《辨体第三》《征词第四》《斠律第五》《余论》。《乐府通论》成书于1932年，1933年神州国光社出版。其后有中国联合出版

---

① 具体参见罗根泽《乐府文学史》第四章第三节，东方出版社1996年版，第120—121页。

② 郭茂倩《乐府诗集》卷二十五为《木兰诗》二首所撰之题解为："《古今乐录》曰：'本兰不知名。'浙江西道观察使兼御史中丞韦元甫续附入。"但中华书局点校本《乐府诗集》卷二十五却将此题解点断为："《古今乐录》曰：'本兰不知名，浙江西道观察使兼御史中丞韦元甫续附入。'"如此，就表明"浙江西道观察使兼御史中丞韦元甫续附入"之十八字，乃出自《古今乐录》，此实则不的。按韦元甫，《旧唐书》卷一一五有传，唐代宗大历六年八月卒；而《古今乐录》的作者为陈代僧人智匠，智匠撰《古今乐录》于陈大中十二年，其焉可将数百年之后的唐人"韦元甫续（《木兰诗》）附入"呢？仅此即可表明，中华书局点校本《乐府诗集》之于此条题解的点断为误，乃可肯定。所以，智匠《古今乐录》言及《木兰诗》者，实则只有"木兰不知名"五字。而南朝时期的智匠《古今乐录》既云"木兰不知名"，则《木兰诗》非唐人所作，也就不言而喻。

公司1944年本、中国文化服务社1948年本、东方出版社1996年本等。

《乐府通论》五章之所述,诚如作者在《余论》中之所言,主要表现在"源流""体制""文辞""声律"四个方面,即《述原第一》与《明流第二》,实则可合为"乐府源流"。对于这一研究对象,梁著言之甚微,胡著与罗根泽《乐府文学史》则均不曾涉及。就现有材料言,较为系统论乐府诗"源流"者,王易《乐府通论》实具开先河之功(诗话类著作之所涉者,不在此列),则其之所获,仅此可见一斑。王易《乐府通论》论乐府之"原",与明人徐献忠《乐府原》之"原其本意",则是大有区别的,对于徐献忠《乐府原》之"原",拙著《中国乐府诗批评史》第八章第二节,乃有专论,此不具述。而王易《乐府通论》之论"原",主要是从音乐的角度切入,以对其之发生、发展进行考察,所以,作者于《述原第一》开首即如是写道:"乐之生也,殆与生民俱矣。夫乐者,乐也。"之后,又论乐与律、歌、诗的关系,认为"由是乐范于律,歌进为诗矣"。并引《乐记》《尚书》《左传》《国语》,以及朱熹《楚辞集注》、顾炎武《日知录》等为之证,以表明乐在上古时期乃为律、歌、诗三者之源。在具体的论述过程中,《乐府通论》首论音乐与《诗》之关系,次论音乐与乐府之关系,并兼论齐言与杂言诸问题,如认为:"自汉以后,五七言大行,诗及乐府,又率与五七言为体,而时一句二句杂于其间,其属乐府之篇章,齐言究多于杂言也。"①《乐府通论》于此章兼论"齐言"与"杂言"者,实际上是对"诗多齐言,乐多杂言"所作的一种笺释,故乃作结论说:"后世乃以乐府所采之诗即名之曰乐府,似不当矣。"②其理由则是,顾炎武"《日知录》曾引上述诸事而斥其为误"。由是而观,可知王易《乐府新论》之于顾炎武《日知录》的认识,乃是相当称许的。

《明流第二》重在一个"流",所谓"明流",其实就是弄清楚乐府发展之沿革。对于如何"明流",作者的认识为:"论乐府之流变,首当明

---

① 王易:《乐府通论·述原第一》,中国文化服务社1948年版,第10页。
② 王易:《乐府通论·述原第一》,中国文化服务社1948年版,第13页。

史实，次当通人情。史实者，流变之途径；人情者，流变之枢机也。"在作者看来，"明史实"与"通人情"，为弄清楚乐府流变之关键。之后，作者即着眼于乐的角度，将乐府之"流"分为四个时期以论。其具体为：

> 乐府流变之迹，可划分为四期：自汉京讫西晋，国乐为主，夷乐为辅，一期也；自东晋讫陈，国乐夷乐相长并行，二期也；自隋讫唐，夷乐为主，国乐为辅，三期也；五代以下，夷夏混流，习久不辨，四期也。此四期中，声随器变，辞以声迁。①

王易《乐府通论》的这一分期，与罗根泽《乐府文学史》章目之所示，乃具有明显之不同。《乐府文学史》之所分，虽亦为四期，但却是西汉、魏晋、南北朝、隋唐，而《乐府通论》之此分期，既未能突出曹魏乐府的重要性，又将南朝之宋、齐、梁、陈也归于第二期，且将隋唐（五代）一分为二，实则不伦不类。着眼于乐府诗发展的实况，罗根泽《乐府文学史》显然是较王易《乐府通论》更接近于历史的真实的。

"体制"（辨体）与"文辞"（征词），为王易《乐府通论》之大端。《乐府通论》论"体制"，也即《辨体第三》，首先针对明人徐师曾《诗体明辨》列举乐府"十二名"（此"十二名"应为"九名"之误，说详下）提出质疑，认为其"所释虽似明切，实亦强立界说耳，按诸古辞，未必一一符其义也"②。继而则认为："郭茂倩《乐府诗集》列乐府为十二体"，"吴纳《文章辨体》则列六体"，"徐师曾《诗体明辨》则列为九体"（此不作"十二名"者甚是，但前者作"名"，此作"体"，二者未能统一，则不的），"三家所列各有异同"，皆"未当也"。之后，即将其分为"十体"："一郊庙乐，二燕飨乐，三舞乐，四恺乐，五横吹曲，六相和曲，七清商曲，八琴曲，九近代曲，十新题乐府。"③并详列各乐府题名（或曲

---

① 王易：《乐府通论·明流第二》，中国文化服务社1948年版，第19页。
② 王易：《乐府通论·辨体第三》，中国文化服务社1948年版，第43页。
③ 王易：《乐府通论·辨体第三》，中国文化服务社1948年版，第45页。

名)于"十体"之"各体"中，认为此之"十体"，较郭茂倩《乐府诗集》之"十二体"等，更符合乐府"体制"之实况，并具有准确、明了之特点。

《征词第四》首先所着眼的仍为"乐府之体"，认为"乐府之体皆仿于《诗》三百篇"。诗有"六义"，首即风、雅、颂，乐府则仿此以为。因而认为："后世之乐府，则凡起于民间，被之弦管者，皆风之流也；作于朝廷，施之燕飨者，皆雅之流也；作于庙堂，用于郊祭者，皆颂之流也。"①并就乐府仿《诗》之命篇进行了例举。作者认为，乐府仿《诗》之命篇，主要有两种形式，一为"摘辞句命篇"，一为"以作意命篇"。"摘辞句命篇"者，如"《练时日》《帝临》《朱鹭》《思悲翁》《江南》《乌生》《阿子》《莫愁》之类，皆是也"；"以作意命篇者"，则认为"《宝鼎》《芝房》《出塞》《入塞》《陌上桑》《王明君》《泛龙舟》《乌夜啼》之类是也"②。继之，则是举《诗》之此两类"命篇"之作与乐府而为的认识，也即乐府诗之如此"命篇"者，乃是渊源有自，而非任意以为。最后则是对所分"十体"进行了"命篇"式的例举与笺释。

《斠律第五》是对乐府"为音乐之学"的介绍。所以，本章既有关于乐的发生、发展概况之描述，又有对"五声""七音"之类的具体笺释，亦有对乐品之制作尺寸、操作方法之记录等，同时还附有各种"乐表"。本章之所述，大抵如此。

《余论》是对与乐府相关的"三义"的告知：一曰明本；二曰知方；三曰立制。

综上所述，王易《乐府通论》之"通论"，虽然只"通论"了"源流""体制""文辞""声律"四个方面，内容还是较为丰富的，且不乏新人耳目者，但其中也存在着不少问题。为便于认识，下面略举三例，以窥一斑。具体为：

（一）信口雌黄言文献。这里所说的"信口雌黄"，是指王易《乐府通

---

① 王易：《乐府通论·征词第四》，中国文化服务社1948年版，第87页。
② 王易：《乐府通论·征词第四》，中国文化服务社1948年版，第88页。

论》全书所涉之引书，不仅多有错误，而且乃为其信口雌黄所致。这一实况表明，其在撰写《乐府通论》之前与之时，是并不曾读其书的，如《明流第二》之"无名氏《古今乐录》"，即为其例。按《古今乐录》为陈代僧人智匠所撰，凡十二卷，魏徵等《隋书》卷三十二《经籍一》有载："《古今乐府》十二卷，陈沙门智匠撰。"刘昫等《旧唐书》卷四十六《经籍上》则载为"《古今乐录》十三卷，释智匠撰"。其后，欧阳修等《新唐书·艺文志》、脱脱等《宋史·艺文志》，以及陈骙《中兴馆阁书目》等，亦皆作十三卷。是书已佚亡。清仁宗嘉庆三年（1798年），辑佚家王谟所辑刻之《汉魏遗书钞》第二辑第三十二种，即为《古今乐录》。其后，又有马国翰《玉函山房辑佚书》本《古今乐录》一卷、黄奭《汉学堂丛书》本《古今乐录》一卷刊行。以常理揆之，王易撰写《乐府通论》在1932年前，且其时又在中央大学任教，辑佚本《古今乐录》应是很容易见到的，但其却赫然作"无名氏《古今乐录》"者，显然是一种不负责任的说法。另如在《辨体第三》中，在无任何材料支撑的情况下，将吴纳《文章辨体序说》作"《文章辨体》"，徐师曾《文体明辨序说》作"《诗体明辨》"者，亦皆如是。作者撰写《乐府通论》之不严谨，仅此可见一斑。

（二）概念混淆。在《辨体第三》中，王易一方面依"吴纳《文章辨体》""徐师曾《诗体明辨》"，将乐府诗之"郊庙歌辞""清商曲辞"等称之为"体"①；一方面则又将以"××歌"结构的乐府题，也称为"体"。以前者言，历代研究者于乐府诗的划分，皆称类而不称"体"，如郭茂倩《乐府诗集》、左克明《古乐府》、徐献忠《乐府原》、顾有孝《乐府英华》等，即皆可为之证。而实际上，"吴纳《文章辨体》""徐师曾《诗体明

---

① 人民文学出版社1984年版萧涤非《汉魏六朝乐府文学史》第一编第三章，引吴纳书作"类"而不作"体"，可供参考。又，人民文学出版社版1962年版吴纳《文章辨体序说》，将乐府诗分为"郊庙歌辞""恺乐歌辞""横吹歌辞""燕飨歌辞""琴曲歌辞""相和歌辞""清商曲辞"，凡七类，而非王易《乐府通论》所云"吴纳《文章辨体》则列六体"；而萧涤非《汉魏六朝乐府文学史》第一编第三章引吴书则作"九类"，一少一"体"（王易《乐府通论》引），一多二"类"（萧著《乐府文学史》），可见二者均误。

辨》"称类为"体"者，本为错误，《乐府通论》依之以作"体"者，则更误。而后者亦如是。复次人民文学出版社1962年版吴纳《文章辨体序说》、徐师曾《文体明辨序说》，其中并无称"××歌"为"体"之载①。此为其一。其二，《乐府通论》既称"××歌"等为一种"体"，而其又称"郊庙歌辞"等亦为"体"，如此，这两种"体"显然就不属于同一概念了。如此，则《乐府通论》中《辨体第三》所辨之"体"，就成为了一笔无法厘清的糊涂账。

（三）掠美之嫌。《乐府通论》之"通论"涉此者，乃甚多，这里仅例举一端。如在《征词第四》中，王易于开首着眼于"诗六义"的角度，认为"《诗》三百篇"有风、雅、颂，乐府亦有风、雅、颂，即以乐府比附《诗经》之风、雅、颂，目的则旨在揭示乐府与《诗经》之关系。其实，将乐府比附《诗经》之风、雅、颂者，前人早已为之，如明人朱嘉徵《乐府广序》即为其例，而且，朱嘉徵《乐府广序》之此举，还曾为许三礼、黄宗羲等人所称道②。以常理论之，王易于《乐府通论》中既将乐府诗比附为《诗经》之风、雅、颂，则其于动笔撰写《乐府通论》之前之时，肯定是读过朱嘉徵之《乐府广序》的③，既读过而不言及，则自然就难免给人以掠美之嫌。

三、萧涤非乐府文学研究

萧涤非（1906—1991年），古典文学家，今江西临川人。其研究乐府诗的成果，有《汉魏六朝乐府文学史》《乐府诗词论薮》《萧涤非说乐

---

① 具体参见拙著《中国乐府诗批评史》第十章第三节，武汉大学出版社2017年版，第445—459页。

② 据附于《乐府通论》卷首的王易《序》可知，王易之父是一位"尚论风诗旨趣，辨析乐府源流"的专门之家，则其家藏有朱嘉徵《乐府广序》一书者，自可论断之。

③ 具体参见拙著《中国乐府诗批评史》第十章第三节，武汉大学出版社2017年版，第445—459页。

府》，以下之所论者，主要为《汉魏六朝乐府文学史》（以下简称"萧著《乐府文学史》"），特此说明。

萧著《乐府文学史》，为作者的一篇研究生毕业论文，其"属稿于1931年"，"脱稿于1933年"，十年后的1943年，由中国文化服务社出版，四十年后的1983年，人民文学出版社出版修订本。全书除《引言》《黄序》（审查报告）、《后记》外，主要由六编二十七章组成。其所研究之内容，具体为：

第一编《绪论》。五章。主要论述者：（1）乐之起源与乐府之发生、发展；（2）乐府之界说与分类；（3）五言诗始于西汉民间乐府；（4）乐府变迁之大势。

第二编《西汉乐府》。四章。主要论述者：（1）汉乐府之声调；（2）西汉贵族乐府与民间乐府；（3）东汉文人乐府。

第三编《魏乐府——附吴》。六章。主要论述者：（1）三曹乐府；（2）王粲等人乐府；（3）吴乐府。

第四编《晋乐府》。三章。主要论述者：（1）晋乐曲歌辞与故事乐府；（2）晋之拟古乐府。

第五编《南朝乐府》。四章。主要论述者：（1）南朝新声乐府；（2）晋宋齐民间乐府；（3）梁陈文人乐府；（4）鲍照。

第六编《北朝乐府——附隋》。五章。主要论述者：（1）北朝乐府及《木兰诗》；（2）南北朝乐府比论；（3）隋乐府。

综观萧著《乐府文学史》全书，不仅视野较开阔，材料较富赡，论述较细密，并且亮点多多，新见连连，而作者的学殖与功力，亦皆寓其中。正因此，全书即呈现出了许多只眼独具的特点，而强烈的问题意识，即为其中之一。请看附于卷首《引言》中的一段文字：

> 自来皆误认为乐府为诗之一体，实则一切诗体皆从乐府出也。如三言、五言、杂言出于汉，七言出于魏，五、东言律绝出于南北

朝，殆无一不渊源于乐府①。

在这里，作者首次提出了"一切诗体皆从乐府出也"的新说，并认为"殆无一不渊源于乐府"，这既是对乐府诗文学功能的一种充分肯定，又是对传统"诗体渊源说"的一种挑战与反叛！作者之所以有如此认识者，关键是其于书中之有关章节，已对此一问题进行了具体考察与阐释。又如第一编第四章论五言诗之源起与确立时，作者即如是认为："五言出于西汉民间乐府"而"不始于班固"。其理由则为，持"五言始于班固"说者，存在着三个方面的问题：(1)误解乐府；(2)颠倒源流；(3)武断事实。因之，作者便从五言诗之"孕育时期""发生时期""流行时期""成立时期"予以详考，以确证"五言一体，出于民间，大于乐府，而成于文人"②。《黄序》则于此评论道："其论五言诗之始，谓先有五言乐府，而后有五言诗，非先有五言诗，而后产生五言乐府，所举证佐，至为切实。"③《黄序》的首肯，由于是建立在"所举证佐，至为切实"八字之上的，因而令人信服。

萧著《乐府文学史》的鲜明特点，是自始至终对民间乐府的重视。重视民间乐府，其实就是对乐府民歌的重视。对此，该书目录中各章之章目，已反映得相当清楚，如第一编第四章之"五言出于西汉民间乐府"，第二编第三章之"西汉民间乐府"，第五编第二章之"南朝前期之民间乐府"，第六编第二章之"北朝民间乐府"等，即皆可为例。而在无"民间乐府"四字的相关编章之目中，作者于具体论述时，亦多有涉及"民间乐府"者，如第一编第二章《乐府之产生及其沿革》之"民间乐府，

---

① 萧涤非：《引言》，《汉魏六朝乐府文学史》，人民文学出版社1984年版，第2页。
② 萧涤非：《汉魏六朝乐府文学史》第一编第四章，人民文学出版社1984年版，第23页。又，此张文中的"大于乐府"，于文意不通，当为"源于乐府"之误。
③ 黄节：《黄序》，《汉魏六朝乐府文学史》，人民文学出版社1984年版，第1页。

实臻全盛"云云，即为其例。所以，作者在《后记》中乃写道：

> 本书虽名为《汉魏六朝乐府文学史》，其实就是《汉魏六朝民间文学史》，说得更确切点，也就是《汉魏六朝乐府民歌史》，因为从数量到质量，从思想内容到艺术形式，从对当代到后世诗人的积极影响，乐府民歌，尤其是西汉乐府民歌，都占有非常重要的主导地位，在诗歌史上开创了一个新局面。①

仅此即可表明，民间乐府在作者心目中是占有相当重要的地位的。而从如此角度认识乐府诗与研究乐府诗，作者则可称得上是百年以来乐府诗研究史上的第一人！

在由西汉而杨隋(前206—618年)的八百多年的乐府文学史中，各种各类的乐府诗人数以百计，但萧著《乐府文学史》仅从中遴选出了一位大家，这就是被明代钟惺在《古诗归》卷十二称为"乐府第一手"的诗人鲍照。萧著《乐府文学史》既称鲍照为"汉乐府大作家"，又以专章的形式论鲍照之乐府诗，充分显示了其之于鲍照乐府诗的高度关注与重视。鲍照(414—466年)，字明远，现存乐府诗八十一首，由三言、四言、七言、杂言四种形式组成，其中《拟行路难》十八首最为著名。萧著《乐府文学史》论鲍照乐府诗，首先是站在南朝时代之高度进行审视，因而认为："当南朝绮罗香泽之气，充斥弥漫之秋，其能上追两汉，不染时风者，吾得一人焉，曰鲍照。鲍氏之乐府之在南朝，犹之黑夜孤星，中流砥柱，其源乃从汉魏乐府中来，而与整个南朝乐府不类。"②继之举鲍照《代东武吟》等乐府诗予以笺释，认为其"皆南朝二百余年间乐府之所绝无者"。再继之对鲍照《拟行路难》十八首进行了评析。最后则

---

① 萧涤非：《后记》，《汉魏六朝乐府文学史》，人民文学出版社1984年版，第324页。
② 萧涤非：《汉魏六朝乐府文学史》第五编第四章，人民文学出版社1984年版，第260页。

作结论说:"统观上列,可知明远乐府,其意识体裁,皆与两汉'感于哀乐,缘事而发者'为近,而与当时'荡悦淫志,喧丑之制'实相远。谓为汉乐府大作家,其谁曰不宜?"①由是而观,可知萧著《乐府文学史》之称鲍照为"汉乐府大作家",主要是立足于鲍照乐府之实绩而为,其此举实乃"慧眼识英雄"也。

但综观萧著《乐府文学史》,也存在着一些或大或小的问题,为便于认识,这里就其大、小各举一例,以供参考。就其大者言,如第一编第二章《乐府之产生及其沿革》论民间乐府时,乃将班固《汉书》卷三十《艺文志第十》所著录之数以百计的歌诗,皆目之为"民间乐府"者,实乃不的。其实际的情况是,这些为班固《汉书》卷三十《艺文志第十》所著录之歌诗(凡二十八家,三百一十四篇),乃皆为朝廷雅乐之属,而与民间乐府迥不相及。对此,拙作《论乐府诗与歌诗的关系》一文乃有详考②,此不具述。以其小者言,第一编第三章引吴纳《文章辨体》将乐府诗分为九类,即为其例。且这一例又有三误:(1)吴纳此书之名为《文章辨体序说》;(2)吴纳《文章辨体序说》将乐府诗分为七类而非九类;(3)据萧著《乐府文学史》所引之九类名目言,可知其乃出自徐师曾《文体明辨序说·乐府》,则此显系作者所误记,当改正。

第三节　乐府诗之文献学研究

二十世纪初以来的乐府诗研究,大致可分为两种类型,一为从文学的角度切入,一即立足于文献的角度而为,前者如梁启超《中国之美文及其历史》、萧涤非《汉魏六朝乐府史》等。而后者的研究,则又分为三

---

① 萧涤非:《汉魏六朝乐府文学史》第五编第四章,人民文学出版社1984年版,第268页。

② 关于班固《汉书》卷三十《艺文志第十》所著录之歌诗非民间乐府者,具体参见拙作《论乐府诗与歌诗的关系》一文,载《长安学术》总第十二辑。

种形式：（1）乐府诗笺注，如黄节《汉魏乐府风笺》，闻一多《乐府诗笺》等；（2）专题的乐府诗研究，如王运熙《六朝乐府与民歌》《乐府诗论丛》等；（3）乐府诗的古籍整理，如中华书局点校本《乐府诗集》等。有鉴于此，本节特对这三种形式的乐府诗研究，从文献学的角度，择其要者，略作观照。

一、闻一多与《乐府诗笺》

闻一多（1899—1946 年），本名家骅，字友三，今湖北浠水人，诗人、学者。闻一多的乐府诗研究，主要为《乐府诗笺》一书。此书完稿于 1941 年，无单行本，开明书店 1948 年收入《闻一多全集》出版。其后，有三联书店 1982 年《闻一多全集》本、湖北人民出版社 1993 年《闻一多全集·乐府诗编》本。

《乐府诗笺》共对三十九首汉乐府进行了笺释。其之笺释，既有别于传统的"题解类批评"，即只注重对乐府诗"本义"的探求，又与黄节《汉魏乐府风笺》等有着较明显之区别。关于黄节《汉魏乐府风笺》一书，拙著《中国乐府诗批评史》第十一章第三节已曾论及①，可参看。此书共选收汉、魏乐府一百一十二题一百五十四首（另有补遗一首），编为十五卷，分属于郭茂倩《乐府诗集》之"相和歌辞"与"杂曲歌辞"，其所选"反映了'五四'以后学人对于民歌之重视"②。黄节对这两类乐府诗之笺注，主要是以传统的"笺释类批评"而为，故"节笺"（含"节补笺""节案"）为全书的重点所在。闻一多《乐府诗笺》所选乐府诗，除《羽林郎》一首外，其余亦全为民间乐府，这一实况所反映的是，其与黄节《汉魏乐府风笺》一样，都属于对"民歌之重视"。然则与传统的乐府诗

---

① 王辉斌：《中国乐府诗批评史》第十一章第三节，武汉大学出版社 2017 年版，第 502—514 页。

② 王运熙：《汉魏六朝乐府诗研究书目提要》，《乐府诗述论》中编，上海古籍出版社 1996 年版，第 312 页。

批评相比，闻一多对于《乐府诗笺》所采用的研究方法，既非"题解类批评"，也不是"笺释类批评"，而是以训诂、考据、校勘等具有现代学科意义者而为。在具体的笺释考证之中，作者或通假互关，或考辨史实，或辨析词义，或校正原文，因而颇具方法论之意义。

方法既不相同，所获亦自然有别。传统的乐府诗批评，所注重的是乐府诗的"本事"与"本义"，而闻一多《乐府诗笺》则不然。《乐府诗笺》虽然也有题解（并非每首诗都有，但凡认为旧说为误者，即新撰以辨之，或者原无而补之），但其重点则是对每首诗之字、词的准确理解，故其之所"笺"，乃是逐句而为。《乐府诗笺》共对整二十首诗撰写了题解，其中既有补撰的，也有考辨旧说的，而后者则为其主要者。如《平陵东》之题解：

> 《古今注·音乐篇》曰："《平陵东》，汉翟义门人所作也。"《乐府古题要解》曰："义，丞相方进之少子，字文仲，为东郡太守，以王莽方篡汉，举兵诛之，不走，见害，门人作歌以悲之。"案义事见《汉书·翟方进传》，然玩诗义，如今"绑票"者所为，疑崔、吴说妄也。马缟《中华古今注》题作《悲歌》。①

在这里，作者据班固《汉书·翟方进传》之所载，并结合诗义（"然玩诗义"），对崔豹《古今注》、吴兢《乐府古题要解》所言《平陵东》是关于丞相翟方进少子翟义之事，进行了明确之质疑，认为"疑崔、吴说妄也"。并于文末标明"马缟《中华古今注》题作《悲歌》"，以此告知读者，《平陵东》又一作《悲歌》。又如《翁离》之题解：

> 诗作"拥离"，何承天《雍离篇》作"雍"。"拥""翁"音近通假，

---

① 闻一多：《乐府诗笺》，《闻一多全集》第五卷《乐府诗编》，湖北人民出版社1993年版，第741页。

《释名·释姿容》："拥，翁也，翁抚之也。"是其比。诗意似《九歌·湘夫人》，盖祀神之曲也。惜篇末脱烂，无由窥其全豹。①

开首之"诗"，指郭茂倩《乐府诗集》，该书卷十六著录此诗，题作《翁离》，而于目录中却作《拥离》，无题解。此题解为闻一多所补撰。在这条补撰的题解中，闻一多明确指出，其"翁音近通假"，说明这是以通假互关所笺释之一例。闻一多认为，《翁离》一作《拥离》，又作《雍离》，从通假的角度言，均不误，而"盖祀神之曲也"，则为其对《翁离》一诗之意旨的认识。一石三鸟，作用至大。

与对诗题的笺释相比，《乐府诗笺》之于具体作品之"笺"，则更具特点。如上所言，《乐府诗笺》之笺释，乃是于乐府诗逐句而为，故其笺释文字一般都比较多，有的则数倍甚至是十数倍于所笺之诗，此则表明，闻一多对三十九首乐府诗之笺之注，既为全书之最重要者，也是最能见出其之文献学功底的。如笺注《圣人出》"君之臣明护不道"为：

明当为萌，古与民通。《管子·揆度篇》"其人同力而宫室美者良萌也"，《文选·长杨赋》"遐萌为之不安"，《蜀都赋》刘《注》引《蜀王本纪》"是时之萌椎髻左衽，不晓文字"，《后汉书·文苑·杜笃传》"不可久虚以示奸萌"，《潜夫论·班禄篇》"侵渔不止，为萌巨害"，《成阳灵台碑》"以育苗萌"，皆谓民也。"君之臣萌"，亦即君之臣民。②

此笺注所采用的即通假互关，故作者开首即认为："明当为萌，古与民

---

① 闻一多：《乐府诗笺》，《闻一多全集》第五卷《乐府诗编》，湖北人民出版社1993年版，第721页。
② 闻一多：《乐府诗笺》，《闻一多全集》第五卷《乐府诗编》，湖北人民出版社1993年版，第733页。

通。"继之,连续征举了《管子·揆度篇》等六条例证,以证实"明当为萌,古与民通"的正确。最后,则是将所"笺"落实到本条注释的关键点上:"'君之臣萌',亦即君之臣民。"至此,作者于开首所提出的"明当为萌"之认识,即得到了较全面之证实。又如对《战城南》最后四句(即"思子良臣,良臣诚可思,朝行出攻,莫不夜归")的笺注:

> 臣疑当为人,人臣声类同,又涉上文忠臣而误。良人者,《孟子·离娄》下篇"其良人至",赵《注》曰:"妇人称夫曰良人。"《秦风·小戎》为妇人思念役夫而作,其诗曰:"厌厌良人。"此诗义与彼同。"思子良人,良人诚可思"者,亦妇人思夫之辞。上言"思子良人",下言"莫不夜归",思之而冀其勿死也。(莫)字或作暮,非是。①

这是从音韵学角度所撰写的一条注解:"臣疑当为人,人臣声类同。"接下来,作者即对良臣为"良人"予以证实,并认为《秦风·小戎》"厌厌良人"之"良人",与《战城南》"思子良人"之"良人"同。同时又结合最后一句之所写,认为诗中妇人"思之而冀其勿死也",故而指出,"(莫)字或作暮,非是"。如此,则全诗之所写,与妇人之所思,乃皆豁然开朗。又如《将进酒》对"诗悉索"之"悉索"的笺注:

> 《尔雅·释言》:"偬,声也。"《释文》曰:"偬,草动声也。"《玉篇》:"偬,小声也。"《广韵》:"偬偬,呻吟也。"案悉索双声连语,犹偬偬也。声转为悉率,以为虫名,则作蟋蟀,蟋蟀者,以其鸣声微细而得名也②。

---

① 闻一多:《乐府诗笺》,《闻一多全集》第五卷《乐府诗编》,湖北人民出版社1993年版,第722页。
② 闻一多:《乐府诗笺》,《闻一多全集》第五卷《乐府诗编》,湖北人民出版社1993年版,第727页。

其中所言"双声连语",是指双音节词的两个字的声母相同,且二者相连,而不能拆开进行理解与认识。这条笺注,由"声""草动声""小声""呻吟"而"声转为悉率",再而"作蟋蟀"而"以其鸣声微细而得名也",以小及大,并由声而虫名,而为虫名之原因,步步为营,层层递进,成为《乐府诗笺》之训诂学与语言学相结合的一个完美例子。

二十世纪初始,最早对乐府诗进行选注者,如上所言,黄节《汉魏乐府风笺》乃率先而为,但此书之所"风笺",由于受清人朱嘉徵《乐府广序》的影响甚为深刻,而与具有现代学科意义之训诂、考据、校勘等,乃相去甚远。闻一多《乐府诗笺》不仅后来居上,重要的是其之所笺所注,主要是字、词而非"本事""本义"等。闻一多的这种举措,所反映的是其对文本的注重,或者说细读文本,为其对乐府诗之所"笺"的一股内驱力。也正因此,闻一多《乐府诗笺》即成为了此类研究中的一份佳构。

二、王运熙与三种乐府书

王运熙(1926—2014 年),今上海市人,文学批评家。其研究乐府诗的成果,主要为"乐府三书",即《六朝乐府与民歌》《乐府诗论丛》《乐府诗再论》。另有合著《乐府诗集导读》与《汉魏六朝乐府诗评注》。所谓"乐府三书",其实就是三种研究乐府诗的论文集,其中,《六朝乐府与民歌》收论文七篇,上海文艺联合出版社 1955 年出版;《乐府诗论丛》收论文十一篇(含附录一篇,下同),古典文学出版社 1958 年出版;《乐府诗再论》收论文十四篇(含附录一篇,下同),上海古籍出版社将其与前两种合为《乐府诗述论》,于 1996 年出版。这三种论文集,共收论文三十二篇,大致可分"乐府文献学"与"乐府文学"两部分。二者虽然各有论文十六篇(若除去附录不计,则"乐府文献学"的篇数,即多于"乐府文学"研究),但"乐府文献学"研究的学术分量,却较"乐府文学"研究明显为重。所以,以下之所论述,即以前者为重点。

先看"乐府文献学"的研究。从文献学的角度研究乐府诗,"乐府三书"中之上述诸论文,既为这方面研究的开创者,又所获甚丰,成就卓然。长期以来,研究者对于乐府诗的研究,虽然形式多种,方法各一,但大多是在"乐府文学"或"音乐文学"中论短长,而"乐府三书"的问世,特别是《六朝乐府与民歌》《乐府诗论丛》在二十世纪五十年代的出版,则无疑开创了一方"乐府文献学"的新天地。"乐府三书"中的文献学研究,要而言之,主要表现在下列四个方面,兹略而述之。

其一,考察乐府之沿革。这里所说的"乐府",指的是乐府机构,即班固《汉书》卷二十二《礼乐志第二》所载汉武帝"乃立乐府"之"乐府"。因为有了乐府机构,而后才有乐府诗的问世,也即乐府诗因乐府机构之设置而产生。因此之故,考察乐府之沿革,也就成为了从文献学角度研究乐府诗不可回避的一个方面。"乐府三书"对此之考察,主要体现在《汉魏两晋南北朝乐府官署沿革考略》一文中。此文在对历代官署之沿革考察后,作出了如是结论:"乐官职守,由汉代的二分法进到魏晋的三分法,说明清商曲的特殊发展,客观上需要专署的设立,来统辖这一项特出的俗乐。再由魏晋的三分法退缩到宋齐的一分法或梁陈的二分法,却并非表示清商乐的重趋没落。东晋南迁以后,官制趋于简化,这是一因;南朝帝王,大抵崇尚享乐,忽视雅乐而提倡俗乐,结果混淆了雅郑的界限,这是清商乐归太乐统辖的主要原因。"①作者的这一认识,正可补罗根泽《乐府文学史》、萧涤非《汉魏六朝乐府文学史》之阙,或者说可与之对读。

其二,稽考乐府诗本意。弄清楚一首乐府诗的意旨,也即其所写为何,为传统的"题解类批评"之重点所在,虽然如此,但也有不知所云者,如《神弦歌》即为其例。《神弦歌》凡十一题十八曲,也即十八首诗,郭茂倩《乐府诗集》卷四十七归类于"清商曲辞",虽撰有题解,但却是

---

① 王运熙:《汉魏两晋南北朝乐府官署沿革考略》,《乐府诗述论》中编,上海古籍出版社1996年版,第178页。

全文引录释智匠《古今乐录》对其十八曲曲名的介绍，而无只字涉及这组诗之内容，因之，读者读完此组诗后，仍不知其所言为何。"乐府三书"中的《神弦歌考》一文，则首次以专题论文的形式，对这组诗进行了具体而系统之考察，认为《神弦歌》产生于今江苏南京一带，"是吴声歌曲中的一道分支"，其在"清商曲中的性质和风格，正仿佛《楚辞》中的《九歌》，二者都是巫觋祀神的乐曲"。这是对《神弦歌》音乐特征的认识。继而，则对十八首诗进行了逐一考释，最后作结论说："《九歌》所祀的是天地山川的大神，《神弦》所祀的却多数是地方性的杂鬼怪。正由于《神弦歌》所祀的是比较渺小的神道，他们的威严也小，因此也更容易与人站在平等的地位，以致发生了不少神人恋爱的传说。"这组诗的"歌词写男女关系相当大胆，固然是当时整个社会风气的一种表现，但对象的平等化，也是不应忽视的事吧。"①全文材料充分，考证细密，结论信然。

其三，考证乐府诗时地。以考证的方法弄清楚乐府诗之作时、作地，在"乐府三书"的"文献学研究"中，占有相当之比重，如被编入《六朝乐府与民歌》之首的《吴声西曲的产生时代》《吴声西曲的产生地域》二文，即为其例。这两篇论文作为一组，依序对吴声与西曲产生的年代、地域进行了翔实而系统的考证，解决了乐府诗研究中的两个实实在在的问题。二文的结论认为：(1)"主要的吴声歌曲，产生于东晋、刘宋两代"；(2)西曲由舞曲、倚歌、其他"普通歌曲"三者组成，"以舞曲为主要部分"，"为宋齐两代的作品"；(3)"刘宋为吴声西曲的黄金时代"；(4)"吴声歌曲产生于吴地，而以当时的京城建业为中心地区；西曲产生于长江流域中部和汉水流域，而以江陵为中心地区"。

其四，辨析乐府诗疑问。"乐府三书"关于"乐府文献学"方面的论文，通而观之，其乃存在着一个较为明显的特点，即强烈的"问题意

---

① 王运熙：《神弦歌考》，《乐府诗述论》上编，上海古籍出版社1996年版，第156—168页。

识",如上所例举对西曲时、地的考察,其实就是针对郭茂倩《乐府诗集》关于西曲之题解所作之辨析。这种强烈的"问题意识",具体到乐府诗的某一方面,即形成了对其之疑之辨,如《论〈孔雀东南飞〉的产生时代、思想、艺术及其问题》一文,即为这方面的一篇代表作。文章在考论《孔雀东南飞》的产生时代时,即是针对梁启超《印度与中国文化之亲属亲系》一文而发;在对《孔雀东南飞》首二句"孔雀东南飞,五里一徘徊"与"仲卿兰芝的故事有何关系"予以辨析时,即是针对胡适《白话文学史》而发;在对"孔雀东南飞,五里一徘徊"进行具体笺释时,则又是针对闻一多《乐府诗笺》而发①。如此等等,可见一斑。既能提出疑问,就必然会进行辨析,这就是"问题意识"所产生的学术效果。"乐府三书"中类此者尚多,细心的读者自可从中一一获知,此不具举。

再看"乐府文学"的研究。从文学的角度研究乐府诗,"乐府三书"中之此类论文,主要有《论六朝清商曲中之和送声》《论吴声西曲与谐音双关语》《汉代的俗乐与民歌》《南北朝乐府中的民歌》《试论乐府诗的曲名本事与思想内容的关系》《乐府民歌和作家作品的关系》《相和歌、清商三调、清商曲》《读汉乐府相和、杂曲札记》《论吴声与西曲》《谢惠连体和〈西州曲〉》《柳恽的〈江南曲〉》《梁鼓角横吹曲杂谈》,以及附录之《七言诗形式的发展和完成》《研究乐府诗的一些情况与体会》等。这些论文所涉内容,大致表现在两个方面,其一即重视对乐府民歌的研究。乐府民歌,是汉代乐府的精华部分,因其皆属"古辞"范畴,而具有原生态的文学特点。"乐府三书"之论乐府民歌,即是注意到了其原生态特点与民间文学之内核所在。在《汉魏六朝乐府诗研究收目提要》一文中,作者介绍黄节《汉魏乐府风笺》一书时,曾这样写道:"前人于汉《房中歌》《郊祀歌》《短箫铙歌》,颇多专门注释之作,此书始专注相

---

① 王运熙:《论〈孔雀东南飞〉的产生时代、思想、艺术及其问题》,《乐府诗述论》中编,上海古籍出版社1996年版,第260—276页。

和、杂曲,反映'五四'以后学人对于民歌之重视。"①而作者之认识亦如是,这从上引《汉代的俗乐与民歌》《南北朝乐府中的民歌》《乐府民歌和作家作品的关系》等论文题目,即可准确获知。作者论乐府民歌,综而言之,主要表现在四个方面:(1)原生态的民俗性;(2)丰富的思想内容;(3)卓越的艺术手法;(4)对文人作家作品的影响。而且,所论既深刻又透辟,从而使得乐府民歌之精要,皆得以呈现。二是对乐府诗艺术技巧的关注。对此,《六朝乐府与民歌》之《论六朝清商曲中之和送声》《论吴声西曲与谐音双关语》二文,即是这方面之代表作,读者自可参看,兹不赘述。

尽管"乐府三书"获得了如上所述之成就与特点,但也存在着一些值得注意的问题,如《汉魏六朝乐府诗研究书目提要》一文即为其例。此文在介绍朱乾《乐府正义》时,乃如是写道:朱氏论《饮马长城窟行》古辞云:"《古诗十九首》,皆乐府也。中有《青青河畔草》,又有《客从远方来》,本是两首。惟《孟冬寒气至》一篇,下接'客从远方来',与《饮马长城窟行》章法同。盖古诗有意尽而辞不尽,或辞尽而声不尽,则合此以足之。如《三妇艳诗》及《董娇娆》'吾欲尽此曲'之类,皆曲调之余声也。古人诗皆入奏,故有此等,后世则不然矣。"之后对此进行评论,认为"议论皆中肯綮,非深于乐府者不能道"②。其实,此段文字并非朱乾《乐府正义》之所言,而是杨慎《丹铅录》对《饮马长城窟行》之所评,作者未能细察,而成此误。具体可参见乾隆五十四年刻本《乐府正义》卷八。

---

① 王运熙:《汉魏六朝乐府诗研究书目提要》,《乐府诗述论》中编,上海古籍出版社 1996 年版,第 312 页。

② 王运熙:《汉魏六朝乐府诗研究书目提要》,《乐府诗述论》中编,上海古籍出版社 1996 年版,第 307 页。

三、《乐府诗集》点校例说

中华书局1979年版点校本《乐府诗集》，是百年以来"乐府文献学"研究中最重要的一部著作。据附于该书卷首的《出版说明》可知，对于百卷本《乐府诗集》的点校，主要由中国社科院文学所部分研究者与中华书局编辑部的有关编辑共同完成，表明这是一份集体成果。问世后的此书，对于古代文学研究特别是乐府诗研究者而言，无疑成为了一部案头必备之书。然而此书之或点或校，也时有讹误，下面略举数例，以窥一斑。

（一）因标点误而致使题解误。此种类型之误，可称为"双误"，为便于认识，兹举一例，如卷二十五《木兰诗》之题解，即为其代表。此题解为："《古今乐录》曰：'木兰不知名，浙江西道观察使兼御史中丞韦元甫续附入。'"①就此标点而言，其所显示的内容是，"浙江西道观察使兼御史中丞韦元甫续附入"，乃与"木兰不知名"同为《古今乐录》所记载，实则大误。

按韦元甫其人，《旧唐书》卷一一五有传，唐代宗大历六年（771年）八月卒。而《古今乐录》的作者为陈代僧人智匠，据《汉魏遗书钞》本《古今乐录》卷首所附王谟《序录》之所载可知，《古今乐录》为智匠撰著于陈光大二年（568年），斯时距韦元甫之卒有二百零三年之隔，智匠焉可将韦元甫所续之《木兰诗》"附入"呢？很显然，"浙江西道观察使兼御史中丞韦元甫续附入"一句，乃郭茂倩所撰写，而非智匠《古今乐录》之所为。所以，为郭茂倩所撰写的这条题解，其正确之标点乃为："《古今乐录》曰：'木兰不知名。'浙江西道观察使兼御史中丞韦元甫续附入。"即郭茂倩所撰写的这条题解，记载了两件事：（1）引了智匠《古今

---

① 郭茂倩：《木兰诗》题解，《乐府诗集》卷二十五，中华书局1979年版，第373页。

乐录》之"木兰不知名";(2)记录了唐人韦元甫续《木兰诗》之事,并将此诗编入了《乐府诗集》。如此,则一切皆可了然。而据《古今乐录》之"木兰不知名"五字,又可知《木兰诗》之作,是必在智匠所生活的梁、陈之际的,否则,智匠即无以记载"木兰不知名"于《古今乐录》中。或有认为此诗为唐人所作者,实则不的。

(二)校勘未能择善而为。《乐府诗集》所收录之唐人乐府诗,多有"文本"之歧,而点校者一般只以《河岳英灵集》《唐文粹》《文苑英华》《全唐诗》等总集与选集而为,少有以诗人别集校勘者(即使有者,所选别集之版本也欠佳),致使诸多错误仍存其间。为便于了解与把握,兹以王维乐府诗为例,略作新校(主要是针对《乐府诗集》而言)。《乐府诗集》收录王维乐府诗,凡十四题二十四首,以下以宋蜀刻本《王摩诘文集》(以下简称"宋本")为主,兼及《文苑英华》、元刻本《须溪先生校本唐王右丞集》(以下简称"元刻本"),校之如次。又,底本即《乐府诗集》不误,宋本等校本误者,则不出校,特此说明。

(1)《少年行》四首(卷六十六)。此组诗的排列本身就存在着问题。《乐府诗集》对这四首诗的排列次序为:"新丰美酒斗十千"(一首)、"汉家君臣欢宴终"(二首)、"出身仕汉羽林郎"(三首)、"一身能擘两雕弧"(四首)。按宋本卷一、《文苑英华》卷一九四、元刻本卷一,此四首诗之次序排列为:"新丰美酒斗十千"(一首)、"出身仕汉羽林郎"(二首)、"一身能擘两雕弧"(三首)、"汉家君臣欢宴终"(四首)。与之异,应据改。而值得指出的是,点校者虽以《文苑英华》校了四首其一之"饮",其二之"高义",其四之"擘""群",但却未能就四诗之次序颠倒予以纠正,实属遗憾。

(2)《老将行》(卷九十)。第二句"步行夺得胡马骑",宋本卷一、《文苑英华》卷三三三、元刻本卷一,俱作"步行夺取胡马骑"。按"夺取"比"夺得"更有生气,也更具精神,知"夺取"是。第十八句"寥落寒山对虚牖",《文苑英华》卷三三三同此,宋本卷一作"淹洛寒山对虚牖",元刻本卷一作"辽落寒山对虚牖"。从版本学的角度言,"淹洛"当系原用语，"寥落""辽落"或为后人所改。

（3）《扶南曲》五首（卷九十）。《文苑英华》无此组诗。此诗之题，宋本卷一、元刻本卷一作《扶南曲歌词》五首。第三首第四句"舞出御筵中"，宋本卷一、元刻本卷一作"舞出御楼中"。第四首第六句"玉除多珮声"，宋本卷一、元刻本卷一作"玉墀多珮声"。

（4）《苦热行》（卷六十五）。此诗题目，宋本卷十、元刻本卷一作《苦热》，无"行"字。

（5）《桃源行》（卷九十）。第二句"两岸桃花夹古津"，宋本卷一、《文苑英华》卷三三二、元刻本卷一，俱作"两岸桃花夹去津"。第二十句"更问神仙遂不还"，宋本卷一、元刻本卷一作"更问成仙遂不还"，《文苑英华》卷三三二作"及至成仙去不还"，当以后者是。

（6）《祠渔山神女歌》二首（卷四十七）。此诗题，宋本卷一、元刻本卷一俱作《鱼山神女祠歌》二首。鱼山即吾山，在郓州东南二十里（李吉甫《元和郡县图志》卷二），《乐府诗集》卷四十七作此诗题者，误。又，第一首第九句"风凄凄，又夜雨"，宋本卷一、元刻本卷一作"风凄凄兮夜雨"，是。第十句"不知神之来兮不来"，宋本卷一、元刻本卷一作"神之来兮不来"，是。每二首第一句"纷进舞兮堂前"，宋本卷一、元刻本卷一作"纷进拜兮堂前"，是。第三句"来不言兮意不传"，宋本卷一、元刻本卷一作"来不语兮意不传"，意均通。第五句"悲急管兮思系弦"，宋本卷一、元刻本卷一无"兮"字。

（7）《从军行》（卷三十三）。第三句"笳鸣马嘶乱"，宋本卷一、元刻本卷一作"笳悲马嘶乱"，《文苑英华》卷一九九作"笳应马嘶乱"，并有注云："应一作悲。"作"悲"是。第七句"尽系名王颈"，宋本卷一、元刻本卷一同，《文苑英华》卷一九九作"尽系番王颈"，是。第八句"归来报天子"，《文苑英华》卷一九九同，宋本卷一、元刻本卷一作"归来献天子"。

（8）《渭城曲》（卷八十）。此诗题，宋本卷九、《文苑英华》卷二九九、元刻本卷五，俱作《送元二使安西》。第二句"客舍青青柳色春"，宋本卷九、元刻本卷五同，但俱有注云："一作依依杨柳春。"《文苑英华》卷二九九作"客舍青青柳色新"。

（9）《燕支行》（卷九十）。第八句"朝廷莫数贰师功"，宋本卷一、元刻本卷一作"朝廷不数贰师功"。第十六句"笳鸣乱动关山月"，宋本卷一、元刻本卷一作"笳鸣乱动天山月"，是。第二十四句"终知上将伐谋猷"，宋本卷一、元刻本卷一作"终知上将先伐谋"，是。

（10）《陇头吟》（卷二十一）。第一句"长安少年游侠客"，宋本卷一、《文苑英华》卷一九八、元刻本卷一，俱作"长城少年游侠客"。第十句"节旄空尽海西头"，宋本卷一、《文苑英华》卷一九八、元刻本卷一，俱于"空尽"后注云："一作零落。"《文苑英华》卷一九八并于此句"西"后注云："一作南"。

以上是对《乐府诗集》所收王维乐府诗重校之实况，表明点校本《乐府诗集》之于王维乐府诗的校勘，乃是极为有限且不无错误的。虽然，点校者也曾以《王右丞集》参校，但此王维集并非宋本，也与元刻本有别，因而所校自然就会出现一些讹误，以上之重校，即足以证明之。

点校本《乐府诗集》除了上述两个方面的问题外，也还有一些可商之处，如附于书末《索引字头笔划检字表》《作者姓名篇名索引》等之索引，就存在着漏收与页码标注之误。以前者言，"字头笔划"之索引于"六划"中即无"成"字，而《乐府诗集》卷十四却收有成公绥乐府诗十六首；后者的页码标注之误，如"七划"之"长"，相邻两处一标为"22"，一标为"52"，其实后者为"53"。类此者还有不少，兹不一一罗列。

本书主要引用书目

一、先唐书目

书名	作者	版本
《国语》	左丘明（先秦）	上海古籍出版社2011年版
《尚书正义》	孔安国等（汉）	《十三经注疏》本
《毛诗正义》	郑玄等（汉）	《十三经注疏》本
《礼记正义》	郑玄等（汉）	《十三经注疏》本
《吕氏春秋》	高诱等（汉）	《新编诸子集成》本
《周礼注疏》	郑玄等（汉）	《十三经注疏》本
《史记》	司马迁（汉）	岳麓书社1988年版
《汉书》	班固（汉）	岳麓书社1988年版
《琴清英》	扬雄（汉）	《玉函山房辑佚书》本
《琴操》	蔡邕（汉）	《续修四库全书》本
《风俗通义》	应劭（汉）	《四库全书》本
《楚辞章句》	王逸（汉）	《四库全书》本
《论语注疏》	何晏等（魏）	《十三经注疏》本
《尔雅注疏》	郭璞等（晋）	《十三经注疏》本
《春秋左传正义》	杜预（晋）	《十三经注疏》本
《古今注》	崔豹（晋）	《四部丛刊三编》本
《宋书》	沈约（刘宋）	岳麓书社1998年版

《文心雕龙》	刘勰(梁)	《四库全书》本
《古今乐录》	智匠(陈)	《汉魏遗书钞》本

二、唐宋元书目

《卢照邻集》	卢照邻(唐)	中华书局1980年版
《乐府古题要解》	吴兢(唐)	《历代诗话续编》本
《晋书》	房玄龄等(唐)	中华书局1974年版
《隋书》	魏徵等(唐)	中华书局1973年版
《通典》	杜佑(唐)	中华书局1986年版
《艺文类聚》	欧阳询等(唐,编)	上海古籍出版社1965年版
《白居易集》	白居易(唐)	中华书局1979年版
《集异记》	薛用弱(唐)	《说郛三种》本
《权德舆文集》	权德舆(唐)	甘肃人民出版社1999年版
《唐文粹》	姚铉(宋)	《四库全书》本
《十家宫词》	和凝等(五代)	《丛书集成初编》本
《文苑英华》	李昉等(宋,编)	中华书局1966年影印本
《太平御览》	李昉等(宋,编)	中华书局1960年影印本
《乐府诗集》	郭茂倩(宋)	中华书局1979年版
《郡斋读书志》	晁公武(宋)	《四库全书》本
《太仓稊米集》	周紫芝(宋)	《四库全书》本
《文忠集》	周必大(宋)	《四库全书》本
《考古编》	程大昌(宋)	《四库全书》本
《诗话总龟》	阮阅(宋)	人民文学出版社1987年版
《竹庄诗话》	何汶(宋)	《四库全书》本
《琴曲谱录》	僧居月(宋)	《说郛三种》本
《陆放翁全集》	陆游(宋)	中国书店1986年影印本
《文献通考》	马端临(元)	中华书局1986年版

《古乐府》	左克明(元)	《四库全书》本
《铁崖古乐府》	杨维桢(元)	《四库全书》本
《铁崖古乐府》	杨维桢(元)	《四部丛刊》本
《杨维桢诗集》	杨维桢(元)	浙江古籍出版社2010年版

三、明清书目

《怀麓堂集》	李东阳(明)	《四库全书》本
《唐音癸签》	胡震亨(明)	上海古籍出版社1981年版
《诗薮》	胡应麟(明)	上海古籍出版社1958年版
《古乐苑》	梅鼎祚(明)	《四库全书》本
《乐府原》	徐献忠(明)	《四库全书存目丛书》本
《古诗纪》	冯惟讷(明)	《四库全书》本
《文章辨体序说》	吴 纳(明)	人民文学出版社1962年版
《文体明辨序说》	徐师曾(明)	人民文学出版社1962年版
《升庵诗话》	杨 慎(明)	《历代诗话续编》本
《日知录》	顾炎武(清)	《四库全书》本
《李太白全集》	王 琦(清,注)	中华书局1977年版
《全唐诗》	彭定求等(清,编)	中华书局1960年版
《墨子间诂》	孙诒让(清)	《诸子集成》本
《列朝诗集》	钱谦益(清)	中华书局2007年版
《钝吟杂录》	冯 班(清)	《清诗话》本
《绎史》	马 骕(清)	中华书局2002年版
《全上古三代秦汉六朝文》	严可均(清,编)	中华书局1958年影印本
《历代诗话》	何文焕(清,编)	中华书局1983年版
《唐音审体》	钱良择(清)	《清诗话》本
《四库全书总目》	永 瑢等(清)	中华书局1963年影印本
《元诗选》	顾嗣立(清)	中华书局1987年版

《诗比兴笺》	陈　沆(清)	上海古籍出版社 1981 年版
《王士禛全集》	王士禛(清)	齐鲁书社 2007 年版
《四家咏史乐府》	宗泽元(清)	《丛书集成续编》本
《乐府英华》	顾有孝(清)	清许间堂刻本
《乐府广序》	朱嘉徵(清)	《续修四库全书》本
《乐府正义》	朱　乾(清)	乾隆四十六年刻本
《汉魏乐府诗笺》	黄　节(清)	中华书局 2008 年版

四、近现代书目

《汉代乐府笺注》	曲滢生	我辈语丛刊社 1933 年版
《乐府通论》	王　易	中国文化服务社 1948 年版
《六朝乐府与文学》	王运熙	上海文艺联合出版社 1955 年版
《乐府诗论丛》	王运熙	古典文学出版社 1958 年版
《古书真伪及其年代》	梁启超	中华书局 1962 年版
《汉短箫铙歌注》	夏敬观	台湾广文书局 1970 年版
《荀子简注》	章诗同	上海人民出版社 1974 年版
《元稹年谱》	卞孝萱	齐鲁书社 1980 年版
《先秦魏晋南北朝诗》	逯钦立(编)	中华书局 1983 年版
《汉魏六朝乐府文学史》	萧涤非	人民文学出版社 1984 年版
《山海经校译》	袁　柯	上海古籍出版社 1985 年版
《胡适古典文学论集》	胡　适	上海古籍出版社 1988 年版
《卢照邻集编年笺注》	任国绪	黑龙江人民出版社 1989 年版
《全宋诗》	傅璇琮等(主编)	北京大学出版社 1992 年版
《乐府诗笺》	闻一多	《闻一多全集》本，1993 年版
《乐府文学史》	罗根泽	东方出版社 1996 年版
《乐府诗述论》	王运熙	上海古籍出版社 1996 年版
《白话文学史》	胡　适	上海古籍出版社 1999 年版

书名	作者	出版社及版本
《扬雄集笺注》	郑　文	巴蜀书社 2000 年版
《李孝光集校注》	陆增杰	上海社会科学院出版社 2005 年版
《唐代歌行论》	薛天纬	人民文学出版社 2006 年版
《先唐诗人考论》	王辉斌	吉林文史出版社 2007 年版
《王维新考论》	王辉斌	黄山书社 2008 年版
《文心雕龙译注》	陆侃如等	齐鲁书社 2009 年版
《唐代文学探论》	王辉斌	黄山书社 2009 年版
《唐后乐府诗史》	王辉斌	黄山书社 2010 年版
《宋金元诗通论》	王辉斌	黄山书社 2011 年版
《杜甫研究新探》	王辉斌	黄山书社 2011 年版
《郡斋读书志校证》	孙　猛	上海古籍出版社 2011 年版
《商周逸诗辑考》	王辉斌	黄山书社 2012 年版
《中国之美文及其历史》	梁启超	东方出版社 2012 年版
《中国历史读书法》	梁启超	东方出版社 2012 年版
《中国近三百年学术史》	梁启超	商务印书馆 2013 年版
《唐代诗文论集》	王辉斌	武汉大学出版社 2017 年版
《中国乐府诗批评史》	王辉斌	武汉大学出版社 2017 年版

· 附录一 ·

敢为人先的探索
——我与乐府诗研究

将乐府诗作为一个专题进行研究，为我计划中的"文学史研究打通关"的重要一环，而且，我对乐府诗的研究，与时下之乐府诗研究乃是大不相同的。时下的乐府诗研究，虽然热闹非凡，但研究者却无一不是围绕着郭茂倩《乐府诗集》转圈子，而于唐以后的乐府诗则几乎无人问津，对此，我们只要将自二十世纪三十年代以来所出版的各种乐府诗研究著作略作翻检，即可准确获知。这是一种非常奇特的研究现象。这种研究现象的存在，是导致乐府诗研究"有头无尾"的重要原因。为了打破乐府诗研究中的这种尴尬局面，我在经过了一段时间的认真思索之后，便决定于2008年3月始，对唐以后的宋、辽、金、元、明、清九百五十年的乐府诗进行一次较为全面的研究，于是，也就有了2010年10月由黄山书社出版的《唐后乐府诗史》一书。此书的出版，成为了自清末民初以来的第一部以唐后乐府诗为研究对象的断代文学史。其中的种种研究经历与多方面之所获，则是颇值回忆与总结的。

一

我研究乐府诗，可称得上是"历史悠久"的，这是因为，乐府诗是我研究古代文学的第一个始点。即是说，我研究古代文学，最初所切入的研究对象之一，就是并非诗体而成为一种诗体的乐府诗，其时间则可追溯到"文革"期间的1971年。这一年，我买到了一本郭沫若的《李白与杜甫》，因为受其影响，便开始了对李白的"尝试性研究"，而首先所"尝试"的，就是将李白集中的全部乐府诗，一首一首地进行"译"与"评"，其时间共用了近六年之久。待至1977年11月，当我托人又买到了一套中华书局出版的清人王琦笺注的《李太白全集》后，即将"尝试性研究"一变而为正式研究，并把花了近六年时间所"译"与"评"的李白乐府诗，在修改之后，取名为《李白乐府译评》。《李白乐府译评》约十八万字，虽然最终未能出版，但以如此之长的时间对李白乐府诗作如此之研究者，据我的孤陋寡闻，在现当代的李白研究史与乐府诗研究史上，乃均无第二人。正是四十年前的这种"尝试性研究"，使我与乐府诗研究结下了不解之缘。

　　1984年10月，我应邀参加在四川江油召开的"李白研究学会成立大会暨李白研究学术研讨会"，而向大会提交了《〈蜀道难〉探索》一文，1986年5月，巴蜀书社出版的《李白研究论丛》发表了我的这篇文章。如果从乐府诗研究的角度言，《〈蜀道难〉探索》即为我所发表的第一篇研究乐府诗的论文。第二年，我又在《贵州文史丛刊》1987年第二期上发表了《莫愁本事说略》一文。我当时之所以研究"莫愁本事"，主要是将莫愁作为一位历史人物以待的，即被一些乐府诗所咏写的"莫愁"，在先秦时期的楚国乃确有其人，而不是一位为后人所言为虚构的文学人物。尽管包括乐府诗在内的各类文学作品都曾将莫愁作为咏写对象，但其中的"莫愁"，却是一位被文学化了的莫愁，而与历史人物莫愁迥然有别。这就是我这篇"乐府诗论文"的最终结论。正是由于我在《莫愁本事说略》一文中所研究的莫愁是一位历史人物，所以我在2007年初计划出版《先唐诗人考论》一书时，即将其作为该书第九章第二节的内容编入。

　　五年后的1992年秋末冬初之际，我写了一篇《高适〈燕歌行〉新探》

的文章，投寄于《四川师范学院学报》编辑部，该刊虽然将其发表于1993年第一期，但题目却被改成了《高适〈燕歌行〉之"客"考》。在这篇文章中，我从多个方面考察了《燕歌行》"并序"中的那位"客"的身份，认为其即高适的好友贾至，高适《燕歌行》即因"和"贾至的《燕歌行》而成。在这篇文章中，我还就贾至《燕歌行》与高适《燕歌行》进行了题旨、用语等方面的比较。最后作结论说："贾至与高适的《燕歌行》，虽然都突破了乐府古题着重描写征夫思妇的传统藩篱，拓展了边塞诗的表现领域，但就各自的内容而言，高诗是远比贾诗要丰富得多的。而在艺术表现方面，贾诗的平铺直叙也明显逊色于高诗的描述变幻与直抒胸臆。作为'和'诗，高适的《燕歌行》无疑是一首成功之作，但作为唐代边塞诗的研究对象，贾至的《燕歌行》与高适的《燕歌行》，则是一对不可分离的孪生兄弟。"将高适《燕歌行》与贾至《燕歌行》进行比较，进而作出高适《燕歌行》是因"和"贾至《燕歌行》的结论，本文则是这方面的第一文。

从《高适〈燕歌行〉新探》发表之后的1993年春，到我决定将唐后乐府诗进行一次较为全面研究的2008年春，其间正好为整十五年。在这整十五年期间，我所发表的属于乐府诗研究方面的论文，主要有：《李白〈静夜思〉四种文本比较》《李白〈蜀道难〉主题评说》《〈凉州词〉的文本与主题》《论杜甫"三吏""三别"的诗体属性——兼论唐代新乐府中的有关问题》《论王维的乐府诗》《鲍照乐府诗的新变与贡献——兼及"歌行体"与七言歌行诸问题》《论曹氏父子的乐府情结》等。这些论文所涉及的研究对象，虽然是由汉魏乐府而至李唐乐府，但其均属于作家个案式的乐府诗研究。其中具有代表性者，依序为《论曹氏父子的乐府情结》《论王维的乐府诗》《论杜甫"三吏""三别"的诗体属性——兼论唐代新乐府中的有关问题》三文，其所获结论，虽然各自有别，但所反映的则是我对汉唐时期乐府诗的种种认识。

《论曹氏父子的乐府情结》一文，主要考察了曹操、曹丕、曹植父子三人之于乐府诗的不同与共同的情感纠结。曹氏父子三人，虽然都雅好乐府诗的创作，且各有不少名篇为后人所传诵，但父子三人于乐府诗的创作，却因其创作动机的各异，所系于乐府诗的情结也各不相同。曹操之所以热衷于乐府诗的创作，主要是受到了当时流行于宫中的"四品乐"的影响，因为"四品乐"在当时所代表的是一种权力与王者的气概，曹操不遗余力"仿效乐府"者，所看中的就正是这种君临天下的王者特权与气概。曹丕虽然是高唱"文章乃经国之大业，不朽之盛事"的一位历史人物，但他对于乐府诗的创作，所着眼的并非如文学史家之所言，是为了乐府诗的繁荣与发展，而是因其享乐生活的需要而为。在少年时期就有着"立功于盛世"理想的曹植，虽曾随曹操"南极赤岸，东临沧海，西望玉门，北出玄塞"，但因与曹丕"立嫡之争"的失败，最后被赶出京师，客死封地。所以，曹植之于乐府诗的创作，主要是出于其强烈的"恋阙"之情。父子三人之于乐府诗的情结，虽然各有所别，但因"四品乐"之关系而追慕王权，则为其总的创作动机之所在。

《论王维的乐府诗》一文，为王维研究史上真正意义研究乐府诗的第一文。文章首次对王维的乐府诗进行了界定与统计，认为王维现存乐府诗为一百零三首，主要由旧题乐府与新题乐府两大类构成，其中，又有古体乐府与近体乐府之分。王维的古体乐府诗，以五古、骚体、七言歌行最具代表性；其近体乐府的体式之多与数量之众，为盛唐诗人所少有。以近体大量创作乐府诗，是王维乐府诗有别于唐代其他诗人乐府诗的一个重要标志。从新题乐府的角度言，王维又是唐代第一个大量创作新题乐府的诗人，并对杜甫、元结、元稹、白居易等人产生着较为直接的影响。王维乐府诗的另一个特点，是其大多属于"乐章"的范畴，即其因大多能配乐歌唱而成为一首首歌诗。已问世的一些文学史著作大多认为，杜甫是新题乐府的开创者，而本文的考察则表明，这一在大陆学界流行了数十年之久的认识，其实是错误的，即其真正的开创者是王维而非杜甫。

正因为杜甫不是新题乐府的开创者，所以，现存杜甫集中的"三吏""三别"这一组诗，也并非如文学史家所言为新题乐府，对此，《论杜甫"三吏""三别"的诗体属性——兼论唐代新乐府中的有关问题》一文,即进行了较为翔实之考察。文章以接受史为切入点,首次就这一问题进行了具体而翔实的讨论。文章认为:在从中唐到清初的近千年之间,"研杜"者几乎都是将这六首诗目为一组五言古诗的,即使是被文学史家称之为"新乐府运动"领袖的元稹与白居易,也是毫不例外。但自清中叶始,一些诗话类著作的作者,却有意识地认定杜甫的这六首诗为新乐府。其实,着眼于唐宋人对新乐府的认识,可知被郭茂倩在《乐府诗集》中称为"唐世新歌"的新乐府,除具有"即事名篇,无复倚傍""凡所歌行"等特点外,还可配乐而唱,而"三吏""三别"既非"凡所歌行"之属,更不能"播于乐章歌曲",所以,这六首诗不是新乐府。围绕着对"三吏""三别"诗体属性的讨论,文章还就什么是新题乐府给出了一个符合唐人创作实际的定义,这一举措,无疑为我后来研究唐后乐府诗埋下了伏笔。

总的说来,在自1977年至2007年的整三十年间,我对乐府诗的研究,大致可分为两个阶段:其一为1977年至1980年的三年,其间主要是对《李白乐府译评》的修改与整理;其二为1981年至2007年的二十七年,其间断断续续地发表了十多篇关于乐府诗研究的论文。所以,从研究时间与所获成果的角度言,这整三十年只能称之为我研究乐府诗的准备与起步阶段。而正是因为有了这三十年的"准备与起步",我才迎来了乐府诗研究的一个丰硕的收获期。

二

2007年10月前后,当我将四十余万字的《王维新考论》书稿交给出版社之后,我便开始了对"宋金元诗歌"的通论研究,四年后的2011年10月,黄山书社出版了我的《宋金元诗通论》一书。《宋金元诗通论》共由八章组成,其中第三章为"乐府论",由于对此章内容的撰写,我对唐以后乐府诗产生了极大的兴趣。这是因为，在撰写宋、金、元三朝的"乐府论"之前，我已将这三个朝代有关乐府诗的各种资料基本上浏览了一篇，而这三个朝代共四百零八年的时间，几乎为宋、辽、金、元、明、清六朝九百五十年的一半，因此，我便索性作出了一个大胆的决定，即对唐后九百五十年的乐府诗作一次全盘考虑。几年后，黄山书社所出版的《唐后乐府诗史》一书，即是我对唐后九百五十年乐府诗所通盘考察后的一份硕果。

乐府诗之于中国文学史而言，其发展的概况，大致可分为前后两个时期，前期为汉初至五代共约一千二百年，后期指赵宋至清末的九百五十年，前期的乐府诗称为"汉唐乐府诗"，后期的乐府诗称为"唐后乐府诗"。研究汉唐乐府诗，郭茂倩《乐府诗集》为其主要的读本对象，即研究者只要有一套郭茂倩的《乐府诗集》在手，再辅以相关材料，便可进行任意性的研究，且极易推出包括单书与丛书在内的各类成果。但研究唐后乐府诗却没有这么容易，因为唐以后的乐府诗并没有如《乐府诗集》这样的总集，且直至今天，这种情况也仍然没有什么改变。虽然，上海交通大学出版社于 2011 年 3 月出版了一套《全乐府》，"辑录先秦至清代七千六百多首乐府诗"，若以此除去《乐府诗集》所收录的五千多首汉唐乐府诗，则所辑录的唐后乐府诗实际上只有二千五百首左右。这一数量表明，《全乐府》所收之唐后乐府诗，是不及现存唐后乐府诗总数的四十分之一的（关于现存唐后乐府诗的数量，可具体参见拙著《唐后乐府诗史》第一章第一节）。而且，我在对唐后乐府诗进行研究的几年之中，《全乐府》一书也不曾问世。

正因为唐后乐府诗没有如《乐府诗集》这样的总集，所以研究起来就有着非同一般的难度，因为首先所要做的工作，就是花大量时间去阅读各种断代诗歌总集，如《全宋诗》《全金诗》《元诗选》《列朝诗集》《清诗汇》等，此外，还要阅读唐以后的各朝别集，如《苏东坡全集》《陆放翁全集》《范石湖集》《元好问集》《王士禛全集》等，至于那些为《辽金元诗话全编》《宋诗话全编》《明诗话全编》《清诗话》《清诗话续编》所收录的有关乐府诗的诗话之作，就更需要去细心阅读了。仅此，即可窥知研究唐后乐府诗的难度之一斑。而此，也是当今的研究者们都乐意于在汉唐乐府诗中转圈子的原因所在。

  我对唐后乐府诗的研究，自然是属于迎难而上的。在研究方法上，我当时的总体思路，是先集中一段时间日夜读书，待将宋、辽、金、元、明、清各朝代的各种乐府诗资料掌握得差不多了，然后才是从回溯乐府诗发展史的角度撰写提纲（含每一章中各节的细目），继之则为对第一章每一节正文内容的具体撰写。最后是统一修改。虽然如此，在撰写的过程中，也是会遇到很多问题的，如对唐后乐府诗的界定即为其中之一。正是由于唐后乐府诗没有如《乐府诗集》这样的总集，所以对每一首乐府诗的认定都十分棘手，即唐以后什么样的诗才可称为乐府诗，"唐后乐府诗"与"汉唐乐府诗"有没有区别，如果有，其区别又表现在哪些方面，等等，这些都是学术界从不曾进行过任何形式讨论的问题。但既要研究唐后的乐府诗，首先就必须解决这些问题，如此，我就得带着问题撰写"唐后乐府诗史"了。而此，只是问题的一个方面。问题的另一个方面是，乐府诗之所以被称为乐府诗，其中最关键者就是与音乐的关系密切，即可配乐而唱，即使如兴盛于中唐时期的一批新题乐府，据白居易《新乐府并序》的记载可知，其也是可以"播于乐章歌曲"的，那么，唐后乐府诗是否又具有如此之特点呢？这实际上就涉及唐后乐府诗与音乐的关系问题了。而据有关文献的记载，唐及其前的各种各类的音乐，由于战争等方面的原因，至宋初时已荡然无存，在这样的文化背景下，唐后乐府诗即使可歌，其与汉唐乐府诗又是否有区别呢？凡此种种，均表明对唐后乐府诗的研究，不仅确属较汉唐乐府诗研究要困难许多，而且也是不能照搬汉唐乐府诗的研究经验与方法的。其原因在于，乐府诗作为一种并非文体的文体，乃是随着时代的变化而变化的。如同样是旧题乐府（古乐府），汉唐乐府诗之题一般为《将进酒》《蜀道难》《长歌行》这样的三字结构，而唐后乐府诗中的旧题乐府之题，既有传统的三字结构，更有四字、五字、六字、七字、八字、九字、十字等结构,如元代诗人李孝光《五峰集》卷三《古乐府骚》一卷之中,就有《黄民尚所藏王若水〈陶令归来图〉》《行则有车送李德章侍尊父入京师》这样十字开外的乐府诗题,且为"古乐府"。若从汉唐乐府诗的角度言,李孝光的《黄民尚所藏王若水〈陶令归来图〉》《行则有车送李德章侍尊父入京师》这样的诗,显然是不能归于乐府诗的,但《五峰集》的目录却明确将其标明为"古乐府"。唐后乐府诗的复杂性与可变性,仅此即可见其一斑。

上述研究唐后乐府诗的种种问题与困难,都被我在《唐后乐府诗史》一书中较为圆满地解决。《唐后乐府诗史》共由七章二十三节组成,除第一章外,其余六章均以朝代为次序,分别对宋、辽、金、元、明、清六朝九百五十年的乐府诗进行了"史"的述论,其中,辽、金合为一章,蒙元则共用了二章的篇幅。全书首次对唐后九百五十年的乐府诗创作概貌、发展脉络、演变轨迹等,进行了条分缕析之梳理,并重点考察了两个方面的内容,其一是对具有代表性的乐府诗文学现象进行了剖析,其二是对具有代表性的作家作品进行了多维度的透视。前者如宋人的"乐府观",宋代的大型连章体宫词类乐府的创作,元代少数民族诗人与乐府诗的创作关系,元末的"铁崖乐府诗派"与"西湖竹枝酬唱",明代的"乐府拟古派",清代的"海外竹枝词",以及"少数民族竹枝词"创作等;后者则有元好问与新乐府,杨维桢与铁崖古乐府,李东阳与拟古乐府等。这两个方面的论述,既互相作用,又互为关联,而使得唐后历代乐府诗创作的风貌、成就与特点,均得以最大程度之清晰展示。而且,《唐后乐府诗史》在对历代的乐府诗创作进行观照时,并不是以传统的作家年齿为论析之次序,而是对某一类或者几类乐府诗的发展概貌进行"并列式"的描述,这种全新样式的研究,对于读者把握某一朝代乐府诗发展的总体概况,或者某一类乐府诗在这个朝代的创作规律及其变化的特点等,都是颇有助益的。这虽然是一种文学史撰写新方法的尝试,但事实证明,《唐后乐府诗史》对其之尝试,乃是相当成功的。

与其他文学史著作所不同的是,《唐后乐府诗史》对于唐以后乐府诗创作与发展概貌的勾勒，没有过多地交待各个朝代的政治、文化等方面的背景，而是从乐府诗"史"的角度，对其进行了具体而详尽之描述。我之所以作如此设想并将其付于实施，主要是认为这样做能更进一步地突出乐府诗的文学史地位，以及乐府诗在当时政治、文化等方面所起到的应有作用。如果说创新，这就是其中的具体内容之一。总之，《唐后乐府诗史》从研究对象到研究方法，有许多都是为前人与今人所不及的，如果认真读过本书的读者，相信其一定会从中领会到这些属于创新方面之内容的。

三

在《唐后乐府诗史》的《自序》中，我曾这样说过："在有文学史以来的一百余年间，中外学术界没有任何人对由宋而清九百五十年的乐府诗进行过'史'的观照，所以从这一意义上讲，《唐后乐府诗史》自然就属于第一部关于唐后乐府诗的断代文学史了。大凡为第一部者，即被称为'开山之作'或者'拓荒之作'，《唐后乐府诗史》亦然。而正因为是第一部，所以也就没有任何可供借鉴的对象。"这段文字旨在说明，我之于《唐后乐府诗史》的研撰，实际上就是在"摸着石头过河"，这也诚如鲁迅在《呐喊·故乡》中之所说："地上本没有路，走的人多了，也便成了路。"鲁迅的话，从哲理的角度讲，指的就是一种开拓，而我在研撰《唐后乐府诗史》时之"摸着石头过河"，其实也是这样的。研究前人所不曾研究之对象，撰著前人所不曾撰著之著作，这就是我对《唐后乐府诗史》所作出之总体评价。

《唐后乐府诗史》对于唐后九百五十年乐府诗的研究，如上所言，除对唐后的乐府诗进行了界定之外，还重点对其进行了分类研究。对于分类，郭茂倩将《乐府诗集》所收五千多首汉唐乐府诗进行分类时，是以音乐为分类标准的，如果我将唐后乐府诗的分类也以音乐而为，则就属于明显的削足适履。而且，诚如前人所言，"乐府音节，自唐人已不可考"，"自宋已失其传"，在这样的一种音乐文化背景下，唐以后诗人如果要创作乐府诗的话，显然是不可能按照汉唐乐府诗的音乐（乐谱、乐调）进行的。因此，音乐不能成为唐后乐府诗分类的标准，也就不言而喻。正因此，我即着眼于唐后乐府诗的实际情况（主要指唐后乐府诗的制题、内容、唐后诗人对乐府诗的自我认定等），将其分为旧题乐府与新题乐府两大类，而于新题乐府中，又具体分为即事类乐府、歌行类乐府、宫词类乐府、竹枝类乐府、祭祀类乐府五种类型。又由于祭祀类乐府只有文献价值而不具备文学价值，所以除特殊情况外，《唐后乐府诗史》一般不将其作为研究的对象。即是说，《唐后乐府诗史》一书，实际上只是对唐以后的旧题乐府、即事类乐府、歌行类乐府、宫词类乐府、竹枝类乐府进行了具体的论析。

在四种类型的新题乐府中，即事类乐府又成为了我所研究的一个重点对象，对此，在《唐后乐府诗史》的第一章第二节、第二章第五节之中，已表现得非常明显。什么是即事类乐府？所谓即事类乐府，就是指一些非歌辞性诗题的"三字题"，且又属于"即事名篇""因事立题"范畴的新乐府诗。这类新乐府的诗题，虽然均属于诗人们的"自创新题"，但就其内容而言，则主要为元稹所说的"病时"，白居易所说的"为事而作"。这类新题乐府，由于其具有强烈的写时性与鲜明的即事性，而直接影响着唐以后的各个时期诗人们的创作，其中，又以宋代诗人最具代表性。宋代的即事类乐府诗，参与创作的诗人既多，故名篇亦夥，如王禹偁《感流亡》、苏舜钦《庆州败》、梅尧臣《观理稼》、欧阳修《食糟民》、范成大《劳畲耕》、刘兼《征妇怨》、徐照《蝗飞高》、方回《路傍草》等，即皆为脍炙人口的佳构。而还值得注意的是，宋代诗人在进行即事类乐府创作的过程中，还将一些本属于此类乐府诗的题材，以歌行类乐府而为之，即有意识地使即事类乐府逐渐向歌行类乐府"融合"，从而扩大了歌行类乐府的题材范围，如苏轼《荔枝叹》、范成大《催租行》、周紫芝《插秧行》、方回《苦雨行》等，就都属于这方面的一些代表作。从宋代的即事类乐府还可知，此类乐府诗是唐后各类乐府诗中政治性与现实性最强的一种。正因此，即事类乐府表现在题材内容方面的最大特点，就是以关注社会现实为主，注重对重大政治事件或社会问题的反映，并融针对性、写实性、概括性于一体，以形成其自身鲜明的时代特色。且由宋而清，即事类乐府代有名篇。

属于歌行类的乐府诗，是唐以后乐府诗中涉及范围最广的一类乐府诗。我在对唐后乐府诗分类之际，之所以将这类乐府诗命名为"歌行类乐府"者，主要是依据明人胡震亨《唐音癸签》卷一《体凡》中的一段话而为。其云："新题者，古乐府所无，唐人新制为乐府题也。其题或名歌，亦或名行，或兼名歌行。又有曰引者，曰曲者，曰谣者，曰辞者，曰篇者。有曰咏者，曰吟者，曰叹者，曰唱者，曰弄者。复有曰思者，曰怨者，曰悲若哀者，曰乐者。凡此多属于乐府，然非必尽谱之于乐。"在这条材料中，前者的"其题或名歌，亦或名行，或兼名歌行"，主要指的是旧题乐府的一种命题形式，如《子夜歌》《长干行》《悲歌行》等，而后者的"曰引者，曰曲者，曰谣者，曰辞者，曰篇者"云云，即这十四个具有"歌辞性"特征的单音汉字，都可结构为歌行类乐府，而成为"××曲""××吟""××谣"之类的乐府诗题。待至宋、元、明、清诸朝，这种具有"歌辞性"特征的乐府诗新题，即广为当时的诗人们所接受与运用，因而也就有了《河豚叹》（范成大）、《寄远吟》（王郁）、《花游曲》（杨维桢）、《悲寒风》（李孝光）、《筑城词》（高启）等大批的歌行类乐府问世。从诗歌体式的角度言，唐后的歌行类乐府，又几乎皆为七言古诗，也就是七言歌行。所以，与胡震亨同为明代诗论家的胡应麟在《诗薮》中，即对"歌行"作出了一个经典性的定义："七言古诗，概曰歌行。"与即事类乐府相比，歌行类乐府所涉及的题材内容更为广泛，即除了关注社会现实的题材之外，举凡纪行、交游、宴饮、登游、咏史、怀古、遣怀、情思、咏物，以及读书记、读诗记等，乃皆可成为其描写的对象。正因此，在唐以后的诸多总集与别集中，类似之作乃比比皆是。

宫词类乐府虽以描写宫中生活为主，且在汉乐府诗中已曾有之，但真正以"宫词"二字为题者，则乃始于盛唐诗人，如崔国辅《魏宫词》、李白《宫中行乐辞》（"辞"一作"词"）等，即为其例。中唐时期，王建创作了著名的《宫词一百首》，使得这种具有"特殊身份"的宫词类乐府，深为唐以后的各朝诗人所青睐，并因之形成了一种蔚为大观的创作态势，以至于出现了清代诗人史梦兰《前史宫词》二十卷这样的大型连章体组诗。就演变特点与发展概貌而言，宫词类乐府大致具有三个方面的特点：其一是制题上发生了变化，即除了传统的《宫词》外，还出现了顾瑛《天宝宫词》、无名氏《元宫词》、陆长春《辽金元宫词》等这样具有朝代特点的咏史类《宫词》。其二是在体式上出现了诸多大型连章体组诗，如王珪《宫词一百首》、宋徽宗《宫词三百首》、朱权《宫词一百七首》等。其三是本属于新题乐府的宫词类乐府，唐后诗人却将其目为"古乐府"，如杨维桢与萨都剌唱和的《宫词二十首》（现存12首），就是较为典型的例子。这三个方面的特点，所反映的是唐后诗人之于宫词类乐府的创作，在继承汉唐乐府诗优良传统的同时，也对其进行了不同程度之革新，并使之成为崛起于这一时期的咏史乐府诗中的一种主要类型。

在新题乐府的四类乐府诗中，竹枝类乐府虽然是产生年代最晚的一种，但其在唐后的发展之迅猛，参与创作的诗人之多，作品的数量之众，却均为上述三类乐府诗所不及。竹枝类乐府作为一种地方文化的产物，在入宋之后，即完全被文人化了，到了元、明、清三代，则以其约二万五千首的作品之量（参见《唐后乐府诗史》第一章第一节），而成为中国乐府诗史上的一座无与伦比的高峰。竹枝类乐府由唐而宋而金，发展相当缓慢，这从赵宋一代只有十七人共创作了一百二十九首乐府诗的实况（参见《唐后乐府诗史》第二章第一节），即略可获知。但到了元末之后，以杨维桢为代表的"西湖竹枝酬唱"，拉开了其大踏步发展的序幕，进而则波及全国各地，以至于一些边陲地区少数民族的族群、习俗、语言、饮食、服饰、婚嫁、丧葬等，也皆成为了竹枝类乐府所描写的对象。于是，也就出现了一大批以全国各地的地名命名的竹枝词，以明代为例，即有《扬州竹枝词》(唐之淳)、《西蜀竹枝词》(林志)、《滇池竹枝词》(沐璘)、《吴下竹枝词》(唐诗)、《广州竹枝词》(田汝成)、《夔州竹枝词》(曹学佺)、《秦淮竹枝词》(钟惺)、《金陵竹枝词》(柳应芳)等数十种之多。而到了清代，一大批"外国竹枝词"又应运而生，如陈道华《日京竹枝词》、徐振《朝鲜竹枝词》、王芝《缅甸竹枝词》、丐香《越南竹枝词》、潘飞声《柏林竹枝词》等，即皆为其代表作。由于在唐后特别是明、清两朝的迅猛发展，竹枝类乐府成为了这一时期新题乐府的主流。

不同时代的乐府诗，有着不同时代的特点，不同类别的乐府诗，其特点亦属如此。我在写作《唐后乐府诗史》之初，曾自定了一个预期的目标，即力求将由宋而清九百五十年的乐府诗的特点与其发展脉络，进行最大程度之揭示，从目前学术界对其之评价看来，我的这一最初预定目标，是完成得相当圆满的。而此，则是对我的一种最大慰藉。

(原载黄山书社2012年版《王辉斌学记》之《甲编：治学自述录》)

乐府本自三千年
——我与乐府诗再研究

2012年4月,我曾就我三十多年的乐府诗研究之况,写了一篇带有总结性与回忆性特点的小文,此即《敢为人先的探索——我与乐府诗研究》,后来收入了《王辉斌学记·治学自述录》,由黄山书社于当年的9月出版。这篇文章的总结与回忆,主要表现在两个方面,一是我在2008年以前的乐府诗研究,一为我2008年及其后对唐后乐府诗的研究,而后者又为其重点所在。我研究唐后乐府诗的成果,主要是指黄山书社2011年10月出版的《唐后乐府诗史》一书。这既是我唯一的一份此类成果,也是迄今为此海内外学界唯一的一份此类成果。该书凡七章二十三节,对宋、辽、金、元、明、清六朝九百五十年的乐府诗,首次着眼于"史"的角度进行了多维立体之观照,较为清晰地勾勒出了乐府诗在这一时期发展、繁荣与演变等方面之轨迹,并就唐后乐府诗的分类,与音乐的关系,以及新乐府与古乐府、拟古乐府的关系等,均进行了首次考察与透视。正因此,《唐后乐府诗史》出版后,即获得了多方面的好评,如认为该书有着鲜明的"原创研究"特色,属于"一步一个脚印的成果"等①,即为其例。

由2011年11月迄今,可称得上是我研究乐府诗的第四个阶段。我

---

① 傅璇琮:《唐后乐府史的原创研究——读王辉斌〈唐后乐府诗史〉所想到的》,《文汇读书周报》2013年11月27日第9版。

研究乐府诗，迄今已有四十余年，故我一般将其分为四个阶段，即：1977—1980 年为第一阶段，主要成果为《李白乐府译评》（稿本）；1981—2007 年为第二阶段，主要是发表了一些单篇论文；2008—2011 年为第三阶段，《唐后乐府诗诗史》即为此期主要成果；2012—2018 年为第四阶段，出版了《中国乐府诗批评史》、《乐府诗通论》。此外，还有一本约四十万字的《商周逸诗辑考》，也与之关系密切。在 2012—2018 年的六年中，我所研究乐府诗的重点，主要有三：一是"前乐府"；一是中国乐府诗批评史；一是乐府诗通论。这三个方面的乐府诗研究，都属于前人与今人所不曾涉及者，也即其在乐府诗研究史上皆属于空白点。正因为无人涉及，因而才引起了我的极大兴趣，并欲尽最大之努力，将其空白予以填补。此前，由于我主要研究的是唐后乐府诗，因之，这一次便决定向乐府诗的源头推进，即对夏、商、周时期的乐府诗进行一次多方位、多维度的考察，也就是向"前乐府"领域拓展与延伸。

一

所谓"前乐府"，是指汉武帝"乃立乐府"之前的乐府诗。长期以来，人们对于乐府诗的认识与把握，几乎都是依据班固《汉书·礼乐志》而为，以至于将"乃立乐府"之时，当作是乐府诗的肇始之期，如唐代吴兢的《乐府古题要解序》，即是这方面最具有代表性的例子。吴兢于《序》之开首，乃极明确地写道："乐府之兴，肇如于汉魏。"接下来于下卷之末，则又乃如是认为："汉武帝时乃立乐府，以李延年为协律都尉，举司马相如等数十人，造为诗赋，略论律吕，以合八音之调，盖乐府之所肇也。"合而观之，可知在作为历史学家的吴兢看来，"汉魏"即为乐府诗的源头之所在，之前的华夏大地是没有乐府诗的。其实，吴兢的这一认识，乃极为错误，因为历史的真实是，汉武帝"乃立乐府"之前，不仅有乐府诗，而且还有管理乐工、乐伎，乐歌等的乐府机构。对此,《汉书·百官公卿表上》已有极明确之记载:"秦官,掌宗庙礼仪,有丞。景帝中六年更名为太常。属官有太乐、太祝、太宰、太史、太医六令丞。……少府,秦官……有六丞。属官有尚书、符节、太医、太官、汤官、导官、乐府、若卢……东园匠十六官令丞。"①这段文字,共记载了秦代设置的两个音乐机构,一为"奉常"所辖之"太乐",一为"少府"所辖之"乐府",而或"太乐"或"乐府",都是与乐府诗有着密切之关联的,且其之存在,所充分表明的是,秦及其前是确有乐府诗流传的。吴兢虽然为唐代著名的史学家,但其竟然没有读到班固《汉书》中的这一记载,实属遗憾。

为了进一步弄清楚"前乐府"存在的实况,我又将坚持写了十五年之久的一部读书笔记——"商周逸诗辑录",于2011年初进行了全面整理,并于年底待整理结束后,乃将其取名为《商周逸诗辑考》,交由黄山书社出版。2012年8月,《商周逸诗辑考》正式出版。作为由读书笔记整理而成的一种专书,《商周逸诗辑考》共从一百四十余种文史子集中辑录了六百余首逸诗,且对其进行了逐一校考与大致编年,其中,属于乐府诗者,则有一七〇首左右之多。针对这一实况,我在该书《自序》与《凡例》中,即首次将其称之为"前乐府",也就是先秦时期的乐府诗。② 至此,我才首次清楚了乐府诗的发展脉络与轨迹,乃是由"前乐府"、"汉唐乐府"、"唐后乐府"三者所组成,而且其源头乃与汉武帝"乃立乐府"毫无关系。

《商周逸诗辑考》出版后,虽然使得我对"前乐府"已是心中有数,但我对其之思考,却是日愈一日。于是,我在广泛涉猎文献的基础上,首次撰写了两篇关于"前乐府"研究的专题论文,其一为《夏商周"乐府"考论》,其二即《"前乐府"及其在先秦的创作》。《夏商周"乐府"考论》

---

① 班固:《汉书·百官公卿表上》,岳麓书社1993年版,第323页。
② 关于《商周逸诗辑考》的成书过程及有关具体情况,可参见《徜徉辑佚十五年——我与商周逸诗研究》一文,载《王辉斌学记·甲编:治学自述录》,黄山书社2012年版,第84—93页。

一文,发表于《学术论坛》2013年第8期。这是一篇一万五千余字的长文,也是我研究"前乐府"的一篇重要论文。文章主要着眼于"汉初'乐府'的史料复按"、"先秦'乐府'的出土文物"、"商周乐舞之文献记载"、"乐府诗源于先秦的被认定"四个方面,对"夏商周"这一文学单元时期的"乐府"(含乐府机构与乐府诗),首次进行了翔实而具体的考察。其结论为:

> 《汉书·礼乐志》关于汉武帝"乃立乐府"的记载,使得"乐府始于西汉"说几乎成为了文学史上的一种定论。文章着眼于"二重论证法"的角度,以文献记录与出土文物为双重依据,对"乐府"与乐府诗之肇始年代进行了多角度之考察,认为其在夏、商、周三朝均已不同程度之存在。郭茂倩《乐府诗集》、左克明《古乐府》所收唐尧《神人畅》、虞舜《思亲操》、夏禹《襄陵操》、周文王《文王操》、齐棪沐子《雉朝飞操》、卫女《思归引》等"前乐府",即为"乐府"与乐府诗始于这一时期最有力的例证。

由于该文证据充分,视野开阔,问题意识与创新意识均甚为强烈,故而文章发表未久,即为中国人民大学书报资料中心主办之《中国古代、近代文学研究》2014年第1期全文转载。这种全文转载,其实是对我所提出的"前乐府"概念的一种最有力支持。

《"前乐府"及其在先秦的创作》一文,则发表于《西华大学学报》2013年第2期。此文从"纯文学"(即不涉及当时的典章制度等方面的内容)的研究角度,首次对"前乐府"在先秦时期的创作之况,进行了较为系统之归纳与梳理。全文以"对'前乐府'诗的界定"、"'前乐府'的三大品类"、"'前乐府'的创作实况"三方面为切点,于"前乐府"的发生、发展、类别等问题,首次以论文的形式进行了论析。因而认为:

> 现存的"前乐府",共计为一三三题一六五首,按其篇名之所

示及其音乐性之特点等，大致可分为"琴曲类"、"古歌类"、"综合类"三类。"前乐府"的作者，主要由官吏阶层与普通民众两大群体组成，其中，孔子因创作了十五题十六首"前乐府"，成为先秦文学史上在诗歌数上仅次于屈原的一位诗人。"前乐府"虽然题材内容丰富，但却绝少爱情之作。

这就是我对"前乐府"表现在创作方面的认识。这一认识所反映的是，"前乐府"为文学发展的一种必然存在，其与流行于当时的歌诗、徒诗等，都是深受人们雅好的一种文学品类，如孔子的十五题十六首"前乐府"，即足以对此佐证之。

这两篇论文的发表与《商周逸诗辑考》的出版，标志着我对"前乐府"的研究，已取得了相当不错的文学实绩。而对"前乐府"这一概念的首次提出与确立，即成为了我在这一时期研究乐府诗的一个最大亮点。

二

2011年6月，我所申报的国家社科基金项目"中国乐府诗批评史"获准立项，于是，我的乐府诗研究，即因这一立项的缘故，而由"前乐府"转向了对乐府诗批评的研究。项目在申报之初，之所以于"乐府诗批评史"前加上"中国"二字，是意在表明，我所研究的"乐府诗批评史"，乃属于通史而非断代史。众所周知，截此于当下，各种文学批评史应有尽有，但唯独没有乐府诗批评史问世，不独如此，在文学批评史中给予乐府诗批评一定地位或篇幅者，乃绝少见到。而此，仅为问题的一个方面。问题的另一个方面是，自二十世纪初始以来，研究乐府诗的专著数以十计，而唯独没有著作与乐府诗批评相关联，正因此，人们所看到或者读到的，几乎都是一些围绕着郭茂倩《乐府诗集》转圈子的研究读本。而拙著《中国乐府诗批评史》，即正是在这种当代乐府诗研究的大背景下，由武汉大学出版社于2017年出版的。

《中国乐府诗批评史》共由十一章三十六节组成，对由夏、商、周而清末"民初"三千余年的乐府诗批评，首次立足于"批评史"的角度，对其进行了系统而翔实之论析。所涉内容，举凡前人对乐府诗的收集、辑佚、选编、题解、评说、述论、品鉴、集考、注释，以及对乐府诗人诗作的比较，对乐府诗创作经验的总结，对乐府文学现象的陈述等，即皆在本"批评史"之列。一言以蔽之，凡是文学史上与乐府诗批评相涉及者，诸如关于乐府诗批评的批评现象、批评著述、批评观念、批评理论、批评形式、批评方法，以及批评家的生平简况、批评思想、批评特色、批评成就、批评影响等，即皆为本书所关注的重要对象。而且，在具体的写作过程中，还先后对有关批评家的文学活动与学术活动进行了简要考察，对有关乐府诗批评专书的版本流传概况进行了简要考述，对有关文献记载中的错误进行了具体考辨与订正，等等，凡此，均有利于人们对乐府诗"批评史"的正确了解与认识。

在撰写方面，本书虽然采用的是章节结构，但实际上则具有板块结构的明显痕迹，即其大致上由三部分内容衔接而成。其具体为："前乐府批评"（第一章、第二章第一节）、"汉唐乐府批评"（第二章第二节、第三章、第四章、第五章）、"唐后乐府批评"（第六章——第十一章）。由此不难看出，本书的乐府诗批评，乃是以"唐后乐府批评"为重点的。而事实也正是如此。所谓"唐后乐府批评"，主要是对宋、辽、金、元、明、清六个朝代九百六十年的乐府诗批评，其中，又以明、清两朝的乐府诗批评为重点中的重点。这是因为，这两个朝代的乐府诗批评，不仅批评的内容丰富，成果众多，而且批评的方法也多种多样，组织体系也甚为健全与完善。而在批评类型方面，则以郭绍虞《中国文学批评史·导论》为参照系，并结合历朝历代乐府诗批评的实况，将三千年的乐府诗批评方法，梳理为六种类型，即"整理类批评"、"选择类批评"、"题解类批评"、"品第类批评"、"专论类批评"与"注释类批评"。并对每一种批评样式于出现之初，均进行了具有"定义"性质的极简要的介绍，以有利于读者的认识与接受。

"前乐府批评"主要表现在两个方面,一是夏、商、周时期的乐府诗批评,一是汉及其后研究者对商、周两朝乐府诗的批评。以前者言,孔子的七世祖正考父,便是一位"整理类批评"的代表人物,《左传》载其"校商之名颂于周太师"云云者,即表明正考父在商朝时于"名颂"进行了整理("校")。而人们所熟知的孔子删诗说,则更是"选择类批评"的一种典范。至于对"前乐府"的"题解类批评",则以西汉扬雄最具代表性。扬雄《琴清英》一书,是乐府诗批评史上"题解类批评"的一部发轫之作,其早已佚亡,现所存见者,主要有三种版本,但均属清人辑佚所为,所收五篇"前乐府"如《鹤别操》等,扬雄则首次对其进行了"题解类批评"。此外,蔡邕《琴操》、崔豹《古今注》等,也都对有关"前乐府"进了"题解类批评"。而尤值注意的是,司马迁《史记》与班固《汉书》对"前乐府批评"的介入,使得其之"前乐府"批评,不仅具有后来者居上的明显优长,而且还开史家评批"前乐府"之先河,影响深远。凡此种种,均为我在《中国乐府诗批评史》的第一、二章中于各种载籍爬梳之所获。

"汉唐乐府"之于诸朝诸代,是乐府诗发展史上的一个高峰期,因之,这一时期的乐府诗批评,也就自然获得了其史上的诸多批评实绩。其中,最具代表性的批评成果,主要有荀勖《荀氏录》、沈约《宋书·乐志》、智匠《古今乐录》、刘勰《文心雕龙·乐府》、吴兢《乐府古题要解》、郗昂《乐府古今解题》、王昌龄《古乐府解题》、沈健《乐府广题》,以及卢照邻《乐府杂诗序》、元稹《乐府古题序》、白居易《新乐府并序》、皮日休《正乐府十篇并序》等。这些批评成果,虽然是由专书与专文所组成,但所涉及的内容却相当广泛,且"整理类批评"、"选择类批评"、"题解类批评"、"品第类批评"等,乃应有尽有。而有的则还与乐府诗的起源关系密切,如元稹《乐府古题序》一文,即为其之代表。元稹此文,主要为友人刘猛而发,因而乃曰:刘补阙(即刘猛)云:"乐府肇于汉魏。"继之,则对刘猛"乐府肇于汉魏"的认识进行了批评,认为:

"按仲尼学《文王操》、伯牙作《流波》、《水仙》等操,齐犊沐作《雉朝飞》,卫女作《思归引》者,皆不于汉魏以后始,亦甚明矣。"这是一段经常为乐府诗研究者与文学史撰写者所引用的文字,但其中的"(乐府)皆不于汉魏以后始",却为那些一代又一代的引用者所熟视无睹,这实在令人心寒。而此,也是导致当今许多乐府诗研究者仍在围绕着《乐府诗集》转圈子,并睁着眼睛说瞎话(指"乐府肇于汉魏")的原因之所在。仅由这一方面言,今天的许多乐府诗研究者与文学史撰写者,在乐府诗起源的认识上,无法与一千多年前的元稹相提并论者,则乃不言而喻。这既是研究者主客观认识的一种倒退,也是乐府诗研究的一种倒退。

而值得注意的是,元稹的"(乐府)皆不于汉魏以后始"说,还得到了宋代学者兼诗人周必大的有力支持。周必大认为:"在虞、舜时,此体(指乐府诗——引者注)固已萌芽。"因之,乃于《书谭该乐府后》一文中这样写道:"世谓乐府起于汉魏,盖由惠帝有乐府令,武帝立乐府采诗夜诵也。唐元稹则以为仲尼《文王操》、伯牙《水仙》、齐犊沐《雉朝飞》、卫女《思归引》为乐府之始。予考之'乃赓载歌'、'熏兮解愠',在虞、舜时,此体固已萌芽,岂止三代遗韵而已。"在这里,周必大不仅极为赞同元稹乐府诗不"肇于汉魏"的观点,立足于"乃赓载歌"等先秦古歌的角度,对其说进行了材料上的支撑,而且还将乐府诗的肇始期上推到了"虞、舜"之际,也就是先夏时期。由元稹而周必大,其"(乐府)皆不于汉魏以后始"的认识,既使得乐府诗的起源得以真相大白,又为"前乐府"的历史存在,提供了一方坚实的基石,而或此或彼,对于我们今天的乐府诗研究而言,无疑都是会具有很重要的参考价值的。在《中国乐府诗批评史》中,我之所以花大气力蒐集材料,并将其一一引录于书中者,其原因即在于此。

由宋而清,既是乐府诗批评的重点所在,也是研撰的重点所在。这一时期的乐府诗批评,参与批评的批评者之多,所获成果之众,均非前两个时期可比。因之,蒐集资料与静心阅读资料,便成为了整个研撰工作的一个重点,而蒐集资料,则又为其重点中的重点。针对这一实况,我首先通过各种途径、各种渠道，弄清楚了这一时期批评成果的主要作者与著作目录，并开列了一份极详细的书目清单。继之，则利用到北京开会的机会，带着一位年轻教师，在文津街古籍图书馆旁安营扎寨，每天在哪里抄写、复印着各种所需书籍，如顾有孝《乐府英华》的许间堂刻本，朱乾《乐府正义》的乾隆刻本，钱良择《抚云集》的雍正刻本，朱嘉徵《止溪诗文抄》的光绪刻本，等等。而值得特别一提的是，当我从北京返回后，学校图书馆则对我进行了"特别开放"，即允许我将《四库全书》、《四库全书存目丛书》、《续修四库全书》、《四库未收书辑刊》的任一册单本借回家，如《四库全书》第1250册《怀麓堂集》，《四库全书存目丛书》第86册《长谷集》，《四库未收书辑刊》第2辑第30册《全史宫词》等，我就都曾借回家里阅读与备查。由于各种资料准备充分，写起来也就甚为得心应手，大约一年后，共六章二十一节的"唐后乐府批评"，即得以全部完稿。之后，又用了近半年时间修改，并将其与前五章共十五节一同打印成册。再之后，四十七万字的《中国乐府诗批评史》，即由武汉大学出版社正式出版、发行。

三

当《中国乐府诗批评史》还处在修改期间之际，我便开始了对另一种乐府诗专书的酝酿与思考，此即由武汉大学出版社付梓在即的《乐府诗通论》。此书曾以"国家社科基金项目《中国乐府诗批评史》子课题"的名义，委托给一位朋友研撰，但这位朋友后来调政府部门工作，因之，委托之事只得由我来完成。从研撰内容的角度言，《乐府诗通论》是对乐府诗所作的"横向"研究，这与属于"纵向"研究的《唐后乐府诗史》、《中国乐府诗批评史》，正好是"背道而驰"。这一"纵"一"横"的互为关联，所反映的是我在近十年的时间里，对具有三千年历史的中国乐府诗，所进行的一次多维度之立体观照，从而打破了自二十世纪初始以来乐府诗研究只围绕《乐府诗集》转圈子的单一局面。而且，这一立体观照又是属于"无复依傍"的，因而，其中的每一章每一节，几乎都与"原创性"脱不了关系。而此，即是导致《乐府诗通论》自成特色的原因之所在。

作为一种"横向"研究的专书，《乐府诗通论》之于乐府诗的"通"，主要表现在六个方面，即："乐府源流论"、"乐府分期论"、"乐府演变论"、"乐府专书论"、"乐府批评论"、"乐府研究论"。这六方面的"通论"，分则各自独立成篇，合则为一部通论乐府诗的专书，虽重在"横向"之论，其实是"横中有纵"，"纵""横"交错的，如"乐府分期论"、"乐府研究论"，即属如此。而需在此指出的是，即使《唐后乐府诗史》与《中国乐府诗批评史》，也并非是绝对的"纵向"研究，只是以"史"为纲而已。对于《中国乐府诗批评史》中之"横向"与"纵向"的关系，《乐府诗通论》"附录二"所附卢燕新教授《材料功夫与乐府诗批评的理论构建——评王辉斌〈中国乐府诗批评史〉》一文，乃有专门的评论，读者自可参看，此不具述。

"乐府源流论"作为《乐府诗通论》所"通"之首论，主要是将"源"与"流"综合而论，目的则是欲使其在全书中具有纲举目张之功能。本书论乐府诗之"源流"，诚如附于卷首的《自序》之所言，乃是将其与"前乐府"相关联的。对此，《自序》乃这样写道："'乐府源流论'中的'源'与'流'，为历代诗话家、乐府诗总集或选集之题解作者最为关注者，而百年以来的乐府诗研究专著，亦多有关注者。然则二者论乐府之'源'，却均存在着一种弊端，即由于研究者不谙'前乐府'之存在，致使所论多有不明确处，或者含糊其词，更有甚者，则是由汉初而先秦再由先秦绕回汉初，使得乐府之'源'，既似在上古，又不似在上古；或者虽在上古，又难以与汉武帝'乃立乐府'相关联；或者虽相关联，却又显得甚为牵强，如此等等。本书论乐府诗之'源'，由于是建立在"前乐府"这一基点之上的，因而既具纲举目张之特点，又兼明晰'源'之本原的优长。'流'与'源'虽关系密切，但实则是各有其特点的。对于'流'的探讨，本书则重在两个方面，一是乐府诗究竟始于何时，一为乐府诗与歌诗的关系。以前者论，本书以唐宋人对'乐府始于西汉'之论争为切入点，并用若干确切可靠之材料证实，'乐府始于西汉'实际上就是一个伪命题。就后者言，乐府诗与歌诗之关系，历来仁者见仁，智者见智，本书则以周、汉歌诗为例，首次对歌诗进行了定义，并厘清了乐府诗与歌诗的种种关系。"仅此，即可窥知，我之于《乐府诗通论》中对"乐府源流"的"通论"，乃是与一般之论"源流"大不相同的。

其他五个方面之"通论"，较之论"源流"而言，则均属于今无来者之研究，如"乐府分期论"之论乐府诗的分期，就是一个极具典型性与代表性的例子。之所以这样说，是因为考察与论析乐府诗的分期，有一个很重要的前提条件，即研究者之前必须对具有三千年历史的乐府诗进行过系统研究，否则便无以措手。而据我之孤陋寡闻所知，当今的乐府诗研究虽然甚为热闹，但研究者几乎都是在郭茂倩《乐府诗集》中讨生活，而基本上无人或上或下越"雷池"之半步。在这样的一种乐府诗研究的学术背景下，要想撰写乐府诗之"分期论"，显然是无异于当年李白的"蜀道之难"的。而如上所述，我在此前之数年间，既曾系统地研究过唐后乐府诗，又对"前乐府"进行了整十五年之爬梳，且于郭茂倩《乐府诗集》也做过专题研究，因之，撰写"乐府分期论"，也就自然显得颇为得心应手。也正因此，《乐府诗通论》中的"乐府分期论"一章，乃是迄今为止唯一的一份"乐府分期论"成果。所谓"只此一家，别无分店"者，此章之所述所论是也。

"乐府分期论"是如此，其他方面之"通论"亦属如此。比如"乐府演变论"，其重点虽然在"演变"二字，但研究者若不知晓"前乐府"、"汉唐乐府"、"唐后乐府"的发展与变化之况，以及其各自的成就与特点，也是不可能将乐府诗的演变予以勾勒与描述的。其原因则在于，无论乐府诗之何种演变，如体裁、如题材，如本事，甚至是研究方法、方式等，都涉及由先秦而明清的历史进程问题，而没有哪一种、哪一类是"半路出家"的，即便如此，其承上启下、左右拓展之关联度，也是甚为明显的。《乐府诗通论》中的"乐府演变论",主要选取了三种具有代表性的演变予以观照,这三种演变即:(1)"从汉乐府到拟乐府";(2)"新乐府的兴盛与消歇";(3)"乐府题的正格与变格"。这是三种乐府诗文学现象的演变,其演变所涉及的时代跨度,依序为由西汉而明清,由中唐而明清,由先秦而明清。所以,无论就哪一种演变而言,都是与唐后乐府诗密切关联的,这就明确要求撰写者必须深谙唐后乐府诗的发展之道,也就是由北宋而清末九百五十年的乐府诗创作与发展之概貌,舍此,任谁也是无以在"通论"的情况下写出"乐府演变论"的。这就是当前乐府诗研究的一种现实的存在,研究者承认与否,其都属如此。

"乐府专书论"与"乐府研究论",都是就乐府诗的研究成果而言,但前者所言之"专书",指的是历代的乐府诗订或选集,如郭茂倩《乐府诗集》、左克明《古乐府》等,后者的"研究",指的是具有现代学科意义的研究专著,如梁启超《中国之美文及其历史》(或有称其为《美文史》者)、罗根泽《乐府文学史》等。之所以安排这两种"通论",目的则旨在让人们知晓,西学东渐后的乐府诗研究著作与传统的乐府诗批评著作,尽管各有其成就与特点,但二者却是存在着很大的区别的。所谓"旧学",所谓"新学",在乐府诗研究史上乃是具有明显的时代印记的。

总体而言,我从"横向"的角度研究乐府诗,虽然视角的转换有别,所涉及之内容也多不相同,但其却是与我此前之于"前乐府"研究,唐后乐府诗研究,中国乐府诗批评史研究,大相关联的。即是说,假若我没有这方面的研究经历与研究成果,要想从"横向"的角度撰写一本《乐府诗通论》,显然是不可能的。而此,也再一次证实了我的乐府诗研究,诚如有关评论家之所言,乃是具有鲜明的"原创性"特色的。而这一特色,在《唐后乐府诗史》、《乐府诗通论》中是如此,在《中国乐府诗批评史》,甚至是《商周逸诗辑考》中也是如此。而此,即是我研究乐府诗的一个最大、也是最鲜明的特点。

四

回顾与总结我近十年来的乐府诗研究,其所获实绩与成就,略而言之,主要表现为:

(一)先后出版了《唐后乐府诗史》、《中国乐府诗批评史》、《乐府诗通论》三种专著,另有与之相关的《商周逸诗辑考》一书,四者合计共一百六十万字。

(二)首次从传世文献与地下出土文物相结合的角度,对夏、商、周三朝的乐府机关与乐府诗进行了翔实考察,并在此基础上提出了"前乐府"这一全新的乐府诗概念。

(三)首次将具有三千年历史的乐府诗批评进行了较为系统、翔实、全面之观照,并因此而构建了一套乐府诗批评的理论系统与组织体系。

(四)首次将三千年的乐府诗分为"前乐府"、"汉唐乐府"、"唐后乐府"三大板块,并着眼于"分期论"的角度,对其进行了首次的串联与贯通。

(五)对具有三千年历史的若干乐府诗文学现象、文学规律、文学特点,以及乐府诗名家名作等,均从不同的角度,以不同的方法,对其进行了首次论析与观照。

竟陵居士王辉斌
2018年10月中旬于古隆中求是斋

· 附录二·

乐府诗研究著作索引
（1923—2018）

　　索引者按：本《索引》所收"乐府诗研究著作"，是指书名中有"乐府"或"乐府诗"，以及乐府诗篇名、乐府诗品类如"杂曲歌辞"等的著作，以重在突出"研究"二字。因之，特作三点说明如下：一是除梁启超《中国之美文及其历史》（因其为"西学东渐"后的第一本论及乐府诗的著作）、胡适《白话文学史》（因其为文学史论及新乐府的开创者）外，其后的各种文学史著作，概不收录。二是本索引以单行本著作为主，凡作品选注中有乐府诗之选注，鉴赏辞典中有乐府诗之鉴赏，论文集中有关于乐府诗研究之论文等，亦概不收录。三是以书号代刊号的《乐府学》不作为著作收录。

　　《汉魏乐府风笺》　黄节撰，成书于1923年，人民文学出版社1956年出版。其后有人民文学出版社1958年本、中华书局2008年本。
　　《中国之美文及其历史》　梁启超著，初稿于1924年，中华书局1936年出版。其后有中华书局1989年《饮冰室合集·专集七十四》本，东方出版社2012年本。
　　按：此书第一章为《古歌谣乐府》，第三章《汉魏时代之美文》所论亦主要为乐府诗。
　　《白话文学史》　胡适著，成书于1927年，新月书店1928年出版。

其后有商务印书馆 1934 年本、东方出版社 1996 年本、上海古籍出版社 1999 年本、安徽教育出版社 1999 年本、百花文艺出版社 2002 年本、岳麓书社 2010 年本。

按：此书第三章《汉朝的民歌》、第五章《汉末魏晋的文学》、第十二章《八世纪的乐府新词》、第十四章《杜甫》、第十六章《元稹白居易》，先后从"白话文学"的角度，论及了"汉唐乐府"。

《乐府文学史》 罗根泽著，成书于 1930 年，文化学社 1932 年出版。其后有东方出版社 1996 年本。

《汉短箫铙歌注》 夏敬观注，成书于 1932 年，台湾广文书局 1970 年出版。

《乐府通论》 王易著，成书于 1932 年，神州国光社 1933 年出版。其后有中国联合出版公司 1944 年本、中国文化服务社 1948 年本、东方出版社 1996 年本。

《汉代乐府笺注》 曲滢生注，我辈语丛刊社 1933 年出版，《我辈语丛刊社丛书》之一，线装本。

《汉魏六朝乐府文学史》 萧涤非著，成书于 1933 年，中国文化服务社 1943 年出版。其后有人民文学出版社 1984 年本、2011 年本。

《乐府诗笺》 闻一多笺注，成书于 1941 年，开明书店 1948 年收入《闻一多全集》出版。其后有三联书店 1982 年《闻一多全集》本、湖北人民出版社 1993 年《闻一多全集·乐府诗编》本。

《乐府诗选》 余冠英选注，人民文学出版社 1953 年出版。

《乐府诗研究论文集》 编辑部编，作家出版社 1957 年出版。

《汉魏六朝乐府诗选》 余冠英选注，人民文学出版社 1958 年出版。

《六朝乐府与民歌》 王运熙著，上海文艺联合出版 1955 年出版。其后有古典文学出版社 1957 年本、上海古籍出版社 1996 年本（与另两种著作合刊，取名为《乐府诗述论》）。

《乐府诗论丛》 王运熙著，古典文学出版社 1958 年出版。其后有上海古籍出版社1996年本(与另两种著作合刊,取名为《乐府诗述论》)。

《乐府诗集之研究》 中津滨涉著,东京汲古书院1970年出版。

《乐府の历史的研究》增田清秀著,东京创文社1975年出版。

《乐府诗集》(整理本)余冠英等点校,中华书局1979年出版。其后有中华书局2010年本。

《乐府散论》 王汝弼著,陕西人民出版社1984年出版。

《乐府诗词论薮》 萧涤非著,人民文学出版社1984年出版。

《乐府诗小论》 姚大业著,百花文艺出版社1984年出版。

《中唐乐府诗研究》 张修蓉著,台湾文津出版社1985年出版。

《乐府诗史》 杨生枝著,青海人民出版社1985年出版。

《汉魏六朝乐府诗》 王运熙、王国安著,上海古籍出版社1986年出版。

《汉乐府研究》 张永鑫著,江苏古籍出版社1992年出版。

《乐府诗再论》 王运熙著,《乐府诗述论》三种书之一(另两种即《六朝乐府与民歌》《乐府诗论丛》),上海古籍出版社1996年出版。

《新乐府诗派研究》 钟忧民著,辽宁大学出版社1997年出版。

《乐府诗集导读》 王运熙、王国安著,巴蜀书社1999年出版。

《汉魏乐府的音乐与诗》 钱志熙著,大象出版社2000年出版。

《汉魏六朝乐府诗评注》 王运熙、王国安著,巴蜀书社2000年出版。

《乐府诗选》 曹道衡选编,人民文学出版2000年出版。

《萧涤非说乐府》 萧涤非编撰,上海古籍出版社2002年出版。

《乐府文学文献研究》 孙尚勇著,人民文学出版2007年出版。

《汉代乐府制度与歌诗研究》 赵敏俐著,商务印书馆2009年出版。

《魏晋南北朝乐府歌辞研究》 吴大顺著,上海古籍出版社2009年出版。

《杂曲歌辞与杂歌谣辞研究》 向回著,北京大学出版社2009年出版。

《郊庙宴射歌辞研究》 王福利著，北京大学出版社 2009 年出版。
《鼓吹横吹曲辞研究》 韩宁著，北京大学出版社 2009 年出版。
《相和歌辞研究》 王传飞著，北京大学出版社 2009 年出版。
《舞曲歌辞研究》 梁海燕著，北京大学出版社 2009 年出版。
《琴曲歌辞研究》 周仕慧著，北京大学出版社 2009 年出版。
《近代曲辞研究》 袁绣柏、曾智安著，北京大学出版社 2009 年出版。
《新乐府诗研究》 张煜著，北京大学出版社 2009 年出版。
《清商曲辞研究》 曾智安著，北京大学出版社 2009 年出版。
《唐后乐府诗史》 王辉斌著，黄山书社 2010 年出版。
《晚唐乐府诗研究》 刘亮著，中国社会出版社 2010 年出版。
《魏晋南北朝乐府制度与歌诗研究》 刘怀荣、宋亚莉著，商务印书馆 2010 年出版。
《唐代乐府制度与歌诗研究》 左汉林著，商务印书馆 2010 年出版。
《汉魏六朝乐府诗新论》 刘德玲著，台湾里仁书局 2011 年出版。
《全乐府》 彭黎明、彭勃主编，上海交通大学出版社 2011 年出版。
《两汉乐府诗研究》 陈利辉著，社会科学文献出版社 2013 年出版。
《乐府诗本事研究》 向回著，北京大学出版社 2013 年出版。
《乐府诗题名研究》 张煜著，北京大学出版社 2013 年出版。
《魏晋乐府诗研究》 王淑梅著，社会科学文献出版社 2013 年出版。
《北朝乐府诗研究》 王淑梅著，社会科学文献出版社 2013 年出版。
《齐梁乐府诗研究》 王志清著，社会科学文献出版社 2013 年出版。
《初唐乐府诗研究》 韩宁著，社会科学文献出版社 2013 年出版。
《乐府学概论》 吴相洲著，人民文学出版社 2015 年出版。
《古乐府》(整理本)韩宁、徐文武点校，中华书局 2016 年出版。
《中国乐府诗批评史》 王辉斌著，武汉大学出版社 2017 年出版。
《乐府诗通论》 王辉斌著，武汉大学出版社 2018 年出版。

材料功夫与乐府诗批评的理论构建
——评王辉斌《中国乐府诗批评史》

卢燕新

王辉斌先生继《商周逸诗辑考》、《唐后乐府诗史》等著述之后，不久前又向学界贡献了一部《中国乐府诗批评史》巨著（武汉大学出版社2017年10月出版，以下简称《批评史》）。这是一部近50万字、由国家社科基金项目研撰而成的著作。对于这部著作的研撰，王先生在《自序》中说："在苦涩而单调的学术研究中，做一件或者几件前人与今人均不曾做过之事，则苦涩与单调即会因此一扫而光……撰写这本《中国乐府诗批评史》时则更是如此，因为《中国乐府诗批评史》是我所写的第一部'通史'之作。"这里的"苦涩与单调"，我想，应是指搜蒐资料的板凳功夫；而"通史"，则当谓该书之内容特点。所谓"通"，指的是《批评史》自先秦至晚清，时跨三千余年。所谓"史"，是指该书对乐府诗的系统研究，在历史长河中，探讨乐府诗批评史的发展概貌与演变轨迹，使得中国乐府诗研究结束了无系统批评与批评史的不良局面。通览《批评史》，既感叹其微观的材料功夫，又惊诧其宏观的理论建树，而二者的结合，即成就了一部极具原创性特色的乐府诗批评史。这部著作的出版，使得王先生的乐府诗研究，由对"前乐府"的资料整理（《商周逸诗辑考》）与对"唐后乐府诗"研究（《唐后乐府诗史》），迈向了更具理论色彩的乐府诗批评史的研究。

一、从三千余年文化史长河中搜蒐宏富的研究资料

三千余年的中国乐府诗批评，给我们留下了丰富的研究资料。《批评史》所收集的资料，正如其《自序》所云："……前人对乐府诗所进行的各种形式的整理与论析等，如于乐府诗的收集、辑佚、选编、题解、评说、述论、品鉴、集考、注释，以及对乐府诗人诗作的比较，对乐府诗创作经验的总结，对乐府文学现象的陈述，即皆在其列。"可见，该书搜集资料不仅视野宽阔，而且用功颇深。从资料来源看，其共有三个特点：

第一，传世文献。这一部分资料，是《批评史》研究的基石。如第一章考论"乐府"渊源云："据现所存见的资料可知，在班固《汉书》之前的汉初典籍中，最早出现'乐府'一词者，乃首推贾谊《新书》卷四《匈奴》一文。贾谊，《史记》卷八十四有传……《新书》卷四《匈奴》有云……其中的'上使乐府幸假之倡乐'云云，表明'乐府'在汉初还曾管理技艺。但有论者认为，《新书》的此段文字不可靠……按，'后人修饰'说并不可取。其原因在于：（1）所谓'后人修饰'说，只是持说者的一种推测……（2）据'今本《新书》'（指中华书局2000年版《新书校注》……原注）……综此四者，是知'今本《新书·匈奴篇》'中的'上使乐府幸假之倡乐'云云，并非如持说者所言不可靠，而是完全可以据信的。"从这段文字可以看出，仅仅讨论"乐府"起源，《批评史》引用了至少三方面的资料：一是《史记》、《汉书》等史部资料；二是《新书》等子部典籍；三是《新书校注》等今人整理成果。

综观全书，作者搜蒐范围广博，资料宏富翔实。如研究《琴操》辑佚本时指出："今本《琴操》虽为辑佚本，但其47篇的琴曲之量，已成为两汉时期所收'琴曲类乐府'最多的一部总集类著作。在这47篇琴曲之中，有篇名而无琴辞者23篇……"为了给学界提供全面的研究资料，《批评史》不遗余力地述数这二十三篇篇名，如《伐檀》《驺虞》《鹊巢》

《白驹》《残形操》《水仙操》《怀陵操》《伯姬引》《走马引》《琴引》《楚引》《文王思士》《周金滕》《崔子渡河操》《楚明光》《梁山操》《谏不违歌》《孔子厄》《三土穷》《聂政刺韩王》等。在叙述材料时，《批评史》往往如数家珍，尽力全面罗列。又如《批评史》在介绍朱寿昌时说："朱寿昌，《宋史》卷四五六《孝义传》、柯维骐《宋史新编》卷一七九、厉鹗《宋诗纪事》卷十等，均载其生平。综之为：字康叔，今安徽天长人，约生于宋真宗天禧五年（公元 1021 年），卒于宋哲宗元祐六年（公元 1091 年），享年 70 岁。其父朱巽……"这里，除了引用《宋史》，又引用《宋史新编》、《宋诗纪事》等典籍，将诗史结合。又如，《批评史》在论述李白古乐府的创作概况时，将《乐府诗集》中的 127 首古乐府与《李太白全集》中的 134 首古乐府合勘，得李白乐府诗 111 题 128 首。在这个基础上，又将这些乐府诗分为三类，第一类为汉、魏古体乐府，第二类为六朝乐府新题，第三类为无可考其年代者。对每一类，《批评史》均详列其篇目，如"汉、魏古体乐府"类，该书序列《上之回》、《上留田行》、《王昭君二首》、《天马歌》等，总 41 首。

据上文可见，《批评史》引用存世文献有三个特点：（1）搜罗范围涉猎经史子集等不同领域。以史部为例，既包括《史记》、《汉书》等正史，也包括《通典》等制度史，又包括《四库全书总目》、《宋诗纪事》、《能改斋漫录》等书目文献、诗话、笔记、野史等。以愚管见，能涉猎的资料，《批评史》尽力竭泽而渔式涉猎，可谓宏富广博。（2）条述史料方式多种多样。有些资料，《批评史》按原典篇目藉以顺序叙录，如介绍《文苑英华》、《乐府诗集》载录乐府诗歌即是如此。而有些史料，《批评史》则予以分类叙说。如上文叙录李白乐府诗即采用这样的方法。此外，《批评史》还对有些资料以间接引用为主，如关于第四章第一节对《宋书·乐志》的引用。（3）引用传世文献与考论辨析结合。如研究《古今乐录》时指出，该书在收录"乐章古词"时，其篇幅均较《宋书·乐志》要大得多。其举例云："如《读曲歌》一篇，《宋书·乐志》对其之题解，仅为'民间为彭城王义康所作也。其哥云"死罪刘领军，误杀刘第四"是也'

26字,但《古今乐录》的题解则有136字之多,为其5倍有余。又如《懊侬歌》……凡此,均可表明,智匠在撰著《古今乐录》时,是既曾参考过《宋书·乐志》,又对其题解进行了内容上的补充的。"据此可知,《批评史》不是简单地引用史料,而是结合史志典籍,或者辨难析疑,或者指正舛误,或者概括其规律特点。

第二,出土石刻。近几年,出土材料的发掘,澄清了学术史诸多悬案,为诸多问题找到可信的材料。换句话说,高水平的学术成果,越来越关注这一领域材料。在这方面,《批评史》也取得了可喜成就。书中关于秦代以前就有"乐府"机构的考辨,即是很好的证明。为了论证秦以前就有乐府机构,《批评史》引用了四条出土材料,一是刻有"乐府"二字的秦代编钟,二是秦封泥之"乐府丞印",三是刻有"北宫乐府"的残磬,四是刻有"乐府工造"的铜句镙。以第二条材料为例,《批评史》说:"据《考古学报》……2000年四五月间,考古工作者在西安市郊区相家巷村出土了秦封泥325枚,其中有'乐府丞印'一枚,'左乐丞印'一枚,另有'乐府钟官''雍左乐钟''外乐'等。以常理论,既有'左乐丞印',就必有'右乐丞印',而'乐府丞''左乐丞''右乐丞'三者,所表明的即是在秦代有'乐府三丞'设置这一史实。由此'三丞'的设置又可知,《汉书》卷十九上《百官公卿表第七上》、《通典》卷二十一《职官七》认为'乐府三丞'至汉武帝时才由'一丞'而扩充的说法,显然是不符合历史的真实的。"据西安市郊所发现的"乐府丞印"、"左乐丞印"等,《批评史》得出秦代就有"乐府三丞",这样,纠正了《汉书·百官公卿表》、《通典·职官七》等史志典籍记载的错讹,为其提出"前乐府批评"打下了坚实的材料基础。

又如,《批评史》考证刘次庄生卒年时说:"关于刘次庄的生卒年,上举诸书均无载,唯《金石萃编》卷一四一著录刘次庄《宋仁寿县君苏氏墓志铭》一文可略考其卒年。是文有云:'天子因召见,留中都。绍圣四年(十月),次庄来居陈公之口。夫人仁寿县君,适卒于陈之项城……次庄职也,仅志而铭之。'"依据这条材料,《批评史》很容易得出

"刘次庄绍圣四年(公元1097年)尚健在人世"这一结论。刘次庄，《宋史》无传，其生平事迹难以确考。有了出土石刻，加之作者结合吴曾《能改斋漫录》、李焘《续资治通鉴长编》、方回《瀛奎律髓》、陶宗仪《书史会要》卷六、厉鹗《宋诗纪事》、永瑢等《四库全书目》等综合考证，其所得出的"刘次庄之卒当即在是年或是年之后"，就有了一定的说服力。

类似例子甚多。又如，《批评史》为了论证元好问乐府诗的佚亡问题，引用《陵川集本遗山先生墓铭》曰："郝经《陵川集本遗山先生墓铭》一文已曾明言，元好问生前仅不用新题的'古乐府'就有'百余篇'之多。这一实况表明，元好问乐府诗的佚亡乃是相当严重的。"又如，为了研究杨维桢在乐府诗史上的贡献，引用宋濂《杨君墓志铭》云："元之中世，有文章巨公，起于浙河之间，曰铁崖君。声光殷殷，磨戛霄汉，吴越诸生多归之，殆犹山之宗岳，河之走海，如是者四十余年乃终。"为了考辨徐献忠生平，引用王世贞《奉化知县徐先生献忠墓志铭》考论曰："徐献忠生于明孝宗弘治六年(公元1493年)，卒于明穆宗隆庆三年(公元1569年)，享年77岁。王世贞为徐献忠门人，则其《墓志铭》之所言自应为可信。所以，《列朝诗集小传》之'卒年七十'，正确者应为'卒年七十七'。又，《明诗活全编》本《徐献忠诗话》之'徐献忠小传'，认为徐献忠生于明宪宗成化五年(公元1469年)，卒于明世宗二十四年(公元1545年)者，更误，导致这一错误的产生，主要为小传的撰写者没能见到王世贞《徐献忠墓志铭》一文。"等等。

以上所述表明，《批评史》引用出土石刻有以下两个特征：一是竭力将有关材料全部罗列，如关于秦以前就有乐府机构的出土石刻，《批评史》将学界所发现的四条材料详细条述。这样，诸条材料不仅可以互相佐证，而且，有效地增强了说服力。二是引用石刻材料，方法多样。如引用《宋仁寿县君苏氏墓志铭》考证刘次庄生卒年，因为论证的需要，《批评史》置于注释中；引用《奉化知县徐先生献忠墓志铭》，则是选取与考辨观点相关的材料，以间接引用为主。这样，既能充分引证材料，又能很好地为章节的研究重点服务。三是学者研究整理的资料。在《批评史》所引用的材料中，对当代研究成果的关注，是其一大特点。要而言之，《批评史》注重今人的研究成果，其特点主要有二：

一是汲取学界研究成果中的不同观点。如，2002年，上海古籍出版社影印出版《续修四库全书》中有《琴操》二卷，上卷录琴曲24篇，下卷录琴曲23篇，总47篇。这47篇作品，学界观点不一。《批评史》征引逯钦立《先秦汉魏晋南北朝诗》认为其大多不可相信而将其皆编入"汉诗"的观点，并摘录其分析说："书中所载，除《鹿鸣》等五歌诗为《诗经》诗外，十二操……皆两汉琴家拟作。其中如《雉朝飞操》，西汉扬雄尚未之见……《诗纪》以《霍将军歌》属霍去病，以《怨旷思唯歌》属之昭君，以其余系之周秦，皆非是，今一律编入两汉歌辞。又今本《琴操》间有后人所增……"据此引文可知，逯钦立先生对十二操等持怀疑态度。对于逯先生之此观点，《批评史》则认为："遗憾的是，逯著虽然在大谈《琴操》诸作'皆两汉琴家拟作'云云，却并未能涉及马《序》只字，由此看来，可知逯著作者在撰写这篇'辨伪'文字时，并不曾读过马瑞辰《琴操校本序》一文。"这样，在逯先生研究的基础上，通过与马瑞辰《琴操校本序》研究成果比勘，将相关研究推向深入。

有时，一些有争议的学术问题，《批评史》往往呈列几种主要认识，并于理性比较中重选择正确的学术观点。如《列朝诗集》的成书年代，学界说法不一。《批评史》认为该书成于顺治九年（1652），并引学界研究曰："关于《列朝诗集》的成书年代，说者不一，如上海古籍出版社1959年版《列朝诗集小传》之《出版说明》有云：'从顺治三年起，他又续撰《列朝诗集》，历三年而终于完成'，也即成书顺治六年。但《岭南学报》第十一卷第一期（1950年12月）载容庚《论〈列朝诗集〉与〈明诗综〉》一文则认为：《明诗综》'成于康熙四十四年，后于《列朝诗集》五十三年'，据此推之，知《列朝诗集》乃成书于顺治九年。"这样，《批评史》列举《列朝诗集小传·出版说明》以及容庚《论〈列朝诗集〉与〈明诗综〉》等研究观点，不仅为其观点找到学术依据，也为读者提供了本领域研究的学术简史。

二是对今人研究成果中存在的问题予以纠缪订正。如刘次庄《君马黄》诗"序解"中"美人归以南,归以北,驾车驰马令我伤"的句读,《批评史》说:"按人民文学出版社1987年版《诗话总龟》此处句逗、标点均误。其正确者应为:'终言美人归以南,归以北,驾车驰马,令我(心)伤。'即此之'终言'云云,非为古词《君马黄》之诗句(参见中华书局1979年版《乐府诗集》卷十六第229页之《君马黄》,原注),而是刘次庄'序解'引吴兢《乐府古题要解》之所言(参见中华书局1983年版《历代诗话续编》之《乐府古题要解》卷上第37页'君马黄'条,原注),《诗话总龟》校点者不察,以成此误。"据此可见,《批评史》据中华书局1983年版《历代诗话续编》之《乐府古题要解》等资料,对人民文学出版社1987年版《诗话总龟》中刘次庄《君马黄》诗"序解"之句读标点进行订正,乃是颇具见地的。

又如,在论证《唐音癸签·体凡》的"新乐府论"时说:"韩国外国语大学梁海燕《王维乐府诗的重新认定》(载《乐府学》总第八辑,原注)一文认为,《唐音癸签·体凡》于'新题者,古乐府所无,唐人新制为乐府题也'下有'始于杜甫,盛于元、白、王建诸家。元微之尝有云,后人沿袭古题,唱和重复,不如寓意古题,刺美见事,为得诗人讽兴之义者,此也。详乐通内'之自注,因而指出:'胡氏所列举的唐人新乐府常见题名,乃基于中唐兴起的创作思潮,并非就整个唐诗史而言。'"胡震亨所云"始于杜甫",见《唐音癸签》卷一《体凡》,然此所引文字两处有异:"盛于元、白、王建诸家",应为"盛于元、白、张籍、王建诸家";"详乐通内"应为"详后乐通内"①。而且,胡注并未说杜甫是中唐诗人,因而,"基于中唐兴起的创作思潮"这一结论就很难成立。因此,《批评史》指出:"其实,这种认识乃为错误。这是因为,胡注之所言,并没有'基于中唐兴起的创作思潮',如其认为新乐府'始于杜甫'者即

---

① 胡震亨:《唐音癸签》卷一,上海古籍出版社1981年版,第2页。

为其例，因为杜甫并非'中唐兴起'时的诗人。……胡震亨于所注之中，已明言'详后乐通内'，而《唐音癸签·乐通》四卷所论之'乐'，乃全部为有唐一代之各种乐曲与乐器等，而非'中唐兴起'者，又可为之佐证。所以，'中唐兴起'说之不能成立，乃显而易见。"据所引材料可见，《批评史》引今人研究成果，一方面旨在解读古人著述的文化内涵，另一方面，对今人研究古代文化典籍所出现的混淆误读，亦予以简要的辩析指正。

二、以"史"为纲梳理中国乐府诗批评史料中的脉络

将宏富的材料爬罗剔梳，从中整理出批评"史"的脉络，这是《批评史》又一显著特点。综观全书，其特点可以概括为以下两个方面：

第一，梳理乐府诗批评"史"上的脉络。历史悠久的中国乐府诗批评，如何厘清脉络，这是该课题研究的重要问题。《批评史》创造性地将三千年的乐府诗批评分为"前乐府批评"、"汉唐乐府批评"、"唐后乐府批评"，使这一论题具备了清晰而且极具特色的"史"的脉络。关于"前乐府批评"，《批评史》认为："所谓'前乐府'，是指汉武帝'乃立乐府'之前的乐府诗，如商朝乐府、周朝乐府、秦朝乐府等……据班固《汉书·礼乐志》之载与颜师古之注，可知'乃立乐府'之'乐府'，其本为隶属于'少府'的一个音乐管理机构，但由于其负责采集全国各地歌谣、组织文人制作歌诗，并进行音乐的整理与创制的职能，'乐府'又被后人用来指称乐府诗。即是说，后人大多认为，汉武帝的'乃立乐府'，导致了乐府诗的诞生……"这样，《批评史》就改变了学术界长期以来所认为的"汉武帝'乃立乐府'，导致了乐府诗的诞生"这一观点，将乐府诗的肇始推溯到商周时代。从商周时代肇始，开启了《批评史》论述乐府诗之源，为下文论述汉唐以及唐后乐府批评奠定了基础。

全书总十一章，从其章节可以看出《批评史》的理论脉络。书之第一章"'前乐府'批评"、第二章"汉代乐府诗批评"之一部分，构成了

《批评史》的"前乐府批评"。具体地说,第一章论述了"前乐府"的资料依据、概念界定、品类、创作实况以及"前乐府"的三类批评类型。第二章情形复杂一些。"《史记》及其'前乐府'"、"蔡邕与《琴操》及其题解"主要是研究"前乐府"批评,"《汉书》与本朝之乐府"、"司马迁与班固的乐府观",既探讨"前乐府",又研究汉武帝"乃立乐府"之后的乐府诗批评。第三章"魏晋乐府诗批评"、第四章"六朝乐府诗批评"主要研究起曹魏迄六朝这一历史时期的乐府诗批评。魏晋时期的乐府诗特点,《批评史》说:"在东汉末年与曹魏灭国前的近70年(公元196—265年)中,为汉武帝'乃立'而汉哀帝曾一度所'罢'之'乐府',由于战争等方面的原因,而发生了一次根本性的变化,此即'乐府不采诗',于是,'民歌来源,根本断绝'。所以,这一时期的乐府诗创作,即皆乃文人文学家之所为,其中,以曹操为代表的曹氏父子尤具典型性……此则表明,三曹之于乐府诗的创作,在汉魏诗人群体中,确属是无可与之相比的。而此,即构成了三曹乐府观在艺术实践中的一种具体反映。"据此可以看出,魏晋时期,乐府诗批评经历了巨大变化。抓住这一特点,是《批评史》以"史"为脉络构建理论体系的关键。

在一般的历史文化概念中,魏晋六朝往往有着诸多联系,学界往往将魏晋六朝视之为一个特定历史时期。《批评史》将六朝与魏晋分开论述,其主要原因是沈约。书中说:"对'永明体'的形成与确立作出了重要贡献的诗人沈约,同时又是一位著名的音乐家与史学家,而《宋书》中的四卷《乐志》,即是沈约将二者有机结合的一份硕果……正因此,与音乐关系密切的乐府、歌诗等,即成为了沈约一生所关注的重点……主要表现在两个方面,一是谓沈约有意识地对乐府诗进行创作,二是指沈约对乐府诗的收集与整理……这三卷乐府诗所呈现出来的'整理类批评'之特点,也就自然是值得重视的。而《乐志》中的一卷'乐一',则为沈约'题解类批评'的代表作。'整理类批评'与'题解类批评'的互为关联,使得《宋书·乐志》之乐府诗批评,成为了史学家批评乐府诗之翘楚……"由此可见,在乐府诗批评史上,沈约是过渡时期的关键批评家。其所编纂的《乐志》既是沈约"题解类批评"的代表作,也是乐府诗批评史上"整理类批评"与"题解类批评"互为关联的标志之一。沈约之后,《通典》、《通志》等,无不受到《乐志》的影响,由此,也可以看到沈约在乐府诗批评史上的地位。从这个意义上讲,《批评史》以沈约为限,将汉唐之间的乐府诗批评史分为魏晋与六朝两个时期,此举是颇具慧眼的。

《批评史》第五章为"唐代乐府诗批评",这是乐府诗批评史上的一个重要时期。刘悚《乐府古题解》、吴兢《乐府古题要解》、郄昂《乐府古今解题》等"题解类批评"的乐府诗著作相继问世,成为唐人重视乐府诗批评与理论建构的重要标志,而且对宋人刘次庄《古乐府序解》之"序解"、郭茂倩《乐府诗集》之编纂等,也都产生着程度不同之影响。研究过程中,《批评史》以《乐府古题要解》、李白的"古乐府学"、"新乐府诗派的批评论"以及卢照邻、韩愈、元稹、皮日休等人的乐府论为重点,从"史"的角度勾勒出唐代乐府学演变及其规律特点。

《批评史》第六章至第十一章研究两宋迄晚清乐府诗批评。两宋,《批评史》以刘次庄《乐府集》、《文苑英华》、周紫芝的乐府批评以及郭茂倩《乐府诗集》为重点;金元,以元好问、左克明、杨维桢以及方回、黄景昌、吴莱、李孝光、周巽的乐府观为核心;明清,以李东阳、徐献忠、王世贞、梅鼎祚、胡应麟、冯班、顾有孝、朱嘉徵、朱乾、朱彝尊、陈沆,以及刘熙载、朱庭珍、张山、梁启超、黄节等清末民初乐府诗评家的乐府诗理论为重点。纵观这部分研究,具有两个极明显之特点:一是注重"史"的演变特点与文化源流。如刘次庄,其代表性专著是《乐府集》,该书与朱寿昌《乐府集》同为宋人有意识地对唐人乐府诗进行的"整理类批评",同时,又是继蔡邕《琴操》、智匠《古今乐府》、吴兢《乐府古题要解》之后又一部重要的乐府诗批评著述。在乐府诗批评史上,有着特殊地位。将其纳入批评史长河里研究,不仅有利于研究《乐府集》的微观批评特征,也有利于研究宋代乃至我国乐府诗批评史的总体演变特点。二是注重对主流大家乐府诗批评特点的研究。如明代徐献忠及其《乐府原》，除"房中曲安世乐"等8篇"总原"，另有270条具体篇名之"原"，这些，均属于"题解类批评"的范畴，具有较强的"问题意识"，以及简而切的意旨考释等，故《乐府原》较其前的同类批评著作更具特点。《批评史》正是关注到这一文化脉络，抓住《乐府原》的考释特点，将其条析为"题旨探原"、"旧说辨正"、"填补空白"三个特点，从批评史角度对《乐府原》近300条解题做了全面的归纳概括。

第二，划分乐府诗批评"史"上的类型。分类研究，是《批评史》总体构架理论体系，以及研究每一专题时，在逻辑结构上的显著特点。如前文所述，《批评史》整体上以时间为序分为"前乐府批评"、"汉唐乐府批评"、"唐后乐府批评"三大类，对每一专题，《批评史》又分为若干小类。如"唐后乐府批评"，《批评史》分为两宋、金元、明、清四个部分。也就是说，全书以"史"为主线，以乐府诗批评史衍变发展特点，将三千余年乐府诗批评概括归纳为三大类九小类，这样，全书章节逻辑有序，层次分明，让读者清晰便捷地掌握乐府诗批评在"史"上的特点。

在以"史"为主线，以不同历史时期分"类"的同时，全书又根据历朝历代乐府诗批评的实际情况，将三千年的乐府诗批评分为"整理类批评"、"选择类批评"、"题解类批评"、"品第类批评"、"专论类批评"、"注释类批评"六种类型。"整理类批评"、"题解类批评"、"注释类批评"，前文已有论述。"选择类批评"，即依据一定标准有选择的关注某类乐府诗，这类批评往往伴随着其他类型批评方式存在。如崔豹，《批评史》说："崔豹《古今注》中的《音乐第三》，所选择的乐府诗题之题解，虽然只有不足20题，但其首次将汉、魏乐府与'前乐府'合而为一进行题解的举措，在乐府诗批评史上却是前无古人的……崔豹即在《古今注》卷中《音乐第三》中，在这两类乐府诗之题中共选择了19题，并对其进行逐一之'题解类批评'。"在这里，崔豹即首次将"选择类批评"与"题解类批评"结合使用。

"品第类批评"主要是指对某一具体作家或作家群及其作品的品鉴与评论。这种类型的批评，首推刘勰，其次有卢照邻、元稹、周紫芝等。纵观乐府诗批评史，元好问在这方面的贡献尤为突出："元好问之于本朝乐府诗的批评，主要表现在三个方面：一是从文学背景的角度，对作者与乐府诗的关系进行了较为具体之勾勒……三是对乐府诗'品第'之用语，如'人多传之''人多爱之''尤可喜也'等，虽着墨不多，但已使其之影响昭然若揭，因而极具特点。"可见，《批评史》在全面研究乐府诗批评史的基础上，对不同时期不同特点批评家的批评方法类型，乃是相当之熟悉的。

"专论类批评"即以专题论文方式讨论乐府诗。如郭茂倩《乐府诗集》依据音乐分类，将5000余首乐府诗分为12类，并于每类卷首撰写题序：《郊庙歌辞序》、《燕射歌辞序》、《鼓吹歌辞序》、《横吹歌辞序》、《相和歌辞序》、《清商曲辞序》、《舞曲歌辞序》、《琴曲歌辞序》、《杂曲歌辞序》、《近代曲辞序》、《新乐府辞序》，总12篇。《批评史》说："这12篇序文，其实就是12篇独立的专题论文，合之则为一部'乐府分类论'的专书，所反映的是乐府诗批评中的'专论类批评'……"据此可知，《批评史》研究不同批评家时，除了关注其共同特点，亦注意其区别性特征之所在。也正是因为站在"史"的高度比较区分，故使得其分类才为更科学。

值得注意的是，对于乐府诗批评史上的一些细节问题，《批评史》也习惯分类探讨。如在介绍李东阳现存之古乐府时，将其分为三类："这三种类型的古乐府分别为：（1）《古乐府》，凡2卷（即卷一、卷二，原注），101题101首。此两卷《古乐府》，钱谦益《国朝诗集·丙集第一》题作《拟古乐府》，并于卷首附有《拟古乐府引》一文。同此之题名者，另有岳麓书社版《李东阳集》等。（2）《拟古出塞》（卷四，原注），凡1题7首。（3）《古乐府》，凡1卷，9题9首，皆编入《怀麓堂集》卷五十一《诗后稿》。三者共计111题117首，其中，以《拟古乐府》101首最为著名。"这样的研究方法，使得全书条例清晰，更方便读者了解我国乐府诗批评史的微观特征。

三、溯源逐流式的研究史料与乐府诗批评的理论构建

如何合乎逻辑地研究三千余年文化长河中数以万计之材料，这是研究乐府诗批评史过程中，如何将微观材料探索与宏观理论建构有机结合而必须面对的首要方法问题。而在这一点上，《批评史》亦做出了很好的尝试，因而对相关领域学术研究具有一定的借鉴意义。

第一，溯源逐流式的研究史料。不同时代的批评家虽然各有特点，但其审美感受、审美经验等无不关注前人，同时，又对后学有着或多或少的影响。这样，就形成了文化衍变过程中"史"上接受→传播→再接受→再传播→的流变特点。对于这一特点，《批评史》看得很准，也把握得很好。如前引《批评史》在论述郭茂倩《乐府诗集》"专论类批评"时说："这12篇序文，其实就是12篇独立的专题论文，合之则为一部'乐府分类论'的专书……在北宋中晚期之际已上升到了一个新的高度。而且，12篇序文在论述的对象上，大多是由上古而五代，仅就这一方面言，其实际上就是一篇篇关于乐府诗演变史的专论。这种专论，在《乐府诗集》问世之前，只有刘勰《文心雕龙·乐府第七》、元稹《古题乐府序》、皮日休《正乐府并序》等少许几篇，郭茂倩则于《乐府诗集》中撰写了12篇，其数量之多，在乐府诗批评史上亦属前无古人。而12篇序文的材料之丰富，则又是元稹《古题乐府序》等文所不及的。"据此可知，《乐府诗集》在专论批评史上取得了较高成就。这类批评，其文化渊源可追溯至刘勰《文心雕龙》，唐代，经元稹、皮日休等发展，至郭茂倩则达到了一个高峰。这样，在论述《乐府诗集》乐府批评特点时，读者可以清晰地看到这一类文化现象自魏晋迄唐宋的流变史。类似例子，又如《批评史》对元好问批评观的研究。其曰："元好问的这种蕴含于诗人小传中的批评形式，不仅突破了前此'专文式'之'品第类批评'的格局，而且对其后的吴之振等《宋诗钞》、顾嗣立《元诗选》、钱谦益《列朝诗集》、朱彝尊《明诗综》等，皆产生了较为直接之影响，因为在这些总集

的诗人小传中,均不同程度地涉及了对有关传主乐府诗的'品第'。"据此可以看出,《批评史》是颇注重文化史源流的研究特点的。

有些批评著述,因其内容特点的关系,《批评史》研究的重点在于溯源。如研究冯班对乐府与歌行关系的认识时说:"这其实也是一个传统的乐府诗话题。歌行与乐府,在商、周'前乐府'与汉、魏乐府时期,实际上均属于'乐府'的范畴……即使是到了乐府与歌行高度繁荣发达的唐代,歌行也是属于乐府诗范畴的,对此,元稹《乐府古题序》已曾明言……不仅认为歌行就是乐府,而且还以杜甫之作为例……北宋初、中期之际,李昉、宋白等人编《文苑英华》时,虽然将'乐府'与'歌行'分列,但其中的'歌行'之所指,却几乎全部为唐人的新乐府。而冯班则认为……由渊源的角度以论,冯班之于歌行与乐府关系的认识,实际上是对元稹'凡所歌行'即为新乐府说的一种支持。"因为研究对象的关系,《批评史》对这类文化现象的研究呈现出两个特点:一是追溯渊源,概括其发展衍变规律,尤其是历史演变过程中的分期特点。二是主要比较归纳,如指出冯班对歌行与乐府关系的认识,是对元稹'凡所歌行'即为新乐府说的一种支持。

乐府诗批评史上,很多典籍被陆续整理。从接受史角度看,诸多典籍接受与传播的过程,形成了一个完整的文化源流链,如智匠《古今乐录》,即为其例。该书大约佚亡于宋、元之交。今有清代王谟的辑佚本。对这一专书成果,《批评史》云:"所收《古今乐录》的佚文虽然为161条,但实际只有160条,其中的第1条至第7条,以及第11条等,所言乐曲与乐辞等,即皆为'前乐府'之属……"并以注释进行补充说:"王谟辑佚本《古今乐录》,见其所刻《汉魏遗书钞》,又见上海古籍出版社1996年影印,据卷首所附王谟《序录》,知其共有佚文161条,实则为160条,原因是第32条'《周礼》云王出入奏《王夏》'云云,实乃为王谟本人的按语。又,清代《古今乐录》之辑本共有三种,唯王谟辑本所收佚文最多……"据此可见,南朝陈释智匠所撰之《古今乐录》,在传播的过程中,大约于宋、元之交亡佚。其对唐前、唐代以及宋元文化的影响已经很难确考,但有幸的是,清人有数种辑本,其中,王谟辑佚本最善。根据王谟整理本,今人可以看出《古今乐录》的批评观,尤其是关于"前乐府"的批评理论。据所引材料,知《批评史》研究这类典籍时,重点之一在于述流。

第二,纵横交错的网状理论建构模式。三千年历史、数以万计的研究材料,如何合乎逻辑地组织在一起,这也是显示《批评史》智慧的所在之处。正如书中论述课题研究内容时说:"诚如项目名称之所示,为'中国乐府诗批评史'。这一具有'史'的特点的研究内容,既属于中国乐府诗的研究范畴,又与中国文学批评史关系密切……本课题所研究的是乐府诗批评的通史而不是断代史……导致了本课题的'史'的上限为殷商时期(部分内容含夏朝及先夏时期,原注),若将其与下限为黄节《汉魏乐府风笺》成书的1923年合勘……"据此可知,《批评史》起夏商迄黄节,总体上以我国历史发展朝代顺序为纵线,即以汉前、汉代、魏晋、六朝、唐代、两宋、金元、明代、清代为序,这条线索构成贯穿全书的纵线。除全书自殷商至黄节这条纵线外,《批评史》的每一章也有一条主线,且这条线也是以时间为序,亦可视之为纵线。如论述金代乐府诗批评时说:"一般而言,金代的乐府诗创作,大致可分为初、中、晚三个时期,而每一个时期都是自有其特点的。金代初期(公元1115—1160年)的乐府诗创作,'借才异代派'诗人则为其代表。……金朝立国之初的文学创作,除了'辽人韩昉'外,主要是得力于北宋文学家'归之'后的参与,其中,尤以宇文虚中、张斛、蔡松年、高士谈等人最具代表……金代中期(公元1161—1263年)的乐府诗创作,主要为'国朝文派'(亦有称为'国朝诗派'者,原注)诗人……"由此可见,在研究金代乐府诗批评史时,《批评史》依据时间先后,将其划为初、中、晚三个时期,然后,与以时间为主线,对这三个时期乐府诗创作以及乐府诗批评展开研究。其他章节,类似例子很多,此不赘叙。

和这两条纵线并行,《批评史》又有两条横线。一是前文已经论及的"整理类批评"、"选择类批评"、"题解类批评"、"品第类批评"、

"专论类批评"、"注释类批评"六种类型,如在论述左克明《古乐府》时说:"元代的乐府诗批评,比较明显的一个特点,就是批评者大多在'选择类批评'的基础上,雅好于对前人乐府诗进行整理与编集,并于其中撰'间杂以己意'之题解,如黄景昌《乐府考》、吴莱《乐府类编》……即皆为其例。其中,影响最大、流传最广者,则首推左克明的《古乐府》一书……而可与郭茂倩《乐府诗集》比美,对此,《四库全书总目》卷一八八……认为《乐府诗集》是'务穷其流',而《古乐府》则是'务溯其源'。二者一'流'一'源',特点各不相同。"左克明《古乐府》以其选本性质,具有"选择类批评"特点;以其总集类特质,其又有"整理类批评"特点;因其"间杂以己意"以题解,故又有"题解类批评"特色。《批评史》不仅将《古乐府》与《乐府诗集》比较,探究整理与编集乐府诗的文化特点,又以之与黄景昌《乐府考》、吴莱《乐府类编》等比较,多元立体地探讨元代乐府诗批评的特点。这样,通过横向比较,读者即可看出《批评史》六种批评类型在不同材料对象中所呈现出的不同特征来。

《批评史》在微观层面研究某一具体材料时,也常常采用横向线索。如论李白"古乐府学"的"注重把握本事"这一特点时说:"李白之前的许多'题解类批评'的乐府专书,如崔豹《古今注》……都对'乐府古题'的'本事'十分重视。而后人拟作'乐府古题'者,也大都依此而为。作为'古乐府学'的创始人,李白自是深谙此中之道的,故而在其现存的 99 题古乐府中,大多可窥获其'本事'之所在,如《将进酒》、《上之回》……即皆为其例……胡震亨《李诗通》、王琦本《李太白全集》对李白古乐府首先所笺注的,即为该'乐府古题'的'本事'。同此者另有瞿蜕园、朱金城《李白集校注》等。凡此,均可表明,'本事'之于李白的'古乐府学',实乃为一项重要的内容。"这里,李白"古乐府学"相对于中国乐府诗批评史或者唐代乐府诗批评史,是纵线中的一个组成部分。然而,《批评史》在研究李白时,又做了三次横向探索:一是崔豹等人对"'乐府古题'的'本事'"的重视;二是李白 99 首古体乐府之本事所在;三是胡震亨、王琦等对李白"'乐府古题'的'本事'"的注释。

综上可知，《批评史》既有两条纵线，又有两条横线，线索错综复杂而又逻辑合理清晰。要之，王先生研究乐府诗批评史，以惊人的材料功夫与独有的智慧，以纵横交错的线索，为读者构建了一套完整深宏的理论体系。而此，即为王先生研究乐府诗批评史的最大贡献之所在。

（本文原载《乐府学》总第十八辑，社会科学出版社2018年出版）

后　　记

　　我研究乐府诗虽然已有四十余年的历史，但真正沉潜于乐府诗的研究之中，则乃始自十年前的2008年。之所以说属于"真正沉潜"于乐府诗的研究，其主要表现在三个方面：一是所研究的对象具有系统性与严密性，即其成果并非是以单篇论文的形式推出；二是集中精力对某一方面进行研究，且以无人涉笔者为研究的重点对象，如对唐后乐府诗的研究，对"前乐府"的研究等，即皆属此类；三是将三千年的乐府诗进行"打通关"研究，使"前乐府"、"汉唐乐府"、"唐后乐府"三大板块，因我之研究而得以贯通。这就是我十年来对乐府诗的研究。

　　由于研究的"真正沉潜"所致，我在另一个方面受益无穷。所谓"另一个方面"，就是面壁读书。在我四十余年的学术生涯中，曾有过三次大的读书经历：第一次为1978—1988年，其中1978—1982年通读了《全唐诗》，1984—1988年通读了《全唐文》。在读这两部大书时，我分别做了两种读书笔记，一为《唐代方言汇释》，一为《全唐文作者小传校考》，且后者即将出版。第二次为1993—2003年，当时因我所计划的"文学史研究打通关"之需要，集中精力读完了十部大书，即《诸子集成》、《十三经注疏》、《先秦汉魏晋南北朝诗》、《全上古三代秦汉三国六朝文》、《全宋诗》、《全宋词》、《资治通鉴》、《元诗选》、《国朝诗集》、《中国古典戏曲论著集成》，并写下了50多万字的读书笔记——"商周逸诗录"，后来，曾将其整理为四十万的《商周逸诗辑考》书稿，并于2012年在黄山书社出版。第三次是2006—2016年，主要是因乐府诗研究之使然，而通读了《四库全书》、《续修四库全书》、《四库全书存目丛书》、《四库未收书辑刊》、《四部丛刊》、《丛书集成初编》等书中与乐府诗相关的一些总集、选集与别集等。第三次读书虽然未做任何笔记，但却使得我出版了《唐后乐府诗史》、《中国乐府诗批评史》、《乐府诗通论》三种专书。

　　正是因为有了上述三次大的读书经历，并使得我受益匪浅。由此，我便得出了一个如是之结论：人一辈子应不断读书，哪怕是卧病在床，也应坚持。因为只有不断读书，才能不断丰富自己；而不断丰富自己，不仅可全面深刻地认识社会，而且可使学术研究具有原创性特点。读书是否会如此，但至少我是这样认为的。

竟陵居士
2018 年 11 月 5 日于襄阳古隆中